MAREA ROJA

LA TRAMA

MAREA ROJA

José Manuel del Río

Papel certificado por el Forest Stewardship Council®

MIXTO
Papel procedente de
fuentes responsables
FSC
www.fsc.org   FSC® C117695

Primera edición: febrero de 2019

© 2019, José Manuel del Río
Publicado por acuerdo con Rolling Words Agencia Literaria
© 2019, Nacho Carretero, por el prólogo
© 2019, Penguin Random House Grupo Editorial, S. A. U.
Travessera de Gràcia, 47-49. 08021 Barcelona

Printed in Spain – Impreso en España

ISBN: 978-84-666-6539-1
Depósito legal: B-429-2019

Impreso en Liberdúplex
Sant Llorenç d'Hortons (Barcelona)

BS 6 5 3 9 1

Penguin
Random House
Grupo Editorial

A la gente en la frontera

La marea enturbiada por la sangre: en todas partes.
La ceremonia de inocencia está ahogada.
Los mejores de convicción carecen,
mientras los peores llenos están de intensidad apasionada.

WILLIAM BUTLER YEATS,
«El segundo advenimiento»

Prólogo

Cuando era un chaval —dieciséis años, calculo— fui a una fiesta en una casa en Bastiagueiro, una playa a las afueras de A Coruña. Era una suerte de chalet que se alquilaba para hacer saraos. Tenía un jardín grande con una especie de galpón donde se instalaba la barra y corría el alcohol. Cuando llegué al lugar y me dirigí a servirme una copa, vi, dispuestas sobre aquella barra, una sucesión de granuladas líneas blancas. Una formación de precisión militar de rayas de cocaína, inalterables, a la espera, listas para su consumo nasal. Gratis. Me pasó algo parecido en no pocos lavabos de garitos nocturnos. Ahí estaban los tiros, junto a los grifos, prestos y dispuestos. A saber quién los había preparado. En fin de año, desde los catorce o quince, era tradición probar la farlopa. Cuando tenía diecisiete ya conocía a gente jodida, detenida y también muerta.

De crío recuerdo ir en coche de mi tío por la Ría de Arousa mientras nos hacía un narco-tour. «Esta casa es de narcos, este hotel también, este pazo, aquella ferretería no abre nunca y su dueño conduce un Porsche...» Con veinte años devoraba las noticias que aparecían en *El País* o *La Voz de Galicia* si me hablaban de ajustes de cuentas, descargas aprehendidas o planeadoras del tamaño de un portaviones varadas en una playa. Por la céntrica y coruñesa calle Juan Flórez, mientras tanto, conducía la hija de Sito Miñanco un descapotable blanco que se detenía en las *tiendas bien* a comprarse ropa. Mi cabeza acumulaba datos. Y los procesaba de forma folclórica: «esto hay que contarlo», me decía. Y no es que no estuviera contado. Los periodistas de la costa gallega fueron premiados muchas veces por jugarse la vida frente a los narcos. Pero faltaba, otra vez como una folclórica, desatarnos sobre el escenario.

Por aquel entonces ya conocía a José Manuel (también llamado de aquella J.M., Pep, y quizá algunos otros sobrenombres callejeros). Hoy es el autor de esta joya que usted, querido lector o lectora, está a punto de consumir. Estudiamos BUP juntos, yo un curso por encima. Y, aunque entonces no compartimos sensaciones acerca de la narcoatmósfera que respirábamos (hubiera sido como charlar sobre lo increíble de la lluvia en invierno: la normalidad), algo me dice que su cerebro, si acaso involuntariamente, también estaba procesando información. Solo así se explica este libro, una vomitona maravillosa de vivencias, recuerdos, información, curiosidad, imaginación y olfato narrativo que adquirió forma de novela. De gran novela.

José Manuel y yo formamos parte de una generación que comprendió mejor la singularidad del sitio en el que habíamos crecido precisamente cuando nos largamos de allí. Los gallegos llevamos siglos largándonos de allí: hemos cuasi colonizado Cuba, Argentina, Venezuela, Suiza y New Jersey. Pero en silencio. Si sobre los irlandeses de Boston, los italianos de Nueva York y los judíos de Brooklyn se han desplegado kilómetros de cultura, los gallegos despreciamos el *lobby* social y cultural afanados en nuestro minifundismo vital. Me temo que José Manuel pertenece a la reacción: la primera generación gallega emigrante que ha tenido tiempo, recursos y formación para atender a lo infinito y jugoso de nuestra identidad.

A mí me dio por escribir *Fariña*, llevarlo a mi terreno, el periodístico, y ordenar todo aquello que había visto, oído y leído. A José Manuel le dio por hacer lo propio con *Marea Roja*. Y en su salto muestra su brillante forma de escribir. Ojo con esto porque no abunda. A mí este libro me ha recordado a las mejores novelas callejeras de Irvine Welsh, a la sensibilidad de los personajes que logra David Trueba y al escenario sociológico de fondo del mismísimo Richard Price. Casi nada, pero valga la monstruosa comparación para señalar al lector hacia dónde se encamina: he aquí una nueva exploración de una realidad (oscura y dura) que el autor —gallego— ha vivido y que plasma con la forma y las licencias que otorga la ficción. He aquí una delicia que se suma, desde ya, a la explotación cultural de lo gallego.

Y esto no ha hecho más que empezar.

Disfruten.

NACHO CARRETERO

BAJAMAR

1

El agua se tiñó de rojo. Otra vez.

Andrés contempló el azul veteado con el grana de las microalgas que infestaban la ría. Un mes sin faenar. Ese apéndice del Atlántico que entraba en la ciudad de A Coruña era tóxico: lo decía un decreto del gobierno gallego. Así que recogió el rastro que lanzó desde el esquife antes de tocar fondo y bajó el motor rotativo, que también parecía haberse manchado en las hélices. Consiguió arrancarlo a la tercera, se reventó el callo del pulgar derecho y pegó un puñetazo fútil al mar. Mal enemigo. Dejó las aguas mansas de O Burgo y encaró el dique de Abrigo para atar el bote hasta que aquella plaga abandonase al fin la costa. Ya no iba a seguir gastando combustible en balde.

El tiempo le daba igual.

Era viejo y no vivía.

Solo esperaba.

Al salir de la ría las olas picaron a dos metros y el mariscador dirigió la embarcación en diagonal a la corriente. Mientras, el océano lo abofeteaba cuando la quilla se hundía. El peor enemigo. Hasta jugando las devuelve todas. Entonces divisó un crucero que maniobraba con los prácticos para entrar en el muelle de transatlánticos, esos barcos que no tienen que preocuparse del color del mar ni de lo que se envenena bajo su pigmento. Sin tiempo para otra distracción, la buzada de cubierta se puso casi en vertical con el siguiente embate. Y Andrés soltó el timonel para hacer contrapeso en proa y lograr que su bote se acomodase a la cadencia de las ondas, cada vez menos violentas.

Cresta.

Valle.

Cada vez menos violentas.

Ese barrunto de furia se calmó cuando el agua ya lo acunaba en su regazo doliente. El mariscador tomó de nuevo el mando y, después de encender un cigarro, observó la dársena de A Coruña a través de la misma apatía que en otro millar de ocasiones. Pero le temblaban las manos. Más de lo habitual. Varios arroaces rasgaron el susurro del mar en aquel paisaje de cuadro al óleo. Luego lo acompañaron entre retozos hasta el dique y ahí amarró el *Gavilán* con *el redondo*. Su nudo preferido: comienza con un ballestrinque dando vueltas a la cuerda alrededor de los dos postes, se ahorca y, en el Atlántico, mejor se asegura con otro ballestrinque.

Siempre sintió vergüenza por haber bautizado a una embarcación de tres metros de eslora, pero a Ana le gustó dar boato a lo material. Incluso a unos tablones de madera pintados de un blanco roído. Y con un nombre que sonaba pretencioso. A yate asistido por tripulación de dos dígitos, a velero de competición internacional, a bergantín con centenario trinquete restaurado. No a aquel cascarón sobre el que su hijo escribió *Gavilán* en el lateral a finales de 1981. Brocha gorda y caligrafía académica del niño de trece años que era entonces. Una caligrafía que destrozaría el tiempo, como todas. Sin embargo, los chorretones verdes de la G parecían igual de frescos que en la primera pincelada. A los pocos meses nació su segundo hijo, Hugo, aunque no fuese un hijo de sangre. Pero Andrés no quería pensar en eso; no quería pensar en nada. Ni reparó en que la puesta de sol coloreaba un horizonte más rojo que el agua.

Los nimbos de Galicia llameaban un fuego distante.

—Un quinto y un licor de hierbas —pidió al entrar en el bar que había en mitad del rompeolas.

—Tan testarudo... —murmuró Xan, el camarero.

—Tenía que asegurarme de que esa hija de puta seguía ahí.

—¿Es que ves a alguno del gremio en mi barra? Esperan en sus casas o han bajado a Muxía a enrolarse en el primer barco que encuentren. Ahora comentan que puede durar varias semanas más. Solo gastas dinero con tu tozudez y ya no estás en los ochenta para desperdiciarlo. —Luego, dándose la vuelta hacia la nevera—: *Non, oh. Iso queda lonxe.*

Andrés chasqueó la lengua, harto de escuchar otra vez esas palabras de la misma persona.

—Lo tendré muy en cuenta. Sírveme.

—Sabes que mis consejos vienen desde el cariño de tantas botellas que te he inclinado.

Y el camarero agarró otra de esas botellas.

—Tampoco estoy en los ochenta para meterme catorce horas al día en un barco de bajura, ahí rodeado de chavales berreando.

—Quédate tranquilo en tierra hasta que se vaya la marea tóxica. —La chapa tintineó en el suelo—. *Faime caso, carallo. Xa non hai nada pra ti no mar.*

—¿No lo notas? —Sonrisa de oreja a oreja—. Todo lo que hay en tierra es todavía más tóxico.

El único cliente del bar cogió la cerveza por el gollete y la terció hacia la frente. Ya no quería hablar más. Se le quitaban las manías al cuarto botellín, cuando se convencía de que aquel mundo y aquel tipo dejaban de insultarlo.

Andrés acabó una decena de quintos hasta que Xan abrió la boca para decir que no quedaba papel para apuntar lo que debía en cerveza, licor café y un supuesto bocata de calamares. En esos últimos años no le sirvió nada que no fuese alcohol. Y el mariscador se levantó del taburete ante la retranca de mala hostia.

—Me cago en tus muertos...

—¡No hace falta que te pongas así!

Los dedos callosos estrujaron el gaznate de Xan.

—Dime cómo puedo explicar a una persona que no comprende nada que no comprende nada.

Respondió un sonido sibilante de la garganta que luchaba por respirar.

Andrés soltó ese cuello y encajó una patada a una silla al salir. ¿Cuándo te he dejado de pagar, imbécil? En otra época no escuchaba tu cariño, solo me tenías respeto. Tantos años tras la barra y no sabes que la gente va al bar por el camarero y no por las copas, que son las mismas en todos los sitios de mierda como este.

Con paso balbuceante atravesó el kilómetro de paseo marítimo que llevaba a su piso del barrio de Monte Alto. Comenzaba a jarrear sobre las losetas, pero siguió caminando hasta divisar la torre de Hércules y, más cerca, la cárcel. Cruzó la carretera y se detuvo entre dos coches aparcados. Estaba muy mareado para resistirse a la primera arcada, la única contra la que hay que luchar.

Sangre en su bilis.

Sacó el pañuelo con la A que había bordado Ana, su mujer, y se lo restregó por la boca hasta que logró erguirse. Mírate en el retrovisor, bajo la boina deshilachada, con la piel amarillenta llena de surcos y esas venitas de borracho recorriendo la nariz. Ojalá hubieras muerto antes y así recordarían a alguien digno. Es a lo que podías aspirar: a quedar en la memoria de ciertas personas. Y dejaste escapar la oportunidad. Tal vez tu momento fue hace una década, cuando estrellaste el Citröen Tiburón contra la fuente de Cuatro Caminos. Tal vez.

Subió a trompicones por un talud hasta acercarse al muro oeste de la prisión. Se sentó en la tierra empapada, sacó un impermeable que guardaba en su macuto y no se movió en toda la noche. Iluminado por el resplandor sepia de la farola que parpadeaba a quince metros.

Un cigarro tras otro.

Manos temblorosas.

Desde allí podía divisar las rejas de las celdas y Andrés sabía que a Dani le iban a dar la libertad condicional en cualquier momento.

2

La pila de papeles se movía perezosa de un lateral a otro de la mesa, luego retornaba a la posición central. Se anotaba algo al margen y volvía a desplazarse a uno de los dos lados. Allí tachaban la anotación y colocaban una nueva sobre el borrón. En todo caso, nadie parecía interesado en su contenido hasta que el hombre situado en el medio subrayó varias veces una palabra.

Y habló:

—¿Dispone de alguna otra oferta laboral, señor Piñeiro?

De nuevo la voz ronca del jurista. Pelo cano, fijado con un litro de gomina y mechones azulinos cayendo por su nuca al corte Boston. El interrogado odiaba ese timbre carrasposo y ese peinado de dandi tardío.

—¿Otra...? Esta oferta lleva años esperando por mí.

Las cejas de los tres miembros de la junta carcelaria ya quedaron en permanente asimetría.

—Todavía resulta extraño que sea tan importante para el bar El Submarino. No han cubierto el puesto durante estos años en los que debimos de tener al único camarero de la ciudad en prisión.

—Mi empleador sería Abica S.L. Puede verlo en la documentación.

—¿Piensa que con las dos siglas mágicas de una sociedad cambia algo? Pues para su desgracia lo he comprobado: solo disponen de aquel bar mugriento. Y mire, hará un mes que causalmente pasaba un domingo a la mañana por allí. En la puerta no había lo que se dice un ambiente de chocolate con churros.

—Desconozco si ahora la empresa administra otros negocios con un perfil de clientela... diferente.

El jurista se tomó un instante para calcular la seriedad de la respuesta.

—No se preocupe, los camareros acostumbran a conocer todo de todos en un par de semanas. Bien, pasemos a su entorno familiar. ¿Por qué sigue siendo un misterio para los educadores de esta cárcel? Sus visitas se reducen a algún primo lejano que se contenta con saludarlo una vez al año. —Y precisando la información anotada—: Perdón, la última ha sido hace dos años. Este se ha quedado sin aguinaldo por Navidades.

—Hijo único y padres mayores. Lo sabe de sobra.

—Por eso también sé que viven en la avenida Hércules, a unos minutitos andando, y nunca hemos tenido ocasión de que nos presenten.

—Mi padre es un anciano con una papilla por hígado que casi no pisa la calle —un dedo apuntó a la pila de papeles—, debería salir en sus informes. Y mi madre es muy... muy remilgada, así que póngala en semejantes circunstancias de las que es la última a la que se puede culpar. No paraba de llorar cuando entraba a estos agujeros y al tercer vis familiar juró que no volvería a verme hasta que estuviese libre. Incluso besó el Jesucristo que lleva al cuello para no incumplirlo. —Palmas hacia el techo laminado—. Y mientras ustedes ahí... haciéndola sufrir.

—Presumo que no ha seguido tales creencias religiosas. Por ejemplo, lo de poner la otra mejilla nos hubiera ahorrado mucho trabajo.

—Cuando ella no comprende algo, recurre a supersticiones.

—No anotaron esos tres vises en su hoja-penal, aunque la información podría haberse extraviado entre los años que ha estado preso y su viaje carcelario por media Galicia. De aquella la burocracia penitenciaria era menos rigurosa de lo deseado. —Carraspeo—. Oiga, ¿es consciente de que la descripción de sus padres ha sonado a sarta de excusas? ¿No tiene interés en saber cómo se encuentran?

—Mi madre me cuenta cada pastel que prepara, ¿por quién me toma?

—¿Y cómo se comunica con Ana Reivelo?, ¿no guardará un teléfono en la celda? Me sabría mal vetarle la condicional por confesar un desliz. No lo etiqueto como uno de esos internos que creen que acaban siendo nuestros amigos.

—Yo no soy su amigo...

—Y nos sueltan aquí que el peculio lo sacan de vender porros en el patio.

—Ana me escribe cartas con pluma y tintero.

—¿Pluma y tintero?

—Piensa que es muy decimonónico.

—¿Ha dicho «decimonónico»?

—Va hasta el final de la calle todos los lunes a dejar su cartita en el buzón amarillo.

—«Decimonónico» ha dicho el tipo.

—¿Siguen siendo amarillos? —Dudó en voz baja la mujer de la izquierda de la mesa—. Juraría que los habían quitado.

—Y entiendo que se pregunten de nuevo por qué no camina un poco más para visitarme y ahorrarse los sellos, pero ¿va estar cómoda una persona así en esos cuartuchos con cama? Es el asco más lógico en una vida llena de ascos.

—Su madre puede quedarse de pie.

—Qué hospitalidad —rezongó el hijo.

—Bajo el dintel de la puerta.

—Hasta el aire está sucio —continuó la queja—. Novias de diez mil pesetas la hora... otras cobran bastante más por sus genitales.

—Es que dentro caben muchas cosas —replicó el jurista. Después, ladeando la cabeza hacia la mujer—: Resulta que ahora hay unos amarillos y otros verdes, realmente no sé cuál es la diferencia.

—¿Si te equivocas de color devuelven la carta o ya has perdido la oportunidad?

—La mandarán al remitente, ¿no?

—Creo que los verdes son para sobres ecológicos o algo así —dijo el hombre a la derecha de la mesa—. Están de moda esas cosas.

—Los nuevos expedientes penitenciarios vienen en papel reciclado.

Dani pegó un grito:

—¡Y esas novias tienen que dar su porcentaje a unos cuantos funcionarios de la galería!

La conversación volvería a ser solo en dos direcciones.

—Grata sorpresa, señor Piñeiro. —El jurista miró al frente—. Se presenta a delator de nuestros corruptos.

—Prefiero la condicional.

—Y yo que mantenga los lazos familiares... pero qué casualidad, usted elige el medio que la prisión no registra. Podría escribirle un ministro y no nos enteraríamos. Solo a los reclusos de primer grado se les controla la correspondencia y ya lleva bastante con nosotros para que se le escape el detalle.

—¿El detalle de que en 1998 trasladaron a los reclusos de primer grado? En nuestro módulo echamos en falta a aquel tipo que se comía los dedos de sus pies.

—Por eso desde hace dos años nos denominan CIS.

—Centro de Inserción Social es un buen eufemismo.

—Y ahora suelta «eufemismo». —Luego, recuperando el volumen—: Coincido con usted, señor Piñeiro, un eufemismo a la altura de que no podamos evaluar sus cartas. Y las de un preso que saca estas palabritas en su quinta entrevista para la libertad condicional han de ser interesantes.

—Le aseguro que no hay nada de especial interés. —Pausa, dos segundos—. Y tampoco me contactan ministros. —La puntilla sonó a cristales rotos.

—¿Designaría el domicilio de sus padres como su vivienda habitual? —intervino decidido el timbre femenino de aquel sanedrín. A la educadora social ya le disgustaba el sarcasmo que mantenían el jurista y el reo.

—Es lo más conveniente.

—Implicaría estar allí a disposición de la Audiencia Provincial de Pontevedra que controla la ejecutoria de su sentencia.

—Lo asumo, señorita.

—También nos preocupa su antiguo entorno —embestía el psicólogo con gafas para treinta dioptrías. Apenas le concernían los fríos datos y, en definitiva, cualquier expediente penitenciario es un compendio de letras y números que se cierra con dos dedos—. Los informes hablan de una tendencia criminal a edad muy temprana, acumuló once expedientes de menor. Robos, trapicheos, incluso atacó con explosivos a un agente y le destrozó medio pie.

—Por explosivos se refiere a un petardo, pero al final lo mejor que puedo decir de ese entorno es que es antiguo. —Añadió—: Repetir lo que justo acaba de comentar usted.

—Me consta que saldrá de cualquier pregunta de mis compañeros que lo ponga en aprietos. —Había que rotar la cabeza hasta la posición central—. Aunque esta sala tiene memoria. Su libertad condicional fue rechazada en cuatro ocasiones. Si bien lleva los últimos meses involucrado en las actividades del centro, acogiéndose a los días de redención por trabajo que implican una rebaja en su condena e incluso ha disfrutado de permisos y un escaso tercer grado sin incidentes, yo también haré un ejercicio de sinceridad; para no ser menos. ¿Cómo expresarlo...? Albergo temores de que en su persona se haya cumplido el mandato constitucional que justifica esta gran empresa. De nombre «cárcel». ¿Lo conoce?

—Las penas estarán orientadas a la reeducación del reo —entonado igual que un mandamiento bíblico.

—Bravo. —Dos aplausos retumbaron—. En este punto ya admito que ha venido instruido y que su trabajo en la biblioteca, conjeturo que será el motivo, lo dota de un léxico que no acostumbramos a escuchar en las entrevistas. No obstante, tuvo graves problemas en la prisión de Pontevedra y siguió su currículum de partes disciplinarios cuando acabó entre nuestras paredes. De aquella no éramos un CIS y fue a juicio por dos reyertas. Recuerdo que en una sucedió algo grave. —El jurista repasó los papeles buscando el dato—. En una... *voilà!*, un recluso perdió el ojo derecho. Obviemos el nombre y pasemos al lenguaje forense que tanto me apasiona, es extraordinariamente preciso. —Y juntó las lentes imantadas que colgaban separadas sobre el esternón—. Varón blanco, nacional, cuarenta años, un metro y noventa centímetros, cien kilos y a la espera de juicio por tentativa de homicidio. —El puente de las lentes volvió a separarse—. El tipo es un auténtico animal carcelario y ahora tiene una cuenca orbital vacía. Sospecho que el parche pirata le dará galones en la primera galería. Es que hasta tal vez sea decimonónico.

—Fue mi último parte y después salí absuelto. No puedo ayudarles a encontrar ese ojo.

—Salió absuelto porque según nuestras anotaciones ningún testigo quiso declarar en su contra. Muchas cosas quedan escritas, no lo olvide, como las cartas de su madre. —El jurista meneó el expediente contra la mesa de formica—. Reconozco que es una persona difícil de examinar, por eso lo que ahora tratamos de intuir es si está arrepentido del delito que cometió. Solo intuir... Atienda —salivando la boca—, me gusta referirme a este edificio con una palabra en desuso: penitenciaría. Culpa, castigo y al fin penitencia. Es el proceso que esperan a cien metros, detrás del muro, y tenemos que dar fe de él.

—Entré en prisión en el 92 y estamos en el 2000. Verano del 2000. Parece que han pasado tantas cosas fuera, a cien metros... Quiero decir, si el Deportivo acaba de ganar una liga con un gol de Donato, eso despeja cualquier duda de que estamos ante un tiempo nuevo. Yo no voy a desperdiciarlo.

—Entonces hablemos del pasado. Lo cuestionaré directamente por primera vez en nuestra relación, señor Piñeiro: ¿está arrepentido del delito que cometió?

—Me arrepentí cada uno de los 4.204.800 minutos que he cumplido de condena y lo haré los que me queden de vida.

—Ya... ¿Quién podría dudar de semejante respuesta?

—Nunca formularon la pregunta hasta hoy.

—Pues esta Junta de Tratamiento ha malgastado muchos años.

—¿Le cuento los minutos?

—Echaré en falta nuestro toma y daca constante. —Presionó un sello contra un tampón de tinta—. Ojalá los números de su expediente me permitiesen ir al otro color, pero usted entró aquí sabiendo que no me lo permitían. Cuánto rencor nos tiene por cuatro negativas.

El verde estampó la hoja separada del mamotreto de papeles.

Dani se acercó a Santi y a Lolo en el patio. Buenos amigos ahí dentro, donde no se puede elegir. Aunque también lo fueron cuando estaban en las calles, donde sí eliges tu ruina. Santi creció con él robando ciclomotores y Lolo era un conocido traficante. El primero rondaba la libertad condicional y el segundo pasaba allí unas horas tras suspenderse su juicio, pendiente de la conducción policial hasta la nueva cárcel de Teixeiro. En ella aguardaría la fecha que decidiría sus próximos once años. De haber condena no los gastaría en la prisión de la ciudad, que se caía a trozos con las mayestáticas vistas del emblema coruñés: la torre de Hércules. El edificio iba a transformarse en un parque; o en un museo, o en unas oficinas funcionariales, o en un hotel, o en cualquier otro lugar donde se pudiese entrar y salir sin grilletes. A nadie aparentaba importarle cómo aprovechar una construcción infame en un enclave tan bello.

La belleza indómita del fin del mundo.

Finis Terrae: ahí se detuvo el Imperio romano.

—¿Y bien?

—Teníamos razón —arrastrando las palabras—. Me voy.

—¡La hostia! —Santi lo abrazó—. ¡Al fin aflojaron contigo!

—Tuve que volver a hablar mal de mi antiguo entorno. —Dani se zafó del apretón—. Si supiesen cuánto de mi antiguo entorno está aquí dentro, me habrían dado la maldita condicional a la primera.

—¿Funcionó lo del Submarino? —preguntó Lolo.

—No estoy seguro de que haya sido la mentira clave, aunque te conseguiré una oferta de Los Putos Ruineros S.L. Lo demás es torear la mala baba del jurista y contestar con las palabras que ellos usan. —Tras pellizcarse la barriga a dos manos—: Que crean que te han metido su discurso aquí, en las entrañas.

—A mí nadie me quita comerme la celda hasta el juicio, pero el abogado sigue hablando de una nulidad en la entrada y registro. ¿Te imaginas lo ridículo que es, Dani? Entra la policía en mi casa, pillan diez kilos de farlopa tras meses de investigación y resulta que no han firmado un papel. Y estos ni siquiera se molestan en falsearlo después. No me entra en la cabeza, no hay nadie más culpable que yo. —La mano de Lolo describió un gesto aristocrático—. Es que me daría vergüenza salir del juzgado saludándoles así.

—Nos veo a los tres celebrando fin de año en el Moby Dick —dijo Santi.

—¿Ese tugurio sigue abierto?

—¿Escuchas, Lolito? Este preguntando si su segunda casa sigue abierta. Hay más gente que nunca. Ahora hasta me encuentro a mujeres en el garito y las nuevas generaciones andan muy fuertes con las pastillas. Vine directamente de allí en el último permiso y con aquellas pupilas casi no me dejaban ni entrar en la cárcel. —Santi rio a mandíbula batiente—. ¿Has pensado qué vas a hacer con tu condicional? —Sus risotadas se apagaron con un interruptor.

—No lo tengo muy claro.

—El Panadero te ayudará. Te has comido la condena sin abrir la boca. ¡Joder, y tanto que te ayudará!

Pero Santi no sabía qué cara tenía el Panadero. Y esa cara ni siquiera podía imaginarse, había que verla.

—No es buena idea dejarme caer por Villagarcía.

—Si lo sabe el Panadero, lo sabe don Abel —intervino Lolo, nombrando a alguien todavía más intangible—. Aunque ni hace falta que aparezcas en su zona. Hablas con Turuto y él ya cumple las órdenes aquí. Lo que no entiendo es por qué no lo has llamado cuando has estado de permiso o esas semanitas de tercer grado. Coño, no nos llamaste a ninguno de tus colegas. ¿Qué mierda te pasa?

—¿Ir a pedir limosna a Turuto? Cada mañana le robaba su bocata en el colegio y ahora es el gran gánster. Me gustaría comprender cómo ha trepado con la de chicos duros que había ahí fuera.

—Tiene amistad con todo el mundo. Con los de Villa, los de Cambados, los de Laxe y, sobre todo, con los colombianos. Esos son los amigos que te ponen ahí arriba, tú lo sabes... tú lo sabes.

—Según su humor también te ponen muy abajo. —Después, con ironía—: ¿Ha pasado de *paisas* a caleños?, ¿o andará en tratos con *rolos*?

Lolo se mordió los labios, incómodo por poder equivocarse en el gentilicio que correspondía a cada cártel.

—Medellín siempre fue lo chungo, ¿no? —resolvió.

Otro hablando de mitos. Dani seguía bien informado. Cronológicamente: Cártel de Medellín, Cártel de Cali y Cártel del Norte del Valle. Pero a los oligarcas de la cocaína ya los obligaban a mirar a un gigantesco país con una gigantesca frontera suturada a Estados Unidos. México va a ser lo chungo a partir de ahora.

—No quiero esa ayuda. He cumplido treinta y dos y lo último que pienso es tratar con ciertos personajes. Apúntame para las visitas si no sales este mes. —Dani chocó el puño con Santi—. Y a ti te veo fuera, que gastas más vidas que un gato. —Hizo lo mismo con Lolo.

—Eso de la nulidad suena a que el abogado anda con la llave que abre todas las celdas, aunque no me quiero ilusionar. De resultar mal, siguen Alex y los demás en Teixeiro. Estaré en familia. Me han dicho que acaba de firmar otros cinco años.

—Alex no va a pisar la calle nunca más. La educadora social tiene un nombre para eso: institucionalizado.

—¿Institu... qué?

Dani entendió que la conversación debía terminar o lo excarcelarían en el siguiente turno.

Mañana.

No te sobran días cuando has perdido más de tres mil.

—Me voy a la playa antes de que cambien de opinión. —Regurgitó y escupió una flema al suelo—. El jurista es un tipejo impredecible.

La algarabía en prisión cuando alguien redime su pena. Hay algo falso durante las palmaditas en la espalda. Se marcha un amigo y tú te quedas. En el mejor de los casos sin un amigo, en otros muchos solo. Encerrado en el agujero. Y con una cabeza que sabe lo hondo que es. Ocho años de precipicio por ejemplo. Dani asumió aquella certeza mientras recorría el patio despidiéndose de sus compañeros. Ahora estaba en paz con todos. Quinquis, gitanos, eslavos, hasta los subsaharianos que copaban buena parte de los módulos le felicitaban sin cortesías de código carcelario. Entre los primeros había muchos de su generación, camaradas ahí dentro, especialmente cuando el «producto nacional», como decían los funcionarios, dejó de ser mayoría tras los muros. Hombres con el brazo en barbecho, los cinco puntos tatuados encima de la tabaquera de las manos, la chupa de cuero apolillada y una mirada yerma que chispeaba cuando revendían metadona al pisar la calle. Salían a un mundo donde los heroinómanos ya no tenían el consuelo de la jeringa compartida. Las nuevas generaciones pensaban que eran pedigüeños que no merecían más que la muerte. Eso tenían claro los nacidos en los ochenta y su cerebro frito por todas las drogas; menos la heroína.

En cambio, la delincuencia gitana seguía siendo tan imprevisible en una cárcel como fuera de ella. A pesar de que siempre hubiese algún payo mediante, la amistad con los gitanos era difícil, pero cuando la conseguías suponía que estabas blindado. En cuántas ocasiones Dani bajó con los colegas de las chabolas de Peña Moa y la marabunta agolpada en la calle del Orzán se abría bíblicamente para resguardarse en los garitos. Ese era otro de los problemas: a determinados gitanos no les permitían entrar en casi ningún lado. Hasta que se cansaban y reventaban el pub. Además, hacer negocios con ellos era demencial. Solo les interesaba la heroína; y la heroína cada vez le interesaba a menos gente viva.

En el grupo de presos eslavos se metía a cualquiera que naciese más allá de Polonia. Los rusos se ajustaban al fenotipo. Llevaban años operando en Galicia. Apretar un gatillo y luego despedazar el cuerpo, «cosas muy del Este», solía decir Dani. Últimamente se especializaban en robos: alunizaje, butrón o AK-47 y pasamontañas. Y por eso había un buen número de lunáticos rubios disfrutando del tercer grado en aquella cárcel. Herméticos, pero ambiciosos, siempre intentando arrimarse al primer traficante con su español de cincuenta palabras. Sin embargo, entrar en la venta al por mayor de droga les estaba vetado. Los capos no se fían de bandidos que hablan en un lenguaje extraño como su alfabeto cirílico y, si quieres pasar de dividir gramitos, has de disponer de la infraestructura. Te puede servir una planeadora, un buque nodriza, un barco de bajura; también un sindicato de estibadores corrupto, una pandilla de guardias civiles comprada o una producción en serie de contenedores de doble densidad. Nada que ellos aspirasen a poseer en aquel terruño. No estaban en Brighton Beach, ni en Miami Dade, ni siquiera en Odessa. Y tampoco eran insignes de la *mafiya*.

—Dani, en dos meses salgo y lo celebramos con unas buenas... —Anatoli se viró a su grupo, soltando la lengua encriptada para buscar una palabra. «Putas», le chivaron—. *Spasibo*, pu-tas.

Dani carcajeó con el resto de orates rusos. Pero Anatoli era el único que le merecía confianza. Poseía algo que lo emparentaba con un humano, su ocasional sonrisa hacía pensar que quizá tenía una madre, que quizá también piedad y que quizá «las cosas muy del Este» que contaban de él solo fueran rumores presidiarios. Y si allí había alguien del Este, era ese veinteañero de Novosibirsk. La inercia criminal más extraña terminó con alguien de Siberia acusado de reventar seis bancos entre Santiago y Vigo, detenido en A Coruña por irse sin pagar un menú de rollito primavera, cerdo agridulce, flan y cuatro botellas de sake, antes de caer delante de un policía local que lo arrastró al Hospital Juan Canalejo con el peor coma etílico que recordaba en toda su carrera. Después quiso saber más del sujeto inconsciente que tenía tantos pasaportes en los bolsillos. La unidad de investigación creyó reconocerlo en los segundos que el atracador aparecía sin pasamontañas en una caja de ahorros. El resultado del proceso: los empleados nunca lo señalaron en las ruedas de reconocimiento, la pericial fisionómica del vídeo no coincidía con sus rasgos y los bolsillos solo guardaban los pasaportes y mil pesetas, las que debía en el chino. Aunque apalear a un carcelero cuando cumplía prisión preventiva no había sido una buena idea. Pertenecía a esa hornada de criminales que se formaron con la caída del régimen soviético. En apenas unos meses habían entendido el capitalismo mejor que nadie.

—Recuerda mis palabras —dijo Dani—. Cuando tenga problemas, tú serás el primero al que acudiré.

Después lo abrazó, garantizando la sentencia, mientras el ruso le plantó un beso en la boca según su antigua tradición.

Los presidiarios subsaharianos completaban la demografía de la cárcel. Antes había unos cuantos senegaleses por delitos menores contra la propiedad. Tan menores que, atendiendo a su buen humor, ya no los mandaban a Teixeiro. Pero los nigerianos aprovecharon los noventa para dar varios pasos adelante en el crimen por tierras gallegas. Atiborraron los prostíbulos con sus compatriotas obligadas por deudas y el vudú a cambio de pisar Europa. Y cuando uno vende seres humanos enseguida comprueba que es un negocio que se ramifica en muchos otros. También en la distribución de droga desde feudos africanos. Aun así, eran apreciados por el resto de reclusos. Los «negros» controlaban a los pocos «moros» de punzón afilado en el bolsillo. Sáhara para arriba. Y otro color de piel.

Dani sintió el vacío más lleno cuando atravesó el módulo de salida. El único que se veía desde cualquier ángulo exterior y el único que por tamaña razón pintaron de granate y blanco. La entrada era digna de cualquier pulcra institución gubernamental con sus frisos níveos, pero el resto del centro no tenía ni color concreto, comentaban que «tenía el color del polvo» como si pudiesen ubicarse así sus paredes desconchadas en la escala cromática. La humedad devoró el edificio. Y por ese relente se la conocía como la Alcatraz gallega. No estaban en una isla, aunque las celdas eran igual de diminutas y nadie se atrevería a comparar las brumas de la bahía de San Francisco con las tormentas coruñesas que se desataban a cien metros del penal. En aquellos acantilados ya habían encallado dos buques petrolíferos que envenenaron la costa: el *Urquiola* y el *Mar Egeo*. Un capitán se hundió con su barco y al otro lo rescataron del suyo para imputarlo en un macroproceso judicial. Como si aún faltase un tercer petrolífero por partirse en Galicia.

Así fue.

Lolo clavó la vista en su amigo mientras recorría el patio hasta desaparecer en el interior de la cárcel. Lo sintió engullido por «la institución».

—Santi, no les creí cuando me lo contaron ahí fuera. ¿Será cierto que alguien que ha pasado ocho años en prisión puede cambiar tanto?

—Con ocho años encerrados nosotros haríamos cualquier cosa para no volver a pisar esto, pero ¿Dani?, ¿Dani Gasolina? Has olvidado que su nombre era Gasolina. Aprendió lo del preso institucionalizado porque quería su discursito para que la junta lo sacase de aquí. Es posible que incluso se lo haya creído, aunque fuera solo necesita una chispa. —Hizo visera con la mano—. Y míralo, ya está fuera.

Lolo apretó los párpados.

— ¿Institu... qué?

3

Una brisa envolvió a Dani al emerger del piélago de la cárcel. Esta vez no eran 48 horas bajo la capucha y la bolsa de deportes al hombro con un par de prendas de ropa y el neceser. Esta vez se enfrentaba a la libertad, al no hay hora para volver a casa porque ya no hay casa.

Y la bolsa que cargaba pesaba un quintal.

El aire que se levantaba en espirales hasta su rostro lo calmó a modo de ansiolítico. Había escuchado cómo los viejos reclusos colapsan delante del mundo libre, cómo lloriquean por las esquinas hasta que simulan robar la primera farmacia para retornar al único lugar al que pertenecen. Pero su cabeza se arraigó a la viñeta veraniega que contemplaba. Él no volvería a entrar en el monstruo que quedaba a sus espaldas. Y menos por un atraco simulado.

Tres de la tarde del 4 de julio del 2000, una familia cruzó de acera hacia las escaleras asilvestradas que llevaban a la playa de As Lapas, enfrente del presidio. Las miradas desabridas al delincuente en condicional precedieron a las maniobras esquivas. El cabello rapado al dos, varios aros plateados en el lóbulo izquierdo, la camiseta blanca que soslayaba el endeble sol gallego, los tejanos rotos a la altura de las rodillas y las J'hayber negras no inspiraban confianza al sumarles unos antebrazos tatuados con letras y una serpiente atravesando una calavera. Sin embargo, cuando la madre pisó la arena minutos más tarde asumió que quizá había gente mala atractiva. ¿Por qué no? Aquellas facciones cuidadosamente rotas desde una mandíbula que cuadraba los labios carnosos bajo la nariz algo torcida y que, a su vez, dividía una mirada negra. Sí, gente mala atractiva. Solo quizá.

Dani se colocó sus gafas de espejo, encendió el Ducados que le regaló el funcionario de la garita y divisó el paseo marítimo, desde el final de Labañou a su barrio de Monte Alto. Esta ciudad debería responder de muchas cosas. Ya lo creo.

—Impuntual hasta para escapar del hoyo —dijo una reconocible voz afónica—. No entiendo por qué comentan que has cambiado

—¿Eso son canas? —preguntó Dani, haciendo un molinillo con la mano.

—Han pasado bastantes años y bastantes disgustos.

—Unos cuantos para no estar seguro de que vendrías, carnal.

—Tenías preparada tu frasecita. —Y dándose la vuelta hacia nadie—: ¿Quién decía que ya no era el mismo?

Tal vez la amistad masculina se pueda dividir en carnales, amigos y conocidos. Aquel hombre moreno, demacrado, de pelo barajado en rizos y facciones veladas por la barba encanecida era Mario, «el carnal»; vocativo de tradición entre ellos. Por algo se tatuaron la palabra. Las cicatrices dan veracidad a una historia.

—¿No se supone que ibas a Tailandia para rejuvenecer? —preguntó Dani tras el voltaico estrujón.

Dos hombres duros examinándose con gesto bovino, peleando para que no saliese una lágrima. Se reconocieron fantasmas de un tiempo mejor.

—Me fui buscando a Buda y encontré un montón de niñas que disparaba pelotas de ping-pong por el coño. —Mario cortó cualquier solemnidad del reencuentro—. Luego me dijeron que estaba bastante más lejos, en el Tíbet, y ya me entró pereza.

Agradece que te mandé una sola postal, porque tendrías que haber repartido mis fotos con las tailandesas por toda la galería.

—¿El hermano de Lolo te dio el recado?

—Cuatro de julio, media mañana. Me debes dos horas.

—Cógelas, si quieres te paso los minutos a horas y verás que he perdido bastantes... Un momento, ¿qué porquería traes? Es igual que la cárcel, no puedes ni adivinar su color. —Dani abrió los brazos para referirse al Talbot astroso que lo esperaba—. Eras tú el que decía que lo más importante de un gánster es su coche.

—Tuve que deshacerme del M3 y lo de ser un gánster fue detrás. Así que no traicioné mis palabras.

—¿Tanto se complicó? ¿En el fondo no te largaste para no seguir visitándome por las prisiones y eso que me escribiste de «problemas con los de azul» fue una jodida patraña? —Sabiendo que la última respuesta era un no.

—Igual piensas que llevaba desde el 96 en la otra punta del planeta por las pelotas de ping-pong. Aquello lo hacían para degenerados, que en esas tierras son legión. ¿Sabes lo que es un *kathoey*?

—¿Me contarás qué ocurrió para que te tuvieses que largar? —Subiéndose la camiseta hasta los pezones—. No me han pegado un micro en el pecho.

—Ser tu mejor amigo te debería de parecer suficiente. A la policía se lo parecía. Y nunca fui hábil en los negocios sin tus consejos. El resultado... lo supones.

—¿Deudas?

—Deudas.

—¿Con quién?

—Si estoy aquí, es porque ya son pasado.

—¿Con quién?

—Con la puta vida. ¿Se las quieres cobrar?

—Imposible, esa nunca da crédito —dijo Dani, agarrando la maneta del Talbot y olvidando el tema hasta que su amigo quisiese hablarlo, porque tenía otros cuantos encima de la mesa.

Se complicó de la siguiente forma que Mario calló: en las Navidades de 1996 compró un ático en el centro de la ciudad por doce millones de pesetas. Tuvo un movimiento alcista en billetes de diez mil y lo invirtió en unos metros cuadrados que salían bien de precio en efectivo. El mismo día que alguien le firmó las escrituras de propiedad celebró una fiesta en la nueva casa. Salió de ella a cuatro patas a las cuatro de la mañana para montar en las cuatro ruedas de su M3. Rumbo a una discoteca en Vilaboa con tal de ver un culo brasileño. Cuatro kilómetros de distancia. Se saltó el primer semáforo sin darse cuenta de que allí había un semáforo y pegó al parabrisas a un chico de dieciséis años. Cuando oyó el ruido hosco en los bajos del coche no se detuvo. Aunque tampoco siguió de farra. Condujo su M3 ensangrentado hasta muy cerca de donde encallaron dos buques petrolíferos.

Luces apagadas.

Primera marcha puesta.

Salto desde el asiento.

Y el coche precipitándose.

No distinguió ni su sonido al caer al agua. El embate de las olas tronaba con una cadencia de cuatro segundos. Se fue a Tailandia al día siguiente por si la policía tenía la matrícula que legó un tullido. Sin el instrumento del delito eso era lo único que podía implicarlo. El tiempo prescribió el crimen, pero no la deuda con alguien que no acudiría a los juzgados para cobrarla. Los doce millones fueron dinero fiduciario, a invertir y a devolver, y antes de ponerlo a la venta el piso acabó embargado porque el testaferro no resultó de fiar con el verdadero propietario perdido en el sudeste de Asia. Ahora volvía a A Coruña gracias a que le iban a condonar ese pasivo del balance. Aunque, cuando tu mejor amigo afronta una condena así, lo resumes escribiendo «problemas con los de azul» en una postal.

El motor del Talbot gimoteó como un anciano con neumonía. Ellos se rieron. Estirar los carrillos debería ser terapéutico en cualquier situación. Pero ninguno sabía con exactitud qué situación era aquella, solo que todavía tenía que ser peor de lo que aparentaba.

—Nos vamos a comer a La Subidita —dijo Mario.

—Olvídate.

—Tienen disponible tu mesa de siempre. Les cambió la voz al escuchar el nombre, así que por los viejos tiempos. Jamón asado, mollejas y flan de queso.

—No.

—¿Me puedes decir qué te sucede? Y no quería que la conversación inicial fuese tan profunda, porque imagino que te suceden muchas cosas y que debemos charlarlas con calma para ver cómo puedo ayudar. O cómo acabar de joderte, ya sabes, el golpe que te convierte en indestructible.

Dani reclinó el asiento del coche.

—De momento dame una vuelta por la ciudad.

—Solo veo ese flan de queso bamboleándose en el plato. Me estoy muriendo de hambre, *neno*.

—Y yo me estoy muriendo por ver esas calles.

—Las calles nunca se han ido. ¿Dónde te has metido en tus permisos y en el tiempecito aquel que solo ibas al talego a dormir?

Dani punteó un edificio verde, esquinero con la carretera de circunvalación de la costa.

—Justo ahí.

—¿En casa de Isra? ¿Te dieron el tercer grado para andar unos metros hasta la buhardilla de un yonqui?

—No te refieras así a él.

—Tienes razón. No es un yonqui, es nuestro yonqui.

—Vamos, saca este trasto, que hay otro coche esperando para aparcar.

—Si hasta me han multado por no poner el tíquet... —Mario reparó en la notita amarilla que engancharon en el parabrisas—. Pensé que estaba exento por ser un vehículo clásico.

La potencia del Talbot y el extrañamiento de Dani anunciaban el recorrido por A Coruña con la misma armonía que un carromato paseando a un turista. Mario intentaría darle estridencia poniendo al día a su amigo en las batallas que se había perdido, en Bangkok y en otros muchos sitios. Repasando el destino de cada uno de sus conocidos a escoger entre tumba, cárcel o el poco heroico matrimonio con hijos. La tradición narrativa oral de Galicia se sublimaba con personas que habían vivido así, porque no hay nada más adictivo que la nostalgia. Al final, memoria selectiva. Una historia que no se cuenta es una historia que no existe y eso lo sabían bien en el noroeste, donde podían relatar un centenar de anécdotas propias y otras tantas ajenas que acababan por cruzar protagonistas, realidad y ficción.

Marcha atrás. Maniobrando para salir de la plaza de aparcamiento.

—Cuando iba a dejar Tailandia me enteré de que David andaba por la India de yogui, ¿te lo puedes creer? Su hermana hacía voluntariado y el personaje se fue allí a meditar. A meditar sobre lo loco que estaba. Lozán, el del bar del barrio, me da el contacto al avisarle de que volvía para acá en un par de meses. Escribo una carta, *neno*, pero por escribir. Lo último que pienso es que va a llegarle algo. Y el día antes de coger el avión me responde. Que me reúna con él en Goa, que aquello es tremendo y que en vez de meditar se dedica a meterse bolas de opio como supositorios. Me convence, claro. Eso convence a cualquiera. Pillo dos aviones, cuatro trenes, ¡trenes en el techo!, y no recuerdo cuántos buses... ¿diez?, para aparecer en un hotelucho de Calcuta.

—¿Está cerca de Goa? —preguntó Dani.

—Está en el otro extremo de la India. Intento ponerte en perspectiva de lo que tarda uno en moverse por allí con una mochila y unas rupias.

—¿Y llegaste a Goa para ver a David?

—Enseguida voy con eso. Deja que fluya.

—Tienes que perdonarme.

—En Calcuta, desde que salgo del hotel un barbudo me sigue a todas partes. Al principio creí que era una paranoia mía, muchos barbas allí son calcados, pero meto cuatro esquinas a nivel contravigilancia de la nuestra y él me persigue, definitivamente me persigue. Le coloco un cuchillo en el cuello tras la última esquina.

Dani se tensó cuando el piloto embragó para poner segunda.

—Eso es muy tuyo, no nuestro.

—Y el hombre ni se inmuta. Luego acerca su mano a un zurrón que lleva colgado y le aprieto la hoja contra la nuez. Al final gesticula para que lo abra yo. Pues lo abro y hay unas bellotas de opio sacando el juguito. El cabrón era un comerciante. Le compro dos, casi me las regala. Por supuesto elijo metérmelas por la boca, como hace la gente maja...

Pero Dani había elegido desconectar. Apoyando la cabeza en la ventanilla, escrutaba una urbe que parecía ajena. Iniciaron el trayecto de trece kilómetros de paseo marítimo. Lo inauguraron meses antes de que él entrase en prisión y por entonces ocupaba un pedacito del arenal de Riazor. Ahora el mar refulgía a escamas entre la nueva balaustrada y se oía un murmullo creciente a medida que se acercaban a la playa del Orzán. Dos semáforos en verde y ya estarían allí.

—... y al final la mitad de la población de Calcuta duerme en la calle, por la noche intentas no pisarlos. Había un tipo con las tripas abiertas muriéndose ahí a las tantas, que debía de ser amigo del barbas, que a su vez hacía guardia enfrente del hotel. Es un concepto que no conocía, el del camello que va detrás del comprador subiéndole cada vez el precio. Pues saca como un puro del zurrón y se lo pone en la boca al de los intestinos colgando...

—¿Las pandillas de ahora seguirán quedando en las terceras escaleras de la playa del Orzán?

—Ah, ¿continúas sufriendo de esa hiper...? Venga, ayúdame con la palabreja porque no he vuelto a conocer a nadie que la tenga.

—Hipertimesia. Sí, todavía llevo cada segundo de mi biografía grabado. Y también la de los demás. —Después, rechinando los colmillos—: Solo he de decidir dónde quiero ir cuando pienso en el pasado.

Quizá por esa afección Dani era menos propenso a la nostalgia.

Mario cimbró las cejas, pasmado de que una duda tan banal interrumpiese sus historias y puso las luces de emergencia, parando el vehículo en el segundo carril de la carretera mientras una disonancia de cláxones lo apuraba desde atrás. Todo por la memoria, virtud o castigo, de su compañero.

—Debes bajar. Yo no me muevo de aquí.

Dani se apeó, observó el atolladero de coches y marcó un pulgar hacia arriba. Se arrimó a la baranda de la playa del Orzán justo encima de sus míticas terceras escaleras.

Siempre cambian las caras y siguen las mismas cabezas.

Allí abajo, pegados al muro para resguardarse de la arena que se aventaba desde la orilla, había una treintena de chavales. Lata de cerveza en mano y porro en boca o viceversa. Rondando sus felices dieciocho. Cabellos decolorados, tatuajes tribales, bañadores de flores que rayaban la rodilla. Distinguió a uno gordo que se le hizo familiar bajo unas gafas blancas Oakley en el eje de la conversación a gritos, delante de unas chicas taladradas por *piercings*, con los senos morenos refractando la luz a través del acero de sus pezones. Tendría que haber nacido en el 82. Lo que me costaba imaginar eso bajo un jersey de punto y ahora te sacan de dudas a pleno sol delante de los compañeros de instituto y de los viejos que pasean dos metros por arriba, con las manos cruzadas en la espalda igual que si llevaran esposas. Mi viejo también caminaba así. O camina. Y yo tendría que haber nacido en el 82. Como Hugo.

—¡Muévete, hijo de perra!

Un taxista sacaba la cabeza por la ventanilla insultando a Mario, que al final consiguió un atasco digno de los días de partido. Su amigo ponía el freno de mano y empuñaba la maneta de la puerta cuando entró Dani a la carrera.

—Ya no nos peleamos por estas cosas. Has de entender que libertad condicional no es exactamente libertad. —Y con una caída de ojos—: Seguimos, por favor.

Al llegar a Riazor el asfalto describía una curva larga y luego un zigzag para bordear las dos discotecas más conocidas de la ciudad. Se ubicaban a cien metros la una de la otra, pero parecía haber otra distancia si estudiabas sus colas. La que casi tocaba la arena mezclaba a los pijos con canallitas para que aquello tuviese algo de auténtico. La segunda, que se apostaba entre las rocas cercanas a un desagüe, aglutinaba la gente no tan famosa, no tan guapa, no tan bien vestida; y a todos los que no habían dejado entrar en la otra discoteca.

Dani siempre estuvo cómodo en ambas. Tenía algo que le permitía amigar con el primer bohemio de tabique incandescente que le daba la matraca sobre Vicente Huidobro, y girarse para pegarle un mandoble a otro tabique acompañado de un cuerpo baturro que le había derramado cerveza por la espalda. Además, el chico hablaba bien, lenguaje cultivado de crío por la saña que puso su madre en meterle la lectura por la boca, no por los ojos, con esa falsa ínfula del futuro primer universitario de la familia. Al menos le sirvió para ocuparse de la biblioteca de la cárcel en los últimos tiempos de encierro. Y también pegaba bien, pero eso lo aprendió fuera de casa. Otras sañas.

—¿Ves la pirámide? —Mario marcó un monolito con forma triangular, muy esbelto para referirse a una «pirámide»—. Es el Millenium. Dicen que lo acabarán en unas semanas y que le van a poner luces de colores dentro. Algo así como una plaza del Sol para las uvas en fin de año.

—¿Plaza del Sol en Labañou?, ¿enfrente de esas olas y con el viento que hace aquí? No se atreverán a dar ni una campanada. Pensé que la locura de Paquito terminaba en el tranvía que nadie usa.

—El milenio cambia, los barrios cambian. Ya quitaron casi todas las chabolas y ahora mira, giro a la izquierda... —gesto flamenco— ¡olé!

—Me hablaron de este centro comercial con un montón de salas de cine.

—¡Trece! Comprar, comer y mandar a los niños a la de dibujos animados mientras tú te cuelas en la de Tarantino. —Tras decirlo, Mario consideró que igual su amigo no sabía quién era Tarantino ni tantas personas que se habían hecho famosas en los últimos años. Llenó el silencio—: Y aparcamiento gratis. Los de los pueblos siempre miran eso, aparcamiento gratis aquí y allá, no tienen otra cosa en la boca. En el tranvía no montan, pero están muy preocupados por diez metros cuadrados señalizados con pintura plástica. Así que aquellos cines que frecuentábamos están casi todos cerrados... no disponían de plazas de aparcamiento.

—¿No existe el Goya?

Mario cabeceó.

—*Neno*, ahora me doy cuenta del tiempo que te han secuestrado.

Dani sintió una daga abriendo su estómago. La primera vez que le metió la lengua a Cristina fue allí, en las butacas aterciopeladas y siempre sucias, aprovechando el croché de Iván Drago a Apolo Creed. Había elegido aquel *Rocky* para que ella no le prestase atención a la película. No fue la cita más honesta. Después vendrían algunas que sí lo fueron, porque esa chica no regalaba seis años de noviazgo.

Intentó no hacerlo, pero estrenaba libertad condicional y merecía al menos la primera respuesta.

Le bailaron las piernas.

Tomó aire.

Sacó una sílaba meliflua del diafragma.

—¿Cris?

—En Coruña. ¿Seguro que quieres saber más?

—Ahora segurísimo. ¿Vive todavía en...?, a ver, no pongas esa cara de imbécil, esto no es fácil. ¿Dónde coño vive?

—Ya no vive con sus padres. Esa chica tiene éxito, y nadie tiene éxito si está con treinta y dos años en la misma casa que sus padres.

Dani hundió su iris negro en Mario. Con su sabiduría de charlatán le trataba como a un indio al que hay que convertir en explorador navajo. Que recuerde el lenguaje salvaje al encontrarse con los suyos. Porque ahí, y solo ahí, puede ser útil.

—¿Qué más?

Mario dudó un instante si responder, pero se decidió al ver la expresión desnortada de su amigo.

—Es abogada del Imperio. Está en un chalet de la mejor urbanización de Oleiros con un pijo que también trabaja para el Imperio y los dos se pasean en un biplaza rojo. Increíble, ¿no? Nadie le dirá a esa chica que no toca todos los palos.

Otra hoja de metal atravesando el abdomen. Era una idealista y ha acabado en la multinacional fundada en esta ciudad de medio pelo por el de la lista Forbes. Su puta madre.

—Su puta madre —reverberó el pensamiento.

—Sin pucheritos, Dani. Tú también trabajabas para otro imperio.

La buhardilla de un heroinómano es mucho peor que una celda. No resiste la comparación cuando el adicto trae la basura que encuentra por la calle. Al entrar en esa espiral de monedita y micra cree que cualquier bazofia tiene su equivalente en droga.

La bisagra de la puerta al rellano de Isra no llegaba al final del recorrido, a la mitad el tope de la ropa roñosa que vagabundeaba te obligaba a entrar de perfil. En ese instante un olor avinagrado anegaba tu pituitaria. Y gracias que la humedad capilar de las paredes, el pitbull esquelético con su bolsa de pienso industrial abierta y las chocolatinas pegadas al sillón de escay solo lograban un hedor avinagrado. El amoniaco de las bases mató el resto.

—¿De dónde... vienes? —farfulló Isra, recostado en el sofá mientras Dani daba pasitos sigilosos para no despertarlo.

—He estado poniéndome al día con Mario.

—Ese... ese traidor ya no se acuerda quién le enseñó todo. No... eh... no te fíes de él. Sigo enterándome de cosas, eh... Aunque no lo parezca... Y no... no parece una mierda, lo sé.

Isra volvió a cerrar los ojos.

Un lugar mejor que con ellos abiertos.

Tal vez si él no veía al mundo, el mundo no lo veía a él.

Dani recogió los recortes de papel albal que había por la mesa de metacrilato y tiró una manta encima de su anfitrión. ¿De dónde saca la heroína que nunca le encuentro para echarla por el retrete? Si no tiene un duro. Limpió la minúscula cocina de hornillo, desinfectó con lejía una bayeta, la frotó por los hongos que crecían en la nevera que colmaban dos limones con un cartón de leche cortada, dio de comer a Boss y puso a cocer un arroz blanco en la única olla de la casa. Las siete de la tarde y todo lo que podía hacer era degustar aquel plato para mirar a la pared de gotelé hasta derrotar al enemigo del preso que llaman sueño.

Enemigo por escurridizo.

Él llegó a soñar simplemente con dormir.

Sacó el colchón hinchable, lo extendió en el suelo y dio unas patadas al inflador. Oyó cómo los borbollones de agua apagaban el fuego del hornillo. La mitad del arroz se había fusionado con la olla. Mediante una cuchara sopera raspó los bordes y despertó otra vez a Isra.

—¿Qué... qué hay de cenar?

—Arroz frito.

Dani colocó dos platos con arroz quemado en el mantel de hule estampado a cuadros naranjas. Su amigo se levantó hasta la mesa para chupar los granos sin levantar la mirada del plástico que imitaba porcelana con poco éxito. Esos dientes fuliginosos no estaban para alardes. La adicción creció como una metástasis en cada esquina de su cuerpo.

—¿Has comprado el... eh... vinagre para el perro?

—No recuerdo en cuántas ocasiones te dije que se acabó darle eso.

—Sin él no funciona, ¿eh... Boss? —El pitbull atigrado movió el rabo hacia un lado, enseguida lo recogió a su posición natural—. ¿Te acuerdas cómo corría en cuanto lo soltaba? Era... impresionante, volaba hasta el brazo del que debía la cifra y ahí mordía... eh, mordía, la virgen... desgarrándolo hasta que aflojaba los billetes.

—Hasta que aflojaba los billetes y le metías la cuña de madera en la boca. Una bestia. Recuerdo que solo el pastor alemán de Tino le plantaba cara en el parque, lástima de aquella displasia de cadera.

—Va a cumplir diez años, está... está viejo... bastante viejo, pero todavía puede dar más de sí... ¿Me sigues? Hace falta el litro de vinagre en el pienso, eh, Dani. Lo cabrea para tres días seguidos.

—Siempre dije que un pastor alemán es la mejor raza si quieres un perro de presa y que la policía lo siga mirando como un cocker. A ver, que eran los perros de los nazis. No se puede dudar de una raza así.

—¿Me sigues o no?

Dani había intentado no seguirlo en esa ocasión. Cuando Isra hablaba, nunca alcanzaba a entenderlo del todo. Se limitaba a hacerse una idea de lo que quería. Y en aquel momento quería desbarrar sobre que le hacía falta cabrear a Boss por algún pensamiento delirante.

—¿Y quién te debe dinero ahora?

—Eh... el hermano de Lucía, el rubito con acné. Seguro que lo recuerdas. Cincuenta mil pesetas que he apuntado en una hoja. Sí... unos cuantos billetes.

—Tuvo un accidente de moto.

—Pero la familia querrá... hacerse cargo. Esas cosas van así, eh... desapareces y tus hijos o tus padres pagan las deudas. ¿Me sigues? Y vamos... vamos a calcular bien, le voy a sumar intereses. ¿Hace cuánto que se estrelló?

—En nuestro último año de instituto.

—Muchísimo dinero en intereses. Mañana yo mismo... yo compro la botella de vinagre, déjame... eh... unas moneditas. —Isra se fue deslizando del taburete hasta caer al suelo—. ¿Veinte duros? —Ya tirado.

—¿Te has tomado la medicación?

Encogimiento de hombros desde los azulejos pringosos.

Dani buscó los frascos de los retrovirales y los ordenó por colores como siempre, los juntó en otro bote más pequeño y se lo pasó a su amigo con un vaso de agua que acabó la mitad en sus pantalones. Isra se irguió apoyándose en el taburete y anduvo unos pasos hasta el sofá para derrumbarse, ahora sí, no se sabía cuántas horas o días.

Los muertos no caminan.

—Me duele —dijo, echándose su brazo agujereado a la parte lumbar de la que siempre se quejaba.

Dani le señaló un boquete junto a la muñeca, todavía con sangre reseca circundándolo.

—Y esto te ayuda con el dolor.

—Tam-también probé rezando... ¿Me sigues? Mierda... ¿Ha preguntado Mario, Mario... nuestro a-ami-amigo... por mí? No sé... algo. ¿Algo?

Las palabras bajaron a la velocidad de sus últimos tiempos, cada sílaba intentando saltar el muro de la atrofia mental. Un pastiche de las pocas neuronas que no escaparon a ninguna parte.

—Claro que ha preguntado.

—Eh... mientes.

—Sí lo hizo. Y te manda saludos.

—Mientes, mientes... toda-todavía sé cuándo no dices la verdad. ¿Por qué... eh... por qué no viene a dármelos?

—Ha estado viajando. Tailandia, Vietnam, Camboya e India. Creo que no me olvido de ningún país. En cuanto se instale ya verás cómo se pasa por los viejos tiempos. Te contará alguna buena historia sobre Calcuta.

Isra dormitó otra vez. «Calcuta» eran tres sílabas carentes de significado alguno. Le colgaba saliva de las comisuras de los labios cuando se arrancó con unas últimas palabras sin titubeos. Podían sonar a epitafio, pero no otro cualquiera.

—Todo lo que tenía era mi reputación. Tú la conociste.

Dani prestó la mayor atención a una frase en los últimos ocho años.

—La conocí muy bien —murmuró.

Algo similar a una lágrima cayó por el pómulo derecho de Isra y se repitió con la voz deshilachándose por el gollete:

—Todo lo que tenía era mi reputación. ¿Me sigues o no?

—Te sigo hasta el final.

Boss aprovechó que su dueño yacía inconsciente para acercarse a Dani con las orejas enhiestas. Este salió de su embotamiento, le guiñó un ojo y arrimó un trozo de fuet que había guardado. El perro lo engulló moviendo el rabo frenéticamente. Saltó olisqueando alguna otra posible pieza de fiambre y tiró al suelo el nocturlabio que asomaba en el bolsillo.

—¡No!, ¡no!, ¡no!

El pitbull retrocedió como un conejo asustado. ¿A quién le va a cobrar deudas ese pobre chucho? Dani se calmó al ver las agujas del aparejo de latón intactas y volvió a hacer un guiño a Boss. El nocturlabio es un instrumento para saber la hora con la marca de la Osa Mayor en el cielo estrellado. Un reloj de sol para vampiros. O, sin lírica, un cacharro que empleaban los marineros hace siglos. Tiene un disco interno que se gira hasta que encuentra la estrella en el disco externo sobre la fecha actual. Has de localizar Polaris, la que siempre señala el norte, y el puntero del brazo rueda hasta la Osa Mayor.

La ventana de la buhardilla daba a un patio herrumbroso, pero Dani se apoyó en el alféizar y manejó las agujas. Por un instante tuvo una de esas lisérgicas introspectivas de antaño. LSD impregnado en cartoncitos con dibujos de bicicletas. Recordó la persona, el lugar y la frase de la primera vez: el Polo, plaza de Maestro Mateo, «es de doble gota, cómete la mitad porque cuando vayas a la cama el domingo pensando que ya bajó, entenderás que estás puestísimo». El resultado es que seguía desubicado desde que nació. La abogada del Imperio acertó con el regalo, muy original. «Para que nunca te pierdas», decía la nota que estaba dentro de su caja.

Una nota que todavía guardaba.

Perdido.

Con eso no acertó.

Se recostó en el colchón hinchable. Mañana iba a ser un día complicado. Tenía que solicitar la paga de reinserción y luego visitar a una persona. El dolor punzante en las dorsales le recordó que esa noche también sería complicada. Parecía que, dentro del colchón, había espinas en vez de aire.

Y dijo para sí:

—Esta ciudad debería responder de muchas cosas. Ya lo creo.

4

—Le falta la solicitud 196 para tramitar la prestación.

—¿196?

—Es el nuevo modelo que ha de cumplimentar.

—Está bien, está bien. Deme uno.

—Tendrá que coger otro turno para formularios, aquí es la ventanilla de admisiones.

—Veo esas hojas detrás de usted.

—Mi trabajo se limita a admisiones, señor.

—De acuerdo, Sonia. —Dani leyó en alto la plaquita en la solapa de aquella funcionaria—. He esperado hora y media para hablarle y no creo que sea lógico esperar otra hora y media más, suponiendo que la ventanilla de formularios sea más rápida, cuando ya sabe, solo debe empujar su silla giratoria y estirar la mano. Ni siquiera tiene por qué levantarse, tome impulso con las plantas de los pies y a rodar. Que también veo esas ruedas desde aquí.

Sonia le apuntó con su mentón de alabastro. Y no tomó impulso con las plantas de los pies, pero apretó un botón bajo el tablero de poliuretano. Se acercaron dos mostrencos de seguridad hasta la ventanilla de admisiones cuando Dani ya guardaba en su bolsillo el tíquet para formularios.

Y diez minutos más tarde tenía el modelo 196 en sus manos. Cogió un nuevo turno, porque la que controlaba el rollo de los números no estaba autorizada para darle otro para admisiones mientras esperaba por formularios. Dani observó el papelillo. El 87, van por el 42. Debe de ser un chiste. Un mal chiste. Estira los carrillos, que es terapéutico.

—¿Quién tiene un número del 43 al 50? —preguntó a los ex convictos retrepados en los asientos.

Al rato estaba ante Sonia.

—¿Le han dado el 48?

—El 48 y el 196.

La funcionaria introdujo los datos en el vetusto ordenador, con ese módem que sonaba como un grillo anémico, y requirió a Dani el pliego documental que hay que presentar para una paga del Estado. Conseguir un subsidio siempre es lo más difícil posible. Por eso Sonia negó con la cabeza.

Y habló con el tono de quien desea que sus interlocutores vuelvan a la cárcel cuanto antes:

—El centro penitenciario no ha remitido el certificado de su libertad.

—¿Puede repetirme eso?

—El centro penitenciario no ha remitido...

—¿Me quiere decir que no consta que estoy en libertad?

—De momento no consta.

—¿Me ve aquí de cuerpo presente? Tal vez me haya fugado y debería volver a avisar a los de seguridad.

—Ya le digo que no se ha registrado su condicional. Es extraño porque las envían a diario.

—Entiendo que en cuanto llegue ese papel me ingresarán las cuarenta mil pesetas en la cuenta que he apuntado en el formulario 196.

Había sido otra hora y media abrir aquella cuenta bancaria esa misma mañana.

—Lo siento, señor... —buscando el apellido en aquella hoja— Piñeiro, habrá de venir de nuevo para hacer todo el trámite.

—¿Y cómo sabré si ya tiene el certificado?

—¡49!

Botón pulsado.

Los dos mostrencos acercándose.

Dani se marchó, furioso, saludando al personaje al que había endosado el número 87. Se notaba que aquel individuo echaría el resto de sus días repantigado en esas butacas. El ejemplo de la Galicia que se quedaba atrás cada mañana sin que a nadie le importara. Soy mayor que mis problemas, soy mayor que mis problemas. Y ya debo el primer favor. ¡Para! Repite esa mierda sin pensar en nada más como decía la psicóloga de la prisión. Soy mayor que mis problemas, soy mayor que mis problemas, soy mayor que mis... ¡hostia! Nacer, qué trauma.

Dani tomó un bus hasta las inmediaciones del Millenium y callejeó por el barrio de Korea, para muchos con k, hasta salir por su bloque en forma de herradura que presumía de las mejores vistas de la ciudad con las ventanas más diminutas jamás diseñadas. La capucha encima de la cabeza. No le apetecía saludar a viejos conocidos, y en Labañou tenía muchos conocidos y casi ningún amigo.

Al menos en 1992.

Ocho años desde entonces.

La mitad de aquellos conocidos estaban muertos.

Enfiló el camino de la costa hasta la granja que había unos minutos a pie más tarde. En ese lugar se había intentado desintoxicar Isra. Así que sabía que allí siempre faltaba una mano para arar la tierra, dar de comer a los animales e incluso algún trabajo extramuros casi dignamente pagado. Y también lo sabía porque conoció bien a Luis, el tutor de su amigo moribundo, de cuando conservaba la reputación como única pertenencia.

Al llegar comprobó que el paraje había perdido su aura extática. Las obras de ampliación del paseo marítimo borroneaban el apéndice de rocas que se metía en el océano.

—Quisiera hablar con Luis, por favor.

Perdió la cuenta de las veces que dijo «por favor» en dos días. El custodio cabeceó antes de contestar que no estaba. Y que la puerta sí estaba abierta para volver por donde había venido.

—Coméntele que le busca Dani.

—¿Dani qué más?

—Dani Piñeiro. Me conoce de sobra.

Aquel hombre pegó un bufido mientras se metía en el interior de la granja por indicaciones de un tal Piñeiro. Otro don nadie. Al momento salió Luis con la palabra *perplejo* escrita con letras de neón en su frente. Arrastraba unos veinte kilos más, pero conservaba su porte musculoso. El pelo gris y la mirada azul también le seguían ungiendo de ese misticismo que remachaban sus peroratas. A Dani no le hacía especial gracia cuando se ponía grandilocuente, sin embargo, el resto sabía llevarlo bien.

—Eres la última persona que esperaba ver este mediodía y, si lo pienso con calma, eres la última persona que esperaba ver. —Luis apretó los tríceps de Dani—. ¿Has cumplido con la sociedad?

—Casi, en condicional.

Luis dio un manotazo al cigarro negro que acababa de encender su visita.

—Aquí no.

—¿Tienes algo para mí?

—¿Tantos años de prisión cambiaron esto? —Tocándose su frente con el índice.

—Me van a putear un tiempo con la paga de reinserción. Y tampoco creo que sea suficiente para mejorar a corto plazo... Cuido de Isra.

La expresión de Luis permutó. Nombres que vienen y van, algunos se quedan en la memoria. En 1995 casi lo logró y Dani ni lo sabría. Seis meses allí encerrado sin visitas, sin llamadas, sin dinero, reconciliado con el mundo que nunca le declaró la guerra, e Isra ya no deliraba por las noches ni temblaba por el día.

Pero su figura pétrea se agrietó en cuanto decidieron que había ganado el tratamiento ambulatorio.

Puedes cortarle la cabeza a alguien y no puedes obligarle a cambiar.

La siguiente noticia fue que tenía sida.

Y volvió para trapichear dentro.

Línea roja cruzada.

—¿Cómo está?

—Ya no se mata. Ahora solo se muere.

—Era lo lógico. Entra, tú decides si te interesa

Dani recordaba el pasillo sostenido por azulejo modernista y la verja que abría unas instalaciones con la misma estructura panóptica que muchas cárceles. Todo gravitaba alrededor de la oficina acristalada de Luis y su carisma. En dos plantas de acceso por un patio interior, que recordaban a una corrala andaluza, se repartían las habitaciones de los internos. Detrás se extendían las parcelas con cultivos y las pocilgas que hacían que cualquiera se refiriese a ese sitio como «la granja».

—Cuéntamelo todo —dijo Dani cuando recorrían el pasillo.

—Setenta mil pesetas al mes, a veces algo menos, a veces algo más. Depende de los trabajos que salgan y de las subvenciones. Últimamente son pocas porque ocuparse de estas personas no tiene rédito electoral según el equipo del alcalde... Paquito siempre tan socialista. Llegarás aquí a las cinco y media de la mañana para descargar las furgonetas que traen el pienso. Después echarás una mano a las cocineras, nos hace falta otra persona que sirva desayunos y que esté atenta por si hay problemas en las colas, que en ocasiones créeme que los hay. A las nueve llenas el comedero de los pollos tras limpiar su mierda de la noche. Eso te llevará casi dos horas. Tienes un rato para un sándwich y luego fumigarás las tomateras. Otros días tocará arar la tierra de acuerdo a la producción. Acabado el trabajo de agricultor, sales con mis chicos en la furgoneta a cargar los muebles que nos dejan para los rastros benéficos. Quizá a las cuatro de la tarde estés libre. Dolorido y cabreado.

Siempre va a ser así y esa es la única garantía, puedes hacer lo mismo durante una década que nunca será mejor. ¿Recompensas? Tendrás la cabeza ocupada. Y verás que la semilla que has plantado germina un tallo, que los ancianos agradecen retirarles una librería vacía y con suerte que los pollos te regalan un arrumaco tras meses de limpiarlos... Bah, no me quiero pasar de rosca, eso último no sucederá. —Luis puso la mano en la nuca de Dani y cambió a una entonación grave—. Sé que ganabas mucho más en una hora que en un año entero con nosotros. Pero lo poco que consigas es para ti y lo que conseguiste en aquel tiempo nunca lo fue. Os decían que los narcos son ricos porque tienen millones en algún lugar enterrado y no os contaban que ese dinero es su condena, ¿eh? Eso se lo callaban, aunque ahora ya lo sabes. —Y observando a Dani con indolencia—: Sospecho que no volveré a verte, Gasoli...

—Mañana estoy aquí. Cinco y media.

El ocaso apagaba un día de los que dejan esa garantía con sello del noroeste: nunca será mejor. Ya no. Con todo aquel dinero despilfarrado en propiedades embargadas por el Estado, el patrimonio que nunca fue propio como le recordaron. Los tres coches de Dani no habían sido suyos, ni sus cinco motos, ni el mobiliario que le trajeron de Bali o los electrodomésticos de última generación que apiñó en la casa con piscina en Perillo. Que tampoco fue suya. Hasta los bonsáis se llevó la policía. *Zelkovas* de doscientas mil pesetas, *Acers* de medio millón o *Serissas* de casi uno cuando él no sabía ni qué abono ponerles a los arbolitos que podían ser sus abuelos. Al menos condenaron a otro por blanqueo de capitales. El paisano de boina y bastón que estampó su firma en las escrituras voló a Cuba con un pasaporte falso cuando perdió la apelación. A sus sesenta todavía bailaba con trigueñas entre la calle 23 y el Malecón.

En realidad, Dani lo tuvo todo muy bien atado.

Salvo en aquella fecha donde se desató todo.

La puesta de sol resultaría magnífica si el cielo estuviese despejado. Un nocturlabio en la noche de Galicia suele ser tan útil como una manta en el día del desierto. A cambio, los matices cárdenos de las nubes anuncian el apocalipsis hasta en los atardeceres de verano. Dani volvía quejumbroso a la buhardilla de Isra. Contemplaba en la ciudad aquello que se había ido, así que prefería estudiar el requiebro de las baldosas cuando caminaba.

Y alguien chocó con él.

—Mira por dónde vas, payaso.

El muchacho gordo que creyó reconocer en la playa y la bravata más común. Arrimó la frente a la de Dani. Detrás, su pandilla esperaba la señal con la misma pose de los que vio en las terceras escaleras del Orzán. Esa pose que un día pensó que había inventado él.

—Perdona —acertó a decir.

Una colleja respondió las disculpas de Dani, que escudriñó al gordinflón de mano suelta. Conservaba el instinto para saber quién era peligroso. Y ese muchacho no lo era. Pero su vista volvió a desviarse al grupo de amigos que tenía a sus espaldas. Seguían dudando si aquello era suficiente para una paliza al individuo de la capucha, una tunda aséptica y casual que olvidarían diez minutos más tarde. Se fijó bien en ellos. Sobre todo en uno de cabello mechado, que se había peinado para parecer que no se había peinado, y con dilataciones en los lóbulos.

—No quiero problemas —dijo Dani sin casi poder modular la voz.

Echó a correr.

—¡La próxima vez te llevas dos puñaladas!

Dani empujaba el portal. El repiqueteo del llavero no atinaba con la cerradura. Al fin la bisagra gimió, pero el ascensor tampoco llegaba. Puede estar bajando del cielo. ¿Qué cielo?, si el infierno es una cueva en un sobreático. Comenzó a saltar los ciento cuarenta escalones que había. En el último exhaló el poco aire que le quedaba en los pulmones y entró en la buhardilla. Isra y Boss lo recibieron adheridos al sofá con el mismo entusiasmo contrito.

—Lo acabo de ver.

—Esa... eh... esa cara de miedo... ¿A un fantasma?

—A Hugo.

5

Alguien dijo que la boca era para callar.

Andrés le daba la razón cuando estaba con su mujer. Ana había preparado la tortilla poco hecha, de las que hay que terminar a cuchara, y la lechuga rebosando cebolla aliñada por vinagre de limón. Siempre un corte de pan de *brona* al lado de cada plato. Lanzar el tenedor, pinchar, abrir los labios, masticar, engullir; y lanzar el tenedor. Andrés se levantó para coger una botella de Ribeiro, de la que quedaba la mitad. Él la veía medio vacía. Chirrió el tapón para arriar el mágico sonido del descorche.

Entonces Ana suspiró y lanzó el tenedor.

La boca es para comer por mucho que alguien diga.

Enfrente, el cristal se inclinó sobre el otro cristal y lo tintó de ese color morado, casi negro.

—Creo que nuestro hijo ha salido de prisión —Andrés habló como si la boca fuese para hablar.

—Yo no tengo más hijo que Hugo.

Ana picó el cubierto en la loza, rayándola vesánicamente, dio otro suspiro y se llevó los restos de comida a la cocina.

Andrés vertía más vino.

Y no habló más.

La boca es para beber.

Las ruedas rasgaban el asfalto esquivando un socavón. La pierna derecha pateaba la carretera y la izquierda se mantenía firme sobre la lija. Ya veía el mar. Ahora los dos pies estaban encima y el cuerpo giró. Esa vez no iba a talonar el freno. La mano adelantada anunciaba el próximo vaivén con los dedos y la otra permanecía casi rígida, un timón de anillos labrados que simulaban ser de plata, pero dejaban manchas negras en la piel. El temblor bajo sus suelas avisó de que los zigzags se terminaron. ¡Dale, *neno*! Genuflexión de la pierna trasera para rozar el polvo de aluminio.

Hasta el final.

El monopatín vadeó los coches por el medio de los carriles que esperaban el verde del semáforo. Si hay un color esperanza, tiene que ser ese porque me voy a estrellar contra el tráfico. Hugo atravesó la carretera de la costa, saltó el bordillo, tuvo tiempo de ornamentar la maniobra pinzando el primer eje y por fin talonó para rotar 360 grados ante su público. La tabla se detuvo. Había ganado, aunque aquello merecía el último truco. Las puntas de las zapatillas buscaron el extremo de la lija y pellizcaron el borde de madera para que quedase de costado. Las gomas de las suelas agarraron el canto. Voy a desatar un tornado, sed testigos. El monopatín dio vueltas en el aire mientras Hugo se llevaba las rodillas al pecho para dejarlas caer encima de las cuatro ruedas y saludar a su público en aquel bis. Pero la zapatilla izquierda huyó desequilibrándolo hacia delante, la tabla salió despedida a la carretera y su quijada rebotó contra la tierra del seto que contorneaba el paseo marítimo. Oyó unas risas y el crujido de su patinete en los bajos de un coche.

—Impresionante.

—Vaya golpe —masculló Hugo.

Pipas lo irguió y después no pudo evitar desternillarse. Palmeó la cabeza de Hugo, que abría la mandíbula para saber si la tenía rota. Las carcajadas caninas seguían de fondo.

—¿Quién se está riendo de él? —preguntó Pipas al apretar a su amigo contra su cuerpo orondo.

Los chavales que lloraban de risa guardaron las lágrimas por si tocaba llorar de dolor con el primer guantazo «del capo». Le sentaba bien ese apelativo «al gordo». Tal como le llamaban cuando tenían la seguridad de que nunca los iba a oír. El público, ya sin posesivo, se dispersó.

—Demasiado ambicioso —dijo Hugo al protector de su vanidad.

—Yo esto de patinar no lo acabo de entender. Te he visto jugándote el pescuezo delante de unos muertos de hambre y, sin saber de estos rollos, te diré que no había fichado nada igual. Al enfilar el semáforo en rojo... es que los tienes cuadrados. Entonces se te ocurre pegar un saltito, hacer dos monerías y, cuando ya conseguías que se hablase de tu hazaña entre estos que se atan los pantalones por las rodillas, te la pegas contra el suelo y mandas la tabla contra un Talbot de mierda que ni siquiera ha frenado.

—Pues no hace falta que lo entiendas, que lo de patinar se terminó por un tiempo. Esa tabla costaba veinte mil pesetas... Coño —estirando la tela rajada que ponía «Full Circle»—, hasta he roto la camiseta de Pennywise.

—No me cuentes milongas. Consigues mucho más siendo una noche mi socio. Es imposible ocuparme de todos los pesados de la discoteca. Ya has visto cómo se hace un corro a mi alrededor en Bambina, Baroke, Oh Coruña, Pirámide y por no recordar las colas que formaba en La Roca. Hasta en la Zoo me conocen... en el camping de Baltar harán una estatua de Pipas.

—Mirada al infinito que acababa con el edificio al otro lado de la acera—. La estoy imaginando.

—¿Estatua de mármol?

—No, garrulo. De bronce.

—¿Y hablas de ti en tercera persona?

—Sí... —contestó dubitativo Pipas. Luego arrancó—: Es que voy a pedir una copa y vienen detrás, voy a comerle la oreja a una nena y vienen detrás. No lo paso bien cuando salgo, es agotador.

—Agotador, seguro.

—Mañana tengo que recoger las mil Mitsubishis de cada mes. Doscientas cincuenta mil pesetas que he apoquinado, haz cuentas vendiéndolas a mil quinientas cada una o el pack de quince a un verde la unidad. Venga, anímate y quédate cien. Me vas ingresando a medida que sueltes género y te aseguro que compras un coche igual al que ha reventado tu tabla en unas semanas. ¿Que sale mal? No pasa nada, te permito devolverme el producto a coste cero. Como las tiendas esas de ropa.

—Prefiero ser el catador.

Hugo se agarraba la mandíbula para no reírse él también. Su función en el menudeo era probar las pastillas que venían de muestra coronando aquellas formas tubulares de plástico. Transportaban éxtasis como si fuesen fichas de casino. Una inscripción: un valor asociado.

—¿Nunca te voy a convencer de catar billete? —Pipas agitó un pequeño fajo, solo verde, que sacó de su riñonera—. Eres mi mano derecha, estamos juntos en todas. Y no me vengas otra vez con lo del trauma familiar. Yo vendo un subidón. Tu primo era un criminal.

—Mejor voy a recoger a mi madre al mercado.

Pipas había mentado el tabú del ídolo caído.

Ante eso quedaba la huida.

El mercado de Monte Alto se erigía sobre un aparcamiento subterráneo cerca de la casa de Andrés y Ana. La plaza de difícil lectura arquitectónica se construyó en 1982, ese año tan intenso para la familia. El bebé no vino con un pan debajo del brazo, trajo una licencia para explotar la única pescadería del encante. Pero los berreos del retoño también sucedieron a la desgracia: sus padres morían en accidente de tráfico. Una colisión extraña, dijo la policía.

—¿Te queda mucho, mama? —Hugo apoyó los codos raspados en la repisa de mármol donde Ana troceaba el pescado. Para él siempre fue «mama»—. Son casi las ocho de la tarde.

—Lo que me lleve terminar la merluza para cenar. Esta marea roja nos arruinará, no recuerdo cuándo tuve las últimas almejas.

—Escuché que puede durar todo el verano.

—Al principio eran quince días y ahora ese rumor de que se queda otro mes. Nadie lo sabe, pero en esta ciudad a la gente le encanta hablar. —Golpazo al cadáver—. Es muy gallego... hablar.

El desescamador rascaba el pescado de la cola hacia la cabeza. La merluza, tan fea como todas, quedó boca abajo y Ana la limpió con un chorro de agua. Iba a por el eviscerado. Abrió el vientre con unas tijeras desde el extremo inferior, cortó las aletas, retiró las agallas, y el guante se introdujo en las entrañas para arrancar las tripas y correr la sangre. El olor metálico se mezclaba con el de la bajamar.

—Le hago los tajos y ya está.

La pescadera cogió los lomos y los troceó en cortes de unos seis centímetros. Retiró las espinas y la piel sobrante de las rodajas para dibujar los medallones. Cuatro medallones por rodaja. Habría que congelar la mitad de la pieza. Y no se podía confiar en aquel frigorífico que se estropeaba cada semana.

—He visto a papa esperando fuera —dijo Hugo cuando Ana se sacaba los guantes, la rejilla y el delantal. Para él siempre fue «papa».

—¿Cómo viene?

—Hoy no da tumbos.

—O sea que me va a pedir dinero.

Salieron al encuentro de Andrés. El chaval abrazó al que consideraba su padre, a la vez que la que consideraba su madre pasaba de largo y enfilaba el camino a la casa, antaño hogar, con una bolsa plástica colmada de recortes de periódico circundando el pescado.

—Me he quedado sin tabaco —dijo Andrés de improviso, frenando el paso.

—Sin alcohol —replicó su mujer—. No tengo ni doscientas pesetas, así que ahórrate el resto del teatro.

—Vamos, papa, te lo pido por favor.

—Hugo, como no llegue en cinco minutos, no me dejes entrar. Si digo que me he quedado sin tabaco, es porque me he quedado sin tabaco. —Palpando el exterior de sus bolsillos—. Iré hasta el bar y enseguida aparezco para la cena. Y tampoco me hacen falta doscientas pesetas.

—Déjalo —intervino Ana—, nunca ha necesitado excusas para emborracharse. Hasta puede que sea verdad.

Cuando dieron la esquina, Andrés encendió un cigarro.

Manos temblorosas.

Mucho más de lo habitual.

Se aproximó al individuo de la capucha que los había estado observando, apoyado en una barandilla.

—Yo ya me iba.

Andrés lo asió del brazo.

—Los años no te han tratado mal.

—Se detuvieron en la cárcel solo para tratarme mal. Simplemente quería hablar con el chaval, lo vi ayer y no parecía tan enmadrado.

—En tres meses estará estudiando Derecho. Tal vez es mejor que lo olvides de momento.

—Cuéntame otra.

—Lo juro, será el primer universitario de la familia.

Dani aprovechó el brazo tendido y palpitante para robar la cajetilla de Andrés, que asomaba en el pantalón de franela.

—No sé si te lo dije. Siempre fumé Ducados por tu culpa. Ese Winston que gastabas me hizo cogerle manía al tabaco rubio, pero parece que hoy es un día de excepciones. —Y abriendo la cajetilla—: ¿Solo te queda uno? —Cogió la cajetilla entera—. Ya lo siento.

—Hijo...

—Ni lo intentes.

El individuo de la capucha se zafó del agarrón de aquel hombre. De su viejo. Que se fue con la cabeza gacha, andando con las manos cruzadas a la espalda igual que si llevara unas esposas.

El agua golpeaba para siempre el rompeolas de la playa de Riazor.

El humo del tercer cigarro se elevaba en anillos que le parecían esposas.

Dani a la marea:

—Mejor cien culpables en la calle que un inocente en prisión.

6

1992

«¡Más gas! ¡No!, ¡frena!, ¡frena!», Dani bajó dos marchas, casi sin picar embrague, con la maneta derecha apretada junto al pedal de las zapatas traseras. Las coces al cambio hicieron culear la moto, que pudo tomar la curva a ras rozando el asfalto con la pernera. Volvió a subir a cuarta su Kawasaki KLX 650 verde, el color identitario de la marca. Tenía que coger un camino de tierra, las gomas de tacos eran inútiles para escapar por carretera de los coches policiales y sus cuatro ruedas seminuevas. Las sirenas tronaban. Los destellos azules se filtraban por la córnea. ¡Más gas! Faltaría un par de kilómetros para llegar al pueblo de Carril, donde seguro que no le esperaba un futuro mejor. Huyó de Villagarcía con esos perros de presa pisándole los talones, así que no se inmutó por el retén que vislumbraba en uno de los pocos tramos rectos que tenía la PO-548. No me voy a estampar contra ellos. Ni siquiera llevo casco.

—¡Deténgase! —aulló el megáfono que enfrentaba.

¡Más gas! Pegadas a la derecha de la carretera estaban esas casas de planta baja que hacen de Galicia uno de los lugares más peligrosos para conducir. La gente toma las curvas a toda hostia y a toda hostia la misma gente vive en las cunetas. Dani vio un hueco al otro lado, plegó la enduro, cerró los ojos y al abrirlos casi tocaba la playa que unía los dos pueblos. Se puso de pie encima de sus estriberas y descendió las escaleras al arenal con el sacro en pompa. En la última casi sale despedido por encima del manillar, pero iba a conservar los dientes un rato más.

—¡Alto! —berreó otra voz, en esta ocasión humana.

Le siguieron dos disparos.

El piloto aguardó que apuntasen a las estrellas de aquella noche de mediados de septiembre en las Rías Baixas. Las dunas casi no lo dejaban avanzar. De un brinco desmontó de la moto y comenzó a empujarla, acelerando cuando se encallaba en la arenisca, cada vez más compacta al divisar la orilla en la penumbra. Alguien lo perchó por la parte de atrás del cuello de su camisa tejana y repitió ese «alto» entre dientes apretados. Incluso insistió una tercera vez en el suelo, musitado por la patada que lanzó su presa de espaldas. Luego susurró «mis huevos».

Dani volvió a subir a la Kawa cuando constató que había soltado lastre. Ahora bramaba el ruido de las aspas de un helicóptero. ¡Más gas!

—¡Está rodeado! —definió la situación aquel aparato desde la posición cenital.

—¡Solo escucho tópicos! —gritó Dani.

El chico miró la hélice a través de un plano contrapicado. Supo que aquello iba a acabar muy pronto. De hecho, era en lo único que estaba de acuerdo con sus perseguidores, así que mejor terminar con más ruido. Rebotó la maneta de embrague con el anular e índice, giró el puño del gas y pateó el pedal del cambio para poner la moto a una rueda sobre las olas orilleras y exprimir las diez mil revoluciones de la segunda marcha. Intentaría subir por una pared de rocas. ¿Por qué no?, ¿por qué no? Ni siquiera llevo casco. ¡Mucho más gas!

Un momento después.

—¿Vivo o muerto? Cuidado no te vayan a poner bajo tierra mientras respiras. Eso no es agradable.

Una linterna chispeaba encima de los párpados cerrados de Dani, que se cansó de hacerse el muerto.

—Luché contra la ley y la ley ganó —canturreó su rendición.

La moto partida: la mitad en la arena, la otra mitad flotando en una poza de agua. No pudo ni trepar dos metros por la pared y la Kawasaki decidió dar la vuelta para destrozarse contra los peñascos. Él tuvo más suerte y cayó de espaldas en la playa. Brazos en cruz empapados por las mismas olas orilleras que surcaban hacia el gran golpe. El derecho ensangrentado hasta el cuello. Y ahora contemplaba el helicóptero a través de un plano nadir.

—¿Es de la banda del Panadero? —preguntó el uniforme al otro uniforme. Jamás mentarían a don Abel.

—Tiene que serlo —contestó el que casi lo trincó antes de estrellarse, apareciendo todavía con el aliento entrecortado. Se arrodilló para acercarse a la oreja de Dani—. Mientras te perseguíamos me preguntaba desde cuándo los peces pequeños se comen a los gordos. Llevo veinte años patrullando en las rías y siempre creí que había jerarquía entre vosotros. Incluso dudaba de si serías el que acaba de prender fuego a un pez más gordo hasta que intentaste trepar ese muro con la moto. Muchacho, o no sabes nada de jerarquía o estás muy loco.

—Sufro ambas enfermedades —dijo Dani, disfrutando del cielo estrellado por última vez en mucho tiempo.

El olor metálico se mezclaba con el de la bajamar.

También olía a gasolina.

7

«Tras más de un mes y medio de marea roja en la Ría de A Coruña, los técnicos medioambientales de la Xunta de Galicia han prohibido también el marisqueo en la vecina Ría de Betanzos ante los primeros análisis del agua que indican una leve contaminación. Conectamos con nuestro corresponsal...»
La radio gimió antes de amplificar la voz lívida del reportero. A la segunda palabra sonaba a que no quería estar allí, a que él había estudiado para hacer periodismo de investigación en el mejor suplemento dominical. «En toda Ferrolterra se sigue con preocupación la noticia de la...» La señal volvía a crepitar.

—Dale un manotazo —dijo Luis sin levantar la vista de un mamotreto de papeles.

Dani palmeó la radio.

—No parece que funcione.

—Arréale decidido, hombre. Que tú eras bueno con eso.

Dani palmeó de nuevo el aparato y luego movió la antena a izquierda y derecha, buscando la frecuencia de algo que a ninguno de los dos le interesaba.

—¿En estos años no has podido comprar otra?

—No sé qué cobertura piensas que tenemos, pero tampoco necesitamos más. ¿Cómo van los pollos?

—Siguen sin saber cómo suicidarse.

Dani se puso los guantes de látex. En las dos semanas que llevaba allí no podía evitar una arcada antes de entrar en la granja de aquellas aves hacinadas.

Al salir por la puerta recibió la habitual felicitación:

—Lo estás haciendo bien.

Luis había leído a Pavlov y los reflejos condicionados. Aplicaba conductismo con los internos, solía funcionar y una frase alentadora es fácil. Pero la teoría dice que ha de ser un proceso inconsciente mientras Dani pensaba que esos eslóganes insultaban su inteligencia, todavía con el porte esculpido. Él no era otro ser ajado y caduco que tenía el cuello rodeado por la guadaña.

Él era alguien importante en otro tiempo.

Y él había elegido dejar de serlo.

Por eso merecía un respeto.

—Supuse que exagerabas cuando dijiste que nunca sería mejor.

Luis torció la boca ante el aviso.

La granja de pollos conformaba un espacio de doscientos metros cuadrados acotado por verjas, con tres subestructuras metálicas que la atravesaban y de las que colgaban comederos. Los animales se arracimaban en torno a los platos y después iban dejando su detrito en cualquier esquina con organización burócrata. Dani odiaba su asqueroso olor, pero no sentía desprecio por los pichones. Le recordaban a los presos. Y él a un carcelero si no tuviese que limpiarlos. A los guantes de látex les seguían una máscara y un rastrillo de enhebras que acumulaba los excrementos en la parte posterior. Allí con la ayuda del loco de turno se paleaban hasta el biodigestor. Uno de los anhelos de la instalación sostenible que siempre citaba Luis: conseguir fertilizantes a través de las heces. Que una flor germinase de la inmundicia resumía el espíritu del proyecto. El problema para Dani era esa literalidad. Y el bocata de chóped. A las doce de la mañana le dejaban en el almacén la baguete aplastando dos lonchas de fiambre gelatinoso y una pieza de fruta recolectada en los huertos por la mano de otro tarado.

—Saldrás ahora con los chicos en la furgoneta —interrumpió Luis el trabajo—. Nos han ofrecido un local nuevo y hay que llenarlo para abrir la semana que viene.

—¿Significa que terminaré antes? —preguntó Dani.

—Significa que estarás más tiempo cargando muebles.

Sus sombras proyectadas por el foco del cobertizo se enfrentaron hasta que Dani salió con el enésimo suspiro. Al menos es viernes. Una reflexión que no he tenido en ocho años.

Luis volvió a torcer la boca.

Los chicos eran Fran y Jonatán. Y ya rondaban los cuarenta. Su historia fue tan gloriosa como tantas que nadie recuerda. Fran había sido uno de los primeros Riazor Blues cuando lo de convertirse en un ultra era casi una excentricidad. Más si hablábamos de un equipillo de segunda división en 1987, y mucho más si te ponías detrás de un trapo de España con la A de anarquía grafiteada en el gualda. El cuello tenía la marca de los días de gloria: tatuaje de un muñecote empalmado que disparaba perdigones por su miembro. Alguien pensó que sería un buen emblema. La Primera División, las cabezas rapadas, las Doctor Martens y los parches con la bandera gallega en las *bombers* aparecieron cuando el conductor de la furgoneta ya solo podía sacar una navaja para retener la reputación que mató entre otros pinchazos. Parecía que, si te dejaba esa novia, no quedaba más que agonizar en una esquina pensando lo puta que era. Y la epopeya de Jonatán debió de ser todavía peor, porque se intuía que jamás disfrutó de un sentimiento místico que reproducía dibujos de un pene escopetero como una pandemia. De familia de carteristas que malvivía metiendo la mano por la calle Real.

Hasta la llegada de Dani ese tándem no trabajaba mucho. La furgoneta iba casi siempre vacía. No se abrían las puertas tras descubrir por la mirilla a los que acudían a recoger los muebles.

Sin embargo, había una persona nueva que corregía los volantazos y pulsaba el timbre con determinación. Esa era la palabra: *determinación*.

—Ronda de Nelle 75 —leyó Fran en alto un papel arrugado.

—¿Qué tienen?

—Una mudanza completa.

—Trae. —Dani arrancó la nota de las manos psoriásicas—. Armario, librería, cama de matrimonio... dime que es una broma.

La broma se constató minutos más tarde cuando vieron que el rellano de la escalera solo se podía subir de perfil. En el quinto piso una única puerta de roble. No tenía timbre a su derecha ni a su izquierda. Solo un interruptor que parpadeaba a destellos naranjas y que, efectivamente, correspondía a la luz. Una luz que duró cinco segundos en el descansillo. Lo justo para reparar en una aldaba que sostenía una pieza circular que aporrearía otro hierro incrustado en la madera.

Uno, dos, tres golpes. Silencio sepulcral.

Uno, dos, tres golpes. Silencio sepulcral.

Uno, dos, anciana con camisón y alpargatas.

Y a pesar de la impresión inicial no hubo más referencias al silente sepulcro.

—Llevo esperándoles todo el día, jóvenes —dijo, haciéndose a un lado—. No he dado mi paseo porque me aseguraron que vendrían a las diez de la mañana. Es que necesito andar para la circulación y la mejor hora es las diez de la mañana, al mediodía hace mucho calor y en la tarde están esos demonios del instituto sueltos... ¡No he caminado hoy por su impuntualidad y me puede dar un trombo en las piernas! —Tomó aire para calmarse y parpadeó varias veces—. En mi época éramos puntuales y no teníamos ni móviles ni coches, pero sí había valores... valores.

—¿Dónde están los muebles? —la cortó Jonatán.

—Este es el primero.

Todo el encuadre del plano que había detrás de la vieja era uno de los muebles. Un armario gigantesco con vidrieras verdes y amarillas. Podía ser la pared maestra del edificio.

—Enséñenos el segundo.

La señora alzó sus brazos y fue dando pasitos hasta llegar a una habitación con el inconfundible olor de la ancianidad. También olía a un deceso inminente, a una mortaja desteñida de lejía tapando un cuerpo, a un ambulanciero cavilando cómo transportar aquello en el rellano, a un forense aliviado por la muerte más natural del día y a un cónclave vecinal que se hacía el sorprendido gracias a la noticia que siempre aguardaron. Allí, donde se respiraba el futuro, había algo más accesible: una cama de metro y medio con cabecero de inspiración flamígera.

—Está bien —dijo Dani—. La voltearemos para que quepa por el marco de la puerta y ojalá que el radio de giro nos permita sacar el cabezal de perfil por el pasillo.

—¿Es usted ingeniero?

Dani forzó una mueca de empatía.

—¿Se imagina?

Fran y Jonatán agarraron las dos esquinas inferiores mientras Dani hacía una sentadilla para sostener el cabezal en el aire. Al tercer paso Fran tropezó y la cama aterrizaba en el suelo. Pata izquierda astillada.

—¡Cretinos!, ¡vaya hatajo de mentecatos! —Las imprecaciones de la señora cantaron la nueva maniobra para aguantar el trasto—. ¡Vienen tarde y mal!

Los brazos de Dani temblaban tanto que tuvo que ayudarse de su rodilla para no dejar caer el mueble cuando sus compañeros encararon el pasillo. La rodilla también comenzó a temblar.

—¡Ayuda!

Fran acudió en su auxilio. Se tomó su tiempo para deslizarse por debajo del somier y Dani se dio cuenta de que el esfuerzo seguía siendo igual de hercúleo.

—Ya lo tengo. —Fran no tenía nada hasta la mirada de Dani—. Ahora, ¿no? —El antiguo *hooligan* comenzó a sudar—. ¿No?

—Sí, justo ahora.

Dani hizo el trayecto inverso y levantó con Jonatán el mueble a la altura de sus cuellos, entretanto Fran se retorcía a punto de ser aplastado por el camastro. Y finalmente cedió. El rostro aceitunado del conductor de la furgoneta fue enrojeciéndose hasta que Dani volvió a erguirlo.

—¡Ineptos!, ¡memos! —Imprecaciones de otra época, la de los valores.

—¡Me he hecho un esguince! —chilló Fran cuando se puso en pie. Pero decidió regresar al suelo entre aullidos propios de una amputación—. ¡Me he hecho un esguince!

—Empujamos hasta el final —ordenó Dani a lo que quedaba de su equipo.

Tras un arreón lograron sacar el mueble al descansillo, abandonando a su compañero mientras la vieja le pateaba la tibia, sabiendo dónde golpear con la experiencia de los años. Jonatán pulsó el interruptor de la luz y los cinco segundos de claridad revelaron que, a pesar de las ridículas escaleras, el hueco entre ellas era suficiente para bajar la cama con unos arneses que guardaban en la furgoneta. Se usaban en casos extremos. Aquel entraría dentro del protocolo.

—Dale otra vez al botón —pidió Dani.

Cinco segundos de luz.

—¿Ya?

—Otra vez, por favor.

Cinco segundos de luz.

Dani encontró la *determinación*, esa era la palabra, para depositar la carga en el suelo e ir a por las cuerdas. Se reunieron para determinar los roles. Fran y Jonatán aguantarían el arnés desde arriba, dejándolo caer con suavidad a la vez que Dani bajaría los cinco pisos con el cabezal amarrado por el otro extremo de la cuerda. Recordó un nudo que le enseñaron en su infancia: *el redondo.* Ahorcado a cada una de las patas.

—¡Soltad medio metro cada vez que os diga un poco más! —gritó Dani desde el cuarto piso.

—¡Perfecto!

—¡Un poco más!

La cama cayó por el hueco de la escalera hasta hacerse añicos contra el suelo de la planta baja. Las puertas del vecindario se abrieron unos centímetros y quedaron así entornadas en discreta curiosidad. Dani torció la boca y Luis, a seis kilómetros de distancia, la torció por tercera y última vez esa mañana.

Esa mañana de viernes.

—¿Te das cuenta de cómo huele esta pocilga? ¡Y sácame al puto perro de delante!

Isra irguió del sofá su cuerpo abarquillado y apartó a Boss después de la patada que acababa de encajar el animal.

—Tampoco hay... para tanto.

—Cuéntame las novedades. Quiero saberlo todo.

—Primero las tuyas... eh... ¿Me sigues? ¿Qué... qué traes esta vez?

—Lo que ves. Más que suficiente.

Unas micras de heroína parda rodaron por la mesa e Isra apuró a cogerlas con sus manos mugrientas.

—Dani sigue trabajando... eh... en el cen-centro de drogatas que está al lado del Portiño. No... no parece tener otros... planes.

—«Drogatas», suelta... No me vale. Te pago para que des información que no puedo conseguir gratis. Esa es la base de la relación con cualquier chivato.

Isra permaneció en silencio mientras quemaba la cuchara donde disolvía la heroína en agua y un poco de ácido cítrico. Ya había preparado el cincho mediante el que marcar la única vena por la que podía inyectarse. Si no iría al cuello, pero todavía le daba rubor pincharse en el cuello delante de otras personas. En especial si lo habían conocido cuando él era el que daba órdenes.

—¿Nada más?

—Eh... nada más, jefe.

Isra recibió un golpe en la mano que derramó la sustancia

por el suelo. Se agachó y chupó con su lengua geográfica las gotas amargas que se incrustaron en el linóleo. Lo sujetaron del cabello y lo devolvieron con un empujón al sofá, a su trono de inmundicia.

—Piénsalo mejor.

—¡Vale!, ¡vale! Eh... ser yonqui es un trabajo muy duro. —Y ya en disertación—: No hay otro igual de... duro. Te lleva la salud, te tratan mal y pue-puedes estar una semana buscando la dosis. Eh... y muchas veces me pico ibuprofeno, no queda honradez. En los ochenta el caballo era... caballo, sin... sin maldad. Merecemos más que un ingresito de... eh... veinte mil pesetas al mes... no... no me insultes, ponme eso otra vez y te cuento más de tu querido... queridísimo Dani. Nunca fuiste un tacaño, *speedball* por nuestra amistad... eh. Mix de coca y heroína. ¡Blanco y Negro mix igual que aquel disco! —Alternando las palmas de las manos al frente como en una discoteca—. ¿Me sigues?

—Además de yonqui, eres mi informante. Intenta ser un poco profesional tal y como hago yo. Atento —cinco micras de cocaína y heroína destellando—, ¿él tiene pensado volver?

—Dani no quiere volver. ¿Qué... qué le espera allí? Tantos años encerrado... eh... una persona así puede volver si es el momento de que rueden cabezas. ¿Lo es? No... no lo creo. Yo... yo lo veo tranquilo, con mi pe-perrito... char-charlando de los buenos momentos.

—¿La familia?

—Te he dicho no sé cuántas... eh... de la familia le interesa su hermano, ayer, o... o puede que fuese antes de ayer... ay, no sé. El rollo es que lo vio. Y se largó corriendo. To-todo está en calma. Calma... No tenemos esperanza, pero sí algo de calma... eh. Eso siempre fue lo importante.

Las micras quedaron latiendo en la mesa.

—Continúa teniéndome al tanto. Volveré cualquier mediodía de estos.

—Eh... Por supuesto, jefe.

—Y deja de llamarme jefe. Te respeto mucho más de lo que

tú te respetas a ti. Así que, en honor a lo que fuiste, también te traeré antibióticos para el brazo. Lo llevas hecho un cristo.

—Bueno... eh... Gracias por la caridad.

—Isra, ¿has pensado que si frenas un poco, tal vez te queden más días, semanas, meses?

—Tiempo, hablas de tiempo... ¿Tiempo para qué?

Un bufido y un portazo.

Isra se quedó solo frente al monstruo, musitando con gárgaras de piedra. Aflojó la cincha del brazo y prefirió comenzar con una línea, luego ya pasaría a la vena. Abrió una de las bolsitas y extendió el polvo sobre la mesa de metacrilato con la tarjeta de fidelidad de una cadena de supermercados. Un trozo de pajita aspiró el jaco y sintió un profundo bienestar desde la nariz. Entonces surgió la sensación de que se hundía en el sofá igual que el resto de cochambre que acumulaba bajo la tapicería. Sin embargo, logró incorporarse y caminar en el aire hasta el frigorífico. Cuando iba a comprobar cómo de vacío estaba, se le cayeron los párpados tras un aleteo, dio un par de tumbos a ciegas y volvió a incrustarse en el asiento. Lo asaltaron una extraña ola de calor y las habituales ganas de vomitar. Isra alcanzó el retrete a trompicones y sacó un litro de bilis. Después consiguió recuperar la verticalidad y se sirvió un vaso de agua del grifo ante la mirada hastiada de su perro. Volvió a vomitar en el fregadero. Y al fin la molestia estomacal desapareció con el placer arrebatado que lo invadía.

El punto mágico.

Por el que has dejado de ser una persona.

—¿Tiempo para qué?

El tiempo era una obstinación ridícula, una voluntad encerrada en una cajita sin llave, una existencia que se mataba con la propia existencia. Nos engañaron. A la mierda el tiempo.

Hundir la aguja en una vena doliente.

Y seguirla hasta el final.

Isra agarró la jeringuilla.

8

—*Neno*, no me lo puedo creer.

—Como te lo cuento. Dije «un poco más» y oigo aquella cama cayendo al vacío. Saco la cabeza por el rellano y están esas dos cabecitas en el piso de arriba mirando de reojo la madera destrozada en el portal, parecía que no tuviesen nada que ver. Salí de allí y me iba a marcar una caminata para llegar a casa de Isra. Quería convertirme en parte de esta decadencia hasta que fuese imposible distinguirla, pero aún no funciona. Así que te llamé y el resto lo conoces... me he permitido llenarme la nariz.

Dani y Mario se acababan de meter dos rayas tan largas como el paseo marítimo que divisaban desde el mirador de San Pedro de Visma. Un monte con vistas egregias que guardaba varios enclaves sugestivos alrededor: el vertedero de Bens convertido en un parque después de derrumbarse en 1997 y asfixiar a un pobre hombre entre basura; el poblado chabolista por tradición de Galicia, Peña Moa, un laberinto de casuchas arcillosas y caminos de tierra trasegados por adictos; la gigantesca refinería que en la noche parecía el gemelo industrial de la ciudad de A Coruña, con sus luces titilando entre silos febriles; y O Portiño, un barrio de pescadores que presumía de una puesta de sol a la altura de la de San Antonio en Ibiza. Todo se encontraba en un radio de unos dos kilómetros. Por si no fuera suficiente, se rumoreaba que iban a abrir el mejor *after* de la provincia allí. Un búnker con una terraza de suelo cerámico encima. Algo así de demencial.

Desde aquel punto la ciudad equivalía a una maqueta, aplastabas sus avenidas y edificios moviendo el pulgar. Las personas ni se tenían en cuenta. A Coruña era una perpetua obra de arte en movimiento que no requería de seres prescindibles. Nuevos bloques de edificios, nuevas grúas para más bloques de edificios, parques con hierba en vez de arena o fuentes iluminadas con aquello que llamaban bombillas de led.

La vista había cambiado.

Hasta el campo de Riazor, que se oteaba en línea recta, tiró su puzle de gradas chusqueras para convertirse en un estadio muy británico, cerrado por los cuatro costados con los asientos blanquiazules pegados al césped. Las voces retumbaban encima de los jugadores, que celebrarían los goles sin la carrerita de veinte metros hasta la *Curva Máxica*. Pero ellos seguían siendo prescindibles en una maqueta.

—¿Cuánto dijiste que llevabas sin tomar? —preguntó Mario con un tembleque en la pierna izquierda.

—Tres años, cuatro meses y dieciocho días. —Dani rebotó la lengua contra el paladar, quitándole dramatismo al hecho—. Al principio consumía dentro de la cárcel, luego entendí que no funcionaba entre esas paredes y perdí la cuenta de los partes disciplinarios. Con perspectiva tardé en asumir que nada iba a cambiar que estuviese preso. Dejé de engañarme y me puse a trabajar en la biblioteca para conseguir los días de redención.

—Y aquí estás.

—¿Aquí dónde? En la cárcel sí sabía dónde estaba.

—En una ciudad tan buena como cualquier otra para perder la cabeza.

—Ponme una raya más.

—Espera, Dani, entiéndeme. Hay algo en esta basura de sitio que te atrapa, no me preguntes el qué, pero lo hay. Es lo suficientemente grande para que no te salude cada paisano que te cruzas y es lo bastante pequeño para que hablen de ti a la segunda movida.

—Nadie habla de Isra, por citar un ejemplo que veo a diario.

—*Neno*, no lo tomes al pie de la letra. Lo que quiero decir es que en lugares como A Coruña puedes ganarte tu momento cuando incluso has nacido para ser un desgraciado. Isra lo tuvo. Yo también. Y a poco que te quites esa capucha el tuyo no ha pasado.

—Eres un hombre maravilloso. Ahora la raya, por favor.

—¡Un segundo, *ne-no*! He estado años reventado por el Sudeste Asiático. Ya podía ser en una alcoba de Nom Pen con tres camboyanas encima, en la arena de Jimbarán a solas con la luna... y un *kathoey*, o en peleas clandestinas apostando con bandidos de Bangkok, que tuve la misma sensación... nunca me había ido de aquí. —Mario se levantó del banco y dio unos pasos hacia el risco del mirador—. Como si nunca nos escapásemos del pasado.

—¿Me estás diciendo que la vida es inaguantable y que los de ahí abajo la gastan disimulándolo?

—Quería expresar justo eso.

—Vaya novedad, amigo.

—Lo siento. Cuando has hecho la pregunta me di cuenta de que no descubría nada nuevo.

Dani cogió la iniciativa y mimó la coca encima del plástico que cubría el carnet de conducir de su colega. El pasado de Mario no lo perseguía como el suyo. O eso aparentaba.

Pero lo preguntó:

—¿Esa reflexión tiene algo que ver con tu deuda?

—Ya no existe la deuda y no quiero que vuelvas a hablar de ella. Deja de comportarte como el líder de la pandilla, porque hace mucho que no somos nada parecido a una pandilla.

Tres golpes en el extremo de la bolsa hicieron caer una buena cantidad de polvo blanco. Grumos picados y rayas delineadas con un movimiento grácil de muñeca. El toque no se pierde.

—Pues vamos a tomar una copita —propuso Dani tras acomodar la nariz.

—¿Ha vuelto Gasoli...?

—Ni lo nombres. Vamos a tomar una copita y después a dormir. Imagina lo que te conté de los muebles, pero con resaca, que a nuestra edad creo que duran dos días.

—O tres, o cuatro o una semana y media. Total, no se me ocurre nada bueno para aprovecharlos hasta que me digas si lo haremos.

—Sé que es importante para ti. —Dani bajó de revoluciones.

—No tanto, te he esperado y lo sigo haciendo. Es más, lo olvidaré en cuanto ordenes que lo olvide.

—Primero quiero comprobar si hay una oportunidad para una vida normal. Aquello ha aguantado ocho años y aguantará otros ocho, solo sabemos que existe tú y yo. Después lo podré gestionar de otro modo, incluso pasarte la gestión a ti... mierda, es que es mucho dinero.

—Y es tuyo. Lo mínimo que se te debe.

—Será de los dos o te dejaré con él, después de este tiempo encerrado el dinero no parece tan importante. El problema es que en cuanto alguien se acerque le van a quedar minutos respirando. Hay que pensar bien la jugada.

—Se me han ocurrido un par de ideas desde que te fui a buscar a la cárcel.

—A mí también, a mí también... —Tamborileando los dedos en su nuca.

—Pero tranquilo, Dani, si hemos esperado ocho años para hablar de trabajo, podemos esperar unas cuantas semanas. Tienes derecho a lo de buscar la normalidad de la vida o algo así.

—Unas cuantas semanas suena justo. Ahora soy un bicho de esos del zoo que devuelven a la libertad y no sabe cómo moverse. Lo vi en la televisión ahí dentro: un rinoceronte que soltaban en la selva y él que se volvía a meter en el camión.

—Con la trompa que manejas hoy por nariz pareces más un elefante.

—Y debería de tardar en palmarla si sigo cargando muebles.

—¿Comparado con lo que hacías antes? Pues... ¿vas a sacar otra vez los arneses?

—Tienes razón, eso reduce mi esperanza. Y esto también. —Dani se refregó el tabique—. De momento ahí estaré el lunes a las cinco y media de la mañana.

—Oye —Mario intentó ponerse serio—, va a ser verdad que has cambiado.

—La cárcel me curó la arrogancia. —Dani se irguió. Hizo ademán de quitarse la capucha, aunque solo para calársela hasta los ojos—. Y una cosa, a veces te capto un tono parecido a don Abel, el tuyo habitual pero como más maduro, que ya no estás siempre riéndote. El tono de los que conocen todo lo que ha sido, es y será. —Después, con un guiño—: Solo a veces.

Al coche.

Mario arrancó el Talbot como un manojo de nervios que nada tenían que ver con la cocaína. Era cierto que ya no estaba siempre riéndose, bastante farsa era hacerlo de vez en cuando. Sacó un cigarro de la cajetilla de Marlboro y ofreció otro al copiloto que negó con la cabeza. No fumaba rubio.

—¿Has escuchado en prisión la historieta esa de Marlboro?

—¿Qué historieta?

—Una que intenta demostrar que son el Ku Klux Klan con los colores de la cajetilla. Estuvo de moda hace unos años.

—No, pero tengo la impresión de que la vas a contar.

Mario metió el cigarro otra vez en la cajetilla y la cajetilla en la guantera del Talbot.

—Olvídala, era una enorme gilipollez.

—¿Dónde podemos encontrarla? —preguntó Dani cuando zigzagueaban las curvas hasta la ciudad—. A ella y al novio. Los del biplaza rojo y la casa en la mejor urbanización de Oleiros.

Dani y Mario agotaron media botella de Dyc antes de llegar a la puerta de una de las dos discotecas más conocidas de A Coruña. Una de las que estaban delante del agua separadas por cien metros de paseo marítimo. Concretamente la que tocaba la arena de Riazor. Para la «gente normal», y pocas profesiones deben de estar tan atestadas de «gente normal» como la de abogado, había un rito en esa ciudad: podías perderte hasta las cuatro de la madrugada, pero el final tenía que ser allí, bajo el cartel de CLUB que colgaba sobre las dos filas para entrar. Una larga y desvergonzada, la de los que pagan; otra corta y sibilina, la de los que no quieren pagar por conocer a alguien que conoce a alguien. En cambio, en el extrarradio había locales más grandes con buena música electrónica. El lugar natural para Mario, inquieto sobre lo que iba a suceder. O solo muy colocado.

—No te van a dejar entrar con la capucha puesta, Dani —dijo en la cola de pagar.

—¿Sigue Miguel de encargado?

—¿Es que puedes imaginar este lugar sin él?

Reconocimiento perimetral: los pijos gallegos son una birria. Hay unos cuantos con esas pretensiones, aunque tendrían que viajar hasta Madrid para arrobarse contemplando a los pijos de verdad, que no van así vestidos ni a comprar el pan. Sin embargo, hasta en A Coruña entrar en aquel sitio con una capucha parecía una obstinación fracasada de antemano.

—Tu colega no pasa. —Un portero pelirrojo estiró el brazo a la altura del pecho de Dani—. Ni de coña.

—¡Bingo! —gritó Mario—. Escucha, no vamos a causar problemas. —Esa frase que jamás había pronunciado.

—Apartaos para que siga entrando la gente.

Un empujón sacó a los dos amigos de la cola. Mario hizo ademán de encararse, pero se sintió inseguro ante aquel mastuerzo de pelo incandescente sin una prognosis de qué Dani estaba a su lado: el analítico, el carismático o el violento. Y el primero era el que estudiaba la situación. No tanto lo que tenía delante, la carne hipertrofiada acoplando un cerebro enclenque, sino lo que había detrás. Desde la entrada distinguía la primera barra y una aglomeración en el ropero, también el pasillo que conducía a la pista y a los baños de azulejos negros, de donde muchos ya no salían de su exilio en el lavabo. Esas personas que valoran los locales por el corro que se forma tras la puerta del retrete.

Dani preguntó a Mario lo único que le interesaba:

—¿Crees que ella estará?

—¿Cómo cojones voy a saberlo? Igual ha dejado de salir de noche. Pero si toma uno de sus vodkas con naranja a las cuatro de la madrugada, es aquí.

—Tal vez ya no beba eso.

Mario mesó, exasperado, sus rizos. Tal vez ya no beba vodka, puede que ahora solo pida champán o sea abstemia. Incluso vegana con una dieta de tofu y remolacha. La habré visto tres veces en el último año, todas a la luz del día y en todas me ignoró. Ni un hola me regaló la diva. Su reflexión fue suspendida por un codazo involuntario que pidió perdón sin voltear el rostro, metiéndose en la fila que se ahorraba quinientas pesetas. La reconocieron. Carmen se llamaba aquella amiga de Cristina.

—Vamos a intentarlo.

Dani permaneció como una estatua en la puerta que había entre ambas colas, por donde salían los clientes sin cuño. Los porteros trajeados decían guardar las caras en un registro mental si querías volver a entrar. El sello en la muñeca era para discotecas de gañanes. Cien metros más adelante te lo ponen.

—No puedes pasar y no lo voy a repetir —dijo el pelirrojo—. Si te quedas ahí, acabas en el agua.

Se dirigió hacia Dani y este se quitó la capucha por primera vez en la calle desde que salió de prisión. Aquel bullicio se amorró contemplando la escena porque sabe que todo va muy despacio hasta que todo va muy deprisa. El gorila titubeó. Mario lo apartó con un empujoncito del dedo índice, muy despacio, y vino otro mazacote de seguridad que se unió a la lenta incertidumbre de su compañero. Con esa misma parsimonia los dos amigos entraron por la puerta que no tenía cola, ni gratis ni onerosa, saludando a la calva barnizada de Miguel que creía estar viendo fantasmas de un tiempo mejor.

—Dejadme tocaros para asegurarme de que no sufro una alucinación.

—La hospitalidad solía ser uno de vuestros puntos fuertes.

—¡Porque erais vosotros! —exclamó Miguel, abrazando a los dos amigos—. Como los nuevos no os conocen, os han debido de tratar igual que al resto. Ya sabéis que el puesto de portero de discoteca te convierte en gilipollas, o tal vez estos fuesen gilipollas de antes... no lo sé. Yo llevo toda la vida aquí gracias a que sonrío cuando rompo cabezas.

Miguel quiso cargarlos en volandas al reservado de los «muy importantes», pero no. Una negativa cariñosa de Dani y el reservado se cerró de nuevo. Otra bulla brotaba en la pista y el jefe de seguridad gesticuló para que charlasen después.

—No he venido para ver a esta gente, Mario, porque al final llevas razón con lo de que la ciudad tiene la medida perfecta entre anonimato y fama.

Dani señaló a una chica morena con el pelo ensartado en una horquilla en el lado derecho, cayendo el resto abigarrado hasta el hombro izquierdo. Vestido pistacho arropando un cuerpo esbelto. Algo naranja en su vaso de tubo.

—Puede ser vodka.

—Guau, ¿qué vas a hacer? —preguntó Mario.

—¿Huir?

El estómago de Dani estaba siendo apuñalado por doscientas dagas. Ya no le parecía tan bien la casualidad. Mírame al menos. Sé que no has creído todo lo que contaron. Y sé que cuando me mires tu mundo se va a romper. Por eso nunca apareciste en los vises de prisión, para construir tu farsa de abogada con chalet. Y también novio. Vaya farsante, sí.

Un empujón lo sacudió por detrás.

—¡Sacad una botella de Chivas 15 años! ¡Que se enteren todos quién ha venido hoy!

—¿Quién ha venido?

—¡La leyenda! ¡El Gasoli...!

La mano de Dani tapó la boca de Turuto. Cristina escapó de la discoteca, parpadeando para atrapar una lágrima que perdió por el pómulo. Su copa quedó intacta en la barra y su mundo roto.

Hay ocasiones en las que observas la realidad desde tu primera persona bajo una perspectiva de tercera. Yo y él confundidos, con voliciones distintas en las que uno hace y otro siente. Eso es lo que le ocurría a Dani, contemplando el vestido pistacho que corría mientras su mente tomaba notas a vuelapluma de la violencia. Retorcer la boca de Turuto ya no era tan divertido como antaño.

Un vaso pasó a centímetros de los ojos que seguían enfocando la puerta. Qué carta de presentación, más de tres mil noches imaginando un reencuentro para que justo te vuelva a ver peleando. Otro puñetazo sacudió el occipital y retornó a la primera persona, a Dani. No hay nada de bueno o malo en esto. Solo es una bronca de viernes noche. Todo va muy despacio hasta que todo va muy deprisa.

Mario reventaba una cara, Turuto pedía calma sin calma, Miguel aguantaba a varios alfeñiques que querían ejercer de turba y tribunal con el gorro de pescador de moda entre bandidos de A Coruña, y los porteros acordonaban una zona de protección con sus espaldas. Dentro de la franja salvaje quedaban Pipas y Dani. El golpe por detrás solo esperaba ser el inicio de la somanta, un perdigón más del pelotón de fusilamiento. Ese chaval de dieciocho años seguía sin entender por qué ahora todos esperaban un movimiento del hombre que le examinaba, seguramente ya en sus treinta, con un gesto del alto voltaje contenido. Aquellas facciones, curtidas por el tiempo y algo que una persona de su edad todavía no sabe distinguir, se le hicieron familiares.

—¡Estate quieto! —le gritó Turuto, volviendo a meter al muchacho entre la masa que recuperaba el baile con una melodía electrónica atiplada, casi *new age*.

—¡Se acabó, por favor! —rogaba Miguel con su sonrisa ártica—. ¡No quiero romper cabezas! —Sonreía todavía más a los del gorro de pescador.

Mario juntó la espalda con Dani y los del gorro de pescador aplazaron su compromiso para rivales tiernos.

Lo importante de las peleas es ganarlas.

O contar que las has ganado y te crean.

Los porteros volvieron a lidiar con la tarea de decidir quién pagaba, entretanto Pipas caía en la identidad del individuo al que había pegado. Vio en su infancia una serpiente tatuada reptando por una calavera en un antebrazo, el que llevaba remangado de la sudadera aquel tipo. Quiso disculparse, pero no le salía ni la primera letra y se disipó en la pista, entre los graves y el humo.

—Nunca fuiste alguien discreto. —Turuto lanzó la mano a Dani, que se la devolvió apocada—. Me alegro de verte de vuelta.

—¿Por qué metes a niñatos en tus historias? —Dani respondió con una pregunta medidamente arisca.

—Tú sabes mejor que nadie cómo funciona esto. Quieren quedar de malos delante del más malo, que ya te habrán dicho que ahora soy yo. Y ese chico tiene futuro. Así que aparece alguien con tus pintas de mendigo apretándome el morro y aprovechan la oportunidad como hacíamos nosotros. En ese sentido todo sigue igual, ¿o no, Mario? —Crujiendo los nudillos ante la duda del interpelado—. Él sigue hablando el idioma de la calle, sí, sí. Y con esas pupilas que traéis seguro que habéis tenido una conversación sobre lo mismo con Blanca.

—*Nenos*, nunca encuentro a estas mujeres de día.

Mario escapó detrás de una minifalda ceñida por un cinturón de argollas y Miguel agarró a Dani llevándolo, ahora sin remilgos, al reservado que ya parecía el patio de recreo de Turuto.

—¡Largo de aquí! —gritó el encargado con su sonrisa a unos muchachos de jersey anudado por los hombros que se retrepaban en el *chaise-longue* de la sala—. ¿Te traigo ese Chivas que pedías?

—Por supuesto —validó Turuto—. Dani y yo tenemos cosas de que hablar.

—Creo que no tantas. Me llega con saber que todos habéis debido de pasar ocho años esperándome justo en esta discoteca.

—Te he dejado quedar ahí fuera como lo que eras hace mucho tiempo, así que tampoco me toques los huevos. El Panadero no ha olvidado tu lealtad, pero no por eso voy a aguantar que me sigas tratando mal.

—¿Lealtad? Qué grandilocuente te has vuelto.

—¿Ya no te gusta la palabra?

—Depende de quién la use. A ti nunca te la había escuchado. La decían los malos, como el Panadero, y ya conoces lo de aprovechar la oportunidad.

—Hablaron conmigo porque su mejor hombre en Coruña estaba condenado para los restos por un incendio, ¿prefieres que me refiera así a aquello? Mario no tenía tus agallas, no, no.

—Y tú sí —Dani bostezó—, de repente.

—Puedes apostar a que sí, amigo. Te lo he dicho antes, las cosas han cambiado y no te culpo de que no te enteres si duermes en el cuchitril de un sidoso. —Turuto le ofreció la copa ambarina y arrimó su cara—. Siguen queriendo contar contigo. El aprecio que te tenían allá abajo no se lo tenían a nadie. Además, comerte todo este tiempo sin que siquiera se te pasase por la cabeza la tentación de hablar con Fiscalía... venga, es que no me extraña que hasta yo te permita estos numeritos. Fuiste leal, sí, sí. Y lo dudaron cuando rechazaste a su abogado.

—Como si el que me defendió no los tuviese informados... aunque lo hizo bien. Admito que casi me convenció a mí.

—Recuerdo que hablaban de veinticinco años.

—Se hablaba mucho de aquello. —Dani vaciló un instante por dónde seguir. Después añadió—: Ahora me gusta entrar en este local y que me conozcan tres personas. Y juraría que ninguna esperaba nada de mí hasta tu oferta. En serio, Turuto, no tenemos por qué mantener esta conversación.

—Claro que vamos a mantenerla, porque la máquina no para. Dime qué necesitas. ¿Trabajo?, ¿dinero?, ¿te molesta alguien?

—Bueno, en realidad sí me ha molestado algo.

—Esto es justo lo que pretendía, un acercamiento. —Turuto le extendió un cigarro en su papel de don Vito—. Aparca tu orgullo y cuéntame qué puedo hacer para arreglarlo.

—No fumo rubio.

—¿Pido un Montecristo? ¡Miguel!

—No es necesario. Solo me molesta lo del chaval que me ha soltado el puñetazo.

—Sales pisando fuerte, ¿quieres que liquiden a un niño por un golpe mal dado?

—De momento que lo dejes tranquilo.

—No, eso no funciona así. Parece mentira que tú no lo veas. Él nunca quiere que lo deje tranquilo. Busca su droguita, su dinerito, su famita, su cacharrito del nueve y sus coñitos con los ciento veinte kilitos que arrastra.

—Todos tienen muchas ideas hasta que les rompen la cara. Se lo comentaré al Panadero.

—¡Tómalo! Sigues con dos velocidades: la quinta y la sexta. —Turuto puso las dos últimas marchas de una caja de cambios imaginaria y se dobló en el sofá. Se recompuso enseguida—. Concedido, Pipas no tratará más conmigo.

—¿Y seguro que comprendes por qué?

—Eh, te prometo que no he trabajado con Hugo.

—¿En qué anda metido mi hermano?

—En nada. No salió igual que tú, salvo en lo de ponerse hasta el culo. Siempre que lo encuentro lleva las pupilas tan grandes como monedas de cinco duros. Diría que se lo pasa bien, sin más.

—Sobrevalora lo de pasarlo bien a los dieciocho. Los vi juntos hace quince días, de aquella solo me llevé una colleja.

—Vaya, cuánta violencia, Dani... Ese gordo es su colega desde enano, seguro que ni tú lo recuerdas porque era un fideo hasta hace poquito. Tenlo claro, jamás me he acercado a Hugo. No de la forma en la que estabas pensando.

—Pero te conoce.

—Esto es Coruña. Te reto a que busques a alguien que no

me conozca. —Turuto se levantó y dio una vuelta completa con los brazos extendidos hacia las personas que no estaban allí para conocerlo—. Soy famoso en toda la puñetera ciudad.

—Anda, siéntate —ordenó Dani con éxito tras unos segundos en los que ambos evaluaron el descaro de su tono—. Entonces te voy a dejar una lista de la compra. No le vas a encargar ni el primer trapicheo, ni pasarle una pastilla, ni fiarle un gramo. Tampoco lo vas a meter en tus reservados o subir a tu coche. Y no se te ocurra hablarle de mí en aquella época.

—Al principio quería saber lo que pasó. Ya me entiendes... lo que pasó de verdad, fuera lo que fuese eso.

—Que se lea otra vez la sentencia. Con un poco de suerte entenderá el fallo y algunos hechos probados.

—Sabe de memoria hasta los fundamentos jurídicos.

—Pues es lo único que te pido: el gordo fuera y mi hermano no existe a partir de esta noche.

—¡Amor!, ¿amooooor?, ¿se puede?

Una chica neumática de vestido rojo con el vuelo recogido por un cinturón beige a la altura del diafragma, y subida a unos tacones de ocho centímetros del mismo color castaño, entró balanceándose en el reservado. Se tiró a por Turuto y su boca de purpurina quedó encima del bajovientre de Dani. No fue suficiente. Cayó en el suelo pegajoso a los pies del sofá, igual de pegajoso a esas horas. Con dificultades alcanzó otra vez la verticalidad y separó el pelo cobrizo de su cara. Dani la miró atentamente. ¿Vanesa? La que faltaba, si parece una cámara oculta... El cañón del instituto ahora es la novia de este payaso.

—Vete a dar una vuelta, Vane. Estoy haciendo negocios.

—¿Quién es él? Me suena. —Y modulando voces distintas—: Din, din, ¿quién es?

—No es nadie. —Turuto le dejó un recorte plástico que debía de guardar unos tres gramos—. Toma una bolsa y adiós.

—¿Din, din? —Y Vanesa lo reconoció al cuarto din—: ¡No me lo puedo creer! ¡Es Dani!

Se abalanzó de nuevo encima del aparecido y dejó un beso

en la mejilla que no recordaba la hoguera de unos labios acuosos. Ese beso un segundo más largo de lo establecido por el protocolo.

—Te imaginaba haciendo la temporada en Ibiza como en los viejos tiempos —contestó Dani, algo alterado por el contacto.

—Y tan viejos. —Vanesa bufó para despeinar su flequillo ligeramente ralo—. Ya tenemos una edad y ahora Manu prefiere que esté cerca de él. —Después metió una uña carmesí en la bolsita para llevarla a la nariz. La mitad de la coca quedó pegada en el cartílago mayor del ala izquierda—. ¿Te puedes creer que mi novio corta su propia droga?, ¿se puede ser más rata?

—¡Lárgate ya, hostia! —gritó Turuto.

—¿Te molesto, cariño? ¿Qué no podría escuchar de lo que vais a hablar? El antiguo macarra que acaba de salir de prisión con el que lo sustituyó. Si os he follado a los dos... Ah, y también he tropezado con Mario ahí fuera. —Poniéndose el índice a la altura de su sexo—. Hoy han venido todos los trajinados por esto. —Seguía siendo una gata maula.

—Solo yo he pagado tus tetas. —Turuto la avisó marcando las palabras—: Sal ahora mismo de mi vista o te juro que te arrepentirás.

Miguel arrambló, sonriendo, con Vanesa ante el conato de furia y desaparecieron tras la cortina que subía a la terraza del local. Como en un truco de magia barato.

—No sufras. Ella siempre se comportó así. —Dani palmeó la rodilla de Turuto dos veces—. Din... din... Manu.

Turuto encajó la burla. Al menos no había testigos.

—¿No llevarás un micro? —preguntó.

Dani peraltó las cejas.

—Me ofendes.

—¿O cualquier cacharrito de esos que graban?

—Me ofendes mucho.

—Cada vez es más complicado hablar entre tanta tecnología nueva. Ahora hasta hay bolígrafos con cámara y móviles que tienen función de...

Lo interrumpió.

—Aunque, como intentes comprobarlo, te arranco la cabeza.

Turuto asintió y metió un largo trago a su whisky.

—De acuerdo... He de atender otros asuntos, pero antes dime si estás seguro de no volver a trabajar con nosotros. Estos años el negocio lo manejan los de Cali, tienen uno de sus hombres aquí a tiempo completo y unos cuantos más itinerantes. Hacemos de simples transportistas, lo de los porcentajes se acabó después de la Operación Nécora, aunque imagino que eso ya te lo han comentado. Estamos más tranquilos, sin tanto cadáver y con permiso para nuestros propios asuntos. Lo mismo metemos unas toneladas de coca con las planeadoras saliendo de un buque nodriza que traemos cuatro remolques de éxtasis desde Rotterdam hasta Lisboa. Hasta hay clanes turcos que contactan con nosotros para mover buenas cantidades de heroína... de locos. La clave es que el SVA casi no vigila las rías de Laxe, Corcubión o Ares, ni tampoco la frontera. Siguen con lo de Cambados y Villagarcía, tranquilos con los grandes nombres cumpliendo condenas de media vida y algún cargamento que les dejamos incautar por pena, para que salgan unas fotos en el periódico y pasen las mercancías importantes. Al mes siguiente más de la mitad del dinero está lavado en Panamá.

—Me abrumas, con lo de Hugo y el tal Pipas estamos saldados —cortó Dani la soflama prefabricada—. Y ordena al gordinflón que deje una nota a Miguel con el teléfono de mi hermano.

—Me han dicho que un desembarco más. Algo grande con lo que te podrás retirar y cobrar.

—¿Cobrar el qué?, ¿mi silencio?

—El silencio cuesta dinero.

—El mío no, sale gratis.

—¿Al final la celda te ha vencido?, ¿no eras tan duro? Les vas a dar un disgusto allí abajo, pero Miguel también te anotará mi número de teléfono por si cambias de idea. Alguien como tú no puede vivir como cualquiera. No me engañas, si casi no te dejan entrar en esta discotequita de mierda. —Sonriendo como una mula—. No te acostumbrarás a ese tipo de cosas, no, no. Debes de estar esperando una buena excusa para aceptarlo.

Turuto alzó el cuello de su camisa negra satinada. Desabrochó un agujero del cinturón con las iniciales de Dolce & Gabanna y se metió el resto por debajo del calzón. Seguía con el ligero sobrepeso. Destacaban sus ojos verdes en una cara cetrina con tendencia al colgajo y que ahora lucía una coronilla de alopecia. Al volver a cerrar el cinto, pellizcó con los dedos la tela para abombar un poco la camisa, y soltó unos manotazos en los muslos para planchar el pantalón que terminaba en los zapatos por los que asomaban calcetines de seda roja.

Dani dudó si esos calcetines valían más que todo lo que él tenía.

Una duda repulsiva.

Pero había aprendido que los que dudan son más maduros que los que actúan.

—Yo no sabía tanto cuando estaba con ellos —dijo a Turuto antes de que se marchase.

—Quizá no confiaron mucho en ti.

—A cambio sí aprendí que el que menos sabe es el que más vive.

Turuto tiró la lengua contra su carrillo derecho.

—Hasta pronto, viejo amigo.

—Espero que no muy pronto.

Dani terminó la copa en la soledad del reservado. Preocupado. La hipertimesia le preocupaba. Ese fantoche no sabía por qué le habían ordenado que lo convenciese para volver con ellos. Realmente no sabe nada, pero su problema es que aparenta lo contrario. Hasta ha aprendido a hablar.

9

La pelota baleaba por el futbolín.

—Él en mitad de la bulla, tan tranquilo como si estuviese viendo crecer los tojos. Se hizo un círculo y nadie se atrevía a ponerle una mano encima y, bueno, yo qué iba a saber. Le pegué un castañazo por detrás y ni se movió. Turuto me sacó de allí porque creía que me iba a arrancar la cabeza en plena discoteca, con quinientos testigos mirando. —Y Pipas precisó su relato—: Quinientos no, mil.

Hugo pasaba la bola de la delantera a la media con un taconazo y su movimiento de muñeca marcaba el 3-0 desde la medular.

Tac, tac.

Dos golpes en el apéndice de hierro central y volvía a lanzar la pelota a la raya divisoria con precisión despótica.

—Un 5-0 es arrastrarse por debajo de la mesa —resonó la regla no escrita al otro equipo, blaugrana desconchado con pantalones negros.

—Después se acerca el propio Turuto y me dice que le deje tu número al encargado. Aún volvía con los labios amoratados, sangraba por el de abajo, y no fue capaz de hacerle nada. Se lo habían llevado al reservado. Pensaba que igual ahí le pegaban dos tiros a tu primo, pues qué va, por la expresión que traía parecía que el que se libró de una buena fue él.

—Atento —Hugo marcaba el fallo que cometía Pipas cubriendo el gol rival desacompasado con la defensa.

La bola se estampó frente al marco de su portería y salió disparada contra el canto del atacante central para volver a tocar el poste. Pipas la envió hasta la delantera con un golpe que dejó el mango vibrando y allí Hugo arrastró el jugador derecho haciendo palanca para meter el cuarto por el hueco al que no llegaba el recorrido del portero contrario. Que no tenía cabeza.

Tac, tac.

La pelota de plomo aporreaba otra vez el borde mellado del futbolín. Un gol más y contemplarían la estampa de dos broncas gateando por el suelo colmado de engrudo.

—¿Y ahora qué vas a hacer? —preguntó Pipas.

—Meter el quinto.

—Ese pirado te va a llamar.

—Que llame. No pienso verlo.

—¿Puedes elegir? Anda suelto por ahí con tu dirección y tu teléfono.

Pipas recibió una amonestación visual: delante de estos dos la conversación ha terminado. El defensa la captó, aunque se dejó colar un gol desde el final del campo.

—Mierda, puto Frank de Boer.

—¡Te lo dije! ¡No estás atento!

El otro equipo exhaló la vergüenza. El 4-1 final era una victoria moral ante la idea del 5-0.

—¿Una más? —propusieron.

—Nos vamos. Con el 4-1.

Hugo salió con la boca plisada en un puchero por delante de su amigo, turbado con lo que acababa de escuchar y la realidad que había pulsado el cronómetro. Montó en el asiento trasero de la Gilera Runner de Pipas y se colocó un casco que parecía una visera plastificada. Luego lo estampó contra el suelo.

—No te pongas así, solo he cometido ese fallo.

—Tira hasta la calle de Recreo —dijo Hugo.

—¿No es muy pronto? ¿Vamos al *ciber* de la avenida de Arteixo a jugar al Counter Strike?

—Hoy no me apetece meterme allí.

—Pactamos unas a cuchillo. Vieja escuela.

—Mejor cógeme cloretilo en la farmacia de la esquina para aguantarte. De verdad que no es fácil sin drogas.

—Cuando dejes de teñirte y lucir esas brechas en las orejas, verás que a las farmacéuticas les inspiras tanta confianza como yo.

Pipas entró en la botica. En muchos sitios ya pedían receta. No aquella sexagenaria con sordera que le proveía litros de anestésico desde hacía años. Para ella las caras siempre eran nuevas.

—¡Cloruro de etilo, por favor!

La señora se quedó pensativa.

—¿Traes receta?

—¡Mañana tenemos partido de fútbol!, ¡es para el botiquín del equipo!

—Oh, perdona. Ahora te lo busco.

—¡El entrenador quiere el tíquet de compra!

Pipas salió con el bote transparente de pulverizador azul. Hugo esperaba sentado en un portal con la mirada errática, estiró la mano y recibió el anestesiante.

—Muy agradecido.

—Algo están maquinando entre las farmacias. —Pipas estrujó el tíquet y lo lanzó bajo un coche—. Hasta aquí me han pedido receta al principio.

—Esto no iba a durar siempre. —Mirada más errática.

—Enchúfatelo, te sentará bien.

Hugo echó el spray en la parte inferior de su camiseta y se la llevó a la boca para inhalar los mágicos efluvios. No fallaba, unos ganchos tiraron de las comisuras de sus labios.

—Vamos de una vez a la calle de Recreo.

—¿Y te puedes subir a mi moto así?

Hugo pulverizó de nuevo el anestésico en su camiseta y aspiró.

—Seguro. Lo que no sé es si me caeré después.

De la avenida de Rubine hasta la calle Pintor Joaquín Vaamonde gastaron cuatro minutos, pero podrían haber roto el reloj en el conducir demente del piloto. Salvando coches con la pierna derecha cruzada encima de la izquierda y terciando la cara para seguir narrando su hazaña del día anterior. Hugo se fijaba al escúter con esa presión de los femorales sobre el asiento que permite tener las manos libres para hacerse un porro y atisbar, ceñudo, a los adultos que pasean ajenos a la intensidad de los dieciocho años. Una decena de vidas grises por segundo.

«La calle de Recreo» se refería a cien metros atestados de bares de cubatas a doscientas cincuenta pesetas, con el homónimo que la bautizaba que también abría como *after*. Uno de esos lugares en los que es imposible que te suceda nada bueno y que, curiosamente, habitúan tener escaleras a un sótano. A las diez de la noche del sábado era un hervidero de hormonas adolescentes con sus ciclomotores, peleándose cada cinco minutos. En idéntica frecuencia pasaba el coche de la policía local que acababa siendo diana de botellas, vasos y algún puñetazo a la *remanguillé*. Aquel lugar fue el centro del universo para todos esos chicos y chicas que suspenden unas cuantas para septiembre, el sitio que hace que todo gire de forma concéntrica en torno a ti y a los tuyos. La añoranza de aquellos años también debía de hacer recapacitar a algunos vecinos antes de marcar el 091. Pero las lastimeras apariciones de los agentes del orden, que solo provocaban más desorden, tenían bastante que ver.

—Aquí queda, se ve mejor con una chufla al lado —dijo Pipas, aparcando su ciclomotor junto a una Yamaha Aerox muy conocida, la de su némesis en aquel pavoneo constante.

—Oye, ¿tienes las cien pastillas?

La pregunta de Hugo le dejó algo descolocado de inicio.

—Tengo mil bien guardadas. Te avisé el otro día de que iba a por a ellas.

—Es que la situación en casa es complicada. La marea roja...
mi madre está perdiendo dinero cada mañana que abre el puesto. Y qué te voy a contar de mi padre.

—O sea que no manejas una camisa decente para ir a la universidad.

—Las únicas camisas que hay en el armario son de estampado de flores. Conoces cómo las gastamos aquí, todo el año llo-
viendo, un frío de cojones y vestimos igual que los surferos de
Hawái. Ayer me dejaron una revista con un reportaje de la playa
de Pipeline...

—No empieces a dar la chapa con monopatines, tablas de
surf y ese rollo. Ni siquiera aunque el sitio se llame Pipeline, que
me suena a homenaje. —Y asumiendo la propuesta—: Bueno,
saca tus gafas de sol porque esto deja ciego a cualquiera. —Pipas
mostró una bolsita de plástico con unas cuantas pastillas que
metió en el bolsillo del pantalón de Hugo—. Se te hace la boca
agua, ¿eh?

—¿Y los granos marrones que he visto? Luego dicen que tus
Mitsubishis son jacosas.

—Me tengo que reír cuando vienen con esas. Claro, cortan
el MDMA con heroína que es mucho más cara. Mira, ya se acerca el primer pajarito. A ver cómo pía.

—¿Tienes Audi TT? —preguntó un muchacho con el pelo
engominado en pinchos, pantalón de chándal con botones laterales y una sudadera que decía NECRONOMICÓN.

Nadie allí sabía quién era Lovecraft y los dibujos tampoco
tenían demasiado que ver con la cosmogonía del escritor, pero la
marca de ropa arrasó entre la juventud local de los últimos noventa.

Así fue.

—¿Audi TT? ¿Te das cuenta, Hugo? Sale un cuño nuevo y
se olvidan de los clásicos. Amigo, tú quieres un clásico. Mitsubishis a mil quinientas. En una hora estarás aquí para comprar
veinte más.

—¿Si cojo tres, las dejas más baratas?

Pipas alzó el mentón hacia Hugo.

—Gestiónalo.

—¿Cuatro mil pesetas?

—Hecho, ahora te doy dos mil y en cuanto venga mi colega las otras dos mil.

—Es una confusión —solventó Pipas—, pírate hasta que tengas todo.

El chico de cabello erizado farfulló y se volvió a meter entre cilindradas trucadas a 74 centímetros cúbicos.

—¿Por qué?

—Porque no estamos de saldo, Huguito. Además, solo dejan pufos los que sabes que van a pagar. Y aun así a veces te equivocas. Entonces hay que hacer lo que siempre dice Turuto. Primero le montas el *show*, aspavientos, berridos y que baje la cabeza; luego le jodes el coche, la moto o de ser un tieso tendrás que robarle las zapatillas; y al final la carne, con una nariz rota hay que dar explicaciones en casa.

—Perdona mi ignorancia —dijo Hugo. Después cogió uno de esos comprimidos, casi tubulares, y se lo tragó—. ¿Por qué no les ponen un poquito de azúcar para quitar este sabor amargo? Son químicos, podrían hacerlo.

—Eres único comiéndotelas sin gota de agua para bajarlas.

La nuez de Adán describió un espasmo. Un regusto ácido cubrió el esófago. Cloretilo, hachís, éxtasis. Al final Hugo sí sacó sus gafas de sol y se las puso de un manotazo tan rápido como la patada que lanzó a la Yamaha Aerox. Astilló el foco delantero ante el aplauso de Pipas.

—¡Mi primo cree que puede aparecer ocho años después como si no hubiese pasado nada!

Cristina apagó la emisora del coche. Se encontraba más reguarnecida en cualquier radio fórmula banal, pero quería enfrentar los hechos sin música. Cruzó el puente del Pasaje y topó con el habitual atasco. No ponía punto muerto, se quedaba jugando con el embrague para avanzar unos metros y dejarse caer por la ligera pendiente e invertir el movimiento de pies. Atravesó la rotonda que congestionaba siempre sus prisas y el flujo de coches seguía casi en colapso hasta pasar la playa de Bastiagueiro. Después se permitió un acelerón para girar a la izquierda dos veces. Camino ancho y camino estrecho. La envolvía una oscuridad que percibía insondable cuando pulsó el mando que abrió el portón corredizo de la casa. El Mercedes rojo biplaza avanzaba por el sendero de losetas entre los bolardos que acotaban la zona de césped. Y aparcó en el porche porque no le apetecía entrar por el garaje.

—¿Se complicó el día libre?

Alfonso preguntó desde el salón con socarronería por qué trabajaba un sábado y además hasta la una de la madrugada. Cristina coordinaba un caso de competencia desleal para la empresa con una decena de abogados más. A veces se creía su trabajo y que no hay monopolios en contra de una mísera sentencia de un partido judicial remoto como el de A Coruña. Admitió la broma barata de su novio. Él solo lucía palmito por medio mundo en la apertura de nuevos mercados. Vuelos transoceánicos y apretones de manos que se hubieran saldado con unas llamadas eran tres semanas fuera del chalet.

—Se ha complicado, mucho —contestó, subiendo las escaleras a la segunda planta.

Cristina se descalzó sobre la tarima flotante de roble de la habitación. Colocó los pies en la alfombra de cachemira, que se estiraba delante de la cama *king size*, retozó los dedos en la lana ovillada y tiró su vestido dos piezas en el galán. Entró en el baño y giró el pomo termodinámico de la ducha de costilla con la que se encaprichó Alfonso en la reforma. El espejo se iba cargando de vaho y la ropa interior quedó apostada en la barra. Sonrió, que dicen que es terapéutico, antes de difuminar su reflejo. Y se dio cuenta de que la realidad tiene la misma sonrisa que la ficción.

—¿Va todo bien, Cris?

Alfonso cambió a un tono preocupado al oír correr el agua. Ella simuló no oírlo. Cuando volvió a preguntar dijo que sí y que ahora salía.

Un cuarto de hora más tarde bajaba las escaleras con el albornoz y el cabello recogido en una pinza que dividía su melena todavía mojada. El tocado sobre la frente le quedaba bien. Antes del viernes noche. En esas últimas veinticuatro horas no encontraba belleza en ningún lado. Se sentó en el sofá afelpado al lado de su pareja. Iba a escupirlo y ni para una abogada había forma de edulcorarlo.

—Ayer me lo encontré. Está en la calle.

—¿Quién está en la calle? —preguntó Alfonso, conociendo quién estaba en la calle por cómo se le quebraban las palabras.

—Dani. Y por favor, no pongas esa cara, sabíamos que pasaría.

—Yo... yo...

Se levantó sin poder arrancar una frase y buscó el teléfono.

—¿Qué haces? —preguntó ella.

—¿Llamo a la policía?

—Basta, ni siquiera he hablado con él. Lo vi por la noche y ya.

—¿Cómo puede estar fuera un tipejo de esa calaña?

Cristina resopló. La única cuestión que no se había planteado era esa. ¿Por qué no iba a estar en la calle? La cadena perpetua no existía. El hombre que gesticulaba enfrente asumía como ella que un día Dani dejaría aquel agujero. La otra opción es que muriese dentro, pero no se duda de la resiliencia de alguien así.

El noviazgo con uno de los ínclitos maleantes de la ciudad nunca fue el gran secreto. Su versión oficial explicaba que cortó la relación cuando se enteró de lo que ocurrió una noche del verano de 1992. Una bendición para la brillante universitaria y el excelso futuro que tenía por delante, porque hasta aquel momento era más conocida por salir de la facultad en una Kawasaki KLX 650 verde, sujeta a la cazadora de cuero del muchacho de pupilas llameantes. No obstante, quizá dos personas pueden tener la relación más intensa sin saber nada la una de la otra en ocho años. Hasta quizá una de ellas puede engañarse con su farsa de abogada con casa, parcela y coche. Y también novio.

Enseguida la versión oficial iba a ser oficialmente una patraña.

—Estaba con las chicas. No sé ni por qué salí, pensaba venir directa a casa y evitarme el dolor de cabeza de hoy con la de trabajo que había. Entonces lo vi entrando. Se pone a hablar con Miguel camino al reservado y creí que ya se acababa, que a la semana volvería a entrar en prisión. Pues Dani se da la vuelta. Me señala con Mario mientras yo disimulo charlando con mis amigas para que piense que no lo he visto. Sentía que no tenía nada que decirle, pero esperaba que cogiese mi brazo en cualquier momento. No sucedía y... y me puse tan nerviosa que me volví hacia él, ese fue el error. Ahí estaba su mirada sobre mí. —La de Cristina había quedado inerte sobre el reproductor de DVD—. No me lo puedo creer. ¿Cómo es posible?, si debe de venir del mismo infierno... —Salió del embotamiento—: Y en homenaje a su pasado alguien comenzó una pelea.

—Tenemos a un psicópata suelto y nadie va a mover un dedo. —Alfonso se dio un golpecito en el esternón—. Lo haré yo. Contrataré a los chicos de seguridad de la planta y se pondrán delante de nuestra puerta el tiempo necesario. Tranquila, porque en cualquier momento ese estará de nuevo entre rejas, vaya si lo estará. Y pagaré un abogado para que no salga más.

—No peleó. Me contó Carmen que se quedó quieto cuando yo me marché.

—¿Ese tonito suave es a propósito? ¿Por... por qué hablas así de Dani? ¡No es un mito!, ¡es un delincuente que ya no tiene nada que ver contigo!

—¡Si dejas de decir imbecilidades tal vez nos entendamos! —Cristina logró un instante de silencio tras su grito—. ¿No tiene nada que ver? De repente no lo sé. No sé nada. Ni quién soy yo, ni tú, ni él. ¿Alguna idea?

Alfonso volvió a callar, sin idea también de repente. La empatía nunca fue una de sus cualidades y además la persona con la que compartía su vida a tiempo parcial no respiraba delante de él. Cristina tenía el rostro aplazado y el corazón huido.

Quizá hay estúpidos cuentos de amor con esa estúpida necesidad de revancha.

—¡Mi ex cree que puede aparecer ocho años después como si no hubiese pasado nada!

Dani encaraba su colchón hinchable a las cinco de la madrugada de ese mismo sábado. Todo se podía resumir en una elipsis que lo había transportado durante las veinticuatro horas siguientes por antiguos antros y viejas costumbres. La primera de ellas comenzarlas diciendo a Mario que tomaría una copa más. La penúltima, agacharse para esquivar la verja a medio cerrar del sitio donde se suponía que trabajaba. El Submarino era mucho peor de lo que recordaba su perenne memoria. Ni con cuatro Mitsubishis de granos marrones, que todos los crápulas adoraban aquellas semanas, pudo evadirse del declive del garito que le hizo acordarse del jurista y su recelo sobre la oferta laboral. La barra estaba presidida por un folio que ponía a rotulador verde: MAÑANA FIAMOS. HOY NO.

La última costumbre iba a ser la definición de ansiedad. Intentar dormir en un colchón de mierda de un piso ajeno de mierda mientras el corazón palpita a ciento cuarenta pulsaciones y la cabeza bombea ideas absurdas a la misma velocidad. El coleccionista de techos: plano, abuhardillado, arqueado, mariposa, de cuatro vertientes, de dos aguas o a la holandesa. Al final las noches seguían siendo muy cortas. Aquello no cambiaba.

—¡Otro domingo que no voy a misa! —chilló Dani al entrar en la buhardilla—. ¿Quién decía esa frase como si fuese lo más ingenioso? —se preguntó con un murmullo cuando cruzó a trompicones el dintel.

El olor avinagrado era más fuerte de lo habitual. Oía un mordisqueo en algo que crujía, y aquel ruido en la oscuridad no se detuvo a pesar del portazo. Isra estaba tirado en el sofá con la cabeza girada a la izquierda y una mano colgando a la derecha. Dani encendió la penumbra con la palanquita del interruptor y vio cómo le faltaban las falanges de varios dedos. Boss tenía el hocico ensangrentado. Movía el rabo.

Dani corrió a despertar a su amigo. Intentó tomarle el pulso en la muñeca, no sabía si era su colocón o que estaba tocando a un cadáver, pero no percibía los latidos. Puso las manos entrelazadas sobre el tórax e inició las compresiones. Las venillas de las escleras le latían tan fuerte que los ojos se iban a salir de las cuencas. También notaba los espasmos en las sienes al ritmo de las cien sacudidas en el esternón de su compañero de piso.

—¡Vamos!, ¡vamos! ¡Hoy no es tu día, cabrón!

Telefoneó a una ambulancia cuando se derrumbó al lado de Isra, retorciéndose sobre el linóleo. Boss se acercó a lamerle la cara. Notó que su lengua todavía tenía trozos de los dedos que le esparció por la frente a chupetones. Observó que seguía moviendo el rabo, y también aquellos colmillos del mismo color rojo que contemplaba en el mar cada mañana.

10

1983

—¿Es normal lanzar petardos a la calle? ¡Sin mirar! La profesora de Matemáticas os vio tirándolos cuando aparcaba el coche. Casi le estalla uno en la cabeza.

—Nosotros no fuimos, señor Guillermo.

—¡A callar, Mario! Nunca fue nadie. En la clase pasa de todo, pero nunca fue nadie. Aunque vuestro problema es que al fin esta mañana os han cazado.

—Imposible que nos distinga desde la acera —dijo Dani, frotándose la pólvora de sus manos sucias—. ¿Cuántos metros hay? Se lo inventa la Pingüino. —Y sumó el clásico—: Nos tiene manía.

—¿Qué has dicho, muchacho?

—Que nos tiene manía.

—¿Quién has dicho que os tiene manía?

—La Pin-güi-no.

El director sintió un ardor que le subía por el esófago.

—¡Te atreves a llamarle la Pingüino delante de mí!

—¡Todos lo hacen por detrás! ¡Tiene cara de pingüino y anda como un pingüino!, ¡no es culpa mía!

—¡Se acabó!, ¡castigados el resto de la tarde! ¡Os vais a sentar a subrayar el libro de ciencias naturales hasta que den las nueve mientras corrijo! —Cabeceó—. Cuando no se puede, no se puede...

El director marchó, colérico, a por el pliego de exámenes que se apilaba en el despacho. Colmados de burricie: faltas de ortografía aberrantes, sintaxis atávicas y respuestas necias. ¿Por qué al menos no los dejan en blanco? Pisaba el pasillo de paredes festoneadas con una rabieta propia de los catorce años de aquellos mocosos candidatos a la absoluta nada.

—Y desde el 78 no puedo darles un reglazo en los dedos... —La protesta del docente se perdió como una letanía.

—¿Hasta las nueve? Son las cinco y media, Mario.

—*Neno*, ahora sí la has liado buena.

—Esa zorra de matemáticas solo me puede haber visto las greñas, porque metí la cabeza en cuanto supe que no había acertado con la suya.

Mario se rio con la boca cerrada, una de esas risotadas nasales que se estilan en la escuela.

—Y este dice que tiramos los petardos sin mirar.

—Pues se va a joder.

Dani sacó un mechero negro con arabescos amarillos. Colocó la palanca del dosificador de la llama en el extremo derecho y se acercó al pomo de metal de la puerta de Primero de BUP, letra C. El pulgar giró la rueda de la chispa que deflagró con el gas un fuego de siete centímetros. Mario seguía riendo, pero ahora era una risa de boca abierta y desprecio por cualquier orden de esos pánfilos que decían tutelarlos en los consejos escolares. La maneta se ennegrecía. Su amigo tuvo que parar y chuparse la yema, que también se abrasaba. Agitó su dedo ya casi tan chamuscado como el tirador. Y tuvo la brillante idea: cambiar de mano.

Los pasos de vuelta del director se oían a los lejos, retumbando en las aulas vacías.

—Déjalo, Dani

—Las cosas si se hacen, se hacen bien. Te aseguro que nos

manda a casa para el resto del curso. ¿Quién aguanta hasta las nueve subrayando un libro?

—¡Te va a ver, capullo!

La maneta ya parecía un hierro para marcar ganado. Somos dos personas en la clase. Ninguna de las dos se va a chivar de la otra. Un poco más, casi lo tengo. Claro que como me pille braseándola no la agarrará. Las cosas si se hacen, se hacen bien.

Dani guardó el mechero, también incandescente, en sus pantalones de pana mientras corría a ponerse al lado de Mario. El bigote asomó por el transparente de la puerta con el brazo derecho cargado de papeles. El izquierdo reposaba paralelo a su tronco, describiendo una curva a la altura de la panza que desbordaba los oblicuos. Se estiró para que la mano virase el pomo. Y aquel alarido tronó en la calle como los petardos lanzados en la hora del comedor.

Daniel Piñeiro y Mario Goyanes fueron expulsados media hora después de la quemadura de primer grado del director. Aguantaron los embates del claustro de profesores, que juntos se sentían fuertes contra las bestias que acababan de llegar al pabellón de BUP. A primeros de octubre es cuando hay que sacar las manzanas podridas del cesto. ¿Cuál había sido? *Omertà*. Mejor así, los dos fuera, que los educasen en casa si se atrevían.

El papel definitivo estaría tramitado en una semana sin oposición alguna. La familia directa de Mario se reducía a una madre diagnosticada de personalidad límite que, en pijama, llevaba al crío al colegio con una hora de retraso. Ahora cobraba la pensión de discapacidad y el chaval era lo suficientemente mayor para ir solo al instituto. Tarde o temprano, eso no le importaba a nadie. Y la familia de Dani se hundió en la tragedia de la muerte de sus tíos. Los educadores recordaban lo recta que era antes Ana con el niño. Del padre se sabía poco: pescador, mariscador o cualquier otro trabajo precario relacionado con el mar, y quince años mayor que su mujer. En esos últimos meses habían desaparecido, dedicados a un bebé cuando no les tocaba. Así que la directiva certificó que lo único que quedaba de los cafres era su foto en la orla de EGB, y dentro de cinco años cogería polvo con las anteriores en el almacén. Imágenes de adolescentes felices olvidadas entre roña.

Dani y Mario agotaban un porro con doble boquilla en el final de la misma tarde que habían sido exiliados a tierra de nadie, donde nadie pregunta porque a nadie le importa. Repantigados en el banco de madera combada de plaza España, entre algún petardazo y la percepción traviesa por la yerba, la existencia no podía parecer más fácil con un biturbo en la boca.

Pero la apatía suele ser enemiga de la calma.

Una Derbi Variant y un Vespino SC entraron en la plaza zumbando sus extenuados tubos de escape. Cuatro chicos algo mayores que ellos tenían las ideas claras. Mario conocía de vista al del pendiente con la cruz colgante. Néstor estudió en su instituto, ya pretérito para todos. A ese repetidor lo expulsaron cuando iba a ser enganchado por el año de los chavales a los que ahora quería robar.

—Dame las zapatillas o te rajo aquí mismo —dijo a Dani sin presentaciones, sacando un cúter del bolsillo.

Dani estiró los dedos en sus Victoria azul con cordones blancos. Sabía que eran de pijo. Ante la callada, Néstor se bajó de la Variant junto a su compinche, poniendo la pata de cabra con un movimiento de talón.

El cúter se acercó a la carne torácica.

—No... no puedo dártelas. Son un regalo.

—¿Habéis escuchado?, un regalo de su mamá —dijo Néstor al grupo. A continuación—: Sabes que me las voy a llevar te raje o no, así que elige cómo.

La bravuconería se había quedado en el aula. Los dos amigos tenían un nudo marinero en la garganta, probablemente *el redondo*. La fina hoja de metal rasgó el brazo de Dani. Que no regaló ni un gemido, porque metros atrás intuyó el final feliz que caminaba en una especie de baile de hip hop, arrastrando las zapatillas de baloncesto y con el contoneo digno de un tullido. Andares que siempre fueron galones. Isra era un repetidor que sí compartió alguna clase con ellos. Y Néstor, un flojo para Isra.

—Piraos, a estos dos los conozco —dijo al grupo del cúter.

En esas situaciones las palabras estorban.

Los del Vespino SC no bajaron del ciclomotor y el paquete trasero de Néstor se alejó a la vez que su piloto guardaba el arma de clase de plástica.

—No pintas nada aquí, Isra. Vete a por los que están sentados en el otro banco y todos contentos, ¿sí?

—Humm, no me vale el reparto. —Golpeando su puño derecho contra su palma izquierda—. Lo que te voy a pintar es la cara, que últimamente se habla mucho de ti. ¿Uno contra uno?

No esperó la respuesta cuando vio la herida en el brazo de Dani.

Cabeza fría, puños calientes.

Envió un croché al hígado de Néstor, que se rehízo sacudiendo el pómulo rival. Los otros vacilaron sobre aquella regla quebradiza en trifulcas, pero unas caras anónimas rugieron «¡uno contra uno!». De repente había quince muchachos siguiendo la pelea y ya nadie podía romper la norma.

—¡Vuela como una mariposa, pica como una abeja! —gritó Mario.

—¡Y no eran un regalo de mi mamá, payaso!

Un gancho a la pera tumbó a Néstor en el suelo. Apoyó las palmas en el pavimento rugoso y su cuerpo describió el arco para una patada en el estómago, que lo elevó en el aire.

Siempre son pocos centímetros y pocos segundos.

Isra colocó una rodilla en el pecho de Néstor cuando se volteó y, a horcajadas encima de sus costillas, liquidó la rutina con tres codazos en la ceja izquierda de la que manó sangre a borbotones.

Alguien chilló «¡policía!».

Dos mostachudos vestidos de marrón se acercaban para sofocar la pelea. Y hubo otro incendio. Dani tiró un petardo a los pies del primero, lo que llamaban «un cuarto de barreno» reventó su bota para asomar el dedo calcinado entre berridos. El *madero* ardió unos segundos y cayó al suelo. Todos otearon alrededor y súbitamente varios coches policiales chirriaban sus ruedas.

A correr.

Dani y Mario seguían las zancadas de Isra. El resto se dispersó en las inextricables direcciones del laberinto de calles que confluían allí, donde una ceja pedía seis puntos de sutura y un pie clamaba por más. Los muchachos pasaron centelleando delante del cuartel militar. El soldado de la garita contempló la escena: cuatro policías al trote y dos coches patrulla les perseguían. Hincó su sándwich calculando cuánto quedaba para cambiar de turno y en qué momento clavar la bayoneta en el vientre del cabo.

Y los chicos saltaban de tres en tres las escaleras hacia la plaza de María Pita con el ayuntamiento que Andrés siempre decía que le recordaba a un edificio de la Unión Soviética mientras escuchaban la palabra «¡quietos!» a sus espaldas entrecortada por los mismos escalones que saltaban de dos en dos los agentes, y entonces Isra se desmarcó del grupo en la plaza cuando sus protegidos temían que no había peor idea que cruzar trescientos metros sin una esquina para despistar a los perseguidores que ya no gritaban «¡quietos!» concentrados en dosificar la respiración como les enseñarían en la escuela de policía, y al llegar a los soportales los chicos esquivaron los puestos ambulantes de los negros que vendían alhajas de cuero e inundaban la zona con ese olor a piel animal tan característico que Dani atribuía a la piel de los subsaharianos siendo un crío que escuchaba de su padre las inspiraciones arquitectónicas rusas del consistorio, y Mario se trastabilló antes de girar hacia la calle Florida con una cuerda del último de los tenderetes que justo era del único blanco que vendía minerales en cajitas de cartón cortándose la palma izquierda con una pirita amarilla a la vez que su otra palma era arrastrada por Dani.

—¡Vamos!

Y el «¡quietos!» sonó muy cercano antes de que arrancasen hacia la parroquia de San Nicolás donde Isra se metió en los recreativos que también tenían entrada por la paralela calle de la Barrera subiendo a una mesa de billar para resbalar con la bola azul al ser adelantado por Dani que lo irguió en lo que parecía su rol en la huida, y escapando por la otra salida fueron en dirección al mercado de San Agustín, encerrándose en un remolque cuando escucharon las preguntas de los policías sobre unos niñatos que destrozaron medio pie «¡a un compañero!, ¡el uniforme por encima de todo!» sin conseguir respuesta de los que transportaban hortalizas con el gesto malcarado del final de la jornada.

Hacía mucho frío en el camión refrigerado. En un rato tendrían que aporrear la puerta para salir de allí, si no se iban a congelar. Lechones abiertos en canal colgaban de ganchos y vacas desmembradas se apilaban en cajas de plástico veteado por la sangre. Isra buscó el aliento humeante apoyado en una esquina. Se quedó observando a sus compañeros de evasión, porque ni siquiera recordaba sus nombres.

—Viendo lo que hay alrededor os llamaré los carnales, bautizados. Así se decían un pandillero a otro en la película del viernes.

Dani cogió su encendedor y colocó la palanca del dosificador en el extremo derecho. Giró la rosca de la chispa con el pulgar. Los tres chicos se acercaron al calor inane que desprendía.

—Se me está chamuscando el dedo —dijo Dani.

—Puedes seguir un rato más, que te gusta mucho el fuego, Carnal Primero.

El portón se abrió. La penumbra del final de la tarde destelló sobre las muecas que rodeaban una llama en la oscuridad. Los hombres de atuendo castaño afirmaron con la cabeza. Sí, son estos. Con Franco no pasaba.

El furgón de la patrulla tardó casi una hora en llegar a la comisaría, en la periferia coruñesa. Isra enfrentaba aquello con tedio, contando lo que iba a suceder en la noche durante el vaivén que campaneaba la cadena de las esposas.

—Fotos, huellas y llamada a casa. Como sois dos enanos ni os apretarán. Pasaréis unas horas en el calabozo con los gitanillos de Elviña, que creo que ya viven ahí, entonces es posible que esas zapatillas no salgan de la celda. —Marcó las Victoria azul con un arqueo de cejas—. Primera vez, ¿no? Eso se nota.

—Dani y Mario asintieron con vergüenza; una cuarta hubiera sido su aspiración—. Ojalá esté el juez Ramallo de guardia, ni se lee los papeles, echa un discurso y libres por la mañana. El problema vendrá si nos toca Quintana, el perro seguro que me interna y a vosotros os ficha. Atentos a su basura de «creo en segundas oportunidades, no creo en terceras oportunidades». Hará un mes iba con un desquiciado del barrio del Birloque en un coche como este, la leche, me parece que era justo este coche... Bueno, le habíamos dado el palo a unos de Santa María del Mar en la puerta de su colegio, porque el pavo estaba liado con una rubia de esas de uniforme que se ponen la falda por encima de las rodillas, muy fina, sí, pero en la calle tiene que subirla a las tetas por dentro del polo y luego bajarla al ombligo cuando llega a casa. Como no salía, aprovechamos para hacer algo de dinero. A mi colega no le sirven unas monedas de veinte duros y le pega tremendo guantazo al más pringado. No falla, siempre es el de gafas. Pues se le clava un cristal al dichoso gafas. «Desprendimiento de córnea», nos repetía Quintana, que acaba preguntando al otro por sus padres y todo lo del «entorno», esa palabra la usan mucho. Y va el loco y le contesta con un escupitajo que se queda colgando del labio del juez después de volar diez metros. Imaginaos el percal, que te tratan de usted: «¿A qué se dedican sus padres?». Un buen rato aspirando la nariz y ¡bum!, ¡salivazo en el labio de su putísima señoría! Todavía está en el reformatorio de Palavea. Quintana olvidó la frase de la segunda oportunidad.

—Pero ¿qué pasaba con sus padres? —preguntó Dani.

Isra hacía visajes para no desternillarse. De la historia que contó era lo único irrelevante. Un borracho, una prostituta, una habitación para cinco hermanos, palizas de buena mañana o tal vez absolutamente nada. ¿A quién le importa? Al juez no le importa. Y te importa a ti, enano, porque sería tan jodido que prefirió escupir al que te puede encerrar con dar un golpe a un mazo.

—Yo qué sé. Solo nos juntábamos para dar el palo.

El furgón se detuvo antes de entrar en la comisaría. Subió un policía arrastrando a otro hombre que iba esposado por su espalda, con la columna vencida. Dani pensó si los detenidos se dividirían entre los que enmanillan por delante y los que enmanillan por detrás. Tendría unos cuarenta años. Su barba bermeja velaba parte de la cicatriz que surcaba del mentón a la frente. ¿Será un ojo de cristal? No lo mueve, aunque alguien le pintó la pupila a mano alzada. Cuando se abrió el portón devolvió el repaso visual al chaval hasta que el agente le dio un porrazo que le dobló las rodillas, pero no la expresión, esa siguió inmutable.

Fue la primera vez que Dani supo distinguir a alguien peligroso.

Isra había clavado los trámites. De perfil, de frente, dedo índice al tampón de tinta y al papel. Ahora nos pondremos en contacto con tu domicilio. En esos seres del Cuerpo de Seguridad Ciudadano, con pantalón caqui, camisa de manga corta del mismo color, dividida por una corbata negra mal anudada y la gorra de plato con el membrete rojigualda, reconoció Dani a sus enemigos. Supo que solo levantarían del suelo para volver a dejarlo caer.

Yo contra ellos.

—Nos han regalado un paquete de galletas. —Mario tiró a la cara de Dani unos barquillos envueltos en un plástico que ponía «policía» como si fuese otra marca del supermercado—. Y también un cartón de zumo.

—Eso no se te ocurra tirármelo.

Tomaron conciencia del «entorno». Ya no les extrañó que usasen tanto aquella palabra. El calabozo tenía dos bancos de mármol pringoso en sus laterales. Al fondo un agujero de metal por donde miles de detenidos deberían de haber hecho sus necesidades, todas de pie. Y en el otro lado, la verja herrumbrosa que se iluminaba a tics del tubo del pasillo que recorría otras seis celdas. Primeros de octubre, en A Coruña la temperatura todavía oscilaba entre los diecisiete y doce grados del día a la noche, pero en ese cubículo estacionaba el profundo invierno aunque te encerrasen en agosto. Los dos permanecieron callados, con las mantas echadas hasta el cuello y las vértebras de la espalda encajando en los azulejos.

En cambio, las paredes hablaban.

«Clemente, puta chivata de los Mallos» era el clamor que se repetía a ecos pintarrajeados de letra más pequeña, como si el ánimo del delatado fuese menguando cada vez que lo encerraban por «Clemente, maricona», «Clemente, tú serás el próximo», y «Clemente, te están buscando». Le daban la réplica «Nos vamos todos *pal* talego», «El Grifas estuvo aquí, 3-1-1980» o «Quintana, chúpame la polla».

Dani quiso dejar su firma, aunque sus pertenencias, incluido el rotulador del instituto, estaban fuera en una bolsa de plástico junto a los cordones de las Victoria de pijo que tantos problemas trajeron. Pero se dio cuenta de que los azulejos rajados habían sido la brocha, así que levantó un pedacito que estaba agrietado a sus pies y rubricó mientras Mario dormitaba. El lamento del muro enmudeció y contempló, orgulloso, su obra.

«Yo contra ellos.»

La reja se abrió cuando el chico guardaba el trozo de mármol bajo su manta. También podría servir de defensa. Los gitanillos de Elviña fueron empujados a ese agujero por los policías del nuevo turno. Al gordo de la panda se le iluminó el rostro con los pipiolos que veía en su misma celda, hasta que otro muchacho entró segundos más tarde y se puso en medio.

—Buenas noticias para todos, tenemos a Ramallo de guardia. Y estos dos son amigos míos, ¿me seguís? —preguntó Isra al grupo calé.

Con dieciséis años ya solo tenía su reputación. Ese momento en el que una cosa nunca deja de llevar a otra. ¿Quién podía pensar que no iba a durar para siempre? Que las personas y las cosas quedarían varadas en aquel pasado que era el futuro.

11

El Hospital Juan Canalejo era una metrópolis de enfermos, en sentido literal. El sanatorio de A Coruña ostentaba cifras mareantes para una ciudad mediana: alrededor de cuarenta mil ingresos, veinticinco mil operaciones y más de medio millón de consultas por año en aquellos bloques grisáceos con mayestáticas vistas al inicio de la Ría de O Burgo, donde comenzó la marea tóxica hacía casi dos meses. Isra luchaba en la Unidad de Cuidados Intensivos por respirar unas semanas más, o tal vez lo tenían entubado por mera profesionalidad. El médico decía que pasó de viernes a domingo inconsciente, con la presión arterial y el pulso al mínimo tras el gran pinchazo. Tomó el dosificador, metió todos sus problemas en él y apenas tuvo que apretar el émbolo de la jeringa para quedarse con un único problema. No debería haber resucitado: fue la conclusión que leyó Dani entre las líneas que recitaba el facultativo. Le suministraron los antagonistas del protocolo para que se aferrase con una mano a la cornisa, encomendándose a las falanges mordisqueadas por su mascota, si es que un día alguien se hubiera referido así a aquel animal.

Pero parecía que Boss raspó esos dedos con la irracional idea de subsistir. Lo que menos pudiera molestar al dueño que le sazonaba el pienso con vinagre. Una bestia leal, cuya expresión famélica juraba que no tuvo otra opción que roer la mano que lamió los dos días anteriores. Fue la segunda conclusión que leyó Dani entre líneas. Con tres mil pesetas que le prestó Mario le había comprado un collar y una correa. También varios filetes de potro, que devoró con el plato de pienso reseco que estuvo en una encimera de la buhardilla desde la mañana en la que aquella cama cayó por el rellano. A partir de ese momento se lo quería llevar con él a todos lados. Igual en el trabajo no le ponían inconvenientes.

Dani entró en la granja con el perro en brazos, todavía débil para caminar. Saludó a Fran y asumió que podía ser peor. Imagínate este calvario con un tatuaje en el cuello de un muñeco que dispara perdigones por la polla. Jonatán carcomía un mondadientes, recostado en una silla de playa tras el pasillo que daba a la estructura panóptica del centro.

—Salimos en un rato —dijo.

Luis no estaría contento de que llegase lindando el mediodía, pero que no se le pasase por la cabeza enviarlo hoy con esos chancros humanos. Dani asomó por la puerta de su despacho y el tutor del centro no apartó la cabeza de las cuentas que siempre aparentaba estudiar. Se limitó a subir las gafas de montura metálica. Caían por el final de la nariz.

—He tenido problemas —dijo Dani.

Luis siguió hojeando, imperturbable ante esos problemas. No le apetecía aguantar lo que se había complicado el fin de semana con trifulcas espolvoreadas por el producto que hace años comerciaba aquel muchacho, que no se convertiría en hombre ni a los treinta y dos.

—Firma la renuncia —contestó mientras hacía una anotación a pie de página—. Yo ya la estoy aceptando.

Boss sacó un ladrido oportunista.

—Lo he traído porque te repito que he tenido problemas.

—Huele peor que un cerdo.

—Te aseguro que no es culpa suya.

Luis reclinó la silla giratoria, cruzó las piernas, dejó las lentes en la mesa e hizo un molinillo con el dedo.

—El derecho a la última palabra. No seré yo el que contravenga las leyes.

Dani supuso que la empatía radicaba en comenzar por el final.

—Isra está ingresado en la UCI. Tuvo una sobredosis el fin de semana y los médicos no creen que se vaya a recuperar. ¿Te parece suficiente para no firmar mi renuncia?

La gallardía de Luis se difuminó. Atusó el pelo gris y plantó los codos encima del tablero. Esas noticias cada vez le dolían más. La antigua coraza ya solo era un forro picado.

—No voy a fingir sorpresa, siéntate. —Luis apretó su retórica—: Lo que le ha matado es la ciudad que lo ha dejado solo. Y ni siquiera aquí podemos presumir de lo contrario. Tú estabas en prisión, pero hubo una época en la que creíamos que se iba a recuperar y le ofrecimos tratamiento ambulatorio como si afuera lo esperase algo distinto. A los pocos meses era otro más con sida y cuando lo acogimos de nuevo únicamente valía para trapichear aquí. Lo expulsé, ¿qué opciones me dejaba?, ¿vender al resto? —Tanteó una aprobación que no llegaba—. Venga, con eso sabes que no podía mirar para otro lado. —Ya se aprobaba él.

—Ahí comenzaría su gran aventura de estar tirado en el sofá y contemplar los recortes de papel albal por la mesa. Siempre lo mismo… qué tortura, aún ha durado demasiado.

—Dani, si el perro se muerde sus heridas hasta gangrenarlas, le pones uno de esos collares isabelinos. ¿Y qué intentas con una persona que solo quiere hacerse daño? No me importa decirte que sigo sin saber la respuesta.

—No me contó nada de esto. Tampoco es que hablase mucho, aunque en ocasiones divagaba sobre la buena época.

—Como hacen todos. No recuerda que no existió esa buena

época. Que no era feliz, que solo se lo pasaba bien ¿a cambio de? Cada día llegan aquí las familias de estos chicos y me sueltan que el mundo es un lugar horrible. Un rollo casi bíblico... ¡Que te aprieta y también te ahoga, te hace trizas y te deja descuartizado como comida para los pollos que atiendes por las mañanas! Pero a qué mundo se refieren... Hemos sido nosotros, la *narcocultura* de este trozo de tierra. Los grandes clanes, que cuento con los dedos de mis manos —oscilando las falanges—, nunca existirían sin sus ejércitos de camellos y adictos. Los idolatran desde que son adolescentes con quinientas pesetas para ir al cine. En cambio, los hijos de los señores de la droga están limpios, en los mejores colegios y con treinta propiedades a su misma edad. Tú mejor que nadie conoces el abismo que los separa. Aunque al final casi todos caen ahí. De otra forma, pero caen. Y también lo conoces, sin ofender, mucho mejor que yo. —Remató—: Es lo que te ha arruinado la vida.

—Por eso hay algo que me confunde. Debe casi un año de alquiler, lleva la misma ropa semanas y no tiene comida ni para él ni para este animal. No entiendo de dónde sacaba el dinero de los chutes. Nadie venía a casa y no andaba hasta el baño sin mi ayuda.

—¿Es que no te acuerdas? Hace años veías en las esquinas a esos zombis rogando su dosis y, cuando ya les daban una paliza, desaparecían el resto del día. A la noche la compraban, y tanto que la compraban. «La generación perdida» decían... Desde aquellos recuerdos hago una advertencia a los nuevos: aquí se viene a desaprender.

—Desaprender... estás a otro nivel, Luis, después de ti no hay nada —dijo Dani, alcanzado ese punto en el que su interlocutor le cansaba—. ¿Cuántas veces has tenido que soltar este discurso?

—Lo adecuo al que me está escuchando, así que ya paro. —Bosquejando un mohín taimado—. Y a ti siempre te tuve en la mejor estima. Se veía que conseguirías lo que te propusieses. Tu problema fue que eso también lo vieron otros y conseguiste una maravillosa condena. —Tosió—. Moralina aparte, adivina lo que te voy a decir porque es lo mismo que tú te estás diciendo.

—No cuadra.

—No cuadra. ¿Quién sabía que vivías con él?

—Se lo dije a Mario al salir de prisión. A Isra le debemos muchas cosas, ya no sé si buenas o malas, pero eran las que queríamos.

—Mario... tardaba en salir su nombre. ¿Nadie más?

—He sido muy discreto... no... no tanto. El viernes también otra persona se refirió a él.

«Cómo te vas a enterar si te encierras en casa de un sidoso», eso le quiso decir Turuto en su monserga de poder. La memoria de Dani no le escondía nada más de tres segundos.

—Cuentas que casi ni era capaz de caminar. Quizá había alguien más que lo cuidaba, de otra forma.

—Isra lo sabía todo sobre mí.

—¿Y esa información es importante para alguien?, ¿para alguien que pueda comprarla?

—¿Para alguien que pueda matarnos si escuchase una respuesta?

—Entiendo que esta conversación se ha terminado.

Luis se incorporó y acarició el mentón del pitbull, recorriendo su prominente hueso masetero. Sabía que a esos animales no les gustaban demasiado las carantoñas y que no se puede predecir el comportamiento del que ha sufrido tanto. Sucedía lo mismo con Dani.

—¿Cuidarás de él mientras voy con Fran y Jonatán a recoger muebles?

—Sí —aprobó Luis—. Lo ataré a la sombra con un buen plato de lo que haya sobrado del mediodía. ¿Cómo se llama?

—Boss. Antes me parecía un nombre de puta madre.

—Al menos tiene un nombre. ¿Te has fijado que las tres vacas que pastan aquí también lo tienen? Rubia, María y Tina. Igual que los dos gatos que rondan por nuestra zona, Coco y Michún. Pero los pollos, aunque un día aparezca uno verde, son anónimos. —Conclusión—: Nadie pone nombre a algo que se va a comer.

Dani salió de la oficina y montó en la furgoneta que ya había arrancado Fran. Prefería tener la mente ocupada antes que responderse interrogantes. Tampoco quería reflexionar sobre la bronca lisonjera que acababa de escuchar. En aquel pasado creí que las únicas luces eran los neones de las discotecas, pero en realidad caminaba en medio de la penumbra. Y ahora al fin somos lo que parecemos: basura.

Siete y media de la tarde de ese mismo lunes. Dani y Boss llegaban exhaustos a la buhardilla de Isra. Uno había pasado cuatro horas levantando mobiliario y al otro le cansaba hasta respirar. En cuanto empujó la puerta, Dani vio por el suelo un sobre con el nombre de su compañero mecanografiado. Remitente el Juzgado de Primera Instancia 3 de A Coruña. Rasgó el cierre dentado y leyó la notificación: «Aviso de desahucio por impago para dentro de quince días dimanante de la demanda ejecutiva de...». Comprimió los papeles hasta reducirlos a una bolita. Salió al descansillo y la tiró por el hueco del ascensor, que seguía parado en su planta. Algo que hacía de pequeño. Chuches, lápices, canicas. Caían al vacío para oír el ruido siempre diferente. Se calmó hasta que asumió que el piso, por llamarlo así, era un desastre.

Dani arrambló lo inútil que había acumulado su amigo en años para meterlo en las bolsas de basura que bajaba con un ímpetu febril a la calle. Quería borrar hasta la última marca. Se fijaba, casi sin querer, en si había algún elemento sospechoso, indicativo del tercero que podía haber visitado aquel lugar. Pero se propuso apartar esa idea de la cabeza. Ojalá tuviese la oportunidad de saberlo por boca de Isra. ¿Enfrentar más traiciones? Estoy retirado. ¿Otra puñalada trapera por descubrir? No voy a vengar a nadie. Aquí con mis secretos durante quince días, hasta que me echen a la calle.

Se derrumbó en el sofá pasada la medianoche. Esos exiguos

metros cuadrados semejaban otros. Se acabó la ropa maloliente, las pocas prendas se apilaban por escala cromática en el armario de lona. La mesa de metacrilato también relucía, sin nada encima, ni tan siquiera el cerco de un vaso. Hasta el hornillo recuperó su dignidad, solo desgastado como tantos otros. Y había bañado a Boss en el plato de la ducha, su piel seca se tornó suave y con el aroma a vainilla del champú. Dani ganó un instante de paz. Con él se atrevió a marcar uno de los dos números de teléfono apuntados en la nota que guardaba desde el viernes. Estará despierto. Dicen que salió a mí en algunas cosas.

—Sí —contestaron. Un «sí» propio del que espera.

—¿Crees que podremos hablar? —A medida que formuló el ruego su voz se fue fragmentando.

—Llamas en el momento justo, porque tengo algo que contarte —dijo Hugo antes de colgar.

Dani examinaba el Ericcson T10 que le regaló Luis, hipnotizado por la pantalla de números pixelados. Entretanto vibró. Le llegó un mensaje de texto: «A ls8 d la tard n la plza d portugal». Cerró la tapa, bajó a la calle y cogió un taxi con lo que sobraba del préstamo de tres mil pesetas para hacer guardia en el hospital. Su trabajo madrugaba en cinco horas y media, pero seguro que le dejarían verlo antes. Aunque fuese a través del cristal.

Desde allí, donde Isra parecía un niño que había crecido muy deprisa, con la piel chupada por los huesos que antes redondearon su cara traviesa.

Desde allí, donde se oía el pitido que alteraba la línea del electrocardiógrafo.

Desde allí, donde el dedo mordido seguía agarrado a la cornisa.

Queriendo caer por fin.

12

Nadie tenía un minuto que perder.

Turuto encendió el Maserati 3200 negro cuando Dani comenzaba su jornada. Las cinco y media de la madrugada de ese martes en el que seguía sonando a través del cristal la tímida señal de Isra.

En una hora tomó la salida 110 de la AP-9, la autopista que une el eje atlántico de Galicia. El cartel azulón encuadró sus letras blancas y después la N-640 lo dejó en el parque Miguel Hernández. «Villa», como ellos la llamaban, era el típico lugar costero de la región, pero más concurrido de lo habitual. Casi parecía una pequeña ciudad del noroeste con sus calles, sus jardines y sus instituciones que lucían exactamente iguales que las de cualquier otra. También tenía una ladina atmósfera industrial por las vías del tren que circundaban la población y el puerto. Astilleros, contenedores, graznidos de gaviotas. Y ese olor a mar que recorría el mayor patrimonio gallego: 1.498 kilómetros de costa. Turuto detestaba hacer 124 para consultar las ocurrencias de los que consideraba unos gañanes. Estaban histéricos con los móviles. Tarjeta prepago, terminal anónimo, conversaciones asertivas, y aun así había que cambiar de aparato cada semana porque recordaban la gloriosa e impune época del teléfono satelital en la que Pablo llamaba hablando del «asuntico». Ahora vivían en el frenesí de la tarjeta sim, el número IMEI, el localizador por GPS y la leyenda de los barridos del CNI.

El domingo le hicieron llegar un mensaje: el Panadero quiere verte. Intuía que no sería otra visita rutinaria. Y nunca le pagaron por intuir.

Turuto aparcó el Maserati al lado del parque y se adentró caminando en el pueblo. Lo último que le apetecía en esa mañana mal dormida era aguantar los comentarios de su jefe sobre la ostentación que condenó a la competencia. «Ya no estamos en Villamercedes», cuando veía el coche de alta gama.

Los finales de los ochenta siempre en su boca.

Entonces el negocio iba bien.

Y querían que todos se enterasen de lo bien que iba.

Se podría trazar un triángulo de la fastuosidad entre unas cuantas fincas de Villagarcía, Vilanova y Cambados. La hermana mayor, la pequeña y el pueblo del hombre carismático. Ahí medraron el narco que cumplía una condena más larga que cualquier etarra por descargar hachís y por abogados que no sabían refundir una condena, la familia que tenía al patriarca enrejado y su patrimonio en subastas a las que únicamente acudían ellos, y el benefactor de la comunidad que pagaba a los jugadores de su equipo de fútbol ascendido a Segunda B sueldos de Primera División, venerado hasta en una canción de título *Teknotrafikante* que lo calificó como «preso político». Esas tres figuras monopolizaron el rumor público. Del Winston de batea a la cocaína. Muchos *señores do fume* dejaron de serlo gracias al propio Estado, que los encerró con su golpe al contrabando de tabaco en las mismas prisiones que unos cuantos insignes de los cárteles colombianos.

Yo tengo el producto. Tú, la infraestructura.

Estamos saturando Estados Unidos y ahora la DEA es implacable. Con lo de Kiki Camarena nos declararon la guerra. Aquí hablamos el mismo idioma y ya todos tenemos dinero. Las personas se vuelven locas por esto, desde Vigo a Estambul aspirarán la mercancía, pensando en la siguiente línea sin importarles lo que el polvo se ha llevado por delante hasta su nariz. El mejor negocio atendiendo a las variables keynesianas de oferta y demanda. Haz tandas: de un kilo salen dos y de esos dos los que aguante la conciencia. Solo es una hoja con cemento, amoniaco, gasolina y unos compuestos químicos básicos que no te interesan. Porque la cocina es nuestra, de la profunda selva sudamericana. Necesitamos las plantas recién cortadas y que el coste de producción continúe irrisorio. Puedes cobrarte entre el 25 y 30 por ciento en género. Te lo vamos a recomprar nosotros mismos desde Madrid. ¿O te motiva una guerra por distribuirla? Comprobarás que eso acaba con mucha sangre y todavía más policía.

Entonces el capo gallego anhela su pazo de viñedos y sus acólitos, el coche descapotable. Y algo de extravagancia para los jefes: estatua del susodicho, nevera de marfil o rocines árabes que se mueren al año con la humedad atlántica. Que las tres siliconadas se mojen en las tres piscinas climatizadas que luego las paseas a turnos en los tres Corvettes de la colección. ¿Por qué no en unos pueblos perdidos de la perdida Galicia? Rurales, rabiosos, ricos. En lo alto de la cadena trófica, gastando palillo con la camisa abierta, asomando sus collares de oro y apretando tratos con sortijas heráldicas. También descerrajan disparos en la nuca cuando los negocios salen muy bien o muy mal. Tirar del frío gatillo lo deciden en caliente con cenas de medio millón de pesetas.

Así fue.

En el año 2000 la historia contada en presente sonaba un tanto arcaica, aunque menos que las leyendas de extracción y contrabando de wolframio en las montañas de Ourense entre 1918 y 1952. El anterior cliché gallego sobre cómo introducir algo codiciado por Europa desde un cacho de tierra subdesarrollado. Se trataba de un metal llamado tungsteno, casi igual de duro que el diamante. Por eso valía para blindar vehículos y fabricar proyectiles. Con los alemanes y los aliados en su Segunda Guerra Mundial de ofertas sobre la mercancía, el contrabando en Galicia fue la norma. Una familia comía todo el año por el estraperlo de una ínfima cantidad. Hitler, el gran cliente, pagaba cinco veces más que el bando aliado a un país de gobierno amigo que apenas envió una división azul al frente rojo. Pero perdió la guerra y se suicidó con un disparo. Quizá de una bala de wolframio gallego. Los mineros también se estaban suicidando, aunque ellos no querían saber de holocaustos. Nadie les advirtió de que se liberaba arsénico al sacar el producto de las piedras de cuarzo.

Así también fue.

Llegaba el relevo en el mundo del narco y eso siempre significa ajustes de cuentas y luego más cuentas derivadas para que haya un cierto orden. Porque en Europa no se puede funcionar a decapitaciones. La Operación Nécora pasó en 1990 como una bala rasgando la carótida de los que se libraron. Se acabó ostentar, el dinero ya es una cuestión de lúdico sufrimiento. Nunca más se tocará la mercancía, a alijar van los esbirros de tierra y los esbirros de mar. Y nadie conoce a nadie, el marinero no conoce quién es el estibador, el piloto de la planeadora no conoce quién es el del camión. Lo importante es que ninguno conoce para quién trabaja al final de la cadena tan fuerte como su eslabón más débil. Por eso y por tantas otras razones el Panadero y don Abel seguían en el negocio. ¿Quién podía renunciar a la herencia que dejaron los caprichos orográficos costeros? Dicen que Dios, al menos uno de ellos, apoyó la mano ahí antes de terminar la Tierra. Un buen legado para una Galicia pobre, demográficamente inversa, a hora cambiada, de eterna lluvia y con unos veranos idénticos a los de Dinamarca. Tan diferente del resto de la Península y tan fútil en su esquina.

No había doble sentido, por lo menos al principio. El Panadero regentaba desde joven una panadería. Y le gustaba la profesión. Se levantaba en plena noche a conducir su furgoneta de reparto hasta la trastienda donde funcionaban los hornos. Con él trabajaban su mujer y un mozo que aprendía el oficio.

Turuto tocó la puerta del obrador siete veces en el compás acordado. Y esta se abrió con un quejido oxidado.

—Perdona que no te dé la mano —dijo el Panadero, totalmente manchado de levadura.

Era un ser de aspecto arcano. Su descripción le colocaba cabeza hirsuta, ojos reptilianos, nariz bulbosa y una boca que calcaba una puñalada sin cicatrizar. Volvió a la faena mientras la persona que ordenó llamar permanecía callada viendo el trasiego de cereal. El Panadero vertió la levadura sobre el agua en un recipiente, en otro echó la harina y esparció sal. Su puño abrió un agujero en el centro de esa harina y derramó un pote preparado de agua y levadura. Mezcló con un hipnótico movimiento circular hasta que la masa se despegó de las paredes del cacharro, miró extraviado el horno a 240 grados cuando evaluaba la consistencia con sus manos, gruñó y agregó otro poco de trigo. Volvió a mirar el horno, vertió un poco más de agua y ya tenía la textura ideal.

—¿Cómo estás, Turu?

Cuando el interpelado iba a abrir la boca, lo mandó callar poniendo el dedo índice sobre esos labios extraños. Agarró una tabla con harina espolvoreada y extendió la masa. Una mano la aguantaba y la otra buscaba el extremo de la superficie. Dobló el producto sobre sí mismo. Ahora tenía un bulto con el que repetía la misma operación mientras silbaba una tonada popular.

Minutos más tarde introdujo la bola de trigo en el recipiente que untó con aceite de oliva. Ahí Turuto suspiró de forma imperceptible. Gañán. Psicópata gañán.

—A reposar una horita.

El Panadero tomó la pala y metió las masas de horas anteriores en el horno. Aquella frente se perlaba de sudor. Retiró varias bollas de pan cocidas y golpeó su superficie con los nudillos. Turuto no le quitaba ojo.

—Tiene que sonar a hueco. Acércate, Turu.

—Me fío.

—¡Cago en Dios! ¡Ven para aquí!

Turuto se aproximó y asintió, pero no sonaba a hueco, sonaba a golpe en el pan. El Panadero cogió un cuchillo y cortó un par de rebanadas.

—¿Las pruebo?

—Esta es de centeno y a esta le hemos puesto nueces. —Bailando el metal con su brazo derecho—. Prueba, sí.

Turuto masticó, fingiendo que aquello le interesaba, y sacó un sonido ascendente de garganta para expresar lo buenas que estaban unas simples hogazas y que ojalá bajase el cuchillo cuanto antes.

—Excelentes —añadió a su puesta en escena.

El Panadero bajó el cuchillo y se quitó el delantal.

—¡El reparto tiene que estar terminado antes de las ocho y media! ¡*A traballar!* —ordenó al muchacho que abría los hornos mientras él sujetaba a Turuto del hombro para salir de allí, manchándole a conciencia la camisa—. Por lo menos no me has aparecido con ese coche. Vamos a casa, no creerás que te traje por una rebanada de nueces. Pero ¿a que estaba buena?

El Panadero siempre tenía prisa y tiempo.

Vivía en un discreto ático cerca de su negocio. Salón, tres habitaciones, baño, terraza y retoño que cuidaba una joven panameña. Una belleza enjuta, de piel de yodo y rasgos faciales a escuadra y cartabón. El Panadero fue padre a los cincuenta de una criatura que no salió del vientre de su mujer, que ya había reventado el reloj biológico. La vivienda donde confluía esa complicada situación familiar también tenía un valor añadido: su azotea distinguía parte de la ría. Antaño se sentaba allí, camuflado tras los aligustres con los prismáticos, un comunicador y una Estrella Galicia. Aquello se quedó como otras tantas cosas en la buena época, el concepto que todos parecían haber experimentado y a partir del que conservaba su fama esquiva entre los agentes del Servicio de Vigilancia Aduanero y un número pasmoso de supersticiones. Desde hacer una queimada de cuarenta litros antes del desembarco a obligar a una tropa de hombres a no llevar una sola prenda amarilla cuando iban a alijar.

—Tú dirás —se arrancó Turuto con el café que les había servido la chica en sendas tacitas.

Acostumbraba a preguntarse si sería la madre del bebé, que todavía poseía un color de piel bastante indefinido. Aunque lo hacía cuando se había alejado unos kilómetros, tenía pavor hasta de sus pensamientos allí delante. Hablando con el Panadero también sucedía algo curioso: nadie lo interpelaba por el nombre de pila y tampoco por el apodo. Se dirigían a él de forma impersonal.

—Se acerca la marea de billetes, Turu. En poco tiempo saldrá de Venezuela.

—Cuento los días.

—Todos contamos los días. Y desde que dejamos tantas cosas en manos de los que estáis en los grandes puertos de Galicia, Coruña y Vigo, esa cuenta se me hace muy larga. Don Abel siempre quiso tener personas de su confianza ahí, y entonces entraron los tipos como tú. Recuerdo que yo le decía que nos sobraba con nuestra ría y sus dos mil bateas. No existía mejor laberinto hasta que mandaron a los helicópteros... —Por un momento estudió la lámpara de araña del techo—. Boh, no me quiero poner sentimental, no va conmigo, que se suponía que debería haber sido el joven aportando las ideas. Y no, *carallo,* las ideas son suyas y las personas también. No lo olvides, por muy mayor que se haga usará otras rutas cuando corten las que tenemos y por muy mayor que se haga cambiará a los encargados de las ciudades de los grandes puertos gallegos si le fallan. —Y tras un extraño sorbo al café—: Pero aquí, *meu rei,* no se paga finiquito.

—Esta funciona bien. —Turuto descubrió una voz aflautada—. Yo... yo no he fallado.

—No has fallado. Solo era una frase hecha. Aunque también sabes que hay una investigación que nos molesta en los juzgados desde el 92. Encerraron a un cualquiera que dejaron libre a los dos años de prisión preventiva. Y entendimos que con ese circo se terminaría y, en cambio, ahí sigue la puñetera causa abierta.

—¿Cuándo se archivará?

—¿Archivar? ¿Te crees que ponen un lacito a expedientes así? ¡Cago en Dios!

—No, disculpa. —Turuto se apresuró a matizar—: Me refería a que no van a estar investigando para siempre.

—A ver si lo entiendes, al antiguo juez le colocaron encima de la mesa un chivatazo de una tonelada de cocaína propiedad exclusiva de gallegos, eso no se archiva porque eso nunca ha vuelto a suceder. Me dicen que el nuevo busca alguien a quien pringar, aunque nunca hayan pescado la droga. El problema es que su sistema pide pruebas, no tiene ni la primera y él parece que no es de inventárselas. Pero tampoco puedo hundirle los ojos en la nuca, *qué imos facerlle...* Por eso la ruta de Venezuela a Coruña no puede dar problemas justo ahora. —Una de las dos tacitas tembló al ponerla sobre el platillo—. Al lío, ¿has estado con él?

—Sí, el viernes.

Una información que el Panadero ya conocía.

—¿Y?

—Diría que es otra persona. Quiere pasar página y que no me acerque a su primo. Intenté ponerle el anzuelo como me pediste, contándole lo bien que funcionaba el negocio, que solo somos transportistas y que se uniese para un último desembarco.

—¿Y?

—No le interesó lo más mínimo. Creo que solo le importaban su primo y su copa.

—¿Te acuerdas de él, Turu?

—¿Cómo que si me acuerdo?

—¿Recuerdas cómo era antes de prisión? Es a lo que me refiero.

—Nos criamos en el mismo barrio desde los ocho años.

—Pero eras muy joven.

—Siempre fui igual de joven o viejo que Dani.

El Panadero dio el sorbo definitivo y colocó la taza boca

abajo en el platillo. Tú nunca fuiste, ni eres, ni serás la cuarta parte que él.

—Lo queremos trabajando con nosotros de inmediato.

—¿Por qué insistir? Lo he visto en persona, está acabado.

—Eso no lo tienes que saber.

Turuto rememoró para su sorpresa la frase de Dani: «El que menos sabe, es el que más vive». No iba a preguntar de nuevo la razón por la que todos eran tan crípticos al hablar de un tipo que estaba arrastrándose. El Panadero le dio unos segundos. Quizá precisaba que le repitiese su voluntad, pero no fue necesario.

—Me doy por enterado.

—Hala, ya puedes volver a Coruña.

Turuto anduvo por el pasillo hasta la puerta blindada del ático. Empuñó la maneta y el Panadero la sujetó por detrás.

—En cuanto conozca...

—Cállate, Turu. Mario, el otro que se muere en el hospital, su primo... todavía tienes que tocar muchas teclas en la ciudad.

—Al yonqui lo he tenido bajo cuerda y me iba informando de sus movimientos. Lo que te conté de su trabajo, por ejemplo. Pero se le fue la mano con lo último que le dejé y no saldrá del hospital. Además, se callaba mucho... o no, al fin y al cabo es un yonqui. En cuanto al primo, si queremos que vuelva por las buenas, no puedo incumplir lo que le prometí sobre alejarme de él.

—Porque a su primo siempre lo llamó hermano.

—Y su primo a él lo llama criminal. —Un rayo de inspiración atravesó a Turuto—. Queda Mario, tenemos una buena carta por jugar ahí, sí, sí.

El pomo de la puerta se iba a desvencijar si su propietario seguía apretando con tanta fuerza.

—Haz lo que tú consideres necesario. De momento con *sugerencias*, de no funcionar, he pensado en otra opción. Adiós, Turu.

—Te mantendré...

El Panadero cerró de un golpazo. Su crío se puso a llorar y él se aproximó a la cuna guardando un metro de distancia. El bebé calló. Le pellizcó el moflete con la misma expresión de tiburón, en sentido biológico, que se llevaba en la retina Turuto para los 124 kilómetros de vuelta. Optó por darse una ducha fría.

Uno de sus muchos teléfonos móviles sonó al salir.

—Ya se marcha —le dijeron.

—¿Qué coche trae?

—El que no te gusta.

—¡No sé para qué pregunto si ya conozco la respuesta!

El Panadero gritó todavía más fuerte desde el servicio. Ninguna palabra, solo un berrido desaforado. Apareció la chica que cuidaba del niño cuando él se secaba.

—¿Mande?

—Mi mujer va a estar toda la mañana ocupada.

La joven se dio la vuelta apoyando los brazos en la pila del baño. Dobló su pierna derecha mientras la izquierda quedaba estirada a medida que apoyaba su vientre en el mármol.

—Cuando quiera.

—Aunque si aparece de sorpresa, también espera a que termine. ¿Eh, *guapiña*?

Las manos callosas subieron por las corvas de la muchacha hasta tirar de la braga de encaje. El Panadero acopló su cadera entre los glúteos canela y la chica emitió un quejido con el acceso carnal y recibió de premio una bofetada. La sujetó del cabello para poner su frente contra el grifo. Ella prefería cerrar los ojos antes que verse humillada también en el cristal. Él no: estuvo contemplándola durante los tres minutos que tardó.

—¡Fuera!, ¡fuera!, ¡fuera! —En cuanto salió de su cuerpo.

El Panadero quedó solo en el lavabo y le hubiera pegado un mandoble al espejo si romperlo no significase muy mala suerte. Se embutió en unos pantalones tejanos con una camisa blanca de gemelos de cordel que nunca conseguía meter por el ojal. Otro berrido y la mano trigueña volvió y abotonó ambas mangas. Luego bajó hasta el garaje por el ascensor, preguntándose por qué le habían puesto música si nadie estaba allí más de diez segundos, y sacó el Seat Toledo por la rampa. Chispeaba en el verano de las Rías Baixas. Las alfombrillas del limpiaparabrisas gimieron hasta que el cristal se lubricó.

Tras cinco kilómetros de curvas escoltadas por casas de una sola planta, viró a la derecha y enfiló el sendero mejor asfaltado de la provincia de Pontevedra. Se apeó del vehículo y ojeó ambos laterales. Después atrás.

Toda una vida mirando lo que había tras su nuca.

Pulsó el telefonillo injertado en una de las columnas de volutas dóricas que franqueaban la verja, acercó el rostro a la cámara y la puerta se abrió con el control domótico. El coche continuó por otro camino escoltado por peonías. Enseguida lo acompañaron los ladridos de los mastines napolitanos y sacó el brazo por la ventanilla para que lo olfateasen. Aquellos perros de piel arrugada se perdieron en el terreno. Enfrente tenía la casa de piedra de dos plantas y la torre lateral. Cuando se bajó del vehículo, un cualquiera lo cubrió bajo un paraguas para protegerlo del orballo hasta el porche donde se balanceaba don Abel en su mecedora.

Final de la secuencia, el Panadero dio un manotazo al petimetre que lo tapaba.

—Haz el favor de ser cortés —dijo don Abel al ver la expresión de susto del hombre, que se perdió en la finca arrugado como los mastines.

—Perdone, vengo nervioso.

—Nunca se han tomado decisiones correctas con nervios, y bien intuyes que estamos en un momento donde hay que tomarlas. —Don Abel lo miró como a un animalito simpático—. Cuéntame qué tal ha ido.

—El estúpido que pagamos en Coruña se reunió con Dani el viernes en el reservado de la discoteca de Miguel. Y me cuentan que el nuestro se dejó retorcer los morros.

—¿Puedes aclarar cuál es el nuestro?

—Lleva razón, *o noso retorceulle os fuciños ó outro.*

—No pretenderás que me llame la atención. Ese muchacho seguirá dominando cada lugar que pisa.

—Ya no es un muchacho y no quiere volver a trabajar para usted.

Don Abel examinó la miniatura que tallaba mientras se mecía en su asiento con una mantita cubriéndole las piernas. Era un zueco de madera que cabía en la palma. Otra pieza de la colección que cincelaba desde hacía una década. Lo que más le gustaba era repujar diminutos muebles de la época victoriana que luego mandaba al tapicero para cubrir de piel usualmente granate en los nimios respaldos. Esas últimas semanas recibía revistas de modelismo donde publicaban mobiliario de las antiguas colonias inglesas en Estados Unidos, y pedía telas amarillas tan almidonadas que debían encargarse por metros a Madrid. Solo para un par de centímetros. Claro que, curioso antagonismo, zuecos habría tallado cientos.

—Tenías que ver lo mal que quedaban los primeros. —Don Abel mostró orgulloso su obra. A continuación—: Comprendo a Dani. Fueron muchos años en prisión sin que nadie cuidase de él.

—Rechazó lo que le ofrecimos durante ese tiempo.

—Nunca esperé que lo aceptase. ¿Tú sí? —Duda retórica—. En realidad era como un hijo y por eso conozco lo que ha barruntado en su condena.

—¿Que está con nosotros o está en el fondo del mar? —Duda sin retórica.

—Estar en el fondo del mar no creo que le asuste.

—¿Y que solo puede elegir entre esas dos opciones lo asusta? Lo disimula muy bien. Permisos, tercer grado, ahora más de un mes en libertad condicional arando tierra y cargando trastos como si fuese un muerto de hambre y aquí seguimos esperando para llenarle los bolsillos.

—Hablas como si le quisiésemos hacer un favor.

—Sería más fácil atarlo a una piedra y echarlo al océano desde la Torre de Hércules. —Y muy solemne—: Esa es mi opinión, le pido que la tenga en cuenta.

—Lo estás subestimando, ni tú lo querrías de enemigo. Analízalo con calma y entenderás por qué hemos de ser pacientes: Dani aparenta que no sabe nada y lo sabe todo... Y sigo pensando que eso incluye el mapa del tesoro. —Don Abel dejó el zueco en la mesa—. Intuyes lo que le ha hundido. No puedes ser un gánster con esos estúpidos remordimientos. Así que asumamos que Dani Gasolina tendrá que lidiar por un tiempo con su mayor problema, que es Daniel Piñeiro.

—¿Y después?

—Después se dará cuenta de que no hay oportunidad para una vida normal. Y después de después volverá sin que lo llamemos.

Las personas acostumbran a no terminar las frases cuando se hacen mayores.

Don Abel las terminaba todas.

Dora veía la escena desde el ventanal de la primera planta. Había escuchado cómo su marido se refería a Dani, y eso significaba que por enésima vez estaría pensando en él como el hijo que nunca pudo engendrar. Echó la cortina antes de que la descubriese espiando. Cuarenta años de matrimonio no eran suficientes.

Dani daba vueltas alrededor de la fuente, a la que ahora habían puesto unas gaviotas de metal encima de las varillas que emergían del agua verdosa. Se citó con Hugo en la plaza de Portugal a las ocho de la tarde. Pasaban de y cuarto. Boss se sentó sobre las patas traseras tras media hora expectante, ladeando la cabeza y observando a su cuidador, que le regalaba una carantoña bajo las orejas.

—Debe de estar a punto de llegar —hablaba a un perro—, debe de estar a puntito de llegar.

Desde que salió de prisión le erizaba la piel pensar en el chico. Extraño en alguien que no pestañeó cuando encajó la sentencia *in voce* de aquel magistrado de la Audiencia de Pontevedra. Luego el ponente la explicó al detalle en los Hechos Probados y Fundamentos Jurídicos durante cuarenta hojas de retorcido lenguaje que quería decir «muchos años de cárcel» en el párrafo final.

Apareció Hugo atravesando por la calle que daba al colegio Compañía de María. El centro aglutinaba a los pijos con aspiraciones camorristas, pero eso siempre fue cíclico en A Coruña. En la época de Dani jugaban a ser peligrosos los de los Maristas. Lo bueno de los de la Compañía es que estudiaban en el único colegio con esas presunciones del casco urbano. Resultaba muy cómodo esperarlos a la salida, detrás de la valla donde crecía una formidable palmera.

—¡Siento no ser puntual! —le gritó.

¿Por qué no espera a decírmelo a mi lado? Tantos años sin saber de él y nuestro reencuentro es una disculpa mientras se fija en la carretera para que no le atropellen. Claro que podría haber sido una tunda aquel día en el paseo marítimo. Cómo ha crecido. Es más alto que yo.

—Esa frase debería ser mía.

Hugo no entendió lo que quería decir Dani. Un perdón por todo. Enfrente y sin devolver la mano tendida, se refirió al pitbull escuálido que sujetaba con una correa nueva:

—Vaya bicho, también parece que ha salido de la cárcel.

—Es de una persona que va a estar unas semanas fuera.

—Ya.

—Si no vuelve, me lo quedaré yo. Dile hola a Boss.

—Ya.

—¿Me sacas un par de centímetros?

—Tal vez —contestó Hugo desde su 1,82, sentándose en uno de los bancos de piedra de la plaza. Bonitos, pero cuidado con acomodar tu espalda sobre el respaldo granítico.

—No sé por dónde empezar. —Echándose el perro al regazo—. ¿Qué tal te van las cosas?

—Van.

—¿Irás a la universidad?

—Puede.

—Esa ausencia de carne en las orejas, o como le llames, no es de alumnos de primera fila —refiriéndose a las dilataciones de los lóbulos.

Dani quiso meter el meñique por el contorno caoba que cortaba la piel de su primo y este le dio un revés, molesto con la broma.

Lo obligó a contestar con más que una sola palabra:

—No están cicatrizadas. Realmente nunca cicatrizan del todo, pero no lo sabía cuando me las puse. A la izquierda le fui metiendo pendientes cada vez más anchos y la segunda me la abrió uno de los de Katattoomba con bisturí.

—¿Te rajaste la oreja?, ¿con bisturí? Joder, reconozco que no comprendo algunas cosas del personal de hoy en día.

—Los que se sientan delante en clase no lo hacen.

—Eso seguro que no ha cambiado desde que entré preso.

Dani lo había logrado. Deslizar el tema a través de un comentario que sonó estúpido a medida que lo pronunciaba. ¿No tienes aspecto de ponerte en primera fila? Aunque era la pura verdad, con esas pintas no se permitiría los asientos que enfrentan la pizarra.

—Lo que importa es lo que tú has cambiado, Hugo.

—Patinazo. No importa y no estaría aquí para escuchar semejante patraña.

Hugo hizo ademán de irse por aquella entrada naif.

Dani lo sujetó del brazo.

—Perdón, perdón... —Con evidente apuro—. ¿Te han contado que el otro día me atizó un colega tuyo?

Por ahí mejor. Lo devuelvo al terreno común con lenguaje adolescente. No soy tan malo, me dan puñetazos chicos de dieciocho años.

—Es de gatillo rápido.

—Todavía tengo un chichón. Pero si sigue donde está, se meterá en problemas. Y tú. Da igual el tiempo que haya pasado en la cárcel que también sigue funcionando así.

—Uf. ¿Vas a darme una lección sobre cómo no meterme en problemas? ¿De repente Dani Gasolina ha venido con esas?

—Baja las revoluciones. —Le molestaba el sobrenombre en boca de Hugo—. No pretendo ser maestro de nada.

—Bájalas tú, mira el rollo que estás largando cuando no recuerdo ni cómo sonaba esa voz.

—Solo quería decirte lo que yo nunca escuché a los dieciocho, en tu caso es que te alejes de Turuto. ¿Sí? Y ya podemos pasar a otra cosa entonces.

—¿Qué me aleje de Turuto? Debes de estar de coña, es la única persona que lleva años ayudándonos.

—Repíteme eso, por favor. —Ya no se iba a pasar a otra cosa.

—Ha prestado dinero a la familia para ir tirando. ¿No lo sabías? Al primogénito, como te llamaban, le cayeron un montón de años de prisión y ni siquiera permitió que las personas que lo criaron fueran a verlo. Ese ha sido el tema de conversación que te perdiste, el que consiguió que se pelearan tu padre y tu madre hasta odiarse.

—¿Turuto habla con Andrés?

—Se nota que no lo has visto en mucho tiempo. Él no quiere hablar con nadie, solo gruñe cuando lo echan de los bares. Turuto trata conmigo y con mamá. Le pagó el alquiler del año pasado de la pescadería. Si no hubiera tenido que cerrar, y la realidad es que con la marea roja no habría mucha diferencia. ¿Ves estas zapas Osiris? —Señalando unas zapatillas blancas vigorizadas por calcetines en la lengüeta—. Son suyas. Y mi tabla de surf, mi neopreno, mi monopatín... Lo único que me hace feliz me lo regaló él. No sé dónde te deja a ti eso para decir que me aleje de Turuto.

—Turuto... ¿Surf? —Vuelta de reconocimiento antes de agarrar otra vez la cuestión—. Lo intuía por tu pelo teñido. En mi época casi no existían surferos, aunque los más jóvenes de Monte Alto comenzaron a comprarse tablas. La mayoría emigraba con ellas para el sur de Tenerife a trabajar en la construcción. Y creo que todo el país sigue loco pensando en el dinero que se gana con el ladrillo.

—No sigas. Comenzaron a comprarse tablas, emigraron al

sur de Tenerife y a ti te metieron en la cárcel. —Hugo empleó la frase de Dani como si fuese un anciano *demodé* intentando conectar con la loca juventud del 2000.

—¿Te has preguntado la razón de por qué Turuto se preocupa por vosotros?

—Que quede claro que jamás le pido nada, el otro día rompí el monopatín y no voy corriendo a que me compre otro. Y claro que sé por qué se preocupa. Pipas hace chanchullos para él. Además, siempre habló bien de ti, es la única persona que te ha defendido.

—No confíes en él, confía en sus planes.

Hugo observó a Dani de arriba abajo. Un yogui que salió de una prisión le dejaba perlas de sabiduría adquirida tras los barrotes.

—No eres más que un hijo de puta desagradecido.

El chico sacó una piedrita de hachís. Dani pensó mientras por dónde avanzar. Su primo colocó el costo en la palma y prendió la resina vegetal hasta que pudo moldearla como arcilla. La desmenuzó entre filamentos de tabaco y con una boquilla encima de su oreja le preguntó por papel.

—No tengo.

—¡Ni eso tienes! ¡Ni papel!

Hugo abordó a los muchachos que pasaban enfrente de la plaza, haciendo el gesto universal de pedir papel de liar, que venía a ser un tembleque con la mano extendida desde la posición horizontal. Volvió con una cajetilla de Smoking que le ofreció una chica a la que le quedaban dos papelillos dentro del cartón negro con letras plateadas. Dani asumió que los mismos gestos que formaron parte de su adolescencia seguían allí. A los catorce años es todo lo que necesitas. Los dieciocho de Hugo ya eran otro tema. Su primo encendió el porro, avizorando en el otro lado de la dársena de Riazor los destellos de las farolas del paseo a la altura de la casa de Andrés y Ana, junto al museo de la Domus y la escultura oronda de aquel gladiador que cinceló un escultor colombiano. El que solo hacía figuras gordas con su escoplo, el tal Botero. Las cobraba muy bien. Así estaban las cosas: pensando en obesos de cobre hasta encontrar el momento de soltar las cuatro palabras que lo obligaban a compartir banco con un criminal.

Dani retomó a ciegas su discurso. Ya no sabía si pretendía ser un moralista barato.

—Comprendes de dónde viene ese dinero.

—Del único sitio de donde lo podemos conseguir gente como nosotros. Del que lo conseguías tú, por cierto.

—Esa es la mentalidad pequeña que parece grande a tu edad. Hugo no diluyó el ceño. Lo iba a perder merecidamente.

—Mira, lo hemos intentado, pero no ha sido buena idea esto.

—Llevas razón —admitió Dani—, estoy sonando muy filosófico. He sufrido una mala influencia desde que me soltaron en un trabajito que tengo, así que deja que ponga un ejemplo más nuestro, ¿vale? —Su oyente escupió al suelo—. La primera vez que llegué borracho a casa, ¿eh? —Su oyente inclinó la cabeza y escupió otra vez al suelo—. Andrés abrió la puerta a mis amigos que me traían a rastras. Tenía catorce años y tú eras un bebé que intentaba ponerse de pie. Vamos, que los dos nos parecimos mucho ese día. —Mala risa del discursista—. Hasta entonces me las ingeniaba para quedarme inconsciente por los pisos de los colegas que sus padres se iban de fin de semana y todo lo que seguro has hecho tú también. Aquella noche al décimo chupito de tequila me encontré mal, pero decidí que quería caerme redondo, que esa sería la única forma de que yo dejase de beber. El local se llamaba Brebaxe y los chupitos los servían en vasos de tubo... veo la diana de dardos al fondo como si fuese ayer. Aplaudían cada vez que golpeaba el cristal contra la barra y a por otro más. Veinte tal vez. Y el héroe del fin de semana se fue de bruces al suelo. Me sacó del bar el camarero, intenté darle un puñetazo y el resto consiguió sujetarme. Nadie lograba que anduviese un metro y a las once teníamos que coger el último bus para Sada. Había una fiesta en el chalet de una tipa de clase, irían todas las chicas del instituto. Cristina entre ellas, ¿la recuerdas?

—Recuerdo su nombre.

—Algo es algo. —Dani escondió la decepción—. Pues sí, me llevaron a dormirla a mi casa, ¿qué otra cosa podían hacer? Y a esa edad aquello era una costumbre, cada fin de semana hay uno que termina con los cuidados familiares, ¿te suena? —No le respondieron—. Bien, sigamos... al llamar a la puerta de nuestro piso Andrés reaccionó como si estuviese timbrando el butanero, soltó a mi pandilla un rollo conciliador y poco más. Puede ser campechano cuando quiere y lo del alcohol lo perdona. Pero Ana se acostó a mi lado en la cama y me dio varias bofetadas porque me costaba respirar. En un momento tomé conciencia de la escena, uno despreocupado en el marco de la puerta de la habitación y otra llorando sentada en el colchón. Mi madre me miraba como si fuese imposible que el chico borracho con pendientes pudiese ser el mismo que había acunado de bebé. Esta reflexión la tienes mucho tiempo después, cuando todo es demasiado tarde. ¿Cómo podía conocer mis límites? Me di cuenta de que no tenía que pasarme de la raya al poner la raya donde yo quería. Y eso significa dejar a muchas personas detrás de esa raya. En la entrevista para la libertad condicional preguntaron por mis antecedentes. Renegué, ¿qué coño iba a decir? Pero hasta hace poco tiempo pensé que no se podía haber hecho de otra manera. No cometas mis errores. Solo la droga sustituye a la droga... tomándola... vendiéndola. Esa perra no hace distinciones, siempre muerde. —Dani se quedó mirando a Hugo y a su nuevo mutis. Quiso terminar con una buena frase—: ¿Me pasas el porro?

—Ñam —contestó su primo, arrastrando la onomatopeya y el canuto.

El chico difirió la pose huraña. Le sonaba a su día a día con el léxico impropio de un convicto. Puede que él no tuviese sus agallas ni la hoja kilométrica de expedientes de menor, aunque sí una sensación parecida: la de recuperar un tiempo que no había perdido.

—En octubre comienzo Derecho. ¿Suena a gran oportunidad? —preguntó Hugo. Y se contestó a sí mismo—: No es lo que quiero hacer, y no me refiero a que me gustaría estudiar otra carrera, es que no quiero hacer nada. Solo será una oportunidad de estirar esto.

—¿Comerte diez pastillas cada fin de semana?

—Te puedo contar algo con tu estilo, a eso iba, no es tan difícil... Elegí letras en el instituto. Nos enseñaron griego, no recuerdo la diferencia entre el alfa y el omega, aunque aprendí que éxtasis significa estar fuera de ti mismo. Si estoy fuera de mí, también lo estoy de esta basura de ciudad y de los que paseáis por ella. ¿Qué te parece?

—Me parece razonable. —En realidad le pareció un directo al mentón.

El porro hundió a Dani en una sima. Alguien que hace esas reflexiones a los dieciocho es alguien peligroso, porque está de vuelta de todo y aún no ha ido a ninguna parte.

—¿Has terminado, primo?

—Supongo que de momento sí.

¿Qué más puedo explicarle al chico? ¿Un monólogo sobre que cada generación sufre su droga iniciática? La heroína en los primeros ochenta; la cocaína en los primeros noventa; el éxtasis desde hace unos años. Le da igual, porque a ti y a los tuyos también os lo daba. Déjate de trascendentalismos y compórtate como el hermano enrollado. Estás a tiempo.

—Solo he quedado contigo para decirte que papá tiene cáncer de hígado.

Dani agachó la cabeza con las manos entrelazadas en la frente.

—No me vengas con esto justo ahora, Hugo.

—¿Te sorprende cuando se ha pasado veinte años borracho? No se puede operar ni trasplantar. También encontraron un tumor más pequeño en el cerebro... hay para elegir. Deberías ir a verlo, porque él sí que te considera su hijo y no le queda mucho tiempo.

—¿Quimio de esa?

—Se niega. Tu padre y tú estáis igual de locos.

—Es muy mayor, sus células estarán casi dormidas, quizá pueda vivir unos cuantos meses.

—Quizá no.

Hugo remató el porro que quitó de las manos de aquel hombre, no tan extraño como cuando lo vio dando círculos en la plaza. Alguien que hablaba bien y callaba mejor. Se irguió, punteó la trufa de Boss y se alejó unos metros. Entonces se detuvo. Calculando muy bien lo que preguntaría a continuación:

—¿Por qué lo hiciste?

Dani curvó la boca. Miró alrededor, buscando en alguna esquina la réplica a ese interrogante que solo él podía contestar.

Pathei matos: el dolor es la única forma de volver.

Así que, a la gallega, respondió con otra pregunta:

—¿Quieres saber la verdad?

—Sí.

—¿Y la odiosa mentira?

13

1990

—También vamos a pasar sus equipajes por la máquina de rayos X.

—Lo que usted quiera, agente —dijo Dani con el mismo tono burócrata.

—Nos revisan porque somos gallegos —dijo Mario.

—En este aeropuerto hacemos controles aleatorios.

—Mis cojones también son aleatorios —contestó Mario.

—Ya está bien, déjale trabajar. Compruebe que no llevamos nada y todos podremos seguir con lo que nos tiene aquí... nuestras vacaciones y su profesión. —Dani pidió perdón al agente y a Cristina por su amigo poniendo cara de perro pachón—. Les aseguro que no encontrarán droga de esa.

Los guardias civiles del aeropuerto de Ibiza inspeccionaron con inquina las maletas de la típica pandilla de sospechosos habituales: abriendo los botes de champú. No hay más inquina que esa en un control de equipaje.

Las terminales son lugares complejos. Unas personas tienen pánico a volar, otras están hartas de servir bocadillos de pan con queso a seiscientas pesetas, otras de comerlos mientras megafonía retrasa el avión con un puntual aviso cada hora, otras se desgañitan cuando violan su maleta la tercera vez que pasan descalzos el arco de seguridad. Y solo unas pocas tienen la boca seca pronosticando si saldrán de allí con varios kilos de droga.

—¿Estas jeringuillas?

—Diabético —contestó Isra—. Me tomo una magdalena y ya veo todo de colores.

El funcionario pensó que muy mal estaba llevando la diabetes de curioso tratamiento intravenoso aquel chico de ojos hundidos en las cuencas, asustados con su tez cadavérica en pleno 12 de junio. Por tal razón médica su cacheo fue todavía más exhaustivo. Siempre apetece encerrar a algún macarra gracias a la placa que legitima hundir vidas, pero los trámites son engorrosos para las raspas que acostumbran a esconder. El problema es que en Ibiza, como en todos lados, los jefes piden resultados que puedan brillar en el periódico al lado de los muertos por sobredosis. En esos mismos rotativos donde de vez en cuando, se hablaba de estupefacientes incautados que no se registraban.

Media hora después las inocentes maletas estaban junto a sus dueños. Nunca viajaban con droga. Ellos eran la droga. Siempre tenían el contacto de alguien, y lo importante es marcar el teléfono de ese alguien que conoce a otro alguien.

—No sabían con quién trataban.

—Cállate, Turuto. —Dani examinó su reloj Omega de fondo azabache, engarzado en ribetes plateados—. Esta niña siempre llega tarde.

El sol mediterráneo de las cuatro trepanaba las cabezas del grupo que esperaba por el jeep de la paisana más popular en la isla. Dani había alquilado una casa en Cala Vadella, en la zona oeste. Lo suficiente apartada de la fiesta para Cristina y lo bastante cercana para el resto. Ciento veinte mil pesetas acababa de ingresarle a su arrendador, un sesentón noruego que terminó de construir un chalet diez veces más grande en Portinatx. Le regalaba a su gente una semana con los gastos pagados.

Año 1990.

Las cosas iban bien.

Y quería que todos se enterasen de lo bien que iban.

Su relación sentimental era la que iniciaba una bancarrota. No fue la gran idea arreglarla en Ibiza rodeado de esos amigos, por mucho que Cristina hubiese crecido con ellos. Dani le prometía que ya comenzaba a tener bastante dinero para el futuro en algún rincón que se habían imaginado propio desde que se besaban siendo adolescentes bajo el depósito de agua de Monte Alto. Era un lugar donde siempre hacía calor, llovía en fechas marcadas en rojo y te podías bañar tardes enteras porque el agua estaba a 21 grados. Tan diferente a A Coruña. Ella entonces sonreía con su cara un poco más ancha de las dimensiones que se estudian en Bellas Artes. Y él dejaba de marcarle el mismo gesto en cuanto se giraba, porque sabía que lo de ser un equilibrista acababa de empezar y que no había red protectora. Tenía veintiún años, la misma cifra que la temperatura del mar en el Edén.

Todo por delante para ver el paraíso.

Confiaban en lo que hacía y cómo lo hacía.

—¡Chicos!, ¡eo!, ¡eooooo! ¡Aquí!

Vanesa se ponía de pie en un jeep rosa de motitas negras. El coche de empresa. Imagen corporativa de una de las discotecas de la carretera recta, pero de doble dirección suicida, que iba de la ciudad de Ibiza a San Antonio. Cristina respondió con la mejor cara de asco. Antes llevaba mejor que su pareja hubiese retozado en aquellas carnes durante una de esas pausas estivales de los noviazgos que tan bien se aprovechan. Aunque ella tuvo la precaución de no liarse con otro del círculo común. Lo de círculo ya era un decir; igual que lo de común.

Dani apretó los labios. Te has vestido con esos shorts y esa camisa anudada al ombligo porque sabías que venía ella. Y estás buenísima.

—Si nos haces esperar un poco más, el próximo turno de picoletos nos vuelve a revisar los calzoncillos —dijo Mario, subiendo el equipaje a la parte trasera del jeep.

Dani se puso de copiloto con Cristina sentada encima de sus rodillas, dándole cuidadosamente la espalda a la conductora.

—¿Tienes eso? —preguntó Isra a Vanesa.

—Tengo todo. Hasta lo tuyo, y no preguntes a dónde he tenido que ir a comprarlo. —A continuación, ladeando la cabeza—: Esta noche tenemos el fiestón del que os hablé. Cogí el reservado como me pediste, Dani. —Y vistazo a los asientos traseros—. Aunque habrá que comprarle ropa a Turuto.

El grupo rio, menos el que pagaba los reservados y la chica que odiaba esa voz meliflua. Turuto acompasaba la burla porque sabía cuál era su papel.

—Arranca, por favor. —Dani notaba cómo Cristina tensaba sus muslos, cuando no habían hecho otra cosa que aterrizar—. Comentamos los detalles en la casa.

Tres personas del jeep vitoreaban cada una de las curvas que conducían a la playa y las otras tres callaban pensando en tribulaciones que fluctuaban por el asfalto. Isra quería su dosis, Cristina a Dani, y Dani lo quería todo. Por eso vibró el busca que colgaba del cinturón. El Panadero tenía que hablar con él. Sería al llegar a la finca. En los últimos meses le había prohibido usar el Motorola DynaTac porque algo gordo se estaba moviendo en las rías según su jefe.

—¿Cuánto queda, Vane?

—Un par de curvas.

Un chiste magnífico al agitar sus pechos bronceados. Dani se tapó la cara con la mano a la vez que recordó tres lunares que describían un perfecto isósceles en el seno izquierdo. Los muslos de Cristina se tensaron de nuevo.

La casa se ubicaba junto a un peñasco con vistas a la playa y al pueblo que se iba aglutinando en torno a la arena, al oro ibicenco. La distribución de las habitaciones se hizo de forma espontánea, pero madurada tras años de relación en la pandilla. Dani se quedaba la suite del piso superior con Cristina, Mario e Isra tenían espacios gemelos en el otro lado de la planta y Turuto se adjudicó un cubil de la parte baja que antaño debió de ser el cuarto de la lavadora. La pareja desempacaba las maletas cuando veía a través de la cristalera cómo los chicos se lanzaban a la piscina. Cabriolas de Mario, tímida pirueta de Turuto e Isra en las escalerillas, deteniéndose cuando el agua alcanzó su ombligo. Vanesa arrastró una tumbona al sol y se durmió con la cabeza ladeada hacia la casa y una rodilla elevándose encima del plano de la otra. Al rato, como si fuese sonámbula, se quedó en toples de un rápido movimiento de dedos.

—He de llamar —dijo Dani.

—¿Hay tiempo para un beso? —preguntó Cristina.

—¿Desde cuándo se duda, cariño? —Dani le dejó un contacto en los labios, mordisqueando el inferior, y se escapó cuando la lengua sicalíptica de su novia salía de la boca—. Enseguida vuelvo. ¡Quiero más!

Cristina asumió lo que le molestaban aquellas obligaciones. No tenía un dilema moral respecto a la cocaína, estaba de moda entre sus colegas universitarios y a la cuarta copa entraba bien una raya, nada que ver con esos enganchados a la aguja que caían como moscas por algo que se llamaba sida. Pero, oteando la piscina en forma de riñón, sintió miedo y asco. Dani aguantaba una mochila de piedras. Su séquito. ¿Por qué tiene que hacerse cargo de todo el mundo todo el rato? ¿No es suficiente con que cuarenta tipejos y tipejas le rían las gracias en A Coruña para pasar con él a las fiestas? Hubiese preferido quedarme en el barrio a estar ostentando no sé qué en Ibiza. Esas tetas sí lo saben.

—Dígame —saludó Dani cuando descolgaron con el habitual silencio.

—Al tres —respondió el Panadero.

Dani colgó y marcó el número asignado con el tres. Línea segurísima.

—Aquí estoy.

—¿Te has enterado?

—Creo que no.

—¿Has visto las noticias?

—Acabamos de instalarnos en la casa. Tuvimos un vuelo complicado, cuatro horas de transbordo en Barcelona...

—Basta —interrumpió el Panadero—. Los han cogido.

—¿A quiénes?

—A todos, menos a nosotros.

—¿Co-co-cómo es posible?

—No tiene desperdicio... Vino un ejército de policías desde Madrid enviado por la Audiencia Nacional y ha montado su centro de operaciones en la comisaría de Villa. La causa la lleva un tal Garzón y el fiscal antidroga, Javier Zaragoza. Se ve que alguien tiró de la manta con Luciano Varela, el juez de Pontevedra. Y fue listo dejándoles el caso. Sabía que, como no viniesen de la capital a detenerlos, estaban blindados en su territorio con todo dios comprado.

—Hostia, hostia, hostia... ¿Qué hacemos?, ¿nos... nos escapamos?

—¿Adónde, chaval? —Carcajadas metálicas—. Los policías del Salnés han confirmado a don Abel que no nos investigan. *Librámonos por pouquiño, ¿eh?* —Más carcajadas metálicas—. Y se lo debemos al capo. Cortó con quien tenía que cortar y nunca anduvo como un pavo real por estas aldeas de cotillas.

Dani expiró la congoja. Se recompuso de inmediato y activó la caja registradora:

—Perderemos el dinero que se ganaría en los próximos trabajos, pero supongo que es lo mínimo.

—Muchacho, que no te das cuenta. ¡Nos acaba de tocar la lotería!, ¡el gordo! Dentro de un mes, cuando los periodistas se aburran, estarás tú solo pilotando la ría.

—¿También han detenido a Mendo?

—¿Se puede atrapar una anguila con las manos? Pero dejará de ser competencia. Se ha quedado sin más opciones, o nosotros o caja de pino.

—Y dicen que siempre fue el mejor.

—Cuando lo veas manejando un cacharro de estos entenderás que lo de «el mejor» se queda corto. *Veña,* date por informado y no hables con nadie más del tema hasta que vuelvas. Ni con ese amiguísimo tuyo.

—Discreción absoluta.

—En algún momento serás el primero en enterarte de todo. Disfruta de Ibiza mientras puedas, porque tu semana libre se acaba de reducir a tres días. *E Dani, ten coidado alí... non che boten droga no Colacao.*

Cuando te toca la lotería sales por la tele descorchando champán y yo no puedo contárselo ni a mi novia. Se tendrá que conformar con la parte de que nos vamos en tres días.

—¡Cariño! —gritó Dani, subiendo desde el piso de abajo. Contempló a «cariño» tumbada boca abajo en la cama con los pies en alto—. ¡Ca-ri-ño!

Se abalanzó sobre ella y la chica pegó un bufido.

—Se nota que eres de pueblo. Más bruto que un arado.

—Es que estoy muy contento.

—Yo no, mira.

Había una conexión con la Ría de Arousa durante un programa vespertino. En el hercúleo televisor de tubo de la suite, un individuo calvo de mostacho en forma de herradura sujetaba la alcachofa con el logo del canal que daba detalles sobre la noticia. Lo hacía con una desopilante chaqueta de pana naranja.

«La Operación Mago ha sido la redada más importante contra el narcotráfico gallego hasta la fecha. Un contingente de policías desplazados desde Madrid ha detenido en sus domicilios a los antiguos contrabandistas de tabaco, sobre los cuales existe la manifiesta sospecha de que ya operan como traficantes de droga. En esta mañana de 12 de junio, unos cien vehículos con más de trescientos agentes del Servicio Central de Estupefacientes acudieron a Santiago de Compostela para evitar las continuas filtraciones de los funcionarios policiales locales, que según fuentes de la investigación también serán llamados a declarar en las próximas horas.»

—¿Operación Mago? Es el peor nombre que he escuchado

nunca —dijo Dani, quitando el mando de la televisión a Cristina y devolviéndola al negro—. ¿Hemos venido para ver la tele?

La muchacha, que tenía a su novio a horcajadas encima de ella, se volteó y le insinuó un movimiento pélvico.

—¿Esas noticias van a significar problemas? —preguntó preocupada.

—Sabes que soy un don nadie.

—Lo que no sé es para qué estoy yo aquí —replicó fácilmente despreocupada—. La próxima vez haces dos viajes, uno con tus palmeros y otro conmigo.

—Son como familia. De hecho creo que eran tus amigos antes que los míos.

—Y yo soy como Cris. ¿Lo recuerdas?

—A todas horas. —Después, con falsa prosopopeya—: ¿Se puede olvidar el color del cielo?

—Ya no te funcionan esas tonterías, así que déjame avisarte: voy a estar contigo hasta el final siempre que tomes una decisión. No pido que lo hagas ahora, pero no tardará mucho en llegar el momento. O tus negocios o yo. Porque somos incompatibles y no necesito esto alrededor.

—¿Ni el *jacuzzi*?

—Ni la villa entera, y mucho menos esos pezones de la piscina que no dejan de apuntarte.

—En el *jacuzzi* caben ocho personas, hacemos unas llamadas y entre burbujas se puede olvidar todo. No preguntaré dónde pones las manos.

Cristina le regaló otra carantoña con la pelvis, esta vez más violenta, que aprovechó para zafarse de él y levantarse al *jacuzzi*. Ya que estaba allí. De un golpe de tirantes se quitó el vestido que cayó al suelo. Su cuerpo grácil se metía en la bañera después de cerrar la puerta con pestillo.

—Eres tú; no soy yo —susurró ella desde el otro lado.

Resultaba excepcional para Dani encontrar alguien a quien no tener que dominar. El chico aporreó la madera varias veces sin respuesta. Un castigo por la de la tumbona. Entretanto, Mario también subió corriendo las escaleras hasta la suite y comentó bastante más preocupado:

—Todas las plantas de la casa están muertas, pero ¿has visto lo que pasa en tu pueblo?

A la noche el grupo quebraba nécoras en un restaurante gallego de Dalt Vila. Vane llegó tarde de su apartamento en Vara de Rey con un top fosforescente que se veía a kilómetros, excusándolo porque en Alemania estaba de moda el *cyberpunk*, y los alemanes de moda en Ibiza por un tal Sven Väth que la empezaba a romper como DJ y algunas cosas más. Conjuntaba con su pelo cobrizo.

A los crustáceos, casi vacíos al reventar sus caparazones, les siguió un arroz caldoso con langosta. Y mucho vino blanco. Dani descorchaba botellas y colmaba vasos estilizados, lo que le sirvió para la íntima analogía de la lotería. En aquel instante la pandilla parecía en el clímax de sus vidas. Hasta Isra sonreía tras meterse una diminuta línea de heroína, porque el caballo no admite líneas que no sean diminutas. Los celos, la policía y la ominosa muerte ya no participaban en la francachela.

—Ahora que estamos todos quiero proponer un brindis —dijo Mario, levantándose.

Dani hizo un aspaviento para detener el agasajo cual estrella de banquete de Hollywood. Eres incorregible, amigo, disfrutaré tus elogios con cara de sufrimiento y demás muecas protocolarias.

—Anda, siéntate.

—No me voy a sentar, Dani. Suéltame. —Mario carraspeó para aclarar la voz—. Hablo en nombre de los aquí reunidos cuando digo que este viaje se lo debemos a los éxitos del mocoso que adoptamos en Coruña en Segundo de EGB, y que, perdón pero habéis de saberlo, yo impedí que siguiese con aquello de ser del Celta llevándolo a Riazor para ver los partidos contra el Mollerusa y el Sestao. ¡Y sigue viniendo el tipo!

—Lo hiciste bien, lo hiciste bien —repitió Dani—. Ahora soy de un equipo todavía peor que el Celta.

—Nos robaron el ascenso hace dos años. Gol de Baltazar. Te acordarás por la pedrada que estampaste a un policía en el follón del final.

—Gracias también por el único momento de gloria que tuve con el Deportivo. Una pedrada a un poli.

—¡No, compañero!, ¡gracias a ti! —Luego, bajando el volumen—: Por tu ambición, por tu generosidad y por llevarte a la mujer más guapa de Monte Alto a cambio.

Un «oh» flameó en la mesa cuando se cambió el registro y Cristina se hacía la adulada a regañadientes. ¡Que se jodan esas tetas encorsetadas en una camiseta verde radiactivo! Ya pueden ir a su apartamento a romper vajilla.

—Aunque he de decir que no he notado a nadie especialmente contento por ese último logro. —Mario tenía al público donde quería—. Sin más, ¡por Daniel Piñeiro!

—¡Por Daniel Piñeiro! —gritaron al unísono.

Dani se irguió, ruborizado solo por el vino, y subió su copa hasta el cielo.

El cielo era el límite.

—Disculpa —Turuto avisó al camarero que atendía otra mesa, pero que conocía las prioridades por el semblante peligroso del grupo—. Una foto.

El camarero cogió la cámara analógica que le había regalado Dani a Turuto en su cumpleaños. El folleto de instrucciones aseguraba que hasta podía sumergirse en el mar.

—Digan patata.

Nadie dijo patata.

Clic.

—Tráigame la cuenta, por favor —pidió Dani—. Vamos a entrar a una hora prudente en la discoteca. —Frase para Cristina.

Las treinta y seis mil pesetas quedaron allí en billetes de cinco con una generosa propina.

—Le he llamado unos taxis, señor.

—Trátame de tú —dijo Dani al camarero.

—Te he llamado unos taxis.

—No tan rápido, hoy todavía de usted. ¿No has escuchado lo de que es mejor tener suerte que ser bueno?

—Sí... Como guste.

Dos coches blancos logotipados se detuvieron en la puerta del restaurante. Lo de hacer de taxi ilegal todavía no era una moda en Ibiza. Antes de montar, Turuto cayó en la cuenta de que la cámara de fotos no había corrido el carrete.

—¡Hey!, ¡el retrasado ese no pulsó bien el botón!

—Yo oí un clic —dijo Isra, deseando meterse en el vehículo y aparecer en alguna esquina oscura de la disco.

—A ver, trae —se ofreció Cristina.

Los cuatro amigos posaron y Vane, con extraña prudencia, decidió apartarse para no salir en el encuadre.

Clic, clic.

—¡Eso es! Hay que apretar unos segundos, antes no se oyó el doble clic.

Turuto guardó la cámara con el orgullo de tener una imagen al lado de Dani, Mario e Isra. La iba a enseñar por A Coruña hasta gastarle el color.

—La distribución es fácil —dijo Mario—. Nosotros cuatro en este coche y la pareja al otro.

El taxi de Dani y Cristina arrancó detrás. Él le pasó el brazo por el hombro y ella se acomodó en su pectoral izquierdo. Sumó un arrumaco con la cabeza.

—Sabes que te quiero —dijo el chico, aprovechando que volvía a estar tierna.

—Claro que me quieres.

—Eh. —Dani agitó delicadamente a Cristina—. Esta no es la respuesta, se supone que la frase tenía que venir de vuelta.

—¿No soy la chica más guapa de Monte Alto? Puedo permitírmela.

—Lo eres y por eso estás conmigo.

Ella separó un poco su brazo y lo observó con ojos sonrientes.

—Tengo un regalo —dijo Cristina con el regusto meloso del vino—. No todo iban a ser quejas. —Dejándole una cajita en sus dedos.

—Para que nunca te pierdas —Dani leyó en alto la nota adhesiva sobre el papel satinado.

—Ábrelo y prométeme que luego volverá a su sitio. Es delicado y tengo miedo de la noche que se avecina.

Dani tiró del lazo y el envoltorio se perdió en el asiento del taxi. Sacó la parte superior de la caja.

—Ajá... ¿y es?

—Es un nocturlabio, Dani.

Los bombos electrónicos se oían desde la entrada a los reservados. Un hombre de pajarita los guio hasta la mesa cercada por dos sofás en una terraza con visión cenital de la discoteca. Y preguntó si todo estaba bien al lado de otra mesa auxiliar con una selección de licores.

Todo estaba muy bien.

El líquido ambarino corrió por las copas de balón. Abajo en la pista, los mechones cardados se movían con un toque robótico acorde al tema *dance* que hilvanaba el DJ. Dani constató que la moda de las hombreras masculinas no era un rumor. Añádele algún abanico. Esas cosas no las veías en Galicia. Tampoco resultaba habitual tener al lado un travesti tan bello, que ocupaba la mesa de un cincuentón de melena rala que no podía articular palabra.

Sujetando a su colega por los testículos.

—¿Ahora te gustan con esto? —preguntó Mario—. ¡Ah, pero si estás empalmado! ¿En qué coño piensas?

—¿En qué se puede pensar en plena erección?

Dani comprobó que el comentario se había hundido entre los dos.

Mientras, el resto del grupo comenzó a hacer incursiones en los baños. Isra fue el primero en recorrer los pasillos para atrincherarse en un váter y sacar su kit de cinta, jeringa y heroína. Tenía que hacerlo a escondidas, ya sentía el desprecio de sus amigos a los pinchazos, hasta creían que podían darle lecciones. A él, que les enseñó todo. También cómo inyectarse, pero a la tercera vez Dani dijo que esa droga no era de ganadores y Mario solo aguantó el vicio dos meses a pesar de sudar dos años para olvidarlo. Seguiría sin ellos, se haría con un perro cuando volviese a A Coruña. Turuto estaba en los servicios de la pista central invitando a coca a cualquiera, repitiendo que su apodo definía en gallego al tubo que se usa para esnifar. «Turu-to.» Escucharían hablar de él porque conocía a personas muy importantes. Todavía en el sillón del reservado, Cristina metió la mano por el bolsillo del pantalón de su novio, cuando fingía un ánimo lúbrico cogió un recorte plástico y abrió la boca con falsa sorpresa.

—¿Qué hay ahí que no sea tu miembro?

—Cuidado, es coca *original*.

—Por eso te la birlo. En casa de herrero no vamos a tener cuchillo de palo, ¿o era cuchara?

Cristina tocó la nuca de Vanesa al levantarse del sillón. Dani podía vomitar en cualquier momento el arroz con langosta. Pero en apariencia se fueron conciliadoras de la mano.

—Ahí lo tienes, quieren ser amigas —lo tranquilizó Mario—. Únicamente van a hablar de lo mal que follas

—¿Me puedes dar una sola razón por la que no dejo el negocio y me voy con Cris al Caribe? Es una buena chica.

—¿En qué sentido?

—Sentido de buena.

—¿Sentido... total?

—De bondad.

—Bondad... ya.

—Tienes razón, Mario. Una buena chica es un coñazo y esta no es ni una cosa ni la otra.

—Continúas en este juego de narcos porque te gusta tentar a la suerte. Todos somos conscientes, y seguro que ella más que nadie.

—«No existe la suerte, existe el esfuerzo.» Frase de don Abel. —Y matizándose—: Bueno, al camarero le comenté algo de que la suerte es lo más importante. —Agarró el whisky—. No he bebido lo suficiente para no contradecirme.

—¿El esfuerzo a partir de la suerte?

—Vuelca aquí y calla un poco. —Dani extendió la tabaquera de su mano y aspiró el producto *original*—. Como si nosotros tuviéramos que escondernos en baños malolientes. Es lo peor de la coca... el baño.

—¿No has parado a pensar en tu fortuna ni de buena mañana?

—De acuerdo, tengo más de don Abel. —Frotándose la nariz—. «Carácter es destino», esa la saca cuando alguien insiste en lo de la suerte.

—Me suena a que la debió de decir algún filósofo muerto.

—Probablemente, amigo. El caso es que yo siempre me despierto a la una de la tarde para no pensar ni de buena mañana.

—Entonces, Dani, escucha una de mis historias porque he de instruirte. ¿Recuerdas que mi prima fue gimnasta rítmica?

—Cómo olvidarlo.

—Hará diez años tenía una de esas galas a las que iban las familias...

—No, no, no... Vas a soltarme otro de tus discursitos con comparaciones absurdas.

—Hará diez años tenía una de esas galas a las que iban las familias —empezó Mario—. La mía también, es decir, mi madre loca estaba junto a mi tía cuerda. Punto. Figúrate a aquellas niñas de pelo engominado en un moñito y purpurina por la cara haciendo piruetas con las mazas. Hasta yo, que solo pensaba en destrozar el pabellón, acababa aplaudiendo.

—¿Por qué no brindamos en el restaurante por tu prima lanzando mazas al aire?

—Me colé en los camerinos antes de que saliesen a la pista, a ver si caía una carterita abierta. Y allí me encuentro a las chicas del equipo de gimnasia con tutú, cada una de ellas agarrando de la mano a otras chicas de su misma edad con tutú y síndrome de Down.

—Por favor, el punto de partida es demasiado incluso para ti. Estás trastornado.

—Y sin embudo en la cabeza. Voy a poner un poco más para aclararme. —Mario esnifó la parte espolvoreada de su mano—. *Neno*, esta coca es la polla... Bueno, las mongólicas iban a entrar en el escenario para saludar a quien fuese que las hubiese llevado, porque solas por la calle no pueden ir... creo yo, tampoco es que sepa mucho de esa gente. No harían otra cosa que decir hola y las sacarían de allí para que no se cargasen el espectáculo con sus gruñidos. Miraba al equipo de mi prima y miraba a las subnormales. ¿Qué había hecho cada una de ellas para merecerlo?, ¿qué clase de sombra te pone en un lado o en el otro? En una chica preciosa o en una subnormal. Ahí está el meollo del asunto. Preciosa, subnormal, preciosa, subnormal, preciosa, subnormal. —Alternando un baile de manos—. ¡Vamos! ¡Todos los focos se giran hacia mí!

Dani lo miraba de hito en hito.

—¿Adónde quieres llegar?

—Dímelo tú. Eres el inteligente.

—¿Me lo estás preguntando de verdad?

—Esas caras babeantes me persiguen.

—Pensé que era algo retórico. Tío, si la locura está en... ¿Plutón?, tú vas fuera del Sistema Solar.

—¿Y te parece que desde allá conozco palabras de ese idioma retórico? Bien, pues déjame intentarlo. Sale la noticia de que han detenido a todos los traficantes en Arousa y aquí estás tú. ¡En la cresta de la ola! —Y ahuecando la palma en torno a su oreja—: ¿Quién? ¡Daniel Piñeiro!

—¿...?

—Y... y... no sé —hundiéndose en el sofá—, manejo un ciegazo.

—Concluyo que me estás llamando mongol.

—¡No! ¿O sí?

—Jodido demente.

—*Neno,* la idea es que al final hay cosas que no controlas y que rompen los planes. Va a ser difícil que a estas alturas te conviertas en un retrasado con pecas que pasa las mañanas en un cursillo de natación, pero nunca conocerás las casualidades que se han dado para que hoy ellos estén detenidos y tú libre. Y eso igual gira un buen día. —Ya de pie, girando sobre sí mismo—. Hala, cambiemos a otra conversación.

—Tengo delante a un poeta que no ha escrito un solo poema.

Dani dio un coscorrón a Mario. Él devolvió un puñetazo y, por esa tercera ley de Isaac Newton, el golpe fue de vuelta.

—¡Me has roto el labio! —Mario besó la frente de Dani—. Toma mi sangre, pecador. Soy el Pan de Vida.

Las chicas no aparecían e Isra y Turuto se arrastrarían en cualquiera de las corrientes humanas que fluían por la pista. Se veían diáfanas desde su posición. Bloques de personas bailando mientras meandros de otras los rompían por sus laterales. La coyuntura le sirvió al travesti para sentarse entre ambos. Su acompañante ya no estaba en la mesa. Sacó un colirio del canalillo y se lo echó en los ojos. Después estiró la boca. Hizo el gesto de querer invitar a los dos amigos y quedó claro que no era español/a.

—Yo paso —dijo Mario—. No tiene prospecto.

Daniel Piñeiro, el prohombre de mil brindis, no iba a negarse.

—Echa. *¡Come on!*

Varias gotas cayeron en sus pupilas.

La discoteca se había invertido y las personas bailaban pegadas al techo como murciélagos. De puta madre.

—A eso le llamo yo una dosis heroica —admitió Mario.

—¿Qué me has dado, druida de dos sexos?

El travesti se acurrucó en el sofá. Dani veía su figura distorsionada, cimbreando como una serpiente que quería ser su felatriz. Le soltó una bofetada, aunque no reaccionó.

—No le pegues —dijo Mario.

Dani no le volvió a pegar, pero robó el colirio de entre sus pechos. Se vertió otras cuatro gotas, y lo iba a dejar donde lo había sacado hasta que decidió saldar su curiosidad. Se puso de rodillas en el suelo y avizoró por la apertura de piernas que permitía la falda de licra del travesti. Escondió el frasquito en su puño y trepó por los muslos que bailaban en *vibrato*.

—Avísame cuando lo sepas. —Creyó escuchar de Mario.

Dani emitió un alarido.

—¡Veinte centímetros! ¡Y palpita!

Justo ahí dejaba el colirio cuando alguien le tocó la espalda. Era Cristina.

Colgada del techo.

—¿Hola?

—Me ha sentado mal un porro —le dijo a su novia con la frente manchada de gorgoteos de sangre.

Y se perdió por la discoteca.

—De marihuana —ayudó Mario—. Un porrazo de veinte centímetros. Juraría que triposo.

—Si Dani no ha fumado en años.

—Le conseguí *purple haze* para la ocasión, ¿sabes? La de la canción de Jimmy Hendrix. ¿Qué puedes esperar de una yerba lila?

Dani se desabotonó su camisa de nailon hasta el ombligo y flotó ingrávido encima de las personas hasta la terraza. Las columnas se estiraban como chicles, los rostros fluctuaban espectrales, y quién sería ese hombre con acondroplasia que se le había subido a la chepa. Después el enano saltó a uno de sus brazos vestido de pirata: pañuelo rojo en la cabeza, camisa de rayas blanquiazules, pantalón harapiento y las cuatro extremidades sustituidas por palos. No era un enanismo al uso. Dani decidió ignorarlo porque no parecía de confianza, daba collejas a los acodados en la barra. Él lo disculpaba, estaba enfermo. Entonces el suelo se agrietó por la mitad y la parte derecha se derrumbó haciendo que Dani se tambalease hasta un rincón de la terraza, donde quedó encajado en un puf. A su lado se sentaba el diablo. Pero no un pequeño demonio, no un esbirro cualquiera saliendo por la puerta de atrás del infierno en un día festivo. Satanás. Ese.

—Está rara la noche —dijo Dani a aquel ser.

—Busca la senda de la montaña verde.

—Muy rara.

—¿Quieres un botellín de agua, Daniel? Cuanto menos dure esto, mejor para todos.

—¿Serías tan amable? Me apetece volver a ver humanos.

—¿Él quiere otro? —Señaló al enano de extremidades de madera.

—Toda verdad es curva —contestó el enano.

—Significa que él solo bebe ron.

—No te muevas, Daniel.

—¿Dónde podría ir? He perdido el sentido del tacto.

—Ahí está. Tu agua.

—Si no te has levantado.

—Tengo trato preferente aquí.

Dani bebió la botella de un trago.

—Otra, por favor.

—Ahí está. Tu agua.

—Cortar y pegar, eh.

Dani bebió la segunda botella de un trago.

—No habrá tercera porque ahora, Daniel Piñeiro, escucha atentamente lo que te voy a decir.

Vanesa vio a Dani acercando la oreja al puf contiguo, que estaba vacío y mojado con el agua de dos botellas.

—Sí, es lógico —hablaba solo—, y además justo. También lo había pensado. Cuidado con el tridente, por favor.

Alguien tenía que rescatar a aquel chico.

—Bollito, ¿tienes un viaje? —le preguntó.

El top fosforescente encajando dos grandes senos, de los cuales el izquierdo tenía un perfecto isósceles a lunares, reintegró a Dani parcialmente en la realidad.

—No me vuelvas a dejar solo con un travesti. Esconden muchas trampas.

—Y a Cris no deberías dejarla conmigo. Le he dado una de estas. —Vanesa mostró un comprimido rosa con un corazón a modo de cuño—. La llaman la pastilla del amor, o también puedes pedirlas por el nombre de Eva.

—¿Anfetamina?

—Anfetamina... qué ordinariez. Éxtasis. El futuro.

Dani contempló a Cristina danzando entre unos hombres rubios como si su cuerpo quisiese salir del vestido. Se acercó para verle los ojos. Ya no reían. Las pupilas cubrían el final de la línea de agua. ¿Ese era el futuro? ¿Estar en un maravilloso lugar imaginario para a las ocho horas odiar el real hasta tirarse de un barranco? Sonaba bien.

—Dame una Eva a mí también. Y otra para el enano.

—¿Qué enano? —preguntó Vanesa, metiéndose la pastilla entre los dientes y colocando la mitad al alcance de la boca de Dani. Este volvió a mirar a Cristina, manoseada por un alemán de dos metros.

—Imagino que es un trato justo por su danza de la lluvia —dijo antes de morder la pastilla y meter la lengua hasta la campanilla de Vanesa—. Qué ingenua has sido, te robé la otra mitad. —Dani enseñó los dos trozos que se tragó de inmediato. E insistió—: Dale otra al enano de una vez, cómo lo hagas es cosa tuya.

—Pero ¿de qué enano hablas, bollito?

—Ah, se ha ido —contestó Dani, mirando su hombro libre—. Me alegro, parecía un tipo complicado.

Tres días después la pandilla sesteaba la tarde en un banco del puerto de Ibiza. Dani y Cristina se iban a A Coruña sin que les pidiesen explicaciones que se sobreentendían. Turuto volvía risueño de una tienda de fotografía en el centro. La máquina solo hizo seis fotos. Suficientes para revelar el carrete. Tres de ellas eran *selfies* cuando nadie había inventado el concepto y otras dos de los pechos que descansaron el primer día en la tumbona de la casa de Cala Vadella. Sacó varias copias de la buena, en la que salían los cuatro amigos. Las repartió entre esas personas con aspecto de sufrir la resaca de cien resacas anteriores.

—Para que nos recordemos siempre juntos —dijo Turuto con afectación.

—Vaya mariconada —escupió Isra. A continuación un pensamiento de una jeringa—. ¡Una tremenda mariconada! —Sabía que venía un pequeño mono.

Los carnales le dieron la razón con un guiño, pero tampoco querían molestar a Turuto más de lo protocolario. Cada uno de ellos exhibía la palabra «carnal» tatuada en el antebrazo entre otros diseños pintarrajeados. Eso sí era un recuerdo.

—Hay dos clases de personas, las que precalientan el horno para la pizza y las que...

—Ahora no, Mario —interrumpió Dani—. Yo me la quedo. —Parando un taxi con Cristina en dirección a la terminal—. El próximo verano repetimos los mismos, y el próximo y el próximo y el próximo. Lo garantizo. Con buen producto y buena gente vas al fin del mundo.

—¡Y eso nunca nos faltará contigo! —chilló Mario al arrancar el taxi. Después lanzó una chancleta al maletero.

Dani pegó su cara de perro pachón a la luneta trasera y le dio un par de golpes, como si se estuviesen separando en mitad de una guerra.

—Le pido perdón por el comportamiento infantil de mi pareja —dijo Cristina al conductor, bajándose las gafas de sol.

El avión viraba a la izquierda, rumbo a la escala en Barcelona y destino A Coruña. La pareja tenía el aspecto de ser diez años mayor, tal vez solo cinco en el caso de ella. Cristina se apoyaba en el pectoral de su novio y le hizo el mismo arrumaco que de camino a la discoteca. Él apretaba el nocturlabio en el bolsillo. La isla parecía una postal inerte de unas vacaciones también muertas.

Y Dani negó con la cabeza.

—¿Qué pasa?

—Vaya colocón el día que llegamos, Cris.

—Cómo olvidar el 12 de junio de 1990.

—Cuando te frotabas con aquellos alemanes...

—¡Para! —Cristina sacudió avergonzada a Dani. Tenía la duda de si uno de esos dedos germánicos masajeó su clítoris, pero no la iba a compartir.

—Perdona, cuando bailabas... bailabas... sufrí una alucinación muy jodida. La única parte que alcanzo a rememorar es sentarme en la terraza con el diablo y que se despide diciendo «volveré el día que el agua se tiña de rojo para siempre».

—Qué raro que tu hipertimesia te haga olvidarte de algo.

—Sí, es raro. Querrá que solo me acuerde de esa frase.

Tres meses más tarde de las detenciones del 12 de junio de 1990, el fiscal antidroga formuló los cargos contra 49 de los detenidos en la rebautizada como Operación Nécora. El macrojuicio duró otros tres años. Las condenas dejaron contentos a algunos y coléricos a otros. En ese tiempo no hubo mareas rojas de entidad en la costa gallega. Hasta el año 2004 tampoco habría sentencia definitiva.

Así fue.

14

El negocio de la muerte ofrece varias posibilidades estéticas, pero los clientes no suelen saber ni las diferencias entre ataúd y féretro. Un ataúd es de forma hexagonal y termina en punta; es decir, la parte que sostiene las piernas y los pies es más estrecha que la que sostiene el torso y los hombros. Un féretro es rectangular y con una tapa que lo divide en dos secciones; en definitiva, más moderno y siempre acolchado. El ataúd hasta hace escasas fechas no tenía ni forro para la comodidad del cadáver. Ambos van forjados con hierro en el exterior y tres tiradores a cada lado para que los portadores puedan sujetarlo. Porque tampoco nadie sabe lo que pesa un ataúd lleno hasta que le toca cargar con él.

Dani y Mario tuvieron que buscar cuatro tipos anónimos en el íntimo funeral de Isra para mover su cuerpo en el cementerio de San Amaro. Aguantó el plazo judicial de los quince días para el desahucio de la buhardilla. El electrocardiógrafo funcionó por cortesía hasta que el corazón se paró tras aquellas dos semanas.

Con perspectiva la vida resulta sencilla.

Cuando ese músculo no late, se acaba.

Todo lo demás, un decorado.

Los portadores tenían que recorrer una buena distancia hasta la cripta, así que lo subieron al hombro en dos movimientos como un paso de Semana Santa. Al caminar treinta metros, Dani y Mario oían los resoplidos exangües del resto mientras un espectador comentaba lo conveniente de hacer una parada a mitad de trayecto. Ya enfrente del nicho, se dieron el descanso para enfilar la madera yerta por el hueco. Y el ataúd rasgó el cemento hasta chocar con el final del pequeño espacio que pagamos para la eternidad.

Un cura oró algo de que el Señor aguardaba por su alma y que el amor lo cicatriza todo. Otro hombre, con mono de faena azul en vez de negro, cubrió con cemento fresco el nicho y soltó varias paletadas a vuelapluma antes de pegar la placa y desaparecer. El cura también se había marchado. Igual que el resto de portadores. En ese instante, el fol ronco de una gaita acompasó la lluvia ligera que caía sobre las tumbas. Un gaitero precedía a la comitiva que enfilaba el lado contrario del cementerio con otro muerto y otro modelo de ataúd.

—Parece que pagamos a medias la música —dijo Mario—. Este truco sí hubiera sido propio de Isra... Morir por encima de sus posibilidades.

—La gente tampoco sabe que, a los pocos días, el ataúd se abomba por los gases de la putrefacción del cuerpo —contestó Dani.

—No sabemos una mierda.

Mario le concedió la razón, a pesar de que ahora él también supiese bastante sobre ataúdes y putrefacciones. Y sobre la recogida del cuerpo, las coronas de flores, la ropa de etiqueta que le ponían o el certificado de defunción. Su amigo le informó del proceso con la funeraria municipal. Le habían pagado el peor ataúd, la peor lápida y posiblemente el peor cura, aunque al menos Isra tuvo un sitio cerca de su abuelo.

Dani hincó una rodilla en el césped del cementerio, siempre con ese color verde tan intenso. Se sentía un monstruo por pensar que eso era lo mejor que le podía haber sucedido a Isra, pero lo preguntó por si acaso:

—¿Me tengo que sentir un monstruo si...?

—Me siento igual y no lo había visto en años —contestó Mario de inmediato—. O sea que yo debo de ser el monstruo. Tú estuviste a su lado cuando nadie se acordaba ni de su nombre.

—Te fuiste a Tailandia y el pobre se quedó en un cuchitril del barrio... —Después, cambiando lo que iba a decir—: ¿Seguro que no lo volviste a ver?

—Estaba apuntado en la libreta de las deudas pendientes con la sociedad. La libreta que he perdido, por cierto. ¿Recuerdas lo duro que era en los ochenta? Aun en su situación, creí que esquivaría este final.

—Sí. —Dani tuvo cierta culpabilidad por la duda—. Mientras las piernas le dieron para andar más de cien metros vino a verme a la cárcel. No te fustigues que si no igual también me hubiera enterado por la esquela. Y aún no te he dado las gracias... gracias.

—Que al final ni la he podido pagar yo. No tenía las veinte mil pesetas de la pequeña, imagínate las cincuenta de la media página que le han puesto en el periódico.

—¿Y el resto?

—El dinero que te di para la funeraria tampoco era mío.

—¿Él?, ¿él otra vez?

—No conocía otra persona a la que recurrir. Pedir dinero es complicado cuando saben que no lo devuelves.

—Lo sé... Has hecho bien —aprobó Dani, resignado.

—¿Qué te pasa con Turuto? Es una copia barata tuya, pero nos ayuda.

—¿Nos vamos ya?

Dani se dio la vuelta como si aquello no fuese una pregunta. Pagó la esquela que estoy casi seguro que él mismo escribió en polvo marrón. Hay un perro de testigo.

Los dos cruzaron el camposanto, cabizbajos, fijándose en los años que databan algunas tumbas. Ni pensar cómo estarían dentro sus ataúdes. Ambos se habían puesto su ropa más elegante y Mario entendió lo tirados que estaban al ver el lastimero corte de la americana de su amigo y el pantalón chino dos tallas más grande manchado de verdín. La pobreza acaba por convertirse en una enfermedad genética, una tara que se transmite de padres a hijos y que tenía tanto que ver en la muerte de Isra como sus adicciones.

—¿Me acompañas a despedirme de él?

Casi no les dio tiempo a identificar a la persona que se cruzaron. El abrigo de loden desplegó media ala que rozó el muslo de Dani. Siguió el sonido de sus tacones en la piedra hasta que los golpes se tornaron mullidos sobre el césped. Iba de negro con un sombrero de fieltro también oscuro que dejaba caer la melena de forma natural por los hombros. Y no miró atrás. En ocho años no lo había hecho.

—Desato a Boss del poste de la entrada, que estará enloqueciendo, y me llamas cuando termines. —Mario balanceó el ceño—. Empiezo a entender por qué las personas mayores dicen que solo se encuentran en los funerales.

Dani también balanceaba el ceño.

Y luego contestó:

—Yo no entiendo nada. Pero allá voy.

Detrás de Cristina.

Al oír cómo se acercaba, ella sacó el brazo derecho del bolsillo, pidiendo un ganchete. Dani pasó su mano por el arco que describía la flexura del codo con la cintura. Caminaron juntos por el espacio tanático hasta la lápida: ISRAEL CASTRO. 1967-2000.

—Intuyo que esto no era lo que esperabas para vosotros —dijo Cristina.

—Reconozco que todo se estropeó, el futuro ya no es lo que solía ser.

—A Mario tampoco le van bien las cosas.

—Es que Mario es una parte muy importante de ese todo.

—Y Turuto aparecerá cualquier día en una cuneta con Vanesa.

—Hay bastantes posibilidades —concordó Dani, ya con displicencia en el repaso.

—Me caía bien Isra.

—A todos nos caía bien, pero llevaba años muerto. —A continuación—: Esta es solo la tarde en la que lo enterramos.

Cristina se mordió un carrillo. ¿Por qué tiene frasecitas para cada escenario? Nunca va a perder el toque.

—Era un personaje, aunque con sus códigos. —Luego, implacable—: ¿Dónde fueron a parar los tuyos, Dani?

—¿Te interesa eso ahora? Te va bien. Tu trabajo, tu casa, tu coche. Tu novio. Coruña no es tan grande como para ignorar que te llenan otras cosas. No tienes necesidad de sentir compasión.

Ella dejó de observar la lápida y se viró hacia él.

—Puedo sentir compasión por lo que quiera.

—No por mí. Eso no te ha traído aquí.

—No... no me ha traído.

Dani tiró de la cuerda en aquella pequeña pausa, a ver qué había en el extremo contrario.

—La muerte es muy gallega, ¿verdad? Estos sitios parece que solo existen en nuestra tierra. Piedra mojada, hierbajos, plañideras, gaitas... me gustaría hablar contigo en otro entorno.

—A unos metros tenemos las maravillosas tascas del barrio.

Dani no se sentía cómodo rondando la casa familiar. El cementerio más importante de A Coruña también estaba en Monte Alto. Casualidades. Y ciudades pequeñas.

—¿Todavía lo reconoces como tu barrio?, ¿en serio, Cris?

—Quizá has escuchado tantos chismes de mí como yo de ti. Nací aquí, me crie aquí con los que luego fueron los amigos del niño que vino de Villagarcía. Y aquí me dieron mi primer beso, mi primer puñetazo, mi primer chupito... Hasta me desvirgaron aquí. Atribúyete ese último mérito. Así que llévame a una de esas tascas a tomar un pulpo de olla de cobre y unas *cuncas* de Ribeiro, no te confundas conmigo.

Dani admitió que los planes eran importantes, pero que siempre fue más importante aprovecharse del azar. Una muerte, una minúscula esquela sin poder pagarse, al final media página con el nombre de Israel Castro y las señas de su entierro.

El fol ronco de la gaita se deshinchó.

Las tascas gallegas tenían sus denominadores comunes: barra de metal con cercos de las tazas de vino; camarero de protuberancia abdominal y trapo al hombro; señora en batín que sale de la cocina con el pulpo troceado encima de los platos de madera; y suelo repleto de arena, servilletas estrujadas y palillos pringosos. Había una mesa vacía al final del local.

—Yo te lo cuelgo. —Dani quiso dejar el abrigo de Cristina en el perchero sin barnizar—. Dámelo.

—¿Estos fueron los modales que te enseñaron en prisión?

—Sí, pero allí no había colgadores. Soy el mejor ejemplo de su política de reinserción.

Ella colgó su propio abrigo y la americana de él. Vio que tenía agujeros a la altura de las costuras. Se aproximó el camarero a anotar la comanda cuando percibía lo mismo que Mario. Dani fue el chico con más estilo; los agujeros no tienen estilo.

—Póngame vino hasta que vea a este hombre de otra manera.

—Eso va a ser bastante vino —dijo el mesero.

Al rato había una jarra en mitad de la mesa que los separaba. También un poco de pulpo, casi por vergüenza. Dani picó el par de tentáculos alargados que tienen casi todas las raciones. Recordaba que a Cristina no le gustaban. Y Cristina se dio cuenta de que él lo recordaba.

Su hipertimesia.

Ahí.

Inhumana.

—¿Cómo sientes el mundo libre?

El primer puyazo de trascendencia para no levantarse.

—Va más rápido y yo voy más lento —contestó Dani—. Pero es parecido al que dejé y de libre no tiene nada. Te encantaría ver en él a Huguito, todo un pintas.

—Tengo fichado a Huguito.

Sus ojos estaban sonriendo.

—Es mejor de lo que yo era, aunque lo que le rodea también sigue siendo parecido.

—Él no se ha montado ni en una barca de remos.

Dani recibió el nuevo golpe, menos trascendente.

Ella decía una cosa con los ojos y otra con la boca.

—Afortunadamente.

—¿Los que iban a ser mis suegros?

—Ahí van... por lo que sé, ahí van.

—¿Piensas que no me dijeron que no quisiste verlos en todos estos años?

—Ni idea de tus charlas con ellos. —Y terminando la diplomacia—: Yo a ti sí que te quería ver y jamás viniste. Cristina Barrantes, apuntada desde el primer día de preventiva.

Los ojos dejaron de sonreír.

—¿Te imaginas las veces que bajé hasta los muros de la cárcel de Pontevedra, dudando si debía entrar o no?

—No cuentes historietas. Yo no podía ver a través de los muros.

—Tú... tú... Asumía parte de lo que hacías porque creí que tenía fecha de caducidad, desde luego ignoraba otra parte, pero nunca se me ocurrió que estabas metido en algo que te mereciera... —Cristina se retorció—: ¡Tú no podías haber matado a una persona así!

Al jolgorio de la tasca le pusieron una mordaza.

—¿Tan extraño te resultó en el mundo donde me movía? —susurró Dani, devolviendo la conversación a los dos.

—Llámame ingenua. —Cristina optó por levantarse—. ¡Otra jarra de vino!

El rumor retumbaba en las paredes de la pulpería. Cuchicheos sobre el supuesto asesino, miradas que creían reconocer a aquel hombre de un pasado lejano en el barrio. Dani estaba de espaldas y abstraído para no captar dos palabras seguidas de nadie hasta que el camarero dijo seis:

—*Outra jarriña de viño por eiquí.*

—Gasté muchos años en ti y me di cuenta de que no eras más que una obsesión. El chico viril, respetado, carismático... Sí. Y el violento, vanidoso, estúpido. El que eligió mal.

—¿Y si no pude elegir?

—Me da igual que aquel día tu código narco te obligara a hacerlo. Te pusiste en esa situación. Lo teníamos todo hablado.

—No sigas, por favor.

—Se había terminado la droga, me quedaban unos meses de carrera, me pondría a ejercer de abogada, dejarías ese ostentoso chalet de Perillo, cortarías relación con el paleto que tenías por testaferro, invertirías en el concesionario de motocicletas, comprarías la discreta casa con huerto que visitamos tropecientas veces en Mera y otra en ese lugar mágico con el que siempre te llenabas la boca.

—No sigas, he dicho.

—Nada de eso era suficiente para Dani Gasolina, ese nombre que lo justificaba todo. Y yo tampoco era suficiente.

—¡Que pares, hostia!

Nuevo silencio en la tasca y manotazo en la silla.

Dani escapó al baño sabiendo que las miradas se le clavaban como estiletes en el lomo. Echó agua por su cara. No se lo cuentes, pase lo que pase, no se lo cuentes. Tornó a la mesa tras la breve charla con el cristal y recuperó la compostura como si fuese una rutinaria cita más.

Cambiando de tema, iba a preguntarle por su relato feérico:

—¿Y qué tal tus éxitos? Has conseguido todo lo que me decías y sin delitos de blanqueo.

—No tengo casa en ningún lugar mágico —contestó Cristina, entendiendo que había ido muy lejos en el reencuentro.

—¿Ves cómo nunca es suficiente?

—Y mi novio es un capullo. Te puedo dar las gracias por obligarme a reflexionar sobre eso. Aun sin hacer nada, sigues haciendo mucho con tu simple presencia, ¿no lo notas? Puede que sea porque todavía te estés compadeciendo de ti mismo...

Dani, cuando quieras me llamas, pero que pasen unos días. Lo de hoy va a tenernos más fastidiados que una de aquellas resacas. Vaya cinco minutos que nos hemos dado. —Dejó un papel con cuatro teléfonos, tres móviles y un fijo. Parecía que ahora la traficante era ella—. Cuestiones laborales. Si no cojo en uno, cogeré en otro.

Cristina se marchó poniéndose al vuelo su abrigo de loden, a protegerse de los dieciocho grados de A Coruña a mediados de agosto. Un destello violáceo se derramaba por las aceras mojadas.

—¡Una última cosa! —gritó él cuando ella ya había salido de la pulpería, que volvió a quedarse muda, expectante ante la que podía ser la confesión definitiva—. ¡¿Te importa pagar la cuenta?!

Dani corrió con la renovada convicción de que su presencia influía en los demás hasta el bar del rompeolas del dique de Abrigo, donde quedaba amarrado el *Gavilán*. Sabía que cerraba sobre las ocho y media y que el propietario era un hombre de costumbres. Los zapatos náuticos y el pantalón chino no fueron muy adecuados para trotar paseo marítimo abajo. Cuando llegó sudando, Xan giraba el candado de las cadenas que daban vueltas a las sillas que dormían en la terraza.

—Hola —lo saludó.

Dani asumió que no todo cambia. Seguro que siguen llamándote Filemón. Claro que cuando se te compara con un personaje de tebeo así, ¿qué clase de cambio esperas?

—Hemos cerrado —devolvió el saludo.

—Vengo a que me hagas un favor, Xan.

El camarero enteló sus ojos de besugo.

—¿Te conozco?

—Apuesto a que sí. El hijo de Andrés Piñeiro.

—O *rapaz*... —Xan palideció—. No... no sé cómo te puedo hacer un favor.

—¿Tú también?, ¿de verdad era tan malo? Me viste crecer.

—Vi muchas cosas.

—Y por eso estoy aquí. Seguro que sigues viendo a mi padre.

—A menudo, no es precisamente un secreto.

—Toma mi teléfono. —La entrega de notas con números era una constante desde que salió de prisión—. Lo que quizá te parece un siete en realidad es un uno, alguna gente no entiende del todo mis sietes.

—*Rapaz*, de verdad que me alegra saber que estás fuera y eso, pero no quiero meterme en líos.

—Si viste tantas cosas, también viste que siempre te respeté. —Dani no iba a permitir otro reproche—. Deja de comportarte como si pudieras elegir.

—Bueno... *a modiño*, no te pongas así conmigo. Solo dime qué hago.

—El favor es muy sencillo: en cuanto mi padre aparezca por aquí, marca mi número para avisarme. Al rato estaré en tu bar. ¿Todavía le tienes aprecio?

—*Teu pai* no es el de antes. Aunque ha pasado muchos años en la barra como para no tenerle algo de aprecio.

—Puede que le des una alegría, igual que cuando le invitabas a la última.

—Oh, con eso sí se ponía muy contento.

Dani echó otra carrera y, empapado en el sudor que no se calaba por el forro de los pantalones, llegó a tiempo de tomar el último bus hasta el barrio de Korea. Desde allí, diez minutos a pie hasta su nueva casa. Había dejado al mediodía sus pocas pertenencias en la granja, antes de que la comitiva judicial lo desahuciase y saliese su nombre en el acta de un juzgado, aunque fuese de ámbito civil. Luis también aceptó que Boss se uniese a la comunidad terapéutica. Mario lo llevaría mañana con su Talbot, retozando por la tapicería manchada como un gorrino.

Dani saludó al custodio y abrió la puerta del barracón. Tan

espacioso como una antigua celda, aunque también la única habitación no compartida para internos. De las cuarenta personas que vivían allí, sabía que solo el director del centro y él no estaban en desintoxicación, porque sobre el custodio tenía severas dudas.

Se acostó para una noche en vela.

A las cinco horas de clavar los recuerdos en el techo, sobrevino tal urdidumbre que la mente de Dani optó por quedarse dormida. Un mecanismo que le habría venido bien en la cárcel.

El teléfono sonó poco rato después. Pegó un respingo y sujetó el aparato que marcaba las seis y media de la mañana. Se le ocurría una explicación para la llamada intempestiva desde un número desconocido y le hizo sonreír antes de apretar el botón verde.

Aquella historia ya tenía demasiados ángulos.

Podría encararla si comenzaba a escribirla él.

—Está aquí, *rapaz*. Como no vengas pronto, no lo encontrarás de pie.

15

El rompeolas del dique de Abrigo tiene una carretera con carril bici dibujada entre un muro en su lado izquierdo y unas rocas poliédricas en su lado derecho. En la mitad del recorrido está el bar de Xan y, unos cuantos metros después, la torre de control. Cuatro enormes columnas blancas sostienen dos superestructuras acristaladas desde donde los operarios vigilan el tráfico marítimo. Por encima del muro se hizo un estrecho paseo para contemplar el mar, ya casi abierto en ese lateral, bajo el que vuelven a amontonarse más rocas que protegen a los caminantes del oleaje. En esas piedras no existe un ecosistema visible. Los embates del agua no lo permiten. En cambio, en las opuestas y secas que rodean las aguas mansas para el atraque de las embarcaciones, habita una colonia de gatos.

De gatos muy duros.

Acostumbran a pesar unos doce kilos de carne musculada por los continuos saltos que dan en las rocas y la caza de ratas solo un poco más pequeñas. En contadas ocasiones se encuentra algún cachorro entre los bloques graníticos, porque la apariencia es que allí los gatos nacen adultos, fieros y con marcas de su perpetua guerra. También son hostiles con cualquiera que se meta en la zona. Sean personas, perros o bicis, el que se acerque verá cómo arquean el cuerpo, erizan el pelo y sacan las uñas retráctiles. Tras un instante de cortesía, saltan. Su presencia llegó a ser objeto de debate en el consistorio y encabezó reseñas en la prensa local. Esos animales estaban fuera de control, pero los esfuerzos se focalizaron en la plaga de estorninos que atestaba las palmeras de los jardines de Méndez Núñez. El centro de A Coruña no podía permitirse que las heces de cientos de pajarracos espantasen a los turistas. Se contrataron cetreros y halcones para ahuyentarlos, cuyo discutible éxito era objeto de mofa.

Así fue.

Xan tiraba un primer turno de sobras a media mañana. Después de que la cocinera preparase las raciones del día, arrojaba los despojos en un contenedor justo al inicio de las rocas. Su tapa estaba sellada mediante un mecanismo hidráulico que abría con un pie sobre una palanca. Era imposible que los gatos consiguiesen acceder al interior y el camarero solo tenía que librarse de ellos al salir a dejar las bolsas de basura. Lo que Xan y el consistorio desconocían es que la parte inferior de los contenedores fue arañada durante meses con la desesperación del hambre gatuna, y que allí caían restos de la comida sobrante por las hendiduras. Los felinos se arremolinaban en torno a uno blanco y con una mancha parduzca sobre la cicatriz de la cuenca orbital izquierda. Cuando él terminaba, se arremolinaba el resto. Cada poco un gato más joven lo desafiaba por la posición. La pelea concluía con su adversario escapando entre las grietas o herido de muerte hasta servir de alimento al resto de la colonia. O a las ratas. Eslabones de la cadena trófica.

En aquella mañana donde Andrés ya tenía apuntados en la libreta siete quintos de cerveza, los gatos oyeron el ruido de la apertura del contenedor y después el estruendo de las bolsas que caían dentro. El blanco se irguió sobre las patas y chupó el líquido viscoso de las agallas de unos rapes. Lo escoltaba su compañero: un gato negro de envergadura menor y que también fue de los primeros que rascaron el metal. Era el segundo en comer las sobras que se colaban en los cortes.

El gato blanco se giró y vio a su amigo esperando el turno. Al menos hoy no tendría que pelearse.

Se concentró en sorber el aceite de pescado. Sus bigotes se colmaban de pringue, su lengua recorría las esquinas y su garganta tragaba el visco. De repente, sintió un dolor sordo en el lomo desgarrado por el gato negro. Cuando se viró para enfrentarse estaba desequilibrado y, con el siguiente arañazo, una pata se trastabilló haciéndolo caer. No pudo ver quién fue el próximo en atacarle y de la acometida se precipitó hasta el final de las piedras que se bañaban en el mar. Su cuerpo encajó como una horma entre dos de ellas. Tan solo quedaban los bigotes fuera del líquido azul. Intentó retorcerse para salir, pero la única forma de desencajarlo sería otro golpe tan violento como la caída. Sus ojos divisaban al gato negro difuminado por el agua. Una ola mansa cubrió el cuerpo que se convulsionó mirando a su compañero.

A partir de ahora él sería el primero.

Y la cadena trófica se invirtió.

Los peces devoraron el cadáver del gato blanco.

Dani cambió el bus por una vieja bicicleta Orbea que le prestó Luis. Amarilla, con respaldo y sazonada de muelles en lugares donde nunca eran necesarios. En cuarenta minutos alcanzó el local de Xan. Mucho para ver a su padre manteniendo la verticalidad. De un brinco desmontó del sillín.

Un gato negro que subía por las rocas lo miró mientras se relamía.

—¿Por qué aparentarás estar tan feliz? —le preguntó Dani.

Cuando abrió la puerta, Dani entendió que la marea roja anegaba hasta el propio bar. Un par de marineros jugando a las cartas, una familia rubicunda de turistas y Andrés ocupando medio taburete de los quince que tendría la barra. Su espalda ondeaba con parsimonia, como el mar batiendo las exangües olas que son capaces de entrar en el dique. También los pies acariciaban inseguros el metal que ensamblaba las patas. Solo murmuraba y murmuraba solo.

Xan, con ese gesto tan suyo de limpiar vasos con una bayeta cuando todo o nada sucede alrededor, no pudo disimular su inquietud.

—*Alá imos* —masculló.

—Otro más —pidió Andrés.

Xan alcanzaba otro quinto de cerveza.

—Cambio de planes —dijo Dani, sentándose a su lado—. Ni uno más

—Eh... ¿quién... quién coño crees que eres?

Andrés subió la vista al rostro del tipo que le vetaba una cerveza.

—Tu hijo. O de eso presumías.

A su padre se le clavó una lanza en el estómago, pero fingió recuperar el porte con la sorpresa. La espalda se arqueó hacia atrás y se caló ladeada la boina, como hacía mucho tiempo antes.

—Parece que sigo siendo tu hijo. —Ante el silencio—. Dos aguas, Xan —corrigió Dani la comanda.

—¿Aguas? —preguntó el camarero.

—Con gas si quieres. Hasta una rodaja de limón puedes ponernos.

Xan se agachó para buscar las botellas.

—¿Aguas? —preguntó también Andrés.

—Piénsalo, no habrá una oferta mejor.

—Aguas... está muy bien.

Dani cogió a su padre del brazo y lo llevó a una esquina del bar.

Otro reencuentro.

Ese nunca deseado.

El gato negro los observaba desde el alféizar de la ventana.

—¿Cuántas quedan, Pipas? —preguntó Hugo.

—Algo más de ochocientas.

—Tomás acaba de llevarse veinte. Se ha marchado ahora mismo del apartamento, ¿lo has olvidado? Porque fuiste tú el que cogió el dinero.

—Ochocientas entonces.

—¿Qué clase de traficante eres calculando así las pastillas? Esto ni siquiera hace falta pesarlo.

—Es una de las razones por las que me gusta vender éxtasis. No tengo que preocuparme de cortar la droga, rajar bolsas del supermercado, descontar lo que sumará el plástico en la báscula, después quemar el borde y todo eso.

—Quemarlo es lo menos profesional que he visto.

—Caray, ya es una profesión para ti. Pues Turuto dice lo mismo sobre chamuscar la bolsa. La acabas despegando de forma rara y sabes cómo sigue: bolsillos llenos de polvo blanco. Pero no te lo pierdas, si la policía te la encuentra, pone en sus papeles que es un «cierre termosellado». Eso sí es profesional.

—Con tu permiso, me voy a llevar otras cien.

—¿De repente tienes tantos compradores?

—Nando y su peña las quieren para irse hasta La Real el fin de semana.

—Como si ahora aquí no tuviésemos fiestas *techno* igual de buenas que las de los asturianos. Joy, Zeus, el Cisco...

—Por favor, el Cisco es un antro. Esa gente no entraría ahí.

—Siguen yendo a Oviedo porque es lo que hacían cuando tenían nuestra edad. Su tiempo terminó, solo son unos viejos que ahora están obligados a comprarme a mí.

—A nosotros —matizó Hugo—, a nosotros.

—A nosotros, cierto. Pilla cien. —Pipas aporreó el mando de la videoconsola contra la mesa. Lo habían matado por enésima vez en la misión—. Y cuéntalas, que no hay que pesarlas.

—Se las voy a cobrar a setecientas pesetas la pastilla si estás de acuerdo. Me quedo doscientas cincuenta de cada una.

—Guau. —Pipas pulsó el botón de pausa y se acercó a Hugo—. Veinticinco talegos por dejar una bolsa en otra mano. Ganas uno por segundo de curro, nada mal... nada mal.

—En esto no se paga el tiempo.

—¿Qué se paga, señor Escobar?

—El riesgo. Por eso tú, jugando a la Play Station desde el sofá, sacas lo mismo de la venta que yo.

—Y el contacto, no lo olvides. —Pipas dio una colleja a Hugo, para que no olvidase de quién era el género y el contacto. Volvió a sentarse y agarró de nuevo el mando—. La colleja te la ha metido la mano que te da de comer.

—Sin tu permiso, cojo tu moto. —Su colega tenía réplica.

—Desde que viste a tu primo vas demasiado deprisa. Te estamparás, tampoco olvides que te avisé.

—Imito lo que hay en tu Grand Theft Auto II. —Señaló el televisor—. Porque no haces otra cosa que colocarte mientras juegas a ser un gánster en una videoconsola. —Después, analizando los puntos que llevaba—: Y a ver si sacan el III con otra perspectiva, desde la cenital no das una.

Hugo sisó las llaves de la Gilera Runner del colgador en la entrada. Iba con el éxtasis oculto en una riñonera interior que rodeaba su cintura. Salió del apartamento que alquilaba Pipas en la plaza de Lugo. Se quedó mirando el escaparate de una tienda de ropa: un expositor de mentiras a cambio de papelitos. Están guapas esas zapatillas Etnies con el logo imitando piel de cocodrilo. En realidad investigaba el reflejo del cristal. Nadie vigilando su contravigilancia. Y hasta casco se puso al subir al ciclomotor.

Se citó con Nando en un bar del centro, un sitio de pijos que se llamaba El Pato Mareado. En las películas es usual que los intercambios se hagan en descampados o en aparcamientos vacíos. Por eso una patrulla que te vea en el lugar equivocado te arruina la vida. ¿Qué buscan ustedes con dos coches enfrentados en medio de la nada? Los maleteros responden. El pase se ha de hacer en un sitio transitado y con destreza. Y siempre está bien que la mala suerte no ronde por allí.

Desde que se encontró a su primo iba deprisa; por supuesto. Fue el día siguiente al que diagnosticaron los tumores a Andrés.

Abarrotaría A Coruña de éxtasis para devolver en secreto el favor *ad eternum* que les debía a sus padres putativos. Ese era su delirio particular, todos tenían uno. Pipas sería el socio al 50 por ciento. Y si no estaba de acuerdo que lo consultase con Turuto, porque su miedo a Dani igual le dejaba sin la parte del pastel. Al fin tenía un legado de aquel tipo, aparte de la cuna de haya. Ni siquiera quiso responderle a su pregunta cuando se vieron. «Odiosa mentira» y largarse cabizbajo se ajustaba a su papel de mártir.

Encendió la moto y condujo deprisa; por supuesto.

Turuto se desgañitaba en el solárium de su casa en Espiñeiro. Construida en mampostería estructural sobre un peñasco con vistas a la playa, la que tenía un aspecto más mediterráneo de la zona. Enclavada entre dos lenguas de rocas y con otras cuantas piedras apostadas en la orilla, desde donde los chavales ornamentaban saltos cuando la marea estaba para no partirse la columna. No lo había comentado con nadie, temía parecer un imbécil, pero compró la vivienda porque le recordaba a otra de Ibiza en la que había pasado una semana de 1990. Claro que en aquella ocasión la que roncaba en su tumbona se había follado a Mario de sol a sol. Él hundía en una bolsa la llave rectangular del mando de su Maserati, que salía disparada al pulsar el resorte. Cada vez que se la acercaba a la nariz desaparecía medio gramo de coca. Aunque podría sujetar más de doscientos. Estampa de Tony Montana, qué pena que nadie me vea. Solo esa rémora con sus nuevos pechos siliconados puede hacerlo.

Había salido un fantasma de la cárcel y Turuto creía que a su imperio, consistente en el vehículo de alta gama y la casa de alto standing, se lo tragaría un lodazal. Y lo que le crispaba era desconocer por qué. El Panadero pretendía que Dani volviese a trabajar con don Abel, aunque fuese para un último desembarco. Supuso que se refería al buque que salía de Venezuela. La duda era si lo querían de nuevo para pilotar. Entonces su posición tampoco iba a estar en jaque.

«Un hombre de confianza gestionando los problemas de cada gran puerto gallego», el mantra de la organización. Turuto hacía esa faena en A Coruña, coordinando al guardia civil que no registraría aquellos contenedores que cruzaban con droga el Atlántico a través del gancho ciego. Llamado *rip off* por los sofisticados del negocio. El producto se metía dentro del contenedor de cualquier empresa justo antes de partir del puerto de origen. En el puerto de llegada se reventaba el precinto antes del control y se sacaba la mercancía por los estibadores comprados, luego se colocaba un precinto clonado con su mismo número de serie y el cierre intacto. El guardia civil cobraba dos millones de pesetas que retribuían dos minutos del sueldo de cien mil al mes para retrasar ese control, o evitarlo si era posible. Del color y su ubicación se enteraba minutos antes. «Carga H2 en el puerto 3. No la cagues, los amarillos.» A partir de ahí organizar la salida de los remolques, disponer el coche lanzadera y pagar y pagar y pagar. Pagar con el dinero que Turuto guardaba en un zulo de esa casa. Dinero del que era mero depositario. Y todas sus gestiones las hago bien, muy bien. ¿O no? Subió otra vez la llave con el serrado blanco. Isra ha palmado y a Hugo tengo que dejarlo en paz como le dije, si no se puede volver en mi contra. Queda Mario y una deuda de doce millones de pesetas que ya no está olvidada. También el plan B del Panadero. Y no sé cuál es.

—¡Amor! ¿Amooooor? Din, din, ¿se puede? —Su plan Z se levantó de la tumbona y le sujetó la cintura por detrás—. Necesito un poco de lo que tienes entre las manos.

Turuto soltó la bolsa, que cayó al suelo, y se acarició su pene retraído.

—¿Te refieres a esto?

—Manu, sí. —Aliento etílico—. Pero una rayita primero.

Vanesa se fue arrodillando, hasta que se desequilibró y estiró la palma para no caer de espaldas. Turuto la contemplaba furioso. Sin maquillaje y sin ropa perdía todas las líneas. Mentón, tríceps, glúteos. Y sus labios no se detuvieron en el sexo flácido, siguieron bajando hasta el suelo tiznado de blanco. Él la trincó del pelo y le soltó un rodillazo en la boca. Ella escupió un incisivo.

—¿Cuándo vas a dejar de avergonzarme?

Turuto metió la llave del coche en el bolsillo. Se marchaba a la ciudad.

—¿Sabes qué hice cuando me enteré de tus cuernos? ¡Cogí tu tarjeta de crédito y la fundí! —Otro diente a tierra con el grito.

Hace meses se gastó medio millón de pesetas en vestidos por uno de sus tantos cuernos. A Turuto no le importaba. Los había roto y ya no tenía ninguna tarjeta descuidada. Iba a cambiar de ejemplar, comprarse un buen caballo de carreras de veinte años para que lo señalasen cada vez que entrase en los restaurantes de la ciudad. Donde ahora tocaba carne blanda, tocaría carne prieta. E hidratada.

Vanesa rezongaba en el suelo.

—Esta vez será algo más que tu tarjeta de crédito.

—¿Seguro que estás bien?

—Vomitar y un litro de agua siempre fue mano de santo —contestó Andrés cuando desamarraba el *Gavilán*.

—Podemos aplazar la travesía —dijo Dani—, no hay necesidad de forzar la situación.

—Hablas como si no la esperase desde hace mucho.

Dani admitió el brío de su padre. Se había recompuesto de la borrachera matinal y disponía los aperos por el bote, hasta el rastro para los moluscos que no podía vender con las toxinas asolando la costa.

Arrancando el motor rotativo a la primera.

—¿Lo oyes? ¡No encendía a la primera en muchos años! ¡Esta chalupa sabe que hoy llevará al que la firmó!

—¿Y la marea roja? —preguntó Dani—. No se habla de otra cosa en tierra.

—¿Crees que esto va a ser faenar para mí? Aunque los peces se pueden comer igual. ¿De verdad no te enseñé eso?

—Cómo olvidar que los bivalvos que vende mamá son los que envenenan a la gente. Pero el mar también está picado. Hay... no sé... ¿olas? —Quería encontrar un inconveniente mayor que una plaga.

—Todos son marineros con el mar en calma.

—El mar... el mar... solo ves la superficie, Andrés. Ahí abajo nunca debe de haber calma. —Suspiró—. Venga, pilota el fueraborda este.

El *Gavilán* salió de las corrientes del dique.

Xan lo divisó desde la terraza del bar, al lado del gato negro. Tendrán muchas cosas que contarse y espero que vuelvan los dos.

—Solo llevo Winston, hijo.

Dani dio la espalda a su padre y se rio. El cabrón conserva su retranca.

Cruzaron a diez nudos la dársena de A Coruña. El lugar más complicado para un bote como aquel. Nadie habló ahí, era una zona para estar en silente tensión. El hijo miraba cómo el padre dirigía el esquife entre olas de metro y medio, jugando con el timón para buscar el embate en diagonal.

Cuando el mar dejó de picar, Andrés encendió un cigarro y contempló la ciudad. Sus manos no temblaban. La madeja de nubes se deslizaba sobre los edificios. Siete plantas, ocho plantas, no más altos desde su perspectiva, salvo alguna altura de dos dígitos que rompía la línea urbanística un tanto caótica.

—Vamos hasta Sada —dijo Andrés.

—Estás apretando mucho —objetó Dani—. Serán cinco horas entre ida y vuelta.

—¿Es que tienes algo que hacer?

—Tengo un nuevo trabajo, aunque... bueno, hoy es mi día libre.

—¿Y qué tal?

—Podríamos hundirnos ahora mismo que esto seguiría siendo más interesante. Y si hay urgencias, mis dos compañeros me sustituirán con garantías.

—¿En qué andas metido?

—Ahora trafico con muebles. ¿Todavía está aquella cómoda en la habitación?

—Tu madre se atrevió a tirarla hace unos meses.

—Hubiera sido la estrella del rastro.

—¿Cómo?, ¿cómo? ¿Es una de esas historias benéficas contra la droga?

—Sé que suena raro.

Al llegar a la ría de O Burgo las franjas granates se extendían igual que cicuta. Semejaban vetas de sangre, como si el mar muriera bajo el bote. Dani acarició el líquido. Sobre su piel se revelaba incoloro. Luego puso las manos en forma de cuenco y guardó un poco de agua que acabó filtrándose entre los dedos. Las algas microscópicas no se fueron en todo el verano y en aquellos últimos días de agosto tampoco tenían intención de marcharse. El añil descompuesto lo perturbaba. Algo casi imperceptible formando una plaga roja que su hipertimesia asoció con una alucinación que tuvo en Ibiza una década antes.

—Impresiona, lo admito —dijo Andrés—. Y ha venido para quedarse.

—¿Cuál es la razón? Nunca había venido para quedarse.

—Supongo que si alguien la conociese, le pondrían remedio. Te apuesto todo lo que tengo, o sea este bote, a que dura más que yo. Jamás vi una coloración así de dinoflagelados.

—¿Y yo he visto alguna vez un dinoflagelado? —Dani también pidió explicaciones con las manos.

—He dicho esa palabra para volver a tener la sensación de enseñarte algo. Son las microalgas que tiñen el mar. Y no siempre de rojo. He navegado sobre mareas verdes, amarillas e incluso de color café.

—¿Estabas sobrio?

—Reconozco que una marea café sonaría extraño en las noticias. ¿Qué?, ¿tenemos apuesta? Dejarte el *Gavilán* en herencia no sería propio de un Piñeiro.

—¿Por qué no quieres intentar el tratamiento?

Andrés no disimuló su asombro. Solo Hugo podía contarle a Dani lo del cáncer. Para él eran hermanos e incluso su enfermedad había sido tema de conversación como en cualquier otra familia. No imaginó que fue lo que posibilitó el reencuentro.

—¿Cuándo lo viste?

—Hace dos semanas.

—Has pasado mucho tiempo encerrado, pero seguro que conservas tu habilidad para distinguir a las personas. ¿Podemos estar tranquilos con él?

—No.

—Me lo temía.

—Lo extraño sería lo contrario. Esperaba que estuviese arrancando vísceras por ahí.

—Tratamos de protegerlo todo lo que pudimos.

—Seguro que a partir de que entré en la cárcel y sus padres llevaban diez años muertos.

Una ola hizo crepitar la embarcación y Andrés se asustó como un novato. Lo obnubiló el final cercano. Pero vio cómo el sol destellaba en un horizonte iridiscente que confundía mar y agua, y creyó que ese ocaso podía ser hermoso. Dejarse llevar hacia allí con una sonrisa redentora, olvidar el arrojo inherente a ser una persona y derrotar a la voluntad de sobrevivir. Qué fácil.

—Dani, no hay nada más lamentable que un hombre que no sabe quemar etapas. —A continuación—: A mí me toca quemar la última.

—¿Los que te quieren?, ¿opinan igual?

—¿Quiénes son esos? Tú no me quieres, tu madre tampoco y Hugo sabe que soy un borracho. El amor que él me puede tener debe de estar más cerca de la pena.

—A mí sí me gustaría que probases con la quimioterapia.

Andrés tampoco esperaba que el primogénito, como le llamaban en su día, mostrase cierto interés.

—Lo dices porque no has visto esas pelotas en mi hígado, que al final son una especie de callos de tanto uso que le he dado. —Curva sardónica en su boca—. Lo más fácil para tomar una decisión es que el médico te suelte que no va a servir de mucho, pero que tendría que hacerse por cortesía. Esa fue la opinión del doctor, el clásico que parece que ha nacido con gafas. Me envenenarán porque es lo cortés. En la sala de espera cuelga un papel que pone algo de un juramento hipocrático, lo he leído en unas treinta ocasiones y creo que ha de simular que lo sigue. Hay otra pelotita en la parte derecha del cerebro. Con suerte veré alguna alucinación en unas semanas y dejaré de deberle dinero a Xan y a tantos otros. A un borracho se lo pides, a un loco no. —Andrés expectoró una flema—. A un loco lo evitas.

—¿Estás preparado? —Dani escuchó su propia pregunta y le sonó estúpida—. Quiero decir, ¿puede uno prepararse o solo estás aparentando que lo haces?

—Hasta hoy lo deseaba. La vejez sí que no tiene tratamiento. Enterraron a mis ídolos, mis amigos también están bajo tierra o ya no son mis amigos y mi cuerpo es una masa fofa a la que le cuesta subir unas escaleras. ¿Qué esperas ante este panorama? Quedas como un fantasma en un lugar que ni comprendes. Dios mío... ¿has visto el pelo y esas grietas en las orejas de Hugo?, y lo más importante para él es ir como un chiflado sobre un patinete. No puedo ni fingir que me parece lógico. Así que debo de ser un recuerdo que molesta a los que lo aguantan y tengo que soportar que mi hijo haya perdido sus mejores años.

—Entendido —cortó Dani—. Saca el rastro y una caña, pero no te guardes la carnaza buena para ti. —No quería la otra conversación en mitad de la ría.

Preparó la *miñoca* en una caña de carrete y su padre hizo lo mismo con anzuelo del 19/0, el mayor de todos.

—Si no pica nada, echaré el salabardo —dijo Andrés—. Pero algo atraparemos.

—Y lo devolvemos al mar. Ahora me doy cuenta de que nunca trajo nada bueno.

—¡Este DJ cree que con los *scratchs* arregla su basura de sesión! —gritó Pipas en mitad de la pista central—. ¡Se va a llevar un vasazo en la cara igual que Ángel Molina cuando se puso a pinchar ruiditos!

Los vinilos enloquecían para enlazar los temas mediante ese sonido igual al de un casete tragándose la cinta. Y ni siquiera funcionaba, muchas veces quedaban los cortes desempatados y se oían los bombos electrónicos como el galope de una manada de caballos.

Hugo se comió otra Mitsubishi.

La novena.

La mandíbula describía un ligero prognatismo, otro ligero bruxismo y las pupilas marcaban una severa dilatación. Su futuro se antojaba tan intangible como cuando gateaba por el suelo con dos años, ni siquiera mediando una hipotética carrera acabada por mero civismo a los veintitrés le interesaría lo más mínimo, y sin pensar en esa dinámica rondando los treinta con riñones, hígado y conexiones sinápticas de sexagenario.

Su vacío era tan natural como engullir una pastilla de metilendioximetanfetamina.

El muchacho bailaba en la esquina de la discoteca hasta que, inconsciente de que sus neuronas daban chispazos, se apoyó en la barra tapizada con forro imitando piel de vaca. Las manchas eran bovinas a pesar de que el dueño daba la matraca con que se trataba de cebra. Ese dueño: un cuarentón masacrado por los rayos uva de moda en la ciudad sin sol y que se anunciaba como «DJ sorpresa» en los carteles al lado de Ben Sims, Surgeon o Jim Masters. La sorpresa que nunca sorprendió.

Así fue.

—¿Pastillas?

Una chica morena, con el cabello recogido en dos trenzas de

puntas violetas, preguntaba a Pipas por su producto. Parecía una princesita de Disney atravesada por pendientes y una luna tatuada rodeando el acero del ombligo descubierto.

Hugo pellizcó el flotador seboso de su amigo. Quería encargase de la venta.

Demasiado guapa para una transacción impersonal.

Demasiado colocado para hacer las cosas bien.

Demasiado, siempre ese concepto como excusa, demasiado.

—Él las tiene —dijo Pipas.

Hugo se acercó al cartílago agujereado de la muchacha mientras la pista volvía a sufrir un *scratch*.

—¿Cuántas?

—Seis.

—Con seis te mueres en la pista. Y me daría pena un cadáver así de bonito.

—Estoy acompañada. —Marcando a un grupo de amigas que cuchicheaban al otro lado de la tarima.

—Ajá... ven a la otra sala, será más discreto.

La otra sala era una terraza cubierta con una lona emulando el techo de una jaima. Si llovía, algo muy habitual en A Coruña, caían goteras. Para llegar cruzabas el vestíbulo que conducía a la entrada de la discoteca, donde no había duplicidad de cola gratis u onerosa, y después una fuente con una tortuga que aborrecía sus treinta litros de agua sucia. Fuera de muchedumbres, Hugo entendió que no era el lugar idóneo para dejar éxtasis en mano ajena. Pero también estimó que esa preciosa niña, y su ropa interior prendida por la costura del pantalón militar, merecían el riesgo. Y jamás detuvieron a nadie en la Joy.

—Siéntate a la mesa. —Hugo en rol castrense—. Ahora vengo con lo tuyo y de paso te invito a una copa. ¿Qué bebes?

—Vodka con naranja. —La chica dio un sonoro beso al aire—. Y mi nombre es María, por si te interesa.

—De alguna forma te tendré que llamar cuando te ponga a cuatro patas —murmuró él para sí.

Hugo se acercó a la barra radial, que servía un amigo suyo,

y pidió un whisky con cola y un vodka con naranja. Ese fue el primer instante en el que pudo ver bien su cara el chico de camisa sudada que lo siguió desde la sala principal. También contempló que Hugo escondía algo en el bolsillo de la muchacha, que reía por lo que le susurraba a la oreja perforada como en una sesión de acupuntura. Luego ambos bebieron de sus copas y mordisquearon una pastilla. Ella le metió en el pantalón unos cuantos billetes arrugados. Él retorcía su cabello mechado con los dedos. Estiró un par de los billetes que le acababan de dar y los puso encima del tablero, tocándolos con el índice. Para los gastos de nuestra fiesta.

Al cuarto de hora Hugo pedía una nueva ronda que tuvo que pagar a mitad de precio. El dueño, «DJ sorpresa» también aquella noche, rondaba con su maleta de vinilos y había que simular el clásico intercambio de dinero a tu favor con un camarero que es colega. Cuando volvió a la mesa, Hugo mordió otra pastilla pero se guardó los dos trozos en su boca. Con lentitud, lo que equivale a permiso, se arrimó a los labios carnosos y por supuesto agujereados de María. Su lengua abrazó la lengua de ella, que también tenía una rutinaria barra de acero, y depositó allí un cachito de éxtasis. Después hizo lo mismo sin pastilla. Extasiado en la cima del mundo, que sabía a chicle de mora y vodka cítrico.

El de la camisa sudada asintió a otro con una camiseta iluminada por un tribal en el pecho. Tenían veinticinco años. La primera vez que hacían de policías secretas, y no se iban a creer en comisaría la que se montaba en esa discoteca.

Los agentes encendieron sendos cigarros de la emoción.

Turuto recogió a Mario sin explicaciones para conducirlo hasta la zona del paseo de los Puentes. Antes un parque asilvestrado, ahora un barrio residencial. No le dirigió la palabra al montar en el coche y la llamada anterior ya había sido muy extraña.

Mario notó cómo su amigo iba hasta arriba de coca, sujetando el volante en exponencial tensión y con una rigidez facial que conocía de sobra.

—*Neno,* ¿quieres que líe un porro? Te sentará bien.

Turuto no contestó. Se apeó del coche cuando enseguida llegaron al destino y punteó un banco de madera. Al sentarse pulsó el cierre centralizado del Maserati, que parpadeó a destellos naranjas.

—¿Dónde está Dani? —preguntó a Mario sin preámbulos.

—Yo qué sé, ¿soy su sombra? Me estás asustando con este rollo. ¿Pasa algo?, ¿problemas con la Vane?

—Los problemas son contigo.

Mario subió el cuello y luego ojeó alrededor, cuestionando si de verdad hablaba con él. También comprobó que no había nadie en un kilómetro a la redonda. El banco donde se colocaron se escondía en la penumbra y las luces de las viviendas colindantes estaban apagadas. Ese era el contexto, tan importante como el mensaje.

—Dime cómo puedo resolver los problemas que no conozco.

—Hagamos memoria... 1996.

Mario negó con el índice.

—Ni se te ocurra, eso no te incumbe.

—En las Navidades del 96 compraste a tocateja un ático a unas pocas calles de aquí. Un chollo. Yo empezaba a trabajar con ellos y tú llevabas un tiempo tocándoles los huevos con tus cagadas. ¿Por qué te respetaron? Por ser el carnal del chico preso. —Turuto tocó la tinta ajena—. Ese tatuaje te permitió mucho crédito.

Mario retiró su antebrazo.

—Te repito que no te incumbe.

—Deja que yo decida eso. —Y una seña confusa de que iba a continuar—. Les dabas información de cómo estaba de callado en la cárcel tu mejor amigo a cambio de pasearte de vez en cuando por allá abajo y manejar algún trapicheo para gastarte más dinero del que tenías. Entonces mantuviste una conversación con el Panadero el día que perdiste tres milloncejos en el casino. Una anécdota a tu altura, sí, sí. Cuentan que los apostaste al 27 por una corazonada con el día que cumplía años una brasileña. Una que tenía muy buen culo y que solías ver en cierta discoteca de Vilaboa. ¿Vamos bien? ¿Sigues diciendo aquello de que «los culos dominarán el mundo»?

—Turuto, no estabas allí.

—Andaría jugándome el pescuezo en alguno de sus negocios, haciendo pasta de verdad, pero conozco la historia.

—Seguro que tampoco te la han contado entera.

—Yo creo que sí. —Turuto sintió como si se le mojase la nuca—. Te acercaste a él, un individuo que habrías visto dos o tres veces, y le rogaste que te metiese en algún encargo fuera de la droga, porque cuando estabas cerca de ella no confiabas ni en ti mismo. Te dijo que fueses a su panadería el lunes. Y fuiste. Seguramente explicaría que el negocio cambió desde 1990 y que ya era tan importante tener el dinero blanqueado como introducir el producto, blablablá. Las fases de la industria de las que habla don Abel. Apuesto a que deseabas que ese gañán se callase cuanto antes, a mí me sucede lo mismo.

—Te han informado de puta madre, pero no se han vuelto a poner en contacto conmigo.

Turuto se alzó del banco y aguzó el rostro.

—Y yo no he terminado.

—De acuerdo, no has terminado. —Mario se contuvo. A ver qué más sabe.

—Te dan doce millones de pesetas para que compres una propiedad. El ladrillo siempre inversión segura, repetiría... el Panadero copia cualquier frase decente... Tú, que nunca fuiste tonto y conocías dónde te metías, pones el piso a nombre de un personaje que andaba estirando la mano, ¿Murdock le llamaban? Piensas que no se va a enterar ni de qué es una escritura notarial y que el papel que luego le haces firmar te blinda para vender la vivienda a su nombre y a tu bolsillo. Seguro que estabas en lo cierto, por los billetitos que le darías él no se enteraría de nada. Solo de que escapaste a algún lugar perdido cuando atropellaste a un chaval esa misma noche... qué feo. Y Murdock no lo vende. No sabe ni que puede venderlo. Pero otro lumbrera lo convence para que pida un crédito poniendo de aval la casa. A saber sus grandes planes. El banco embarga y subasta el piso, y el testaferro aparece tirado en un patio del barrio del Birloque. Iba tan puesto que confundió una ventana con una puerta. La leche, ¿eh?, todavía sigue en coma en el sanatorio.

—Una hostia muy inoportuna. ¿Hemos terminado?

—Queda la puntilla. —Otra seña ya indescifrable—. Entonces mandas mensajitos de clemencia desde cualquier esquina del mundo. Al principio nadie supo de ti, pero tras un tiempo aparecieron tus lloros. Apuesto a que también la jodiste donde quiera que estuvieses. El Panadero quizá ni se acordaba del dinero, doce millones de pesetas para él... ¡Hummm! —Turuto lanzó en la oscuridad una moneda dorada de quinientas pesetas—. Eso son doce millones para él. —Y acercándose de nuevo a la cara de Mario—: Aunque alguien de su entorno, me juego mi cuello que alguien muy importante, vio la oportunidad para que te pegases a Dani como una lapa. Ambos sabemos que ahora es un muerto de hambre, sin embargo, por una extraña razón les interesa. Vendes tu rollo de carnal para regresar tranquilo con la policía sin pistas sobre el accidente y a ellos la moneda que acabo de tirar no les importa tanto. No lograron que ninguno de sus presos se acercase a él, los distinguía a la segunda palabra. Así que la idea de que volvierais a ser uña y carne cuando saliese de prisión fue suficiente para tu perdón. —Estalló los nudillos—. ¡Listo! ¿Qué tal estuve?

—Escúchame otra vez: no se volvieron a poner en contacto conmigo. Yo he cumplido.

—Por eso no has cumplido. No te dijeron lo que querían y ahora lo tienen muy claro.

—¿Me tomas por imbécil? Querían que no removiese el pasado, pero hubo suerte y el Dani que salió no es el que entró. No les va a joder. Punto final.

—Punto y seguido. Si quieres que olviden tu deuda, has de convencerlo para que haga un desembarco con ellos. Que vuelva al redil con el rebaño.

—¿Piensas que es una oveja?

—No me importa lo que sea, solo que tiene que volver.

—Debes de estar de coña. Dani no hará un trato más con esos.

—¿Ah, no? ¿Y entonces qué haríamos contigo?

—¿Me vas a pelar? Eres tan duro que me vas a pelar. El gran...

De improviso, Turuto tiró al suelo a Mario y le puso una Glock 45 en la boca.

—¿No oigo tus risotadas?, ¿por qué tan serio? Si siempre fuiste el gracioso del grupo... *neno.* —Empujando con el cañón—. Yo no te voy a pelar, no me mancho las manos con un don nadie. Pero al día siguiente que lo ordene estarás con una placa de cemento en el fondo de alguna de nuestras rías.

Mario no tenía que pronosticar si Turuto sabía acariciar un gatillo, trabajaba para gente que lo hacía a diario. Apretó los puños, especulando en qué minuto permitió que aquel niñato se convirtiese en un hombre que se atrevía a ponerle un cañón entre los dientes después de un discurso digno de Dani. Le regaló unas palmaditas amistosas en el brazo que sujetaba el arma. Turuto las aceptó. Se levantaron con lentitud, todavía en los roles de pistolero y víctima.

—Le comento lo que ha pasado aquí y nunca volverá con ellos.

—No lo vas a hacer, Mario, porque tu única posibilidad es que regrese. Aunque te caigan cuatro cupones de la lotería, han cambiado el acuerdo. Lo quieren a él y no le des vueltas.

—¿Para qué lo necesitan después del desembarco? Nadie cree eso de que vuelva para un único trabajo.

—El que menos sabe es el que más vive.

Mario incrustó su desprecio en las entrañas del recién desconocido. Esa frase también es de Dani, la soltaba cuando tú eras el admirador. Al erguirse, su mano se había apoyado en una piedra del parque mientras el otro estaba embebido en el plagio de mafioso. La rodeó con sus dedos. Le reviento la nuca con esto y me largo corriendo. Hasta mañana nadie verá su cuerpo y la policía sacará una lista de sospechosos de varias hojas. Turuto salió del embotamiento, y él y sus tics anduvieron repentinamente hacia el Maserati, dejando a la piedra y a su antiguo amigo tirados en medio de la noche y en medio de su nada.

—¡Espero noticias muy pronto, Mario! —Luego, en voz baja—: Vaya repaso te he dado.

El silbido de los escapes del coche se fue a los cien decibelios.

Mario no era la sombra de Dani, pero esa sombra oscurecía lugares que nadie imaginaba. El problema de Turuto es que sigue aparentando saber algo y que justo la persona que sabe casi tanto como Dani soy yo. Y me acaba de amenazar de muerte.

16

Sebastián sumergió su cuerpo en una de las piscinas de la hacienda hasta acomodarse en el asiento acuático. Concretamente en la piscina circular, siempre con el agua tres grados más caliente que las demás. La bandeja de plata quedaba a la altura de su hombro, sostenida por el pie atornillado al suelo de mármol. Encima, el zumo helado de borojó. Sorbió por la pajita sin apartar la mirada del horizonte ribeteado por las colinas del valle del Cauca. Era su momento de desconexión, cuando no pensaba en los negocios que le turbaban desde que cumplió los cuarenta. Alguien mayor, uno de tantos, le prometió todo. Poder, dinero, mujeres. Pero también le avisó del precio a pagar. Sentía que le gustaría abandonar cada vez que oteaba aquellas montañas en los últimos tiempos. Sin embargo, la profesión no tenía jubilados. Acabado el zumo, separó la mirada de la lejanía proclive a ideas estúpidas y avisó a los escoltas que lo flanqueaban con sendas uzis colgadas.

—Decile a Romualdo que venga.

Romualdo esperaba en la entrada de la hacienda desde primera hora de la mañana, orgulloso de solventar los clásicos problemas del cargamento que saldría en unos tres meses en la ruta Venezuela-Galicia. En origen y en destino todo estaba tranquilo. Desde el año 1992 don Abel no daba un solo problema. Allí, en Cali, el gallego era un hombre apreciado.

—El patrón espera. —Escuchó.

Romualdo estiró su traje de lino, como si aquella ropa pudiese no estar arrugada, y se cubrió con unas elegantes gafas de presbicia. Salió al encuentro de Sebastián, que le indicó que se colocase a su izquierda, fuera del agua.

—Ya tienen la merca en Venezuela —dijo Romualdo.

—Podemos reconocer que los mexicanos son buenos en sus vueltas. ¿El plazo de tres meses se mantiene?

—Sí, patrón. El cártel insistió...

—Suave, Romualdo. Yo soy el primero que sabe lo que aprieta el cártel.

—Sí, patrón. Perdone.

Romualdo miró el vaso vacío y Sebastián lo miró a él.

—Pedime otro jugo de borojó.

—Ya mismo.

—Después lo mando a llamar... Cuide de la familia.

—Y...

—Por hoy hemos terminado.

Sebastián contempló de nuevo los picos del valle. Una neblina envolvía sus crestas para difuminarlas en ceniza. Después se giró viendo cómo Romualdo se metía en el interior de la villa a pedir más zumo, para luego arrancar hasta su pequeña casa, a la que ya iba incorporando lujos groseros.

Tus amigos serán tus enemigos.

Tus aprendices serán tus maestros.

También forma parte del precio a pagar. Por eso había que mostrar a Romualdo algo del trabajo, pero no todo; y algo de la riqueza, pero no toda. En caso contrario tardaría menos en ser enemigo y maestro. Los jóvenes todavía creían que estaban en los ochenta, en los noventa, en cualquier otra época que no fuese el año 2000, cuando los cárteles de Colombia eran relegados a papeles secundarios. Con menos «plomo» y más «plata» el productor continuaría dictando los tiempos del negocio.

Cada país es conocido por su producto. España tiene la paella; Italia, la pizza; Alemania, el bratwusrt; Turquía, el kebab; Estados Unidos, la hamburguesa; Japón, el sushi; Argentina, el asado. Aunque cualquiera debatía si lo típico ya no es típico, sobre Colombia nunca mediaría discusión. De joven para mí Colombia era igual a cocaína. Y ahora lo es México sin tener una sola plantación allí, en una tierra en la que apenas crecían la habichuela y la adormidera. Los chaparros adivinaron que siempre gana la mano el distribuidor. Vienen a mi casa con sus ridículos bigotes, sus vídeos de motosierras arrancando cabezas y su leyenda de aquella reunión de Acapulco donde se repartieron los cárteles. Porque los huevones colombianos un buen día decidimos pagarles en merca el transporte a los Estados Unidos.

Tus amigos serán tus enemigos.

Tus aprendices serán tus maestros.

—Aquí tiene su jugo, señor Hinojosa.

La asistenta con cofia se retiró, sabiendo que Hinojosa nunca fue el apellido.

Mexicanos... Los hijos de la gran chingada rellenaron el estómago de burros, construyeron túneles, despegaron avionetas y sumergieron submarinos para cruzar la frontera que los cose a los yanquis. Ya tienen un ejército a cada lado. Hasta lo tienen en Colombia. México es tierra de cocaína y lo será por muchos años. Ojalá fuese tierra de frijoles. —La neblina descendía por el valle y Sebastián se puso más nervioso—. Al menos no tienen un ejército en Galicia. ¿Dirán que Galicia es tierra de cocaína? ¿De *fariña*?, como presumían sus primeros narcos No lo sé, mis socios no crearon una mafia para llamar la atención con cadáveres colgando de los puentes. Navegan muy rápido y de noche. Desde hace años casi ni se les ve.

17

Dani estudiaba el espejo. No le disgustó lo que rebotaba en el cristal. Su cabello había crecido para hacerse un pequeño tupé hacia la derecha y las patillas a la altura de los lóbulos le daban un aspecto de canalla contenido, ya sin pendientes y con sombra de cuatro días por barba. Además, estaba bronceado. Dos semanas saliendo con su padre en el *Gavilán* tras la jornada laboral doraron la dermis macilenta de preso. Sin camiseta también veía que sus músculos seguían definidos. Algo de grasa abdominal en un tren superior trabajado en la cárcel con Anatoli y el resto de rusos que hacían quince repeticiones de *press banca* con cien kilos.

Su problema era la ropa.

Su solución, los básicos.

Es lo que hay. Tejanos desgastados, polo níveo con ribetes negros en las mangas ceñidas y unas zapatillas verdes con la puntera blanca. Esas que imitan a las Converse All Star. Bailó como una peonza delante de Luis. Es lo que hay.

—Yo no te follaría.

—Mientes —dijo Dani.

—¿Y te las arreglabas en prisión para que no te violasen en las duchas? —preguntó Luis.

—Como heterosexual tuve que plantearme eso. Ahí ves a gente que acaba empotrando lo que sea, igual que los machos más dominantes. El que tienes en tu regazo se follaba perras, perros y piernas en su buena época. Cuando asumí que Cristina no se presentaría a los vises, tuve visitas decentes en prisión preventiva. Después estas carnes fueron cayendo en el olvido. En Teixeiro no vino casi nadie. Y en la cárcel de Coruña... cero.

—¿Cero?

—Cero. —Dani simbolizó una especie de cero con los pulgares e índices de las manos y luego flexionó los últimos para dibujar una especie de corazón que se llevó a la entrepierna. No se refería a un corazón ni a un cero—. Cero de esto.

—¿Cuánto tiempo llevas sin echar un polvo?

—Dos años y pico... o tres, evito que la memoria aclare la cuenta exacta. Me doy lástima a mí mismo si me pongo a sumar.

—¿Y no...?

—¿No qué? ¿Ahora te interesa mi vida sexual?

—Ya me entiendes.

—Ah, tenía bastantes problemas como para añadirles confusiones con dónde la metía. Admito que los cuerpos de los otros presos pasaron de darme asco a curiosidad, aunque me mantuve firme. Y los dos travestis que rondaban allí eran terribles. Recuerdo que conocí a uno guapísimo en Ibiza. Me encajan algo así de compañero de celda y le daría todo mi peculio para no compartirlo.

—O sea que has pasado unos tres años masturbándote.

—Y solo recordando dos posiciones. La del misionero y también... ¿a cuatro patas? ¿Se sigue llamando así?

—Lo importante es que se entiende.

—¿Y si no sé hacerlo ahora?

—Es como montar en bici, Dani, nunca se olvida. —A continuación la lección final—: Yo de ti me concentraría en no eyacular en medio minuto.

Boss estaba recogido en los brazos de Luis, pero cuando vio que Dani enfilaba la puerta se le abalanzó.

—¡Hoy no, cabrón!

Sus patas mancharon el polo blanco con tierra.

—Se ve que es celoso.

—A ella le gustan los perros. Dame tiempo y ambos tendremos un nuevo hogar, pequeño bastardo —dijo Dani al pitbull mientras se sacudía la arena—. Y tú deséame suerte —se dirigió a Luis.

—Es tu tercera cita, ¿todavía se trata de suerte?

—Sigo sin saber qué quiere, si es que quiere algo.

—¿El novio ese del que me hablaste?

—Dice que se han dado un tiempo, aunque antes de cambiar de tema repitió que la relación iba en picado.

—Pues seguro que conoces la teoría. —Luis guiñó el ojo derecho—. Ella busca a Dios en un hombre y tú a tu madre en una mujer.

—Entonces lo estamos haciendo fatal.

Cristina aparcó un nuevo Mercedes biplaza enfrente de la granja. Blanco. Hay personas que necesitan un ítem para cada comienzo. Igual que en las otras dos ocasiones saludó al extraño custodio y enseguida salió Dani. Este se metió en el coche, le dio un beso en la mejilla y abrió sus brazos preguntando con el gesto qué le parecía la ropa.

—Estilo. Básico, pero poco a poco todo vuelve —añadió.

—Muy guapo. Y contribuyendo a mi sueldo, que a su vez contribuye a los plazos del Mercedes.

—¿Es la marca oficial de la empresa?

—Al rojo le sobraba una plaza, y solo tienen dos.

—Respeta mi asiento de momento, porque estas prendas son la compensación por recogerme en un peñasco cada vez que quedamos. Me siento una colegiala en la noche del baile de fin de curso y el custodio es un poco el padre malhumorado.

—Solo estoy invirtiendo en ti. ¿Cuándo pagarás las cenas?

Dani bajó la ventanilla. Sabía que un chismoso los observaba desde la oscuridad.

—¡Luis!, ¡¿cómo va ese adelanto?! ¡Me canso de ser un mantenido y ella se empieza a dar cuenta de que ando tieso!

—¡El adelanto va para el alquiler que no pagas!

Dani subió la ventanilla.

—Únicamente puedes venir por mi cuerpo.

Cristina le pellizcó el muslo y puso cara de violencia.

—¿Has estado en una celda o en un frasco de formol, nene? —Estiró la primera marcha—. Pues te voy a invitar a cenar a un sitio caro. —Riéndose con los ojos.

Fueron a un nuevo restaurante enfrente de la playa de Riazor. COCINA FUSIÓN ponía en letra opalescente de médico sobre un fondo marengo donde también brillaba el nombre del establecimiento. Fusión: luces purpúreas y tísicas; perspectiva lóbrega del comensal para confundir tenedor con cuchara y cuchara con cuchillo; música clásica a noventa decibelios; acuario de peces tigre surcando el agua y a otros compañeros flotando boca arriba; camareros de *piercings*, camisas negras y corbatas naranjas sirviendo con la mano izquierda tras las lumbares; y comida tradicional gallega mediante las últimas técnicas gastronómicas.

En definitiva, la espuma de queso de Tetilla que pidieron resumía el espíritu del restaurante. *La fusión.*

Pero Dani no aparentaba salir de un encierro en el que guisos y croquetas eran la fusión culinaria. Se desenvolvía bien con los cubiertos, con los camareros y con Cristina. Su don social intacto bajo esa ropa en serie. Ella sintió admiración, distinta a la de ocho años atrás. Los anteriores encuentros habían sido más fríos. Dani nunca se refirió a lo que lo metió en la cárcel y por su actitud tampoco parecía dispuesto a hacerlo en el futuro.

Y así, entre platos triangulares, todo fluía sin citar el pasado.

Cristina sí asumió responsabilidades al elegir el vino. Algo propio de los treinta y tantos es que las personas fingen saber de vino cuando hace dos días bebían calimocho. Su invitado se perdió el salto generacional.

—Me gusta el lugar —dijo Dani.

—¿No es como cenar en una discoteca?

—Pero me encuentro bien. Una persona me confesó hace un par de semanas que ya no comprendía su entorno. Doy gracias por sentarme aquí y comprender que el queso viene en espuma y se come a cucharadas.

—¿Cómo está Andrés? —Cristina identificó al aludido.

—Lleva sobrio quince días. Peor no está.

—Brindo por eso. Sería mejor agua en este caso, aunque...

Las copas verticales se rozaron con un vino morado, casi negro. Marca francesa. «Abocado, astringente, corto, untuoso y terpénico», prescribía la etiqueta. Simplemente vino. Tinto si querían complicarse.

—Mi padre es de esas personas que debe encontrarse bien en su justa medida. Con fuerzas es un hombre avasallador.

—Lo recuerdo, créeme. ¿Y Ana?, ¿qué es de ella?

—Ana será el siguiente paso, el más complicado. No creo que pueda hablarme.

—Eres su hijo rebelde, el punto débil de cualquier madre.

—¿Rebelde? Suena a que he llegado tarde a comer. Y hace ocho años que ni siquiera se refiere a mí como a un hijo.

—Hace ocho años éramos novios y aquí estamos hoy.

—Tú sí has puesto de tu parte.

Fusión: las pestañas de Dani parpadearon en una expresión hamletiana.

—Deja de dibujar esa carita para conquistarme. ¿Piensas que no te conozco? El mismo que me confesaba que prefería acostarse con su novia dos horas a pasar dos días con ella... Y yo era tu novia.

—Lo decía en un ambiente festivo. Fuimos jóvenes, que no se te olvide con la toga puesta.

—Tampoco me olvido de que después de una de nuestras primeras citas, aquello de entrarme viendo a Rocky, me soltaste tu frase más romántica: «Brillas como si te revolcases en la cama de esa pensión». Y señalaste una de las pensiones de mierda de la calle Cordelería. Oh, y luego la pagaste. Te consentía demasiado.

—Me encantó a mí mismo. ¿Tenía dieciséis?

Dani supo en cuanto calló los años, meses y días que tenía cuando dijo aquello. Con nervios le salían el tipo de preguntas que solo podía responderse él.

—Recuerdo que yo sí cumplía dieciséis. Pasaron cosas importantes ese día.

—Cuatro meses más entonces.

—No me impresiona, pedirte la fecha de mi cumpleaños sería muy fácil.

—La sufrí mucho. Cada año llegaba a la cárcel.

—¿Y la de Vane?, ¿cuál era?

No había mala intención. Cristina inclinaba la copa con un gesto vivaracho.

—Ni recuerdo su edad. —Cuando terminó la frase, Dani la recordó.

—Era una de «esas chicas que se sacan partido». Otra cita de Daniel Piñeiro.

—Vale, hasta aquí. —Pidió tiempo muerto con las manos—. Dame un respiro porque esa lo habría dicho cualquiera. Y la pobre gastó el partido, ya no creo que duerma enfrente de su reflejo.

—También la apuntaré.

—He de cortar este ataque... —Dani aparentaba estudiar una buena forma de entrar en lo que le interesaba—. Mira, ahí dentro tuve mucho tiempo para leer. ¿Qué otra cosa iba a hacer? Leer y pesas.

—¡Fusión! —gritó ella.

—¡Fusión! —gritó él.

—Te he ganado por un segundo.

—La inteligente siempre fuiste tú. Pero déjame hacer una comparación que firmaría el mismísimo Mario.

—En el fondo nunca te gustó que él contase aquellas ocurrencias mejor que nadie, mejor que tú incluso.

—Claro que me gustaba, y me gusta. Así me las puedo atribuir cuando no está delante. Excepto la leyenda de la farlopa negra, reconozco que esa está a otro nivel... Iba con la lectura.

—Lectura, sí.

—A la biblioteca de la cárcel llegaba de todo menos porno. En los últimos años nos mandaban muchas de aquellas revistas *científicas* que estuvieron de moda y contestaban sus preguntas de portada como «¿cuándo habitaremos la luna?», y vas a las páginas interiores y pone simplemente «2148». Muy interesante, sí. Sin embargo, también teníamos bastantes clásicos porque los libros gastados de editoriales del franquismo llenaban las estanterías. Y leí a Homero. Fui el único preso que se atrevió con su obra traducida directamente de un pergamino milenario, no se entendía una mierda. —Su oyente no podía parar de reír, con la boca—. Lo que nos incumbe es la trama de Ulises. El hombre se ha largado veinte años y vuelve a casa. Su mujer se quedó asqueada dos décadas, repito, dos décadas. Ahora la ronda media Grecia y el individuo aparece hecho un vagabundo. Seamos sinceros, lo tenía mal para recuperarla... ¿Cris?

—Está bien —imaginando la trampa—, lo tenía mal.

—*La Ilíada* y *La Odisea* es lo que inventa para que lo perdone. Al rato está en su cama. Un maldito genio. Ella supo perdonar, fueron felices y todo eso.

—¿Apareces tú en algún poema griego?

—Piensa en el paralelismo, que es la palabra que me diferencia de Mario. «Diez años para tomar Troya, se complicó la guerra. Y otros diez años para volver, conoces lo mal señalizadas que están las islas.» Ahí la conquistó de nuevo.

—Acabas de superarte con este paralelismo.

—¿Funcionó? Yo me ausenté algo menos.

—Digamos que me ha hecho «algo» de gracia.

—Tómatelo en serio, por favor.

—Voy a pedir otro entrante... ¿zamburilla deconstruida con nitrógeno del Atlántico?

Ella no adivinaba si él quería un abrazo, un revolcón o los años perdidos. Eso último sonaba ridículo. Ni tuvo tiempo para mayor reflexión.

A Coruña: 250.000 personas en el núcleo urbano y algo más de medio millón sumando el área metropolitana. Si abre un restaurante con presunciones, hay una romería de la gente *trendy* de la ciudad, cuya tasa es sorprendentemente alta respecto a sus habitantes. Alfonso y otros tres amigos entraban en el local. Cristina siempre contó con esa posibilidad, de alguna manera el subconsciente coqueteaba con la idea, y lo vio acercarse con la expresión de la vaca que va a ser arrollada por el tren.

Dani ignoraba quién le tocó la espalda.

—¿Te conozco?

—Yo a ti sí, por fotos. Creo que aguantabas una ficha policial en ellas. Claro... de frente y de perfil.

Dani se levantó de la mesa. En una mano tenía la silla y con un paso a la derecha cubría a Cristina. Hombre de automatismos. Y aquel podía ser un sicario enviado por... No. Es un pijo guapete, que tiembla de los pies a la cabeza.

—¡Es Alfonso! —gritó Cristina.

La música, siempre clásica y estridente, parecía una distante canción de cuna y la clientela del restaurante enmudeció. Ya costumbre la secuencia en sus encuentros.

—¡Dijiste que alquilarías un apartamento para pensar en lo nuestro! —gruñó Alfonso—. ¡Y esta, es-ta, es tu manera de reflexionar!

—Amigo, comprendo lo que te sucede —intervino Dani, comedido—. Podréis hablar si estáis de acuerdo y seguro que tenéis mucho que discutir, sin embargo, ahora no es el momento de que cien personas escuchen vuestras cosas privadas. Y desde luego que las mías tampoco.

Alfonso le contestó con un golpe ridículo. También quebró

su propio pulgar con la típica fractura de Bennet por la mala praxis del primer puñetazo a los treinta y seis.

Cristina se puso de pie, al borde de un ataque de ansiedad.

—¡Alfonso, joder!

Sus amigos lo arrastraron de allí entre lloriqueos. Parecían de amor, pero en cualquier caso serían de amor y dolor. El chasquido requeriría un tornillo y tres meses de baja.

—¿Está bien, señor? —preguntó a Dani uno de los camareros que, como todo el restaurante, había asistido al numerito sin pestañear.

—Sí, gracias. No ha sido nada.

—Yo no —dijo Cristina.

Hugo entró con María en el primer pub a la izquierda que había en la calle del Orzán. Pipas estaba en el marco de la puerta, chillando al móvil:

—¡Diez entradas para el fútbol y un CD! ¡No, espera! ¡El CD te lo grabo a la mitad! ¡Aquí te espero!

—¿Qué partido hay? —le preguntó Hugo al colgar.

—¿Hablaba de fútbol?

—Quizá de música. —Pulgares frotando anulares.

Pipas plantó dos besos a María.

—¿Cómo estás, guapa?

—Deseando llegar a la Joy, este sitio me aburre.

—Nosotros de noche mezclamos el placer con el trabajo. Al final sale muy a cuenta.

En la esquina del garito fueron peregrinando los compradores con cara de haber repetido curso, y en la barra contemplaban la escena con naturalidad. A cambio de un porcentaje el menudeo en el pub era suyo, una idea mejor que tener la droga tras el mostrador. Muchos cumplían nueve años y un día de cárcel por delito contra la salud pública con la agravante de hacerlo como establecimiento público.

A Coruña no era grande, pero que Dani y Cristina entrasen

ahí fue exclusiva casualidad. El primer sitio con ambiente tras caminar en incómodo silencio bajo los soportales desde la playa de Riazor. Los primos hermanos no se habían visto tras su encuentro, no obstante, Hugo sabía que Dani se preocupaba por Andrés y que sondeaba cómo aproximarse a su madre. Así que se alegró de que lo acompañase una mujer elegante y de cuerpo grácil. ¿Será la famosa Cristina? Tiene el porte de haber molado tanto como mola María ahora. Agarró a Pipas. Lo haría sudar un poco.

—¿Te acuerdas de ese de ahí?

—Pero os habéis arreglado, ¿no? Y eso me incluirá a mí.

—Vamos a preguntárselo. Igual mi primo no está de acuerdo.

A él lo sujetó del cuello y a María de la mano. Dani estaba serio en la barra y Cristina también, aunque ambos se animaron sinceramente al ver a Hugo.

—¡Anda! ¡Y aparece con el otro!

—Me comenta si quieres un uno contra uno justo.

—¿Para que me vuelva a apalear? No recuerdo cuándo fue el último uno contra uno que gané. —Dani acarició una rojez en su pómulo—. Hoy ya me han dado lo mío.

A Cristina le vino bien estirar sus carrillos. La charla fue un rebumbio, pero examinar los dieciocho años la transportó a 1986. María le recordaba a ella. Ojalá esa niña supiese frenar los genes de un Piñeiro. Entretanto, Pipas traía chupitos con su mirada ovina.

—Hacéis buena pareja —dijo Dani a Hugo y María, señalando los *piercings* que acumulaban en sus cabezas.

—Y los que te faltan por ver —contestó Hugo, riéndose por los pezones agujereados de ambos.

—¿Te has revestido de acero ahí abajo? —Dani señaló bastante más abajo.

—Olvídate, el Príncipe Alberto son tres meses sin meterla.

—Un momento, hermanito. ¿Ese pendiente se llama Príncipe Alberto?

—No preguntes por qué.

—No preguntaré nada más. Nunca pensé que lo peor de taladrarse la polla sería su nombre... estos son los detalles que te hacen ver que tocamos fondo como sociedad.

Pipas repartió los chupitos.

—¡Vamos, peña!

Cuando los cristales repicaron, se arrimó a Hugo un chaval bajito de trazas angulosas para susurrarle algo al oído. El susurro fue de vuelta, aparentemente encriptado.

—Cris, será mejor que escapemos a un sitio con gente de nuestra edad —dijo Dani al analizar aquello.

—Déjame ir al servicio primero. Después de llorar hay que maquillarse al menos dos veces.

Dani apretó la colleja de Hugo y lo separó con la excusa de poner otro chupito para ambos. Aprovechó para darle una palmada en la cintura. Y notó las pastillas repartidas bajo el cinto. Comprobó que en el local no hubiese un secreta, porque los seguía distinguiendo como si fuesen fluorescentes leyendo un periódico al revés. Decidió pedir otro chupito solo para él.

—Eres un imbécil, Hugo.

—No eres el más indicado para decir eso.

—Precisamente yo soy el más indicado. Y lo arreglaría con quien tengo que arreglarlo, si no fuese por...

—Si no fuese porque eres un cobarde. A mí no me la das como al resto. Desde que saliste de la cárcel solo te he visto arrastrándote como un gusano.

—Me gusta arrastrarme, así no volveré a caer. —Después, rotando hacia el camarero—: ¡Cóbrame!

El camarero cerró el grifo de la pila y agitó sus manos para coger el billete y devolver dos monedas mojadas de quinientas pesetas.

—A la siguiente invita la casa.

—No será necesario.

Como un buen actor, Dani se despidió risueño del resto cuando Cristina volvió con la línea de ojos perfilada.

—Pórtate bien con ese bellezón. —Salió con la referencia a María—. Vaya noche —musitó al pisar la calle segundos después.

—Siempre éramos los más jóvenes de los que teníamos alrededor —dijo Cristina—. En algún momento eso cambió, juraría que fue de un día para otro.

—Fue el día en el que dejamos de comernos tripis. El mismo día que tuvimos algo de consciencia y aquel mundo de colorines se jodió.

Dani obligó a la pregunta de Cristina:

—¿Qué ha pasado ahora?

—Que te perdiste el tercer tequila. Vamos a algún lugar donde podamos estar tranquilos.

Y le habían devuelto el cambio mojado. Odiaba el tacto de las monedas mojadas.

Mario llevaba casi dos semanas evitando a Dani. No quería explicarle lo que sucedió con Turuto y menos referirle que se trataba de una deuda con un conocido acreedor que la había condonado por vigilar su reinserción. Pero lo último que deseaba era que su amigo pilotase de nuevo planeadoras como un kamikaze. Desde los veinticuatro a los treinta y dos en prisión. Y en libertad condicional, con otros cuatro años pendientes de un resbalón. Mario esperó por Dani desde 1992 para seguir el mapa del tesoro, es más, olvidaría el tesoro si su amigo encontraba la oportunidad para la vida normal, fuera lo que fuese eso. Así que cualquier supuesta compra de su amistad era solo supuesta. Por ello quedó con Turuto la misma noche donde todos intentaban el enésimo comienzo.

Oyó el eco de las dos colas de escape del Maserati en Adormideras, el barrio construido en una península que conectaba con Monte Alto por una carretera de un 6 por ciento de desnivel, bordeando una pequeña playa. Mario silbó a Turuto sobre un muro que encaraba el agua. Y este subió para sentarse a su lado. Otra vez hasta arriba de tics; de hecho, venía andando en una especie de tic gigante que lo doblaba a cada paso.

—No has elegido mal —dijo Turuto con el aliento entrecortado por unos cuantos escalones—. De críos nos gustaba venir aquí. ¿Te acuerdas que yo aseguraba que era el único sitio desde donde se veía Ferrol?

—Ferrol, el barrio pobre de Coruña —verbalizó Mario una muesca de la rivalidad entre ciudades.

—Dani fue el que siempre se quejó de este lugar cuando llegó.

—No había buenos culos en un kilómetro a la redonda.

—¡Eso! —Observando el negro del horizonte ferrolano—. No me acordaba de por qué tanta manía.

Turuto subía los pulgares, bajaba los pulgares. También guiñaba un ojo a nadie.

—Y tenía mucha razón, ¿has visto un culo decente de este barrio bronceándose en la playa de este barrio? Unas nalgas duras cogen un bus y se posan en la arena de la playa del Matadero. Y lo sé porque te repito que los culos dominarán el mundo.

—Claro. —Turuto con aspaviento desdeñoso—. ¿Hemos venido a tener una cháchara o a arreglar tu problema?

—¿Ves? En aquel tiempo todo fluía mejor entre nosotros.

—No mezcles las cosas. Ahora son negocios.

—Y aquí está mi oferta respecto a tus negocios. No he hablado del tema con Dani y no voy a hablarlo nunca. Hala, anúnciaselo a quién esté detrás, si es que hay alguien detrás.

—¿Cómo? —Turuto se dobló—. Piensa bien lo que estás diciendo.

—Lo he pensado mucho. Puedes descerrajarme un tiro en la sien, y quizá no me merezco otra cosa. Solía convencerme de que no fui mala persona, de que en mi entorno era lo que me quedaba, hasta que atropellé a un chaval y me di a la fuga en esos cuatro años que reclamas. Acaba conmigo si toca. Me come los cojones.

Turuto no esperaba tal respuesta. Dos semanas anticipando la solución al rompecabezas y ni siquiera se había planteado.

Y al sur también anticipaban. Se sintió pequeño al lado de Mario, igual que tiempo atrás.

—Mario... vamos a ver...

—No hablas tan bien como el otro día. ¿Qué pasa, Turu? ¿Un problema más grande que mis doce millones?

—Te matarán. —La voz burbujeó.

—Los estaré esperando, solo quiero una oportunidad para una pelea justa. Ya puedes llevar el mensaje.

—Mario, recapacita...

—*Neno,* o desenfundas o hemos terminado con tu matraca.

Turuto insistía, desesperado. El Panadero se enteraría mañana de que las «sugerencias» no funcionaron. Ningún interés tendrían en volarle los sesos a Mario. Si pretendes a alguien bajo amistosa cuerda, la solución no es cargarse al que comparte tatuaje con él desde la adolescencia. Por la misma razón ya no cogía el teléfono a Pipas y ni siquiera se cruzaba con Hugo. Su problema fue que Mario concluyó lo mismo después de quedarse discutiendo con la piedra cuando lo amenazó. ¿Tanto desean que Dani vuelva y el recurso es extorsionar a su mejor amigo ofreciéndole una bala? Ellos son muy inteligentes para diseñar esta estrategia de colegial.

Turuto ya reconocía que su órdago era una estupidez. Que te hubieran dicho qué hacer. ¿Sugerencias? El Panadero me habla de sugerencias. Si compré lo poco que sabía Isra y, sin querer, lo mandé al hoyo.

—Turu —lo interpeló Mario, que captó el fuego de pensamientos, levantándose del muro donde les colgaban las piernas encima del mar—, no sé si te acuerdas, cuando éramos unos chavales se pusieron de moda los hipnotizadores en televisión. —En apariencia, otra de sus comedietas reflexivas—. Me tenía que comer aquellas galas desde Mallorca, Murcia o cualquiera de esos sitios porque a mi madre le gustaban. Y mi madre está para encerrarla, bien lo sabes. Ahí me sentaba enfrente de la pantalla, viendo cómo los artistas simulaban cantar y de repente te sacan al hipnotizador con redobles. ¡Tachán!, un señor de traje negro. Chistes con la presentadora y a pedir voluntarios con su voz grave. Qué tío... era la monda. Y a los que levantaban la mano les hundía la vida. Hombres gateando por el escenario creyéndose leones o mujeres fingiendo orgasmos. Me gustaba especialmente cuando empezaba con lo de «al decir tres esta silla quemará, pero no podrás levantarte, ahora duerme» y chasqueaba los dedos, luego venía el «uno, dos, tres» y volvía a chasquear los dedos. El hipnotizado se enroscaba en la silla como si lo cociesen a fuego lento. Todo el público se partía con esos pardillos y súmale otros cinco millones de personas viendo la tele. Al final los cogía de la nariz y les decía «un, dos, tres, vuelve» a la vez que les golpeaba la frente. No recordaban nada y bajaban con cara de tontos al auditorio. Y me anticipo a tu réplica, da igual si era cierto o no. Peor me lo pones si solo actuaban, ninguno se hizo famoso.

—¿Qué me quieres decir con esto? —Turuto había comprendido «Murcia».

—Estamos en el 2000 y ya no existen aquellas galas, pero sí las personas que hacen de marionetas.

—No te entiendo.

—Ya te lo harán entender otros. Porque tú eres de los que corren al escenario cuando el hipnotizador pide un voluntario.

Antes de irse Mario dio una colleja a Turuto, que permaneció sentado y furioso.

En medio de la noche y en medio de su nada.

Cristina aparcó el auto enfrente de la cárcel. De madrugada, el aparcamiento colindante a la torre de Hércules era una planicie oscura en la que los coches botaban. Dani se quedó estupefacto cuando vio el paraje a esas horas. Tal y como contaban algunos internos, se había convertido en un lupanar de vehículos. Ambos estaban ligeramente ebrios. La cita se intuía mejor cuando empezó, aunque todavía tenían tiempo.

Los ojos de ella no reían; no lloraban.

Tampoco buscaban libertad; solo una salida.

Cristina lo sujetó del cuello mientras abrió sus piernas para encajar en el asiento del copiloto.

—Hablaré por fin de hechos y no de teorías —jadeó con ansia—. Esta sí va a ser una buena fusión.

La Joy estaba casi vacía. Las prisas de María metieron a los muchachos muy pronto en la discoteca. No eran ni las tres de la madrugada, así que se lanzaron a la rutina de copa y pastilla. Si el ambiente no mejoraba, lo haría su percepción del ambiente. Enseguida aquello estaría abarrotado de chalados botando enfrente del médium. Pipas había colocado una raya de ketamina en los platos que giraban los discos de la cabina, que esnifó sin mover la cánula a las 130 rpm de los vinilos. Llevaba su atuendo de fiesta: gafas Oakley y gorro de bufón con cascabeles. Lo fueron a saludar dos chicos mayores después de ver la secuencia. No los conocía, pero no conocía a nadie hasta la décima vez que le compraban. Le preguntaron por éxtasis. Se palpó el interior del calcetín y se dio cuenta de que olvidó el género cuando pararon en su apartamento. Señaló a su amigo. Cuando fueron hacia él, Pipas hizo un gesto de aprobación. Hugo, entendiendo que eran viejos clientes, sacó con disimulo las pastillas que le pedían. De repente los compradores lo reducían en el suelo y una dotación policial entró al trote para hacer una redada en la disco. Los altavoces y las luces estereoscópicas se apagaron. Fiesta terminada. El de la camisa sudada solo había cambiado de camisa, porque el sudor seguía en la nueva.

—Tu mierda de negocio te acaba de meter en un gran problema.

Mario subía la pendiente que unía Adormideras con Monte Alto. Iba dando patadas a una piedra enfocado por la luna desvaída. Interior del pie, exterior del pie. Siempre escuchó que con él se perdió un buen futbolista en cadetes por las malas compañías. Al pensamiento, tan banal y trascendente, lo alcanzó el motor del Maserati 3200 que paró a su altura. Mario cerró los ojos y respiró hondo, se imaginó acariciado por la brisa en una playa de Indonesia con esa luna iluminando el agua en plata.

—Estoy cansado de mí mismo.

Se la devolvían sin una oportunidad de pelea justa, igual que hizo él cuando dejó lisiado a un adolescente. La Glock 45 apuntó para disparar una bala que atravesó su pecho.

Pudo murmurar algo más al hipnotizado antes de caer:

—Te veo pronto al otro lado.

Y Turuto, sin saber por qué, le dio la razón.

Los que se acostumbran a matar tienen que acostumbrarse a morir.

18

Dani se despertó antes que Cristina. La contempló con su vestido de tirantes para dormir, de sutil vuelo que caía por los muslos rayando la altura del pubis depilado con artesanía. No se la oía ni respirar. Él retozó en las sábanas de satén como un cachorrito. Envolvía su cuerpo desnudo y daba vueltas a izquierda y derecha. Tras gastar la tela se levantó para examinar la Marina de la ciudad. Cristina alquiló un apartamento desde el que se atisbaba el Club Náutico al lado de los amarres para botes y yates. Curiosa mezcla. Hasta el veterano barco amarillo que iba y venía por la ría con turistas seguía atracando en el muelle de agua plomiza.

Dani pretendió hacer café con la máquina de diseño que lo desafiaba en la cocina. Esos nuevos detalles del milenio le provocaban pena y regocijo. ¿En qué momento dejó de venir el café en grano empaquetado en cordel para pasar a una cápsula minimalista? ¿Ya no sale el del bigote por la televisión sentenciando «el café de los muy cafeteros»? Tal vez lo haría con una bata blanca en un laboratorio, porque a la sexta cápsula entendió el funcionamiento. El zumo de naranja fue más fácil. Entonces cogió una taza del armario que ponía «la felicidad es eso que te hace tener la cara de los viernes todos los días». Optó por dejarla en su sitio y tomó otra, «si te equivocas, enhorabuena, porque lo has intentado». Pero ¿esto de qué va? «Te amo, aunque no es para tanto, es para siempre»; «hoy seré más feliz que un gato en una caja»; «que tengas un día la mitad de precioso que tú». Hasta aquí hemos llegado. Dani colocó aleatoriamente dos de esas tazas en una bandeja de desayuno e intentó despertar a Cristina con un beso en la mejilla, tal y como le dijo que hiciese si pasaba de la una de la tarde.

Al instante ella sonrió con los ojos cerrados y hundió la cabeza en la almohada, estrujándola en sus extremos para taparse de la luz que filtraba la persiana veneciana.

—Es la una y media —dijo Dani.

—La puntualidad nunca fue tu fuerte.

—Nunca.

—Pero en esta cama me has recordado algunos otros.

Dani suspiró aliviado. Como montar en bici.

Cristina se irguió y se puso su albornoz. Unos segundos en el baño con el grifo abierto y retornó, todavía aletargada, al desayuno.

—Le falta tu clásico cruasán, Cris.

—Segunda puerta de la cocina, al lado de la vitro.

Y ya no faltaron dos cruasanes.

—¿Qué? —preguntó ella cuando él la miraba bobaliconamente.

—Disfruto de estar aquí contigo. Es que vengo de un sitio diferente.

—Supongo —Cristina quiso esquivar el omnisciente recuerdo. Todo lo incómodo se habla al despertar—. Supongo... sí.

—Eso que dicen algunos de que cumples dos días, el que sales y el que entras, es una estupidez.

—Tanto tiempo no puede resumirse en dos días.

—El papel pone que te han condenado a un número de años, pero olvidas esa cifra. Los años se dividen en meses, los meses en semanas, las semanas en días, los días en horas y al fin las horas en minutos. Y yo he contado así mi pena, en 4.204.800 minutos.

Dani le explicó lo mismo que al jurista, también quería el sello verde fuera.

Ella se retrajo.

—Suena intenso vivir en minutos. Solo puedo decirte que reflexiones sobre qué legado quieres dejar, porque todavía hay margen y yo te aseguro que, si vas en línea recta, llegarás lejos. Imagino que guardarás mi nocturlabio.

—Lo guardo. ¿No confiabas en eso?

—No demasiado.

—Pero así igualas la felicidad a las expectativas. Y tienes alguna respecto a lo nuestro.

Cristina olvidó la condescendencia. «Lo nuestro» iba con carga de profundidad.

—No hay nada nuestro, Dani. Esto ha sido un chispazo. A veces... a veces pasa. —Enseguida corrigió—: Ya me entiendes, no pasa esto exactamente... bah, esto no pasa con nadie.

—Está claro que tienes dudas, es más, debes tenerlas.

—¿Dudas? Estuve mucho tiempo al lado de un tipo solo porque era lo contrario a ti, y ahora sales, nos liamos y ¿todo solucionado?

—Me hubiera ido mejor de haberte escuchado. —Había que agarrar otro tema más prosaico o las tazas acabarían por el aire—. ¿Crees que él te perjudicará en tu trabajo?

—Alfonso no funciona así. Lo más auténtico que le he visto ha sido darte un puñetazo, la primera vez que no se comporta como el resto espera. En cuanto pasen unos meses las cosas estarán bien. La que tiene que pensar si sigue con el trabajo soy yo.

—Es un buen trabajo.

—Solo es un buen contrato.

—No creo que hayas cambiado tanto para que te ate un papel con numeritos.

—Dani, ¿qué clase de delincuente eres?, ¿para qué sirve un contrato?

—¿Para incumplirlo?

—Para renegociarlo, niño.

Cristina fue a la alacena a por otro cruasán que partió por la mitad. Al volver se sentó encima de Dani, que colocó su dedo anular en el inicio del surco entre sus nalgas. El cruasán desapareció en sendos bocados. Comed todos de él.

—Por cierto, perdona por las tazas. No supe ni qué metía en las cajas al hacer la mudanza.

—Gracias, Cris, necesitaba escuchar eso.

—Y yo decirlo ahora que las leo cada mañana. En fin, ya que vas desnudo, podemos tener sexo mientras esperamos acontecimientos.

El teléfono de Dani comenzó a sonar.

—Ni caso.

Besó a aquel ser capaz de hablarle de la más profunda perspectiva vital y de la más profunda penetración.

—¿Seguro que no coges? —preguntó ella con sus labios pegados.

—Un beso tiene el derecho de hacer esperar todo lo demás.

Volvió a sonar el teléfono. Pero las lenguas sabor café estaban empoderadas, las yemas de Dani subían por los muslos y, cuando iban a marcar el objetivo, Cristina pensó que había otra cosa con el derecho de hacer esperar a todo lo demás.

—El último cruasán.

Se marchó al aparador con una cachetada cariñosa. Mientras, el irritante zumbido del móvil por enésima vez.

—¿Qué pasa, Luis? ¿Tantas ganas tienes de saber si he fracasado?

—Ha ocurrido algo. —Al otro lado la voz era apocada.

—En uno de mis dos días libres. Puede esperar.

—No lo creo. —Tomó aire—. Le han pegado un tiro a Mario.

Cristina oyó un grito desde la cocina. Volvió al salón y observó a Dani, que se cogía el pelo cuando preguntaba lo que no sabían muy bien cómo contestarle:

—¿Cómo... cómo ha sido?

—El telediario de la televisión gallega lo acaba de poner sin dar muchos detalles. Sé quién es porque vino la policía preguntando por ti. Se rumorea que le dispararon desde un coche en la carretera que sube de Adormideras.

—Voy enseguida a la granja.

Dani colgó y miró de soslayo a Cristina. Iba a perderla cuando ni siquiera la había recuperado. Él podría dejarlo pasar, poner distancia entre su futuro y lo que acababan de contarle. Mario seguiría muerto hiciera lo que hiciese y con la indolencia los problemas no son tan problemáticos.

—¿Quién?

—Mario.

A Dani le vino una idea. Fue corriendo a la habitación y rebuscó en la cartera, donde guardaba el teléfono de su primo y de Turuto en la nota que le dio Miguel aquel día en la discoteca. Tenía un mal pálpito. Marcó el móvil de Hugo y salió el buzón de voz. Marcó el de Turuto y al quinto tono le contestó.

—Turu, han matado a Mario (...) ¡No!, ¡no... no entiendo qué pasó! (...) ¿Dónde estás?, casi no te oigo (...) ¡La policía ha ido a buscarme para declarar! (...) Sí, cuando puedas (...) Adiós... adiós.

Dani se sentó en la cama, rompiendo el papel y entendiendo que no volvería a ese apartamento. ¿Indolencia? Ahora sí había algo que tenía el derecho de hacer esperar a todo lo demás.

—¿Qué ha dicho Turuto?

—Que lo siente mucho, que está en un tren y que me llamará cuando tenga cobertura.

Pathei matos: el dolor es la única forma de volver.

—¿Y por qué te ha enfurecido?

—No ha preguntado cómo murió.

Turuto salió al mediodía de la estación de ferrocarril de Vigo. El coche descansaba en su casa de Espiñeiro. Se aseguró de que no tuviese ni una mancha de sangre después de una hora de manguera, pero la seguridad se perdió con el traqueteo del tren. ¿Y si había alguna gota en los bajos? ¿Era bastante la luz del jardín a las cuatro de la madrugada para examinarlo? La droga no es buena confidente, replica cada frase al paroxismo de la burla.

—Él lo solucionará —repetía como un mantra, bajando desde los andenes hasta el mercado de A Pedra quince minutos más tarde. El Panadero lo esperaría allí con uno de los mastuerzos de Cali—. Él lo solucionará.

Todo en Vigo aparentaba ser más duro que en A Coruña, como si el croupier hubiera repartido peores cartas a la ciudad. Las aceras desgajadas suben y bajan cuestas interminables y el gesto del caminante no iguala al del *flâneur* coruñés y su planicie. En el 2000 ya era la urbe más grande de Galicia porque no estaba limitada físicamente como su hermana del norte. Continuaba su expansión tras unos inicios titubeantes a principios del anterior siglo que no le permitieron ser capital de provincia, con una Pontevedra a escasos kilómetros a recorrer para cualquier trámite administrativo de entidad. Buena parte de la emigración rural de Ourense ya se aglutinaba en los bloques malcarados de barrios propios de metrópoli como Teis o Coia, que pintarrajeaban el rol industrial de un lugar que empleaba a tantos de sus jóvenes en la planta de Citroën. Y el Casco Vello apuntalaba aquella apariencia ruda. Callejones donde cruzabas unas cuantas existencias derruidas como algunos de sus edificios. Tan solo el rebumbio de las mañanas de comercio en A Pedra insuflaba un trajín comercial a la zona donde deambulaba Turuto.

Turuto, con la vista adherida a las baldosas marrones, chocó con unos *redskins* a los que el albor del día les molestaba igual que un encontronazo con el primero que no mira de frente. Varios empujones lo hicieron rebotar dentro del grupo. Cabezas afeitadas, polos Fred Perry, tejanos desteñidos, botas granates con punta de acero y telarañas tatuadas en los codos al lado del escudo del Celta.

—*¡Galiza Ceibe!* —clamó él.

—*Este vai peor que nós. Veña, seguimos pra O Manco.*

Un *after* con nombre de tullido.

El Panadero pasaba las ostras cerca de su nariz. Un olor neutro descarta casi cualquier intoxicación. Aprobaba con su cabeza el producto a Jairo y ambos agriaban el molusco que se retorcía con el limón antes de ser aspirado. Ocupaban una esquina de una tasca donde no había marea roja, las Rías Baixas indemnes hasta el momento. Turuto entró, apocado, y se sentó ante la patada que dieron al taburete sin ocupar.

—¿Comes algo, Turu? —preguntó el Panadero.

—Quiero un vasito de vino blanco. Me ayudará a relajarme.

—Si tú lo dices.

Un restallido de la lengua del Panadero trajo una botella de vino con un vaso modernista de trasluz verdoso.

—Gracias, sí, sí... gracias.

—¿Y?, ¿algo más que un agradecimiento? —volvió a preguntar el Panadero.

—He matado a Mario.

—Premio. —El Panadero torció la boca a su izquierda—. Entre tu llamada de desquiciado y las noticias, Jairo y yo le pusimos nombre a los protagonistas.

—Mierda... No soy mala persona, no, no... pero... ¡se burló de mí!, ¡de nosotros!

—*Baixa a voz, Turu.* —Y aparentando interés—: ¿Pronunció mi nombre acaso?

—No exactamente.

El Panadero alzó las cejas hacia su compañero. Jairo palpaba la virgencita dorada que colgaba al cuello y seguía estudiando a Turuto. El colombiano tenía la clase de rostro de la que uno desconfía y una navaja de hoja triangular que no cierra las heridas al clavarla.

Pero hablaba el gallego:

—Cuéntanos cómo fue. Y deja de subir, bajar los pulgares y guiñar el ojo al asiento vacío.

—Me dijo que los hipnotizadores estaban de moda no sé cuántos años atrás y que hacían pasar vergüenza a la gente en la tele.

—Un momento, ¿había hipnotizadores en Colombia?

Jairo se atusó el cabello oleaginoso.

—Yo no tuve televisor.

—Continúa, Turu.

—Después me da una colleja y se va con esa pose vacilona que aguanté siempre. Reconozco que me volví loco. Arranqué el coche, me puse a su altura y cuando quise darme cuenta ya había disparado. Mario estaba ahí tirado entre sangre muy oscura, nunca vi una sangre así... Te llamé para ver cómo actuamos. Los... los pasos a dar y eso.

—*Ben feito*. —El Panadero pasó el dorso de la mano por la boca manchada—. Mira, las decisiones que no se pueden cambiar suelen ser esas que tomas en segundos. Aunque te ayudaremos. —Golpeando el hombro a Turuto—. ¡Claro que te ayudaremos!, ¡cago en Dios!

—Tenía agarrado por los cojones a Mario para que Dani volviese con la excusa de aquel dinero que se fundió en un ático. Pensé en un intercambio. Su nueva lealtad por los millones.

—Lo último tendremos que cortarlo —dijo el Panadero a Jairo—, habla de lealtad este... —susurró para el cuello de su camisa.

—¿Cortar a quién más? —preguntó Turuto.

—Consultaremos a don Abel a ver de qué forma quiere arreglarlo. —Sonriendo como si aquello fuese un chiste que el resto no pillaba—. *Carallo*, estas cosas suceden cuando te empolvas la nariz y te paseas con una pistola. Jairo puede contarte que la conciencia aguanta mucho, pero primero hay que dejarla como un colador.

—Sí. —Fue el único apoyo de Jairo.

—Nos vamos. —El Panadero dejó un billete en la mesa mientras se levantaba—: Te pones de copiloto, Turu, reclinas el asiento y descansas para que te vea presentable. Sabes lo que él valora esas cosas.

El Seat Toledo del Panadero callejeó para salir de la ciudad por el puente de Rande, el ilustre balcón a la ría de Vigo. Turuto cuadraba el horizonte con las comisuras de los labios anudadas por su baba pétrea. Con esa cadencia suave del cambio de marchas y de las curvas, dormitó la supuesta media hora que había hasta la casa de don Abel, pero cuando despertó no se le hizo familiar la calzada soterrada entre eucaliptos.

—¿Dónde estamos?

La navaja de hoja triangular presionó su cuello, ligeramente seboso, y se mantuvo apretándolo contra el reposacabezas. Jairo se había incorporado desde la parte trasera del coche. Con la mano libre seguía acariciando su medalla de la virgencita.

Paleto, arma y virgencita.

Combinación peligrosa.

—Yo quebraba a esta gonorrea aquí mismo.

El Panadero abrió su boca sin cauterizar:

—Turu, nunca dudé de tu estupidez, pero aun así has logrado sorprenderme. Cargarte a Mario... no se puede ser más tonto desde tu posición. Te dejé hacer por hacer mientras mi idea era matar a Dani. Y que conste que no quería que él muriese, no me cae mal el chico, solo quería que muriesen sus secretos si no volvía. Sería un trabajo complicado de espaldas al jefe con la ayuda aquí del amigo caleño. Pero es que yo soy alguien práctico cuando don Abel sigue con el rollo *dos vellos tempos*, el de que «las personas se portan bien si saben que las vigilas por una mirilla»... chorradas. Por fin apareciste tú para solucionarlo. Cargarte a Mario... Debía unos millones al clan, ¿y? Él nos decía lo justo para no molestarle de momento, pero aquí nos jugamos muchísimo más. Menos mal que tenemos tu confesión grabada.

Turuto pretendió contestar, sin embargo, el filo del metal le rajaría la yugular si sacaba una sílaba.

—Ni palabrita —dijo Jairo, enseñando su dentadura con diastema.

—Ahora el jefe y yo estaremos de acuerdo en que Dani se mostrará agradecido por seguir vivo y colar una bala en esa frente que solo sirve para separar las orejas. —El Panadero acompasaba las palabras con el cuello—. Así sí volverá a trabajar con nosotros. Habrá que hacer algún corte en la grabación; lo de la deuda, por no caldear el ambiente. —Y metiéndose en el iris aterrado de Turuto—: Intuyo lo contento que se va a poner don Abel al ver otra vez al hijo del que fue su antiguo socio. Al hijo del que fue el mayor contrabandista de tabaco de Galicia.

19

1991

—Aquí la tienes.

Una lona arrastrada por una especie de tramoya cayó con un bufido. Y Mendo la recogió como pudo tras las hélices.

—¿Es en serio?

—Dani, estás viendo dieciséis metros de eslora semirrígida con casco revestido de caucho. Los tanques inferiores de gasolina tienen capacidad para diecisiete mil litros y los compartimentos superiores para casi ocho toneladas de mercancía. Cuenta la hilera de motores Yanmar y multiplica, hacen un total ¿de?

—¿Mil cien caballos?

—Casi, mil quinientos. Vamos a pilotar encima de setenta y dos millones de pesetas. Y a la vuelta pilotaremos sobre muchos más.

—Y lo vamos a hacer muy lejos. Diecisiete mil litros de gasolina con esa potencia... ¿Dos mil millas náuticas? —preguntó Dani.

—Ahí clavaste la autonomía, chaval.

—¿Qué hay a cuatro mil kilómetros de distancia?

—Groenlandia.

—¿Un buque nodriza en Groenlandia? No llevamos rompe-hielos en proa.

—Todo es pedírselo a don Abel. ¿La quieres con rompehie-los? Él te montará un rompehielos.

—Mendo, tú sabes mejor que nadie que en invierno hay que viajar siempre hacia el sur. ¿Senegal?

—Caliente.

—Cabo Verde.

—Ves cómo era un sitio caliente.

La puerta del almacén crepitó y se tamizó la luminiscencia del final de la tarde enmarcando dos sombras. Una con boina ladeada que los tranquilizó.

—Con esto aquí guardado nos gustaría que llamaseis antes —dijo Dani.

—¿Qué te parece?

—Nunca pensé que se podría construir algo así, papá.

—Los méritos son del señor de la derecha.

Don Abel se encandilaba con la grandeza de aquella planea-dora subida a unos remolques también abrumadores.

—No he reparado en gastos, pero amortizaré diez veces su valor con el primer viaje. —Tras salir del hechizo—: ¿Mendo te ha explicado el destino?

—Dejaba que lo descubriese con mis preguntas.

—Muy socrático. Os vais a Cabo Verde —empezó don Abel—. Una ruta que han presentado los colombianos. Es im-posible que detecten el transporte desde Sudamérica a esas islas y ofrece muchas oportunidades para meterlo luego a través del sur de la Península. Van por el quinto buque monitorizado, así que el próximo no trae fruta. El SVA no se imagina que la alter-nativa en los siguientes años será subir el producto de África, y apuesto a que sus mamporreros ni saben qué es Cabo Verde o Guinea Bissau. —Y dejó la hoja de ruta de la semana—: Tres días de viaje, cargáis, hacéis noche y otros dos días hasta Sines.

—¿Descargamos en Portugal?

—Neutralizamos riesgos. Que alijen allí y la mercancía se va hasta Francia.

—Otra vez corsos...

—Eso ya no te incumbe, Dani. Y en cuanto esté pesada y catada en tierra a mí tampoco.

—¿Tiene nombre, don Abel? —preguntó Mendo.

—No se me había ocurrido bautizarla. Como tampoco vamos a romperle una botella de champán contra el casco, no sé... ¡La *Abelina*!

—*Abelina* —repitió Mendo—. Me gusta.

—Es una broma entre los aquí presentes, ¿eh? —Don Abel afiló el colmillo—. Lo último que quiero es que un día aparezca este bicho en una playa y todos hablen de la *Abelina* cuando vean las fotos en los periódicos. Es la mejor planeadora que se ha hecho, es para vosotros, y ya. Los nombres pomposos están tan mal considerados por la policía como por mí mismo.

—Será el primer viaje de muchos, ¿a que sí? —preguntó Dani con la ilusión de un niño..

—Cuando toque ir más cerca subiremos a tu padre, ahora que se recuperó del accidente con su querido Citroën Tiburón... empotrándolo en la fuente más conocida de Coruña. Todo discreción. —Después, virándose hacia Andrés—: ¿O le has cogido cariño a eso de conducir mis camiones?

—En los viejos tiempos la discreción para los furtivos que iban al percebe, yo descargaba toneladas de tabaco en el puerto del pueblo a plena luz del día. Aquellos años setenta... ni delito era el contrabando. ¿Qué querías ser de mayor? «Contrabandista», contestaban los críos. —Andrés zanjó el anecdotario cuando percibió desinterés—. Pero sí, tus camiones son más adecuados para mi edad.

—Hemos cambiado de producto —recordó don Abel.

—Los dos matan igual.

—Y las madrecitas cantan «tabaco sí, droga no» y a sus hijos los mata la heroína que viene por tierra. Un sinsentido, Andrés.

—Las madres son como perros, aunque les estoy agradecido, con esas manifestaciones se llevan por delante a la competencia que me obligó a irme a Coruña y convertir a mi mujer en pescadera.

—Mira el vaso medio lleno —dijo don Abel con una palmadita—, no estás en Alcalá-Meco.

—¿Y qué? Me dejaron sin nada con aquel chivatazo. Menos mal que me ayudaste con la concesión del puesto en el mercado. Y sabes lo que pagué por las deudas cuando cogieron todo mi dinero. —Su mirada adquirió una nueva profundidad—. Mi hermano y su mujer no tenían nada que ver con lo que yo hacía. A los que no están en el juego hay que respetarlos, es lo que me he cansado de repetir a mi hijo.

A Andrés se le humedecieron los ojos como siempre que recordaba la fría venganza. Daba igual si él no fue el culpable, si él también lo perdió todo cuando interceptaron la gran descarga del estraperlo de tabaco por algún malnacido que vendió al capo de los cigarrillos. Habían pasado cuatro años desde que se fue a A Coruña a empezar de cero. Entonces, él ya tampoco estaba en el juego y creía que nadie iba a apuntillarlo. Una colisión extraña dijo la policía, todavía de uniforme marrón en 1982. El Mercedes 280SE se había salido de la calzada entrando en A Coruña por la avenida de Alfonso Molina. Un derrape en la curva a la derecha que dibujaba el peralte lo envió contra la medianera, rompiendo un palier. Ya ingobernable, trompeó hasta detenerse en dirección contraria. El hermano de Andrés y su mujer, recientes padres de Hugo, solo vieron el haz de luz del Seat Ronda que chocó contra su vehículo. Los dos coches se convirtieron en una amalgama de metal y fuego, y minutos más tarde el olor a carne quemada certificó que todo había terminado. Una persona prudente al volante yendo a 180 kilómetros por hora, el coche de alta gama destrozando el palier izquierdo por un roce con la divisoria y otro automóvil conducido por un muchacho de la comarca del Barbanza que estrenaba carnet. El caso no transcendió de una acumulación de fatalidades para los agentes. Y la única no prevista por los que lo maquinaron fue que muriera el chico del Seat Ronda.

—Además, he podido volver porque tú has negociado —dijo Andrés, remendando esa melancolía cíclica.

—Negocié con los nuevos, los antiguos no negocian desde la cárcel. Pero está más que hablado —sentenció don Abel—. El agradecido debo ser yo por enseñar tan bien a este niño. Observa a los dos mejores pilotos, trabajan para mí.

—El mío nació aprendido. Con nueve años manejaba aquella motora amarilla con más pericia que su padre.

—Hasta que conocí a este calvito también pensaba que pilotaba bien.

Mendo peinó los cuatro pelos terrosos.

—Salís mañana de madrugada, que las predicciones son buenas. —Y la indicación final del capo—: Vuestra suerte será la nuestra.

Las últimas frases, esas que quedarían bien en una camiseta, siempre eran de don Abel.

Tres de la madrugada del 11 de marzo de 1991. Hora en la que partieron a veinte nudos desde un astillero de Tui. El clan había cargado combustible hasta colmar los 17.000 litros de capacidad. También fue allí el Panadero a dejarles una botella de Chivas y una pata de conejo atada a un cordel que tirarían al instante por la borda. Aborrecían las supersticiones de la mano derecha de don Abel, aunque Mendo también lucía un diamante negro colgando del cuello como amuleto. En todo caso, un cacho de animal muerto y una piedra preciosa no se podían comparar. Llevaban víveres para quince días, nunca se sabe cuánto se puede complicar ahí fuera. Pan de molde, fiambre, café y muchas latas de conserva en un arcón proporcional a la máquina que rompía el agua en cada bote.

En cuanto alcanzaron alta mar enviaron las señales por GPS, teléfono satélite y radar que funcionaron igual de bien que cerca de la costa.

—Toca acelerar el cacharro.

—Ya era hora.

—La juventud siempre tan impaciente... Sujétate, Dani.

La palanca subió y el silbido se convirtió en trueno, hundiendo los cinco sentidos de cada uno tras la estela de espuma. Mendo, extasiado, bajó de nuevo a veinte nudos.

—...

—¡...¡

—¿...?

—¿Has... has sentido eso? —consiguió preguntar Mendo.

A Dani le caía la mandíbula, casi dislocada del acelerón. No articulaba palabra, solo sentía. Su compañero se puso un gorro de estambre hasta las mejillas de cuperosis y tapones en los oídos. Y los dedos llenos de sabañones tomaron otra vez los mandos.

—¿Sobre qué clase de lancha vamos? —Dani habló al fin.

—Puede que no exista otra igual en el planeta, sobre eso vamos. ¡Y así hasta Cabo Verde!

—¡Espera que me sujete, hostia!

La *Abelina* despegó la parte delantera y el ruido de la leva de motores la propulsó a sesenta nudos. Más de cien kilómetros por hora rumbo a la gloria. Eran los argonautas del narcotráfico.

Al rato.

—¡Estoy pensando lo mismo que tú! —gritó Mendo.

No había otra forma de comunicarse que a berridos en aquel estruendo.

—¡¿Sí?!

Dani rumiaba que ya podía tener un gramo antes de las toneladas, porque no parecía que allí pudiese pegar ojo.

—¡En las negras de Cabo Verde!

—¡Yo pensaba en mi blanquita de Coruña!

—¡Tú lo has dicho, Dani!, ¡la que está en Coruña!

—¡La voy a perder! ¡Y no por las negras!

—¡O sea que me acompañarás para meterla en caliente!

—¡Estoy a tus órdenes! ¡Aunque puedes mostrar un poco de sensibilidad!

—¡¿Qué quieres que te diga?! ¡Las parejas que valen en esto son las que no ven, no oyen y no hablan! ¡A cambio gastan mucho dinero! ¡Y doy gracias que la mía ni ve, ni oye, ni habla y ni gasta! ¡Es como una planta!

—¡¿Un cactus?!

Mendo sonrió.

—¡Un cardo borriquero!

—¡Te ha dado ese niño que te trae loco!

—¡Eso sí!, ¡Brais es lo mejor que me ha pasado! ¡¿Te conté que ya dijo «padre»?!

—¡¿No se supone que debe decir «papá»?! ¡Es más fácil para un bebé!

—¡Yo le hablo como a un adulto! ¡Tengo un libro que lo aconseja para que salgan inteligentes! ¡Con un poco de suerte administrará nuestros milloncejos sin conocer lo que es un fardo!

—¡Eso mismo querría yo para Cristina!

—¡Tu chica sabe mucho, es inteligente y también guapa!, ¡o un día decide manejar ella el negocio o te dejará! ¡Con esas no hay término medio!

—¡Le dije que lo dejaría yo!

—¡No lo harás!

—¡¿Cómo lo sabes?! ¡Lo tengo casi decidido!

—¡Está en tu sangre! ¡Observa a Andrés!, ¡curiosea aquí y allá para llevarse un pellizco por conducir camiones en algunas descargas!

—¡Ahora no puede exigir nada más!, ¡ya no tiene ni el dinero, ni la gente, ni la edad! ¡Aunque yo también me pregunto por qué acepta uno de los puestos peor pagados y de los que primero detienen! ¡Es inexplicable!, ¡si era un mito!

—¡Porque no es el dinero lo que le mueve! ¡Te repito que es su sangre!, ¡la misma que la tuya!

—¡Quizá se meta en la acción para cuidar de su hijo!

—¡Nadie cuida de su hijo mandándolo a Cabo Verde a por siete toneladas de coca para la mafia corsa!

Dani se cubrió con el impermeable y se sentó, contrariado, enganchando el cinturón de seguridad. Vaya dos verdades le habían chillado en mitad del océano sobre su novia y su padre.

A principios de los años setenta hubo un declive de la pesca en la costa gallega, el vaso comunicante para la importación de cigarrillos de contrabando desde Norteamérica. En aquella época solo existía el monopolio de Tabacalera. Y lo que se introducía de estraperlo se consideraba un excedente, más barato. Los primeros *señores do fume* eran personajes adorados por la comunidad y tolerados por el gobierno local. Traían ese binomio esquivo de trabajo-dinero a una tierra atrasada desde la Guerra Civil. Así, algunos acabaron de alcaldes en pueblos del sur de Pontevedra o formando el consejo directivo del Celta de Vigo. El poder económico deriva en poder social y el poder social, si es del gusto, en poder político. A través de esa inferencia varios contrabandistas engrosaron las filas de la Alianza Popular de Manuel Fraga. Una parte de la financiación de las siglas A.P., que durante años serían hegemónicas en Galicia, venía del *laissez faire* que no los etiquetaba como delincuentes hasta que la reforma del Código Penal permitió el sumario de 1984 contra históricos del negocio. Todavía bastantes años después en cualquier mercado gallego se preguntaba «¿el paquete lo quiere normal o de contrabando?», pero la presión policial, el contacto con los narcos colombianos y las intrincadas rías junto a la infraestructura de los antiguos setenta hicieron cambiar el producto por su demanda inelástica.

Así fue.

—¡No te amodorres! —gritó Mendo—. ¡A tu izquierda!

La luna creciente acompañó unos ruidos atronadores como los de la planeadora. A treinta metros una ballena los escoltaba descubriendo medio cuerpo en cada salto. Y bajaron velocidad hasta detenerse. Ahora el eco del agua difería las escaramuzas del cetáceo.

—¿Qué es ese bicharraco? —preguntó Dani.

—Una ballena franca glacial.

—Si solo distingues la silueta.

—Fíjate, es algo más grande que la lancha, con piel negra en el dorso, y espera que nos salude otra vez...

La ballena, como si estuviese amaestrada, se alzó inmensa y desapareció en otro estruendo.

—¿Qué?

—¿No lo has visto?

—Estoy demasiado acojonado para ver.

—La zona del mentón es blanca. Son las ballenas más comunes por esta zona, así que tampoco me cuelgues medallas. Después de Canarias será imposible encontrar una.

Distinguieron el chorro de agua saliendo por el espiráculo, ya demasiado cerca.

—Mejor que aceleremos. No nos vaya a hacer zozobrar.

—Llevas toda la razón, muchacho.

Mendo se quedó mirando a Dani.

—¿Y ahora qué me miras?

—¿Quieres volver a sujetarte o prefieres ir al agua con ella? Tienes dos segundos para decidirlo.

Y a toda hostia al primer segundo.

La imagen se injertó en la retina de Dani. Todo lo que hacía desde que Andrés y él retornaban a Villagarcía le parecía mágico. Entendía el romanticismo con el que hablaban su padre y don Abel del negocio, del juego. Iban más lejos que ningún otro y siempre perseguidos por el sistema. No hay nada más romántico. Y daba igual si la percepción en las parroquias gallegas estaba cambiando, porque aquellos pueblerinos ni tan siquiera soñarían con una aventura así. El albor se fue abriendo paso entre claros que rompían nubes perfiladas y, así, el amanecer parecía un buen momento para tupir los ojos.

Minutos después el sol acuchillaba los párpados cerrados de Dani. Los rayos se clavaban como rejones. Pegó unas cuantas vueltas en la parte posterior de la planeadora, donde había dos catres, pero se rindió ante la certeza de que con ese tambaleo no reposaría por mucha camiseta que se anudase tras la nuca. Despertar en pleno Atlántico, ahíto de luz y sobre un fueraborda para rellenarlo en unas islas de África. El resto del mundo estará aporreando la alarma, discutiendo con su familia, vistiéndose a la carrera para encontrar aparcamiento enfrente del trabajo o en el mejor de los casos apurando unas magdalenas. Y yo estoy aquí, junto a ese calvo con los labios partidos del viento.

Que dice:

—Te toca pilotar hasta Canarias. No te quejarás, claridad y tramo manso.

—No me quejo —contestó Dani—, aunque primero un café soluble.

Mendo se sujetó al catre con los cinturones de seguridad. Dani lo analizó, travieso, sorbiendo la taza de plástico. Ya oía sus resuellos. Cogió la palanca y aceleró la planeadora con dos golpes sincopados que la pusieron en vertical para luego caer en plancha encima del líquido azul. Litros de mar bañaron la efímera siesta de su compañero.

—¡Hijo de mil madres! —chilló Mendo con la expresión ofuscada del que despiertan con un cubo de agua—. ¡Se nota que todavía tienes veintitrés años!

Praia, capital de Cabo Verde. Se estimaba que cada año iba a ganar diez mil habitantes. Contando que en 1991 apenas rebasaba los sesenta mil, la progresión se calculaba con aritmética básica. Incardinada en el sur de la isla de Santiago, su eje comercial giraba alrededor del puerto que exportaba café, caña de azúcar, frutas y una industria pesquera local. Su turismo todavía se veía como una excentricidad en Europa. Y eso fue lo que valoraron en Sudamérica.

La singladura hasta el verano de marzo no tuvo inconvenientes. La *Abelina* se comportó como anunciaba en el astillero, pero de gasolina arribaron todavía más cortos que de sueño. En la noche africana cuatro caboverdianos la remolcaron hasta un almacén de madera entre peñas que bordaban una playa quemada, con adoquines negros en vez de la arena blanca de otras coordenadas del archipiélago. A ellos los llevaron a un hotelucho en la periferia del barrio de Plateau, cerca de un promontorio a orillas del Atlántico y donde se ubican los modestos edificios gubernamentales.

Mendo se tiró en la cama, exhausto, y Dani se disponía a hacer lo mismo cuando el chico que los acompañó se quedó bajo el dintel de la puerta. Como una estatua de sal.

—¿Qué quiere este, Mendo?

—Una monedita. Y dásela, lo gratis siempre sale caro.

Dani dejó doscientas pesetas en la mano del muchacho de rastas. Eran bastantes escudos al cambio.

—*Obrigado.*

—Todo bien... *¿Mulleres?* —preguntó Mendo antes de rendirse al sueño.

—*Sim!, hoje? Há mulheres perto.*

—¡Mañana, amigo! —contestó Mendo.

—*Meu nome é Helton.*

—*Ben, Helton. Eu son Santiago e este é Lucas.* ¡Hasta mañana he dicho!

Mendo saltó de la cama y dio un portazo en las narices del hospitalario Helton. Al tirarse otra vez en el colchón, reparó cómo Dani ya vislumbraba en el alféizar las luces de las casitas de colores pastel que se difuminaban por el lugar en un óleo impresionista.

—¿En serio quieres dormir, Mendo? Son las dos y media de la madrugada, seguro que la noche es joven en Cabo Verde.

—Mis treinta y siete no son tan jóvenes. Mañana tenemos el día para callejear y hasta la madrugada no salimos. Además, *ha mulheres perto.*

—Quizá por el día no estén tan cerca.

—No tienes ni idea de dónde pisas. Guarda moneditas de esas y verás cómo se cuelgan de tu cuello.

—Nunca me pareció muy ético lo de pagar por sexo... no sé.

—¿Vamos a tener nosotros una conversación sobre ética?, ¿con eso qué cargamos? De alguna forma, ya sea en Compostela o en Praia, pagas por sexo. Pero tú eres joven, no necesitas pagar ni un duro, regálales algo y así calmas tu nueva conciencia. En lo que a mí respecta voy a dormir de una vez.

—¿Los que remolcaron la planeadora?

—¿Y a esos qué coño les pasa ahora? —rezongó Mendo con la cabeza hundida en la almohada.

—¿Son de la organización?

—Antes de quedarme inconsciente te voy a enseñar otra lección: no hagas preguntas que no te incumban y jamás olvides en qué estás metido. —Añadió—: Porque el que menos sabe es el que más vive. —Los ronquidos cerraron el aforismo de Mendo.

Dani golpeó el filtro del cigarro negro en la mesita que dividía los colchones. Se suponía que de esa forma repartía la nicotina, aunque lo importante es que el gesto quedaba chulo sobre la pitillera de piel laqueada que acostumbraba llevar. Los muelles del camastro se hincaron en su columna vertebral con un gemido. Son tan incómodos como los azulejos que hacen de cama en los calabozos de A Coruña. Son tan incómodos como... Vale, lo has intentado. Aunque sea unos segundos, convéncete de que lo has intentado. A ver qué ofrece Helton.

Dani se asomó por la ventana y divisó al rastas charlando con los que serían una suerte de taxistas junto a sus chocarreros vehículos. Tenían poco trabajo. Fuera del precario turismo que se establecía lejos de la capital, casi no había extranjeros en Praia. Y lo que no había era un porcentaje mayor que centesimal de extranjeros blancos.

—¡Helton!, ¡*baixo*! —Y para sí—: Al menos el gallego se parece al portugués.

Helton lo montó en uno de esos coches con un conductor. Y Dani les advirtió que no buscaba mujeres, simplemente quería que lo acercasen a algún local con la garantía de que él iba a costear la noche. Por los precios que veía sus pesetas valían para emborrachar a media capital. Al principio Helton y el chófer le explicaron lo obvio: Cabo Verde no es un cabo ni es verde, son diez islas de color marrón. La segunda casi obvia es que tuviese cuidado con el agua y con la comida, los pocos turistas pagaban una semana de gastroenteritis. La tercera más confidencial es que estaba en un embrionario destino sexual para mujeres blancas, ricas y lamentablemente mayores; cada amigo suyo que lograba salir del país tenía que lidiar con una sesentona italiana. La cuarta y última, antes de aparecer en un bar de maderas amarillas, fue que cuando sonase una *funana* dejara que las chicas lo cogiesen de la mano para bailar *apretadinhos*. No sabía lo que era una cintura caboverdiana y Dani aseguró que no iba a preguntárselo a una vieja italiana. Sus anfitriones se rieron. Les caía bien Lucas.

El bar, estructurado por tablones, se llamaba Boa Noite. Nada más entrar Helton pidió tres *grogues*, lo que viene a ser alcohol de caña en un vaso ancho de madera. Y tras catarlo, Dani se acercó a la chica de pañuelo en la cabeza que le había servido como si fuera lo más bonito que hizo en su semana de bullanga.

—*Cada vez que eu levante un dedo quero tres bebidas máis* —dijo Dani.

—*Isso sim é uma boa noite!*

Dani levantó un dedo.

Y otro, y otro, y otro, y otro.

Helton y el taxista parloteaban sobre su nuevo amigo en una situación que podría antojarse peligrosa en muchos sitios, aunque no allí. Dani ni reparó en la Beretta que guardaba en la pistolera que caía cruzada para un diestro. «Siempre que estés sentado has de desenfundar desde el otro lado de la cadera, y las situaciones violentas suelen surgir en una mesa», perla de don Abel.

Bastantes *grogues* después, Dani también hizo propia la alegre música de guitarra, acordeón y un instrumento que sonaba como una viola amparando la voz de un cantante al que jamás podría adivinarle la edad.

«*Quero o ritmo da cor quente como tu,*
No canto da terra que lava o meu dor»

Se comentaba que los bares de los primeros noventa no cierran en Galicia. Sin embargo, sí se bajaba la verja a media altura para privatizar la alegría que equivale a desfase. Ese gesto, seguro tan universal, ocurrió en Praia cuando sonó la canción que todos aparentaban adorar uniéndose al coro. La camarera, tras danzar sobre la barra, recogió su falda celeste desde los tobillos y solicitó la mano del chico que emborrachó a la comunidad. Dani se la prestó apocada. Él bailaba *techno, rock* si lo subían de decibelios, *ska* o cualquier otra música que implicase una brusca soledad. Había una cierta ciencia en ello, pero seguro que cualquiera la aprendería en media hora. En cambio, lo que observaba era una mezcla de talento y práctica.

La mano fue arrastrada hacia la cintura negra que él prendió con pudicia.

—*¿Cómo te chamas?* —preguntó Dani cuando palpaba la dureza de aquel cuerpo. Luego, murmurando—: Pero si está más fibrosa que yo...

—*Chamo-me Kaia.*

—*¿Kaia? Gústame o teu nome.* —Le gustaba de verdad.

—*Meu nome significa terra.* —Una media vuelta—. *O teu?*

—*Lucas, pero non sei que significa. Creo que ven por un discípulo de Xesucristo... un pescador.*

—*Então o único que sei é que seus pais cometerom um erro ao escolher.* —Otra media vuelta—. *Um grande erro.*

Y más volumen.

El muslo izquierdo de ella se contoneó entre las piernas de él. Después Kaia viró con los brazos desplegados como alas, se puso de espaldas y arrimó sus glúteos diamantinos a Dani, que la adosó de la parte anterior de la cintura. Ella suspiró la primera frase de la canción: «*Quero o ritmo do meu cor quente como tu*». Y él levantó el dedo una última vez.

No fue para pedir más *grogue*.

Fue para pedir el taxista.

Los condujeron, ya sin Helton de copiloto, hasta un barrio llamado Achada São Filipe en un monte del norte de la ciudad. Dani soltó unas pesetas al chófer y le indicó que no se moviese de allí. Mientras, Kaia entraba en un edificio rosa con un contador estropeado a la derecha del portal.

—*Lucas...* —dijo cuando vio a Dani dudando—. *Seja um bom garoto.*

Subieron hasta un tercer piso por la escalera sin pasamanos y ella empujó una puerta carcomida. Puso su dedo índice sobre los labios y se desató el pañuelo de la cabeza, mostrando un bonito pelo afro al desgaire. Entonces se oyó un llanto de un bebé y Kaia resopló. Su hogar era una habitación de unos veinte metros en los que, en una esquina, roncaba una señora mayor al lado de una cuna de polímero cuarteado.

La chica cogió al crío y lo meció.

Desde que la había conocido, Dani jamás la contempló sin enseñar su dentadura ignara. Nadie podría hacerle entender que la humanidad avanzaba en un único sentido: números. Y si se tenían que abrir nuevas rutas de droga en aquel archipiélago, lo harían, porque siempre existirían locos dispuestos a cruzar el océano para cargar su lancha con un producto extraído de una planta regada por sangre de vidas anónimas. Las mismas que aplastarían allí si fuese necesario. ¿Qué le importaban a don Abel?, ¿al Panadero?, ¿a su padre? ¿Qué le importaban a Daniel Piñeiro si le permitían vivir con unos metros cuadrados extra, conducir un coche más rápido, pagar una fastuosa cena y beber un whisky añejo con sus veintitrés años de edad? Un whisky mayor que él, ese cliché que había repetido en tantas noches. De repente no encontraba el romanticismo que sintió en el mar gracias a una ballena. Ellos exterminarían las ballenas para que la cocaína se colase por una nariz.

—*Agora em silencio* —dijo Kaia cuando durmió al bebé y lo acostó. Luego, muy sensual—: *Embora, em poucos minutos você possa fazer algum barulho. Pelo menos eu gostaria de ouvir seus suspiros.*

—*Non sei se é unha boa idea* —contestó Dani, un tanto sobrepasado por todo.

Kaia le atrapó la lengua con sus labios, cambió la respiración y se la llevó anhelante a la oreja de Dani que abría sus palmas con timidez sobre los senos duros. Le mordisqueó el lóbulo y él ya apretó los senos con fuerza. Pasó las manos a los glúteos para empotrarla contra la pared mientras ella subía la pierna hasta apoyarse en una silla de mimbre. El ruido hizo que la señora mayor cambiara de posición en la estera. Kaia sonrió inocente de todos los cargos. Su pelvis onduló y la otra pierna también buscó otro apoyo en la silla. Dani entrelazó los dedos bajo aquellos muslos y descubrió un tanga del mismo color celeste que la falda que caía por sus antebrazos tatuados. Ella le desabotonó el tejano, pellizcó la tira de los calzones y separó ambas telas para que entrase en su cuerpo. Por la mueca de placer fue una sensación compartida.

—*Preservativo.*

—*A boas horas...*

—*Preservativo, Lucas.*

—*Sí... xa.*

Dani se concentró en no eyacular y buscó con una mano el condón en el bolsillo trasero, aguantando con la otra los cincuenta y cinco kilos de la chica que tenía los ojos a media asta.

Kaia volvió a pedir:

—*Preservativo.*

Pero el bebé rompió a llorar.

La madre pegó un bufido que enseguida acompañó de su sonrisa mientras recolocó el sujetador. Dani la dejó en el suelo, creyendo que lo habían desterrado del paraíso cuando ella se acercaba a la cuna.

—*Um minuto, faz favor* —dijo Kaia, balanceando al crío—. *Ele fica con ciúmes porque não é seu pai.*

—*Estás casada?, ónde seu pai?*

—*Você acha que estaria na minha casa se eu tivesse um marido?*

—*Separados entón?*

Kaia dibujó una curiosa asimetría de cejas.

—*Trabalho errado, mas nâo quero falar disso.*

—*Errado... de qué tipo de erros?*

—*É suficiente.* —Como si fuese algo más que suficiente.

—*De ese tipo de erros... Quén foi?*

—*Podemos voltar para onde estávamos?*

—*Eu quero falar un momento. Non veño eiqui pra ver cómo vives mantendo a unha vella e un neno nunha habitación e marchar vinte minutos despois a pola seguinte.*

—*Isso foi bom da sua parte, Lucas.* —Kaia sonrió, por primera vez nerviosa—. *Outros como você... outros brancos, quero dizir. Não me entenda mal.*

La caboverdiana besaba al niño en la frente y a Dani le martilleaba la nueva conciencia que le sugirió su compañero. Otros blancos, ¿sudamericanos?, ¿italianos?, ¿gallegos? La isla no era tan virgen. En el fondo, nada lo era. Todo se trilla tan rápido.

—*Eu non son Lucas.* —Escuchó su propia voz como la de un extraño.

—*Isso do cambio de nome é que tem mulher em Espanha? Ou ela espera no hotel? Entao será o nosso segredo.*

—*Iso non importa.*

—*Que é o que importa, em seguida?*

—*Tampouco son un turista.* —Definitivamente un extraño manejaba las cuerdas vocales—. *Nin sequera sei qué son.*

—*Tudo bem.* —Kaia enarcó los hombros, contenta por casi apagar el llanto de su hijo y poder volver con el chico misterioso que tanto le estaba gustando—. *Concentre-se em meu corpo.*

—Tal vez no sea distinto a esos otros blancos.

Y Dani se arrepintió de inmediato de lo que acababa de decir.

Kaia paró de mecer al bebé y observó, espantada, al hombre que había metido en su casa y en su cuerpo. Comprendió la frase como el anuncio de que algo malo iba a suceder. Algo tan malo como lo que sucedió al padre de la criatura. Y por otro sicario blanco que además se la había metido hasta el diafragma. La extraña secuencia la situó ahí: en una venganza que creía saldada.

—*Ajuda!* —berreó—. *Paulo!, Silvio!*

—*¡Non!, ¡non! ¡Non entendiches! ¡Deixa que o explique!*

—*Ajuda!* —Ya nadie podía explicarle—. *Ajuda!*

—*¡Non vou facerte nada e non sei ónde está o teu home! Fica calada, por favor.*

La señora de la estera aporreó una cacerola con una cuchara. En el piso de arriba se oyeron pasos. Y se unió otra cacerola en algún lugar del edificio. Había que largarse.

Dani se quitó la camisa, los pantalones, los zapatos, los calcetines y vació su cartera de billetes y monedas. Las tarjetas falsas de identidad le podían hacer falta. Y un billete también. Abandonó el resto en el suelo entre chillidos y caceroladas. Ni eso calmaría su repentina conciencia como aconsejó Mendo.

—*O sinto moito* —dijo—. *Eu non son como... o sinto.*

Los pasos bajaban decididos por las escaleras.

Dani escapó del piso. Lo perseguían dos hombres con sendos machetes que brillaban en la penumbra del descansillo, así que optó por saltar desde el segundo y rodar con una voltereta en cuanto tocó suelo para no romperse las rótulas. Salió agitando un billete al taxista, que no hizo ni una pregunta tras acelerar lo máximo que daba su trasto y facturarlo en calzones a la puerta del hotelucho, con la pistolera visible si en las esquinas de la noche de aquel Cabo Verde hubiese alguna farola y algún recepcionista.

Mendo se despertó al oír cómo hipaban los muelles de la otra cama.

—¿Te has pegado una juerga sin mí?

Dani se tapó con la sábana.

Primero hasta el cuello.

Luego hasta la frente.

Al final cubrió el cuerpo entero de vergüenza. Puto Lucas, el gemelo bueno.

A la madrugada siguiente todo estaba listo. La carga se prorrateaba en bidones por la proa del fueraborda, aprovechando hasta el último metro cúbico de las dimensiones que enviaron con los planos. Los mismos cuatro tipos que la remolcaron hicieron el trabajo de los fardos impermeabilizados. Cuando se marcharon, Mendo dijo que, a corto plazo, el negocio pasaría por revestir todavía mejor esos paquetes para que aguantasen días en el agua y soltarlos enganchados a boyas con GPS, así alguien en alta mar los recogería según los patrones de mareas.

Todos tenían ideas sobre el futuro.

Y en esas ideas cada vez hacían falta menos personas.

De momento ellos podían admitir que jamás tuvieron una planeadora igual y que debían de ser tan buenos pilotos como contaban en el pueblo para llevarla hasta Cabo Verde. Pero el más joven se sentía achicado antes de partir. Si algún día volvía a esas islas, sería solo para beber *grogue* y bailar al *ritmo del cor* hasta el final.

—¿Estás bien? —preguntó Mendo cuando perdieron el horizonte de luces mortecinas.

—No lo sé.

—¿Qué sucedió en la noche en la que anduviste aullando a la luna?

—Que no pude ser un lobo.

—Lástima. —Una ola salpicó la cara de Mendo—. No cejes en el empeño.

Las predicciones no fueron tan buenas como las de ida y eso se hizo evidente a kilómetros de la costa. La *Abelina* era un puñal que desgarraba el agua serena, pero se convertía en un cascarón de última generación entre olas. En la Costa da Morte se habían enfrentado a muros de mar el doble de grandes. Por eso muy pocos querían trabajar en invierno en Corme o Laxe, la misma razón por la que sus peñascos estaban sin vigilancia de patrullas.

Ahora y aquí jarreaba sobre la inmensidad del Atlántico.

Los dos se colocaron los impermeables y subieron las cremalleras dejando al descubierto solo los ojos. Los amarres de seguridad que los unían al eje de la embarcación, del cual salía la antena para telecomunicaciones, les garantizaban que si caían al agua regresarían a la planeadora con su compañero tirando del cabo.

A la altura de Mauritania y cuando no existía barrunto de calma, Mendo usó el teléfono satelital:

—¡Aquí... cisne negro! ¡Solicitamos un atraque lo más cercano a las coordenadas que estás viendo! ¡Corto!

Mauritania: imposible que tuviesen el contacto. Detenerse en Agadir sería peligroso, aunque viable. Lo que pedía Mendo era más comprometido que continuar.

—¡No te lo van a dar! —gritó Dani.

—¡Lo he pedido sabiendo que no me lo van a dar!

Un «denegado» crepitó en la radio.

—¡¿Cómo pides eso?!

—¡Ahora conocen que estamos jodidos! ¡Y si hay problemas con la carga, la responsabilidad no es solo nuestra! ¡Cúbrete siempre las espaldas cuando transportes los millones de otro!

La tormenta relumbraba con haces de luz como raíces de árboles centenarios. El revestimiento del caucho de la embarcación casi la convertía en una jaula de Faraday; sin embargo, se podían colapsar los equipos electrónicos. A medida que la *Abelina* escalaba y descendía montañas líquidas, los rayos se ubicaban encima de sus cabezas. El fulgor y el trueno eran simultáneos, perseguidos por una estocada de voltios al agua que rompía en gotas que tornaban a compactar la masa.

Mendo rebotó su lengua contra el carrillo. Y lo hizo de forma tan brusca que Dani lo percibió en el estruendo. De su compañero narraban cientos de hazañas. Desde aprovechar una ola para saltar una batea hasta partir el casco de un patrullero con el fueraborda. Aunque se tomaba su profesión con cierta desidia, y la desidia es buena amiga en situaciones desesperadas. Ella también solía alimentar a su mujer y a ese niño que lo embelesaba, con los que vivía en una aldea interior cercana a Campo Lameiro. A Dani le quedaba confiar en aquel hombre pedestre que pegó un volantazo, escalando la ola más grande.

—¡Menos mal que llevamos siete toneladas de cocaína! —Mendo sobre el aplomo del fueraborda—. ¡Qué seguridad dan!

Al descender hubo un remanso de paz y la luna saludó en un exiguo claro. Paladearon segundos de calma. Entonces un relámpago los cegó cuando se desplomaron en el suelo de plástico. Había caído un rayo en algún lugar que las pupilas contraídas no podían ubicar. Dani logró incorporarse y creyó que sufría una alucinación, Mendo lo cogió del brazo y supo que él contemplaba lo mismo. Un fuego violeta iluminaba la antena de comunicaciones. Pero no eran llamas, se acercaron y ni siquiera calentaba.

—¡¿Puedes creer lo que ves?! —preguntó Mendo.

—¡No!

—¡Fuego de San Telmo, Dani!

—¡Pensé que era una patraña de marineros!

—¡No es una patraña y ni tan siquiera un fuego! ¡Es un plasma eléctrico y los objetos puntiagudos como este son buenos conductores!

La tormenta amainaba y allí seguía propagándose la luz por la antena y el equipo electrónico. Destellos otrora violetas, otrora azules, y chasquidos. Al fin trepó por el metal que lo hizo descender y se evaporó.

—Se ha marchado con nuestro equipo de comunicaciones —dijo Mendo.

La pantalla, antes con puntos verdes, se fue al negro. No había radar, no había GPS y las brújulas se desimantaron. Solo un teléfono para explicar que navegaban a la deriva en algún lugar del Atlántico bajo la luna. En unas horas bajo el sol.

—Tenemos un problema, Dani.

—¿Estamos perdidos?

—Totalmente.

Mendo se sentó frente al equipo que acababa de cortocircuitar, manoseando su diamante. Quedaban los mapas náuticos para seguir intuiciones. Localizadnos bajo la luna o bajo el sol. Os podemos concretar el hemisferio, no pidáis más.

—Me regalaron esto el verano pasado —Dani mostró el nocturlabio—, aunque ni siquiera sé cómo funciona.

Entre las nubes se abrían estrellas y su compañero cogió el Chivas que dejó el Panadero en el arcón.

—Nunca voy a dejar de encontrar la ruta para volver a ver a Brais. —Mendo bebió a morro de la estilosa botella—. Puede que mi hijo escuche algunas historias cuando sea mayor, pero no esa. —Y resolvió la intriga—: Que ya no estamos perdidos, eh.

Con el aparejo de latón, el teléfono satelital y la sabiduría de Mendo, la *Abelina* arribó hasta las inmediaciones de las Canarias, esperando el anochecer para aproximarse a la costa. Y de acuerdo a las instrucciones del clan se produjo la paradoja del tráfico de drogas: un barco de bajura, que partió desde La Palma, descargó la planeadora e introdujo en tierra la cocaína. Poco después surgió otra embarcación para hacer de guía a la lancha con su estela. En la isla estaba esperando el Panadero, que tomó un avión la mañana siguiente a la que salió el fueraborda, coordinando cualquier eventualidad a mitad de trayecto. Allí arreglaron el equipo de comunicaciones, volvieron a cargar la droga en la planeadora y marcharon hacia Sines dos días más tarde de lo previsto, cuando todos estaban muy nerviosos.

No obstante, la operación fue un éxito.

La *Abelina* pujó la mitad de su cuerpo en una playa de guijarros portuguesa. En media hora un ejército de brazos alijó hasta el último gramo y la devolvió al agua. Los corsos pesaron y cataron al bulto. Nunca se prevé una traición por parte de los narcos gallegos. Por esa experiencia cobraban casi diez veces más que los clanes del Estrecho. En Francia comprobaron que se cumplía lo pactado a cambio de una cantidad inconcebible de dinero.

Mendo y Dani pilotaron como kamikazes el resto del viaje hasta el astillero de Tui del que salieron nueve días antes. En el linde de la noche y el día un vehículo acelerado por cualquiera los condujo más al norte, a la casa de don Abel. Este terminaba junto a Andrés un desayuno continental en el porche cubierto con enredadera de uva. Elevaron la voz cuando los vieron aparecer ojerosos. Y también encendieron sendos puros de etiqueta dorada que los rodearon de una estola de humo.

Los dos viejos ya podían dialogar con la escenografía adecuada.

—El otro día —empezó don Abel— leía en el periódico que «la Operación Nécora impidió que se estableciese un contrapoder al estilo siciliano en Galicia».

—Esa idea le encanta al secretario de la Cámara de Comercio de Villagarcía —apuntó Andrés.

—Alguien demasiado falso para sumar voluntades a la suya.

—Alguien que cuenta los días para entrar en prisión.

—Yo miraba el titular y pensaba... ¿Sicilia? —se preguntó retóricamente don Abel—. Doy un dato a los que me escuchan: a través de Sicilia meten la décima parte de la droga que metemos aquí. ¿Uno quiere poder para ser el Padrino o para llenarse los bolsillos? Y la respuesta es la razón de por qué los pilotos son de los que me siento más orgulloso. Harto me tienen los productores, los gatilleros y los camellos de medio pelo. Los gallegos nunca deberíamos mancharnos las manos. Así que mira a estos dos porque son el mejor ejemplo de lo bueno del negocio, enfrentan el Atlántico para recorrer miles de kilómetros. Y siempre logran volver a casa.

Don Abel terminó proyectando el humo del Cohiba Behike 54 en anillos.

A Dani ya le parecieron esposas.

20

La disociación entre lo que tú ignoras y el otro sabe: la intriga.

Me llamaron a media tarde. No me sorprendió. Fui cordial. Caminé hasta la estación y compré un billete. Ida. Podía no regresar jamás y no parecía mala idea. Me senté enfrente de dos chicos que hablaban demasiado alto sobre su residencia en Compostela. «Gelmírez», creo que dijeron en el relato de sus próximas aventuras de primer año universitario.

Anunciar tus planes es la mejor forma de que el futuro se ría de ti.

Tengo buenos recuerdos de los jueves de Santiago; y de los miércoles, de los martes, de los lunes. De cualquier día laborable en la capital de Galicia, donde en la mañana te cruzas con peatones que se han equivocado de mundo. Realmente el que se equivoca eres tú. De universo. Pero admito que los estudiantes solían divertirse sin coquetear con la ruina. Compañeros de fiesta tiernos que aprovechaban sus destartalados pisos de carrera para emanciparse. Sentido casi literal. A las mañanas marcaban a casa, siempre a cobro revertido, desde una cabina que costaba casi una hora de cola para contar las clases a las que no iban. La afonía siempre culpa de la lluvia. Y en Lugo no preguntaban más, ni en Rianxo, ni en Ortigueira, ni en Monforte, ni en Verín. Porque para qué saberlo.

—¿Tienes un mechero? —me pidió el más enjuto de aquellos dos.

Rebusqué un mechero que no estaba seguro de llevar, intentando que no viesen mi mano reventada de golpear cemento. Encontré uno con el escudo del Deportivo. Mis peores años coincidieron con los mejores del fútbol gallego.

—¡*Forza Depor*! —gritó su amigo. Un muchacho alto, con gafas de pasta, perilla de chivo y un collar de piedrecitas marinas; vaya panorama. Y cantó—: ¡Siempre Vigo no!, ¡Vigo no!, ¡Vigo no!, ¡que nooooo!

Toqué un cartel que, sin duda, significaba «prohibido fumar».

—Nos la suda —contestó el enjuto—. ¿Eh, Leti?

Solicitaba la aprobación del más grande. Y el otro se podía ir acostumbrando a la aprobación de los más grandes. El nombre apartó mi madeja de pensamientos que, cuando creía encontrar un camino abierto, topaba con otro sin salida.

—¿Le llaman Leti? —pregunté.

—¿Pasa algo?

—No, cada uno se hace llamar como quiere.

El chico con nombre y collar de chica encendió el porro que sacó de una carterita con la bandera de Jamaica. Me cambié de vagón. El tren se detuvo y la mitad de sus pasajeros bajaron. Los dos pimpollos incluidos. Seguían hablando demasiado alto en el andén. Y aquel volvió a cantar.

Tengo hipertimesia. La mejor noche en Santiago fue aquella que rematamos en el piso de dos alumnas de Medicina. Aspirantes a cirujanas de un pueblo llamado Chantada. Él había dado buen nivel y yo también. Afrekete, La Radio, Ruta y Furacán podía ser la más habitual de nuestras travesías. En el último las conocimos a ellas. Mirlos blancos que revoloteaban la mugre. Retretes llenos, urinarios vacíos. Truco por aquí y por allá para acompañarlas al cuchitril que compartían en el barrio del Pombal. Aunque igual las que nos hacían los trucos eran ellas.

Ya cerca del destino, pasamos por delante de una marisquería en la calle del Franco. Un bogavante con las pinzas encintadas me observó con desidia. ¿Serás tú el afortunado? La rubia comentó que tenía hambre. Hambre de borracha. Ese mismo bogavante serviría igual que una hamburguesa de cerdo. Y siguieron andando.

Les grité que ahora los alcanzaba, que compraría todos los bogavantes que se aburrían tras el cristal. A él le hice un guiño que entendió. Se fue colgado del cuello de las chicas asegurándoles que yo solo era un trastornado al que le parecía gracioso estar trastornado. Como todos a aquella edad. Compitiendo en trastornos. Universidad de la Calle y otros títulos que arruinarán tu existencia y aún no lo sabes. Desaparecieron tras una larga curva a la derecha. En la acera de enfrente, justo al inicio del parque de La Alameda, había una señal portátil de circunferencia azul cruzada en diagonal por una línea roja. Prohibido aparcar. Yo antes también sabía desatender carteles. Bostecé. Y la empotré contra el vidrio que reventó esparciendo el agua y los mariscos por la calle. Pillé tres bogavantes a la carrera.

—¡Dime que vuestra casa está cerca! —grité al grupo cuando lo alcancé.

—Es aquí mismo —contestó la rubia, señalando un portal verde.

—¡Pues abre, cojones!

—Por lo que has pagado te podrían haber dado una bolsa —consideró Mario.

Estuvimos todo el día comiendo bogavante y follando. Hicimos un intercambio de parejas sobre las cuatro de la tarde. Seguro que ahora las cirujanas operarán hombres amputados con vísceras malolientes, y me pregunto si desean un cuerpo en su cama igual que en aquella fecha. Incluso, forzando la casualidad, podrían haber sido ellas las que intentaron reanimar el cadáver de Mario en el hospital de A Coruña. Aquel chico que tanto les gustó durante su licenciatura. Amoratado y duro en una rutinaria mesa metálica. Con una etiqueta colgando del pie.

El tren arrancó de nuevo.

La parada se anunció veinte minutos después en un cartel que asaltaba la ventanilla. Al bajar le di la mano al viejo conocido. No hablé. Quería ver al otro tal y como habían propuesto.

Un coche. Siempre es un coche.

Infinidad de curvas. Siempre son infinidad de curvas.

Elevé una ceja al colombiano con diastema que me examinó en un gesto caníbal al detenerse el vehículo. Mi mirada resbaló por un loco más al que pagar por su locura.

Me metieron en un almacén. También puedo decir que siempre es un almacén.

No hay peor mezcla que un perdedor ambicioso. Y ahí estaba atado de pies y manos. Sangrando a borbollones por la boca. De su salmodia deduje que le arrancaron la lengua. Buen truco. Oía golpes de laringe que querían pronunciar mi nombre. Cogí una silla, seguramente la misma desde donde le habían torturado, y me quedé mirando a través del aire empañado cómo temblaba. Seguía intentando interpelarme.

Tengo hipertimesia. Me condenaron a trece años de prisión en 1992. Cuando acumulaba decenas de partes disciplinarios, comencé a trabajar en la biblioteca del penal para redimir días de condena. Me dieron la libertad condicional en A Coruña el 4 de julio del 2000 después de ocho años en las prisiones del oeste de Galicia. No han pasado ni dos meses desde aquello. Me fui a vivir con un amigo heroinómano al que ya intenté ayudar en los permisos penitenciarios. Y como había problemas con la paga de reinserción, también me puse a trabajar en un centro para adictos con un sueldo humillante. Enseguida ese amigo sufrió una sobredosis. Mientras moría me reencontré con el primo hermano que ahora me odia. Me dijo que a mi padre le diagnosticaron un cáncer y que mi madre no estaba triste con la noticia. Ella también me odia. Las noches con Mario y Cristina fueron lo único bueno hasta que, horas después de saber que Hugo traficaba con pastillas, le disparaste a mi carnal. Y no me he enterado por estos que me rodean. Aunque voy a dejar que crean que sí.

La disociación entre lo que tú ignoras y el otro sabe: la intriga.

—Da-da-da. —Turuto alcanzaba la primera sílaba de mi nombre.

Me erguí y puse la oreja cerca de su boca sanguinolenta.

—¿Cómo?

—Da-da-da.

—Esta serpiente ya no tiene lengua —dijo el Panadero.

—Sin lengua no hay veneno —dijo Jairo.

—Y las serpientes tienen el veneno en los colmillos —corregí—. ¿Por qué no dejarlo hablar si estaba atado? —pregunté.

—A Jairo se le fue un poco la mano, pero ya habló bastante.

—Ahora le cae un líquido rosa por la nariz.

—Debe de ser algo del cerebro —me tranquilizó el Panadero.

El mejor móvil que había visto comenzó a reproducir una grabación: «Me dijo que los hipnotizadores estaban de moda no sé cuántos años atrás y que hacían pasar vergüenza a la gente en la tele...». La locución se paraba tras la confesión del asesinato.

—También encontramos esto, igual quieres guardarlo. —El Panadero me dejó la sentencia, la pistola y la fotografía en la que salíamos los cuatro en Ibiza con dos X dibujadas encima de Isra y Mario—. Se le ha ido un poco el color, tendrá unos cuantos años.

—Tú fuiste el que besó a esta rana. —Le devolví el arma y guardé la imagen raspada por Turuto—. Haz lo que tienes que hacer.

—Se encargará de ella si es lo que deseas. —Don Abel entró en plano. Era más viejo de lo que yo imaginaba, se movía encorvado y hablaba con un timbre trémulo—. Siento todo lo que te ha pasado. Oh, mira cómo tienes la mano derecha, chico.

Me dejé abrazar.

—Quería seguir otro camino, entiéndelo.

—Claro que lo entiendo. Lo hablé aquí mismo hace ocho años cuando rechazaste el abogado. Lamento que las circunstancias te hayan empujado adonde no querías estar.

—Usted decía que admiraba a los pilotos porque van muy lejos y siempre vuelven a casa. ¿Es esta mi casa? No sé qué más hacer para encontrarla.

—Ahora has vuelto del peor lugar y te aseguro que en esta casa se te tratará tan bien como tú nos trataste. Porque sí, Dani, es la tuya.

—¿Y ya hay algo para mí?

A don Abel, al Panadero y hasta al colombiano se le iluminaron los ojos. Retornaba el hijo pródigo.

—Siempre, Dani...

—Dos condiciones, don Abel.

—Te escucho.

—La primera es que lo matáis ahora mismo.

—¿Sabes que nada de lo que suceda aquí cambiará el pasado?

—Esa es la razón.

—La venganza es lo que mejor sabe en la vida. Aunque pide más, que te lo daré.

—Y la segunda, ahora que no está Mario, es que necesito a alguien de confianza a mi lado. Ya me entiende, usted y él y él son de confianza. —Señalé a todos menos al amarrado—. Pero en el día a día de mi trabajo no voy a verlos. Quiero que se una al grupo un hombre que me ayudó en la cárcel.

—¿Lo conocemos?

—No lo creo, es ruso.

—Ruso... Tráelo y le darán el visto bueno de merecerlo. No lo dudo si te has fijado en él.

—Le gustará.

—¿Baleo a este? —preguntó el Panadero, teniendo delante a algo que no estaba muerto y tampoco estaba vivo.

—Do-do-do-do-do-do.

—¿Me está viniendo con lo de «en la cara no»? —El Panadero apuntó el cañón al verde resquebrajado de aquellos ojos—. Cuántas veces aguantaré lo mismo...

—Da-da-da.

—¿Cómo dices?

Me arrimé de nuevo a Turuto con la pregunta.

—Da-da-da-da-da.

Saqué la foto de los cuatro en Ibiza con las X encima de Mario e Isra. Con la uña rasqué dos líneas cruzadas en diagonal encima de la cara jovial de Turuto. Esto es excesivo; esto es insuficiente.

—Las personas ya solo están en las fotos.

—Da-da-da-del-del-del.

—No me llames Daniel.

Suspiré y me rendí a la evidencia. ¿Hasta dónde podía aguantar un hombre como yo? Hasta aquí. Ahora no importa cuánto pagaré por mis tres personajes: el que fui, el que soy y el que me va a tocar ser. Me acaban de decir que la venganza es lo que mejor sabe en la vida.

Apreté el puño derecho y giré buscando la punta del pie izquierdo para lanzar un puñetazo que tiró los dientes de Turuto en esquirlas. Asentí hacia el Panadero. El sonido liso del disparo retumbó en el almacén. Y la luz del foco cenital se derramó sobre el cadáver amordazado.

Me acerqué proyectando una sombra que oscureció aquel cuerpo.

—Mi nombre es Gasolina.

PLEAMAR

1

Don Abel se acercó al muro casi derruido que lindaba con el Atlántico. En algún momento tuvo que ser un dique de contención del que ahora quedaban apenas ladrillos. Sus zapatos de doble hebilla crujían en la arenisca rociada, contorneando su huella para detenerse a un metro del agua imbuida de la luna.

—Venid conmigo —ordenó—. Los tres.

—Enseguida, patrón.

La brisa traía una liviana *marusía,* la palabra que utilizan en las Rías Baixas para referirse al olor a brea, algas, salitre.

Al olor a mar que inspiró al capo:

—Sigo enamorado de las madrugadas de pleamar en las que la luna brilla así. Fijaos cómo alumbra el agua que sube por las rocas y abre esos caminos ocultos. Entonces cada vez que respiro puedo notar una de mis planeadoras descargando. Y vuelvo a sentirme joven.

—Desde aquí yo solo puedo imaginarlo por el muro que tiene el nivel del mar dos metros más arriba —dijo el Panadero.

—No tendrías que imaginarte nada. Cuando uno viene a este lugar, conoce algo que el resto ignora. Es suficiente.

Don Abel hizo una mueca taimada al Panadero. Qué previsible eres. Un hombre de tantas cualidades y tan pocas buenas. La razón por la que seguimos trabajando juntos.

—¿Qué hacemos con el paquete, don Abel?

—Hoy no nos vamos a poner creativos. Hundidlo.

El Panadero y Jairo acercaron a rastras el cuerpo de Turuto, envuelto en plomadas, plástico y tela por ese orden de embalaje. El colombiano hizo un esfuerzo titánico para tirar los doscientos kilos al agua. Se oyó un chapoteo. La bajamar arrastraría el cadáver por el fango lejos de la costa y allí quedaría, en mitad del abismo, rodeado de carroñeros que picarían la carne arraigada al fondo por los pesos que rodeaban sus pies y cara. Donde le habían disparado. Es la garantía cuando ruegan que no les destrocen el rostro, porque la persona de enfrente no suele ser la más piadosa.

—Puedo reconocer que antes de esto tenía miedo a Dani —dijo don Abel a sus esbirros, que se miraron extrañados—. No hay nada más peligroso que un hombre justo en busca de justicia. Y gracias que nosotros se la hemos dado.

Don Abel apretó el nudo del pañuelo rojo de estampado *pasley,* que sobresalía cruzado por el cuello de su camisa negra de algodón, e inició los pasos lánguidos de vuelta hasta la berlina que le abrió Jairo por la puerta trasera. Se aferró al asa de goma superior y, con lentitud, incorporó la pierna derecha hasta el asiento para después hacer lo mismo con la izquierda. Sus zapatos mancharon de arenisca la alfombrilla del coche.

—Por favor, limpiad esto.

Jairo se levantó del puesto del conductor y cogió la alfombrilla. Le pegó unas guantadas fuera del vehículo y luego la agitó ondulante. La encajó de nuevo para ser pisada. Antes de sentarse en la parte delantera, hizo una ceremonia parecida con las suelas de sus botas. El Panadero lo imitó con desgana.

—¿Todo bien, patrón?

—Sí. Marchémonos, Jairo.

Don Abel bajó el reposabrazos central y colocó un Cohiba Behike de etiqueta dorada en sus labios cuarteados. Número 54.

El sigiloso motor arrancó. Pulsó el interruptor de la ventanilla para seguir vislumbrando la luna que con su fuerza anegaba las rías cada seis horas. Entonces encendió el puro con el mechero de varias flamas, lo besó en un par de caladas y cruzó las manos, esperando a que se lo llevasen de allí. Sus ojos de saurio destellaban. La vuelta de Dani también era como una alineación de astros: excepcional, misteriosa y, sobre todo lo demás, inevitable.

—Ahora el chico tendría que dar algo a cambio.

Iniciaron la marcha.

2

—Le he repetido el nombre y la dirección cuatro veces. Estaba con ella.

—¿Toda la noche?

—Toda la maldita noche.

—Es consciente de que voy a corroborarlo.

—Ojalá lo haga ya y no me vuelva a citar. —Luego, paladeando las palabras—: Estos sitios me dan alergia.

—No parece muy afectado porque haya muerto el que se supone que era su gran amigo.

—¿Manejan un certificado de grandes amigos?, ¿no se podrá borrar con un formulario como el de los antecedentes penales? Quitaría a bastantes de la lista.

—Tal vez en su mundo no exista la amistad, pero sí las colaboraciones ocasionales. Y esta hoja de detenciones nos dice que pasaban mucho tiempo juntos. —El policía sacudió un papel con números que apenas se distinguían desde el otro lado de la mesa—. Uña y carne.

—Excepto en el último delito. —Otro agente de la unidad de investigación entró en la sala con andares estevados y un nuevo taco de documentos—. En la última ocasión a Mario Goyanes no lo metieron en la cárcel con semejante condena. ¿Motivo de enemistad a partir de entonces, señor Piñeiro?

Dani se retrepaba en la butaca de la comisaría de A Coruña, con un brazo cayendo con desdén por la parte posterior del respaldo.

Tres sillas, una mesa y la luz que hendía en la penumbra de la habitación.

—¿Puede decirme su TIP profesional? —preguntó.

—Conozcámonos mejor. Soy el 40587.

—¿Y el suyo?

El otro policía pidió la aprobación con la mirada al que acababa de entrar, que asintió levemente.

—76619.

—Estimados 40587 y 76619, no tengo por qué aguantar su farsa. He venido para no volver a venir y todos los que estamos en la habitación lo sabemos. Les he dicho dónde y con quién estaba esa noche.

—¿De verdad no siente pena por su muerte? —insistió el 40587.

—¿Van a recoger mis emociones en el acta? No los recordaba así de sensibles. Cambian mucho las cosas en los cuerpos de policía... —Separó la espalda del respaldo—. Tendrían que haber conocido a los que iban de marrón y se les quitarían tonterías de interrogatorios con psicología sugestiva, inversa o cualquier otra memez que ven en las películas. Lo primero que necesitan en esas sillas es asumir quién tienen enfrente. —Y dándose la razón con un cabeceo—: A partir de ahí, si hacen las cosas bien, puede que saquen algo. —El cabeceo alternó de sentido—. No será conmigo.

—¿Los tipos como usted sienten pena alguna vez?

—Improcedente, 40587. Nunca escuché nada más improcedente.

—Puede estar comiéndole el coño a una abogada en su apartamento y querer que cojamos a los que mataron a Mario.

—¿Hay más de un pistolero? —cuestionó Dani.

—No... no retuerza mis palabras —el 40587 ya hablaba con el mismo tono dubitativo que su compañero.

—¿Una banda de pistoleros?, ¿sí?

—No disponemos de esa información.

—¿Un lobo solitario?

—Tampoco se la daríamos en... en caso de tenerla.

—No me la darían y tampoco la tienen, pero en unos días seguro que dispondrán de toda la información. ¡Toda! Ya se lo avanzo, vendrán aquí los chivatos de la ciudad a por un poco de amor, contando que llevan la pista buena. Y buscarán a un sospechoso negro, blanco, pelirrojo, alto, bajo, gordo, delgado, calvo con trenzas, coruñés de acento extranjero, que iba en bicicleta a motor, media cara quemada, una cicatriz en el brazo derecho que al final era un muñón, y por favor hablen con el magistrado para que me apliquen la atenuante de colaboración policial en el juicio que tengo dentro de un mes. *Voilà!*

—Lo encontraron una hora después del balazo y nadie llamó ni para avisar del disparo. Mientras, ahí sigue su culo de chico malo sentado sin contar el primero de los datos que podría ayudar.

—Nadie reacciona al sonido de un disparo porque nadie cree que es un disparo. Hasta que hay una ráfaga la gente busca cualquier excusa para seguir durmiendo.

El 40587 y el 76619 se miraron.

Decidieron intentarlo de nuevo:

—¿Él podía tener enemigos?

—¿Han escuchado disparos alguna vez? Mejor, ¿han disparado alguna vez?

—Ese ruido no se olvida —contestó el 76619.

—Estimado 76619, le diré el único ruido que no se olvida: oír a un hombre expirar. —Dani puso el dedo anular en su frente—. Un halo de tres segundos que se incrusta aquí en medio.

El 40587 ordenó, cariacontecido, sus papeles. ¿Le había hecho una peineta?

—Comentaremos al juez que tenemos un tipo duro.

—Háganse un favor —concluyó Dani—, cierren la carpeta y dejen de buscar. Se arrepentirán si sigue abierta cuando vengan los delatores con causas pendientes. Pasarán meses pastoreando gatos... Entienden la paradoja, ¿no?

—Ha hecho honor a su fama de que saca lo mejor delante de la policía.

Dani se levantó, airado, de la butaca. Cuando estaba bajo el dintel de la puerta, el 40587 quiso jugar su última carta.

—Al menos otros han cogido a su primo. Dieciocho añitos. Me pregunto cómo saldrá de la cárcel a los veintitantos por vender unas pastillas. —Después, con falsa afectación—: ¿No se iba, Daniel Piñeiro?

Dani se volteó hacia aquellos agentes.

—¿Este es el conejo de la chistera?

—Todavía no ha pasado al juzgado, quizá podamos hacer algo en el atestado que redactan nuestros compañeros. Son jóvenes. Les convenceremos con el «borra esto» para que el instructor lo mire de otra forma. Conoce cómo funciona, lo importante no es lo que haya sucedido, sino lo que hayamos escrito que ha sucedido. Es lo que quiere, ¿verdad?

—Solo quiero enterrar a los muertos en paz. No me dedico a otra cosa.

—Pretencioso hijo de puta... ¡Encontraremos algo contra ti!, ¡incluso si no lo encontramos!

—También estoy acostumbrado a eso.

Y se perdió por el pasillo, admitiendo que no era una mala amenaza en boca de un policía.

Dani salió de la comisaría y llamó al abogado de la tarjeta que guardaba desde su último juicio. Marcó el número fijo de Jorge Maeso que no tuvo ni que leer. Nueve cifras era algo fácil de recordar.

—No vas a creer quién soy y lo que te voy a encargar —dijo cuando le contestaron en esa tarde de lunes—. En el fondo ni yo mismo me lo creo.

Final de agosto en A Coruña, pero dentro de los calabozos siempre estacionaba el profundo invierno. Eso era lo que sentía Hugo, mucho frío, pensando en que pronto su gran idea se había convertido en la peor ante esas pintadas rupestres. Un tal Clemente perseguido por media ciudad hace muchos años, un «Puta Espanha», firmas de Risone, Huevo o Platanito. ¿Quiénes serían esas personas, cuándo habrían estado allí y por qué? Se fijó en unas letras que tenían debajo dos grandes iniciales: «D.P.». Encima había algo que leía con dificultades en el momento que otro TIP profesional abrió la celda.

«Yo contra ellos.»

—Vamos a hacer la declaración.

Hugo tocó los rayazos. Tendrían un centímetro de profundidad. ¿Ponía «Dani» en un trazo más ligero tras la D inicial? ¿Ponía «Piñeiro»? La humedad se había comido la línea.

«Yo contra ellos.»

Examinó al policía que le hablaba, apareció otro a su lado... Ellos.

—No tenemos todo el día, niñato.

Yo.

A Hugo lo enmanillaron y lo escoltaron hasta la primera planta. Lo metieron en una sala de aspecto funcionarial en cada detalle, donde esperaban otro uniforme azul y un cuarentón de pelo grisáceo recogido en un *slick back* de gomina, que le apretó la mano sin levantarse de la silla. Luego puso su segunda mano encima, dominando el saludo.

—Soy tu abogado, Jorge Maeso. —A continuación, a los policías—: ¿Le pueden quitar las esposas? Este no es peligroso.

Los policías procedieron.

—¿El de oficio? —preguntó Hugo.

—Privado, vengo de parte de tu familia. —Con el pie corrió la silla vacía—. Siéntate, por favor.

Hugo observó, desconfiado, a aquel tipo con traje príncipe de Gales y se sentó.

—Tienes derecho a... —El agente leyó entre dientes una ristra de derechos—. ¿Los has comprendido?

—Estoy a punto de pedir el intérprete para traducir tu idioma.

—¿Cómo has dicho?

—Firma donde pone «denunciado» —intervino el abogado.

Hugo lo miró, y este asintió con la cabeza, sin disposición para bravuconadas. Después también marcó su rúbrica al lado de la del detenido.

—¿Vas a querer declarar aquí o delante del juez? —preguntó el mismo agente, ya arisco—. Te recuerdo que la respuesta no puedes consultarla con tu letrado.

—Esa respuesta la sabemos todos. Delante del juez.

Jorge Maeso sonrió por el buen protocolo del chico. Aunque dijese que quería declarar allí mismo, sin ningún tipo de información sobre el atestado y sin el consejo previo de un jurista, no iba a permitirlo.

—Pues firma aquí —volvió a pedir el policía tras imprimir la negativa.

Otra vez las dos firmas se estamparon en la hoja.

—¿Nos deja solos? —sugirió el letrado al policía, que ahora tenía problemas con la impresora.

—Claro, Jorge. —Golpetazo a la máquina—. Ni para chalecos antibalas ni para impresoras.

Y salió al pasillo.

—¿Quién dice que lo ha contratado? —preguntó Hugo.

—Tu familia. ¿No me has escuchado antes?

—¿Y con qué le van a pagar?

—Acostumbro a cobrar en dinero y lo hago por hora, así que aprovechemos el tiempo. —Esperó un par de segundos y continuó—: A partir de este instante confiarás en mí como no has confiado nunca en otra persona, seguirás todas y cada una de mis instrucciones y no hablarás con nadie sobre lo que ha pasado sin autorización expresa. ¿Bien?

—Muy bien, Jorge —dijo Hugo con deje rudo, intentando parecer alguien acostumbrado a los calabozos—. Eso haremos.

—¿Qué ha pasado?

—Estaba en una discoteca...

—¡Mal! No hablarás con nadie de lo que ha pasado sin autorización expresa.

—De acuerdo...

El chico acomodó el pie izquierdo que se escapaba de las gigantescas zapatillas sin cordones Osiris.

—Primera instrucción: solo hablarás de lo que ha pasado con tu abogado. ¿Qué ha pasado?

Hugo arrugó el ceño. Jorge Maeso sacó una moneda del bolsillo y la pasó por sus nudillos como si fuese una ficha de póquer. Significaba que cobraba por hora.

—Estaba en una discoteca... —volvió a empezar Hugo.

—¿Cuál?

—La Joy.

—Intuyo que vas a ser el primero de muchos por lo que se oye en comisaría. Lo curioso es que hay una en Madrid frecuentada por el famoseo, me intriga si sabe lo que hace su franquicia en Coruña. —La moneda retornó al bolsillo del traje—. Continúa, por favor.

—Subí con un amigo y una amiga... bueno, un rollete. Vinieron dos chicos a preguntarme por pastillas, los había enviado mi colega y pensé que los conocía. Saqué lo que me pidieron y de repente me tiraron al suelo.

—La juventud es un uniforme que invita a la violencia.

—Cuando me revolvía se identificaron como policías, me dijeron algo así de que me metí en un buen problema y entraron a la carrera otra decena de estos cerdos. Se paró la sesión y nos sacaron al aparcamiento, donde habían montado un control de acceso. A mí me encerraron en una furgoneta. Me putearon un poco, me desnudaron y apareció la riñonera con veinte pastillas.

—¿Dinero?

La moneda volvió a pasarse por los nudillos.

—Las cuatro mil pesetas que guardaba en la cartera.

—¿Vendiste más esa noche?

—Unas cuantas.

—Lánzame un número aproximado. —Luego, ante su duda—: Sin vergüenza, Hugo.

—Treinta y siete.

—Un buen tendero cuadrando las cuentas. ¿Y lo que ganaste?

—Quedó en casa de mi amigo. Tuvimos que parar el taxi allí antes de subir a la Joy porque quería su gorro de bufón.

—Gorro de bufón...

—Con cascabeles. Va con él a estos sitios.

—Deben de ser lugares magníficos. —La moneda cayó al suelo y Jorge boqueó con un gesto de «ahí se queda»—. ¿Los policías de paisano te dieron algún billete antes de detenerte?

—Juraría que en cuanto las saqué me tiraron al suelo. Fue tan rápido... y uno iba totalmente sudado... quién cojones...

—O sea que te pescaron unos novatos. —El abogado se abrochó el botón inferior del traje—. Hemos terminado.

—¿Está de coña? ¿Puede decirme algo más?

—¿Que mañana dormirás en casa resulta suficiente? Agente provocador, falta de pago y bolsa común. Es un caso de sota, caballo y rey. Segunda instrucción: busca unos amigos de los que pararon en ese control de acceso a la discoteca, mejor si les han cogido algún porrito con su correspondiente multa. Cada uno de ellos declarará que le correspondían dos de tus pastillas. Las comprasteis para esa fiesta a Pincho sobre la una de la madrugada.

—No conozco a ningún Pincho.

—Tercera instrucción: conoces de vista a Pincho. Y únicamente si te lo pregunta la jueza, que mañana está de guardia una que alterna la mala leche y el amor según el día. Ten cuidado porque quizá una noche también le vendas a ella. Pincho es un chaval muy moreno, apenas metro y medio, y con un montón de aros dorados en las orejas, del Barrio de las Flores según te dicen.

—Ahora ya caigo quién es.

—Ya caes quién es alguien que no existe. ¿Metro y medio?, eso son los estúpidos detalles que creen... ¿quién mide metro y medio? —Con la palma a metro y medio del suelo—. Decidisteis que las subirías tú porque tenías esa riñonera para evitar que os fastidiasen la juerga con una multita y el decomiso. ¿Cuánto llevas vendiendo?

—Casi dos meses.

—Cuarta instrucción: jamás has vendido nada.

—¿Y los secretas?

—A esos pimpollos estoy deseando interrogarlos. ¿Les dejaste las pastillas en su mano?

—No tuve tiempo.

—Quinta instrucción: enseñabas tu cuño como un pavo real. Conoces lo importante que es el logo en estos comprimidos. Tu amigo y tu amiga... bueno, rollete, son testigos de eso y de lo colocado que ibas. ¿Y cuál era el símbolo mágico?

—El de Mitsubishi. Los tres rombos.

—¿Rombos? Oh, no, paro la aguja que esta es gratis. —Jorge Maeso hizo una pantomima con la rueda de su reloj analógico de cuarzo—. Son tres diamantes, que vienen de tres hojas de roble de un samurái de hace no sé cuántos siglos. Mitsubishi es el banco más importante de Japón, una corporación financiera y un holding industrial que se dedica a los coches entre otras muchas cosas. Ahí tienes a los tres.

—Se supone que son las mejores pastillas —dijo Hugo, abrumado por la información. Después preguntó—: ¿Droga con el logo de un banco?

—¿Te imaginas que haya un cuarto sector oculto dedicado al éxtasis? Un montón de japoneses en una fábrica de Okinawa sacando pastillas a puñados. ¿Cómo no iban a ser las mejores? Empleados orientales, perfeccionistas por naturaleza... ¿Y recuerdas el cliché? Hacen huelga trabajando el doble. Los laboratorios de Holanda no pueden competirles.

—De Holanda viene todo.

—Ya sé de dónde viene la química, chaval. Y que los cabrones piensan que el gancho está en los cuños de marcas de coches. Mitsubishis, Hondas, Mercedes, Porsches, Audis, Ferraris... avísame si algún día te llega una pastilla con una S de Seat. En fin, como no aguantas tomando zumos toda la noche, solicitaré al juzgado una analítica de sangre y pelo. Será la única vez que te alegrará escuchar «positivo» de un doctor. Con eso nos vemos mañana ante su señoría. Si te encuentras mal, ir al médico es uno de esos derechos que han recitado entre dientes. —Y mirando el desaliño de Hugo como un cuadro abstracto—: También te servirá para airearte.

—¿Cuánto tardará todo el proceso? —El detenido tenía dudas para el resto del día.

—Dos o tres años hasta juicio, unos ocho meses más si la sentencia no nos gusta y fácilmente otro año para que la ejecuten si continúa sin gustarnos. Luego hasta tramitaría un indulto. Así que llévalo con dignidad, de lo único que no te puedo librar es de la pena de banquillo. Estás todo este tiempo pensando en el gran día ante el tribunal, no duermes, no comes, no sales de casa, ¿para? Para nada. El final, bueno o malo, no depende de las vueltas que le pegues a tu cabeza. Mientras, has perdido la libertad que tanto te preocupa conservar.

—¿Qué... qué me van a pedir? Solo eran unas rulas.

—Te pedirá cinco años un fiscal joven, cuatro años y seis meses un fiscal viejo. Y cualquier mujer te pedirá seis.

—¿De verdad?

—Todo lo que ha salido por mi boca es la verdad. La tuya ya no importa a nadie.

—Usted me la ha preguntado —reconvino el muchacho.

—Y la escuché vagamente para cambiarla. La verdad material no existe. —Tras levantarse—: Solo existe la verdad procesal.

Jorge Maeso aporreó la puerta de la sala de interrogatorios.

—¿Y quién de mi familia lo ha contratado? —Duda una octava más alta.

—Vaya sorpresa cuando lo reconocí... Se presentó como tu hermano, curiosa frase de un hijo único.

La puerta se abrió, pero el abogado cambió de parecer y volvió a cerrarla mientras el policía quedaba con cara de pánfilo a través del ojo de buey. Se acercó a Hugo, que se adelantó a la sílaba inicial que marcaba su interlocutor:

—¿Usted fue el que le defendió aquella vez?

—Y algunas otras. Era de los que solicitaba ver al médico para airearse. Pero lo que quiero que sepas es que te hubiera representado gratis si me lo pidiese.

—Lo ha engañado. Quizá pueda darle un perro viejo lleno de pulgas, no tiene nada más.

—Supuse que lo conocerías bien a pesar de que pasó tanto tiempo encerrado. Me va a pagar, no soy barato y su palabra equivale a un contrato. —Entonces susurrando—: Habrá guardado dinero, como hiciste tú antes de que te detuvieran.

Hugo arqueó la espalda.

—¿Él...?

—Es muy triste ignorar quién es alguien que dice ser tu hermano. Reflexiónalo con los barrotes. ¡Puerta!

—¿Ya ha terminado, Jorge? —preguntó el policía tras agarrar la maneta.

—Por hoy sí. Cuide del chaval hasta que pase al juzgado. A este todavía lo podremos reinsertar.

El mismo policía trasladó a Hugo a los calabozos.

Cuando volvió a la sala de interrogatorios guardó la moneda que antes había visto en el suelo.

Al mediodía siguiente, tal y como le habían instruido, Hugo era puesto en libertad junto a una bolsita con sus pertenencias. Sin doce mililitros de sangre y sin un mechón de pelo de la axila. La jueza le daba a la policía el apodo de Pincho. También aprobaba la declaración de diez jóvenes que asegurarían que esas pastillas eran de todos y la de los dos testigos directos que acreditarían lo drogado que estaba y que no hubo pase.

A la salida de los juzgados encontró a María sentada en las escaleras, esperándole con el rostro vítreo conjuntando unas ojeras insomnes. Ella le abrazó y él se sintió reguarnecido cuando aquel pelo mojado rozó su mentón.

Jorge Maeso pitó el claxon de su coche al contemplar la escena.

—¡Cómo has declarado!, ¡eso son genes! ¡¿Os acerco a algún lado?!

Los chicos se aproximaron.

—A mi casa si puede —contestó María—. Final de Juan Flórez. —Sus padres estaban en el adosado de Santa Cruz.

—Chico, te vas a parecer a Dani más de lo que crees. Ojalá tengas la suerte que le faltó a él con una novia igual de guapa, pero que no te deje tirado... Final de Juan Flórez, ¡venga!

Hugo se metió como un autómata en el vehículo. Los cinco sentidos aplazados. Echó en falta a alguien aquí. A Pipas. Bueno, y a mi primo... A mi hermano. Volvió el tacto: sintió de nuevo el cabello mojado de María cuando se apoyó en su hombro. Y cerró los ojos por primera vez en dos días.

—Yo contra ellos —dijo antes de quedarse dormido.

3

¿Quién eres? ¿A qué viene esa estúpida pregunta ahora? Lo sabes de sobra. No, la hago porque no tienes ni idea de quién eres. Cristina pasó el lunes del sofá a la cama y de la cama al sofá, ovillando su cabello y atiborrándose de cruasanes, pero al día siguiente no podía permitirse faltar al trabajo. Reunión de las que se marcan en rojo. Y allí estaba, mirándose en el espejo con el cliché de no reconocerse. ¿Quién eres? Alguien que entrará pasadas las diez de la mañana en la oficina.

Se puso una falda de tubo verde con chaqueta a juego, una camisa dos tonos más clara y medias negras encima de los tacones del mismo color. Pelo suelto, pelo recogido... Recogido, da un aspecto más formal. Las mujeres todavía buscamos la dosis justa de atractivo en las reuniones de hombres. ¿Todavía? Los *blisters* de diazepam que bullían por la mesilla le recordaron lo importante de un buen maquillaje. Segundos después entendió que se le había ido la mano, parecía un muñeco de cera. Ahora esa tipa que no sabía quién era todavía llegaría más tarde con cráteres de betún en la piel.

Gafas de sol incluso en el umbrío garaje, que son la mejor careta, y pisó el pedal de embrague. Los números digitales del salpicadero semejaban ir subiendo la hora de cinco en cinco.

A las diez y cuarto de la mañana los tapó encajando el monedero que sacó del bolso. Eres alguien a punto de perder tu eje.

El Mercedes blanco dobló un bolardo que marcaba las plazas reservadas del aparcamiento. Cristina quebró un tacón al trote ya fuera del vehículo. Hizo ademán de seguir con el izquierdo, pero entendió lo grotesco de la imagen y sus medias comenzaron a pisar la gravilla. Me he pinchado con algo. Un agujero en la tela y unas gotitas rojas. Este pie ya solo apoya los dedos.

Y las puertas automáticas se abrieron.

—¿Se encuentra bien? —preguntó la recepcionista un tanto extrañada. Se quedó más extrañada cuando no le contestó.

Zapatos en mano, Cristina tomó el ascensor hasta la quinta planta. Aquellos dígitos marcaban diez subterráneos y siete elevados. La empresa había excavado, literalmente, una ciudad industrial mediante túneles. Un hormiguero de cajas y documentos sirviendo a la hormiga reina que descansaba en un rincón ignoto. El ascensor se iba atestando de trabajadores. Algún mentón se izaba al ver la curiosa viñeta y ella ponía su cara de hastío. Que nadie me pregunte por qué voy descalza que le corto la yugular con el tacón roto. El pitido del quinto piso la calmó. Atravesó la mesa común de abogados *juniors* que la examinaron con disimulo y llegó a su despacho de tabiques acristalados.

Lo suficientemente finos para que se escuchase un «¡hostia!».

Varios dossiers se apilaban en la mesa. El primero era el *Código de conducta y práctica responsable* que la empresa publicitaría esa semana. Remitiendo a lo que denominan opinión pública, se harían auditorías en la multinacional para no emplear a nadie menor de dieciséis años en ningún lugar del mundo. Cristina sintió una inesperada aversión al ver el mamotreto de papeles dentro de su pequeño y transparente espacio de trabajo. La globalización ha cambiado amas de casa gallegas por menores en Bangladesh. Bruno, el jefe del departamento legal, abrió la puerta en plena evocación. Cristina hubiera dicho el viernes que era un buen hombre agotando sus cuarenta años y su incipiente calvicie en un conjunto atractivo. Hoy sentía por él la misma aversión que por aquel código.

—Cris, no te voy a preguntar si va todo bien porque es evidente que no va todo bien, pero tenemos que subir a la reunión.

Cristina salió del cubil y vociferó a las veinte chicas que compartían planta:

—¡Necesito un número 38!

Una muchacha que llevaba dos semanas en convenio de prácticas le prestó unas bailarinas. A cambio se quedó descalza, retozando los dedos bajo las ruedas de su silla giratoria de gama media.

—¿Puedes andar diez metros con eso?

—Y muchos más —dijo Cristina a Bruno—. Lista para trabajar.

—He escuchado algunos rumores, y esta aparición tuya en la empresa no me deja muy tranquilo.

—Olvídala, vamos a por el premio gordo.

—Cuando terminemos tienes confianza para tomarte dos días libres si los precisas. ¿Has visto la edición del *Código de conducta y práctica responsable*? Al final la han hecho en tapa dura.

—Estaba en ello.

—Recoge algunas ideas de las que hemos desarrollado en el departamento.

—Y solo las que han aprobado los jefes de los otros departamentos. La primera hoja ya parece un encarte.

—¿Soñaste con que iban a contemplar lo de las auditorías públicas?

—Soñé con otras cosas.

—Pues tampoco las sueñes justo ahora.

Al ascensor.

La puerta se abrió en la última planta y surgió el eslabón superior de la cadena alimentaria de la empresa. Una primera mueca forzada por ganchos mentales, y una segunda y una tercera. Cristina no pudo con la cuarta. Los canapés en las mesas precedieron a los camareros con bandejas de copas de champán. Ella reparó en que cíclicamente salía una con vasos rosas: Moët & Chandon Rosé.

Unos cuantos apellidos importantes se felicitaban por tener listo aquel documento que tranquilizaría a varios medios de comunicación, dejaría suspicaces a las ONG y provocaría indiferencia a los políticos. Tras el ágape, una decena de personas pasó a la imponente sala de reuniones. Cristina estaba allí porque Bruno pensaba que promocionarla sería un atajo para enredarse en sus sábanas, y más cuando el lunes en la oficina no se habló otra cosa de que había dejado definitivamente a Alfonso, baja por una operación para soldar un pulgar roto. Uno de los gerifaltes comerciales a puñetazos. Era un chisme muy jugoso para que el departamento legal no lo paladease.

Sentados por estricto orden subordinado, el director de la planta de A Coruña, la icónica de aquel holding, comenzó el discurso con sus palabras de siempre:

—Este fue el sueño de un hombre que, cuando le preguntaron si lograría abrir aquella primera tienda en Madrid, no contestó «lo intentaré».

Cristina recordaba que Dani tenía un comodín parecido. ¿Estos sueños sí se pueden contar? Bruno, cayendo en su abstracción, le pisó con delicadeza una de las bailarinas de la chica del convenio de prácticas. Volvió a escuchar aquellas palabras cuando dejaban la introducción.

—En los últimos años existe una tendencia mundial que ciertas voces intentan frenar. Son como granos de arena en una vía del tren. Si se juntan muchos, provocan un paso de frenada o hasta un descarrilamiento. Nada que no podamos arreglar porque nuestras son las vías y los trenes, pero sí algo que nos retrasa. ¿Dudamos de que la globalización es progreso? Ahora con internet en cualquier chabola del planeta se podrá redactar una tesis sobre los presocráticos. En una villa miseria argentina, en una favela brasileña o en un *slum* hindú. Y eso tiene la aprobación moral de todos. En cambio, cuando a cualquiera de esas chabolas nosotros llevamos un trabajo remunerado, ya no tiene la aprobación moral de los intervencionistas. Es lo que hemos hecho durante los noventa y es lo que seguiremos haciendo. No obstante, resulta imposible cambiar aspectos culturales de países lejanos donde, bienvenidos a la realidad, los niños trabajan y los hombres tienen varias mujeres de bodas acordadas. Somos una empresa, no una de esas asociaciones caritativas que van con una hucha naranja por las aceras, y enfrentamos la realidad para retorcerle el beneficio. No sé ni por qué debo recordarlo. —Pausa de repaso a los oyentes—. Las multinacionales están sufriendo boicots por... alborotadores. No hay más que ver lo ocurrido en Seattle el año pasado y esa publicidad nefasta que nos hacen. Pues esto que tienen aquí es nuestro compromiso con las nuevas inquietudes, si es que también les gusta la palabra. —El director cogió el código con las risas templadas de la sala—. Esto ha conseguido la paz con los que tenían la capacidad de firmarla. Y adivinen, no son ni los que viven en las chabolas ni los que rompen escaparates en Seattle. —Midió al público y remató—: Pero esos tampoco compran nuestra ropa.

Aplausos.

Bruno dio un codazo a Cristina, que se unió mediante unas palmadas de cortesía.

El subdirector de la planta, un hombre algo más joven, algo más alto, algo más elegante, algo que, en definitiva, estaba esperando el relevo del director, tomó su turno:

—De todas formas yo quisiera saber de viva voz la opinión de nuestro departamento legal. A veces perdemos tiempo leyendo informes de consultores que están muy lejos. Y que no les importe si lo que dicen aquí no se tiene en cuenta. —Mueca al director y otra contenida carcajada general—. Les va en el sueldo.

Cuando Bruno iba a loar el código que tenían entre manos, Cristina se adelantó:

—Me gustaría aprovechar la ocasión para expresar que en ese departamento existe una opinión que estima que las auditorías sobre el trabajo infantil deberían ser públicas y no privadas.

El director clavó sus pupilas en aquella chica. No le salía el nombre, pero ya la odiaba. A la contra, el subdirector veía la reiterada oportunidad de ensombrecer los brindis al sol de su superior.

—¿Y eso en qué nos beneficiaría? —preguntó.

—Diversas organizaciones empiezan a aplicar un índice de transparencia a las multinacionales. Elaborar un código de conducta así y fiarlo a auditorías privadas nos revela como una industria que a través de terceros puede operar en las condiciones que han denunciado. Entiendo que se trata de una decisión que queda lejos de esta planta pero, dado que ustedes mantienen relación con el socio fundador, podría ser interesante que se le plantease la idea como algo que también tiene proyección empresarial. Proliferan marcas que se amparan en asociaciones de comercio justo y tal vez en el futuro eso sea un activo patrimonial. —Por un instante Cristina creyó que iba a cambiar el código y luego el mundo—. De hecho, estoy convencida de que lo será.

—¿Usted es la abogada que sugirió un control por parte de sindicatos independientes locales?

—Locales del tercer mundo, claro —precisó el subdirector al director.

—Sí, fui yo.

Bruno la analizaba anonadado. Esa mujer cavaba su propia tumba. ¿Cómo osas plantear semejante idea aquí? Te va a costar un buen polvo si piensas volver a pisar esta sala de reuniones.

—Lo suponía. —El director tosió como un mal corista—. Es muy joven para imaginarse lo que cuesta poner una pica en una esquina del globo, pagando unos costes de producción de veinte pesetas la hora, y luego dejarlo en manos de sindicatos. En tres meses los trabajadores estarían en huelga y en cinco cobrando doscientas pesetas la hora. Al año siguiente lo mismo, póngale trescientas pesetas la hora. Y lo peor viene si no se lo damos. Meten una cámara en las fábricas y plantan delante del objetivo a una niñita cosiendo botones con sus deditos llenos de callos. Nos habrían jodido. Pero la competencia tardaría bastante más en joderse porque todos están aprobando lo mismo: cambiar para que nada cambie. Pido disculpas al resto de la mesa... no pensaba que tendría que citar *El gatopardo*, porque seguro que ni en el más estúpido despacho de las otras multinacionales se debatió trabajar con sindicatos independientes. Señorita, no sabe lo caros que salen esos que debe de llamar escrúpulos. Así que siéntese y no vuelva a intervenir.

—Eh... —Cristina se sentó, y de inmediato deseó no haberlo hecho.

—A lo importante —continuó el director—, dentro de unos días este código estará en manos de la prensa tras muchas horas de trabajo que se han coordinado entre la empresa matriz y las filiales. No acabemos la reunión sin felicitarnos por una salida a bolsa con garantías para el año que viene. ¡Por 2001 en el Dow Jones!

Un nuevo brindis, pero el del Dow Jones no era al sol.

Bruno bajaba, irritado, en el ascensor hasta la quinta planta. Cristina lo percibió, aunque no le importaba. ¿Quién eres? La siguió hasta su despacho. Ella se quitó las bailarinas enfrente de la otra muchacha sin darle las gracias. Abrió la puerta no queriendo mirar atrás y, por el tiempo que tardó en cerrarse, dedujo que tendría que aguantar otra monserga.

—Lo de los informes por sindicatos independientes locales sonó a chiste, Cris.

—Quería dejar mi huella cómica.

—No entiendo qué has hecho.

—Lo siento. —Como si realmente lo sintiese.

Bruno cogió una de las dos sillas que enfrentaban la mesa de Cristina y la volteó para sentarse al revés.

—Están contentos con el código. ¿Por qué agriarles el vermut?

—Con el panfleto.

—Con el panfleto, sí. —Bruno enganchó la mano de ella—. Yo no soy como Alfonso, aunque sé dónde y para qué estamos. Igual que tú sin necesidad de estos ataques de idealismo en público... y qué público. Lo importante es el sistema, no las personas. —A continuación, con una caída de ojos más prosaica—: Anda, hagamos esta noche un *afterwork* en mi barco. Saldremos a navegar cuando despertemos y mañana lo verás todo distinto.

Bruno sujetaba con fuerza la mano de Cristina y le acarició el pulgar mientras salivaba de forma inconsciente Ella se retiró con hosquedad. Siguió mirando el código de conducta. Tapa dura. Caras muy duras.

—En otra ocasión —contestó al fin.

—De acuerdo. —Sin disimular la decepción—. Entiendo que no ha sido un buen día y que puede sonar precipitado. Lo dejamos para otra ocasión, que seguro aparece pronto.

—¿Crees que me conoces, Bruno?

—Llevamos seis años trabajando juntos. Claro que te conozco.

—No tienes ni idea de quién soy. Hace no mucho tiempo si dijese que me molesta este acoso, explícito o implícito según te levantes, hubieran quemado tu barco contigo dentro. Los hombres que pensáis todo el rato en usar el arma que os cuelga entre las piernas deberíais tener cuidado. Se puede disparar... Un accidente.

Bruno retrocedió a la puerta del despacho. Cristina impulsó la silla de oficina hasta él, se irguió y le agarró los genitales con una fuerza indefinida entre lascivia y agresión. El hombre, seis años altivo, nunca había sentido una hostilidad así. Aunque por un instante pensó que le iba a gustar cuando esos dedos recorrieron la cremallera.

—Sácala —jadeó Bruno.

—Vaya chasco. —La soltó—. Es tan pequeña que no me serviría ni para chuparla.

—¿Te has vuelto loca?

—El médico que firmará mi baja laboral dirá que sí. —Colleja—. Como supones, me tomo los días libres que ofreciste.

Cristina salió del despacho de nuevo con sus zapatos en las manos. Disfrutad de la escenita, abogados *juniors* del *pool*. Encaró el ascensor. Al entrar pulsó la planta de la reunión. Allí no quedaba casi nadie, pero bebió en medio minuto tres copas de Moët & Chandon Rosé ante el titubeo del camarero imberbe que sostenía la bandeja.

—¿Dónde está la botella? —le preguntó—. Acabaremos antes.

El muchacho punteó una mesa auxiliar casi oculta tras un biombo. Había unas diez botellas de champán sin abrir. Solo una Rosé. Cristina le quitaba a duras penas el envoltorio superior.

—¿Ayudo? —se ofreció el camarero.

—Para eso te pagan.

—De inmediato.

El joven la descorchó.

—No me digas que no ha sonado a muchos millones de pesetas.

—¿Los millones suenan?

—Y pesan, niño.

Cristina volvió al ascensor. Objetivo -6. No parecía el mismo edificio. Tras saludar a las secretarias de ese nivel, elevó la vista hacia el espacio cruzado por montacargas entre enormes anaqueles. Bebió un trago. Anduvo, siempre descalza, hasta la primera pila de cajas abiertas con ropa.

Made in...

Dobló por el pasillo de la izquierda y había un montón de prendas desparramadas.

Made in...

—¡Señorita, no puede estar aquí en medio! —gruñó un operario entre los pitidos que anunciaban la marcha atrás de su máquina.

Cristina saltó al asiento a la derecha del conductor. Inclinó la botella y un poco de champán resbaló por la barbilla. Enganchó la barra que separaba la carga de los mandos para dejarse caer sobre las cajas de cartón semiabiertas como si fuese una piscina de pelotas infantil. Estiraba y encogía sus cuatro extremidades.

Made in...

—Qué buen negocio —dijo Cristina—, traer algo que se hace tan barato en el otro lado del mundo y aquí ponerlo treinta veces más caro.

—Yo solo llevo el montacargas, señorita.

—Y yo solo llevo pleitos. Pero tranquilo, lo importante es el sistema, no las personas.

4

Era una tarde tonta y caliente de esas que te quema el sol la frente, era el verano del 97 y yo me moría por verte.

Dani desconectó del futuro y del pasado por primera vez desde que mataron a Mario con esa canción.

Por la raja de tu falda yo tuve un piñazo con un Seat Panda.

Sonaba en la radio a todas horas.

¿Por qué no con un Talbot? La madre de Mario le había dado las llaves del coche entre murmullos esquizoides que recordaban lo amigos que eran en 1983 para que los echasen el mismo día del instituto. Al menos ya había perdido la cordura cuando perdió a su hijo. Aunque también le contó algo de una deuda de doce millones de pesetas que sonaba más verosímil. La mujer estaba loca, pero captaba lo que sucedía alrededor. Su hermana la iba a incapacitar para meterla en cualquier institución que la tutelase. Si el Talbot valiese más de cincuenta mil pesetas, hubiese sido empeñado a tal fin. Pero Dani dijo una frase extraña en una persona que conduce ese trasto: «Yo le pagaré el mejor sitio en unas semanas».

Y de repente estaba conectado y aparcado enfrente de la cárcel de A Coruña.

Guardó cola en el patio interior para registrarse como visita autorizada. Lo filiaron y comprobaron que un preso sí lo había apuntado. No era el que quería ver en aquellas circunstancias, aunque seguro que sabía indicarle dónde paraba el otro. El funcionario selló la solicitud y cuchicheó algo con su compañero, que lo observó de soslayo.

—Vacía los bolsillos y pasa el detector de metales, Daniel.

Dani fue dejando su móvil, unos duros y un tarjetero al lado del arco. Al cruzarlo pitó.

—Perdón, es mi cinturón.

Se desabrochó el cinturón de metal labrado que había cambiado a un punki muchos años atrás por un gramo de *speed*. «Manzana vasca», había espetado el tópico a aquel chico de cresta.

—¿Pasar con esta *ferralla*? Se nota que ya estás reinsertado.

—No sé ni saltarme un semáforo —contestó Dani—. Pero puede que haya colado una de esas pistolas de cerámica.

Recogió sus pertenencias y se abrochó el cinturón ante la postura inquieta del burócrata con porra, sumido en sospechas para atiesar la nuca. Le tocó el hombro de forma casi compasiva. No hay pistola de cerámica e igual te acabo de revelar que existen. Conocerlo puede ser importante en tu trabajo, aunque de momento llevan piezas de titanio, que tampoco pitarían en esta basura de arco.

Dani avanzó hasta los locutorios y se sentó en el último. Esperó enfrente del vidrio a su amigo, quien no tardó en surgir risueño como de costumbre.

—Volviste tres días tarde de tu último permiso.

—Se me fue la mano —lamentó Santi—. El Moby Dick... Menos mal que no ibas allí los fines de semana, si no todavía estarías aquí conmigo.

—¿Te va a retrasar mucho tu resaca?

—Cinco semanas tal vez, luego otro permiso y a la casilla para el tercer grado. Supongo que hay algo mal en nosotros...

—Después, entrecruzando los dedos—: He escuchado lo de Mario. ¿Disparo a bocajarro en plena calle? A él solo te lo podías cargar siendo un cobarde.

—No van bien las cosas en esas calles. Coruña ha cambiado más de lo que creía... ¿Isra?

—Hace mucho que no lo veo, pero no es un personaje para olvidar.

—Pues también.

—¿Al otro barrio?

Dani asintió.

—Parece que soy el protagonista de una peli de terror. El que palmará el último y de la peor forma.

— Tus mejores colegas...

—Han sido una hilera de fichas de dominó cayendo una tras otra. —Acompañado con espirales de la mano derecha—. Hasta mi hermano se metió en un lío, que está bien encauzado por lo que supe hoy.

—¿Has vuelto a contratar a J.M.? ¿Con que dine...?

—He vuelto a contratar a la persona que hubiera evitado que a Lolo le cayeran los once años. También me enteré de la sentencia.

—Y el otro picapleitos con lo de la nulidad en la entrada y registro... Ya está en Teixeiro para los restos. Se va a comer más celda que tú, pero ni siquiera es igual que tú.

—Cuando cierren la puerta y le recuerden que va a estar atrapado once años, tendrá que tomar una decisión. —Añadió—: Y, sobre todo, pensar en minutos.

—Cuéntame una noticia que no sea mala, por favor. ¿Pillaste algo decente fuera?, ¿algo que requiera de tu amigo Santi en unas semanas?

—A mí no me des más vueltas. ¿Qué señas hay para que lo encuentre?

—¿Te metiste hasta el cuello como siempre?

—Hagámoslo fácil.

Santi torció la boca.

—Tuve que acercarme a esa banda de psicópatas por ti. Malditos rusos. Ojalá sepas lo que haces. Él también parecía interesado en verte, a saber qué coño espera. Anatoli lleva la seguridad de un puticlub en las afueras de la ciudad, carretera de Betanzos. Y no es La fuente.

—El zorro cuida de las gallinas. «Putas» fue la última palabra que le escuché. No estoy muy puesto en esos locales, ¿cómo se llama el suyo?

—Cometa G.

—Qué poético.

El Talbot se perdía al tomar el desvío hacia el local que buscaba Dani en la noche, tropezando con ramales que lo retornaban a la carretera general, escoltada en ese tramo por el expositor de un comercio que vendía estatuas. Grandes, pequeñas, clásicas, modernas, sin pintar, pintadas. Un bestiario de angelitos, vírgenes y anímales de mármol. En el enésimo intento, Dani tuvo suerte de ponerse a rebufo de otro vehículo que parecía moverse con ánimo lúbrico. Así que después de unas maniobras absurdas apareció delante del neón que parpadeaba en forma de cometa.

Cometa G.

Un clítoris emulaba la roca centelleante en el rótulo.

Aparcó el coche en la parte trasera, totalmente en penumbra, donde pudo distinguir una reunión de prostitutas debatiendo a gritos quién sabe qué. Subsaharianas con prendas fosforitas a modo de reflector para aquellas criaturas que se hacen llamar «clientes». Anatoli debía de haber trabado amistad con alguno de los nigerianos de la cárcel.

Dani se aseguró de que el Talbot quedaba bien cerrado y de que nadie lo veía salir de allí.

La promesa de antro se hizo tangible al cruzar una puerta con cortinilla, de las que emiten un cascabeleo al pasar. El espacio alumbrado en luz cobalto estaba semivacío. Unos pocos borrachos, unas pocas chicas.

—Gin-tonic —pedía un cincuentón al camarero.

—No servimos bebidas combinadas. Elige entre ginebra o tónica.

—¿Y si echo yo la tónica al vaso de ginebra?

—Ginebra o tónica.

El cincuentón se marchó con un bostezo y sin copa.

—Johnnie Walker con dos hielos —pidió Dani—. ¿Colores de etiquetas, por favor?

—Tenemos la roja.

—Todos tienen la roja. Un Johnnie con cola.

—No servimos bebidas combi...

—Me interesaba saber si eras un imbécil o un cobarde pagándola con aquel señor. —Y localizando la botella—: Etiqueta roja, siempre bebo whisky solo.

El líquido restalló los dos hielos que quedaron encajados en un vaso no demasiado ancho. El camarero observaba cómo el alcohol cubría el fondo y los cubos no bajaban de la mitad. Decidió solucionarlo llenando la copa a tres cuartos de su capacidad.

—Aquí tiene su cóctel.

—Busco al jefe de seguridad —dijo Dani—. Probablemente sea la única persona que hay de seguridad en este local.

La respuesta fue un ceño encogido. Dani aplicó la mirada social, la que va directa al entrecejo para relajar la tensión. El ceño seguía encogiéndose y aplicó la mirada que va directa a los ojos y que puede significar tantas cosas como las que había visto el camarero tras la barra. El hombre se metió por una puerta que había al lado de un microondas y una cafetera. También tenía cortinilla.

—¿Cómo estás, guapo?

Unos dedos descansaron en el muslo de Dani, que alzó la expresión hacia la negra de trenzas que preguntaba algo que no le interesaba mediante una pronunciación gutural del español. Acabaría de llegar a un futuro muy distinto del que le prometieron en África.

—Toma. —Dani extendió un billete de diez mil hasta la mano que aferraba su cuádriceps—. Avisa a tus compañeras de que no vengan a hablarme ahora que tú te vas.

La chica, no más de veinte años, dobló el dinero y lo metió en el canalillo del top. Ahí se sacudió la displicencia. Sus tacones tomaron impulso en el ensamblado de la butaca y giraron 180 grados dejando ver los muslos turgentes. Se marchó cincelando sus nalgas en una licra que contorneaba el tanga. La maniobra invitaba a que el de las diez mil pesetas por un «¿cómo estás?» pusiese precio para que aquellos glúteos rebotasen en su pelvis.

—La verdadera raza superior —murmuró Dani, acordándose de Cabo Verde.

—¿Etiqueta dorada es suficiente, señor? —La «r» final hizo un *vibrato* del Este.

Anatoli agitó la botella para las grandes ocasiones y Dani terminó de un trago el vaso a punto de rebosar.

—¿Te han dicho que estás cogiendo acento gallego?

—El dueño me llama Anatoliño.

—¿Podemos charlar aquí?

—Sí. Las putas no ven, no escuchan y no hablan.

—Te aseguro que a mí me han hablado.

—De cosas de putas.

—Me convenciste, vamos fuera. —Arrimándole el vaso—. Y llénamelo como buen anfitrión. Luego te explico qué significa la palabra.

—¿Quieres Coca-Cola?

—Tal vez me tomas por alguien que pide bebidas combinadas.

Dani llevó a Anatoli hasta el Talbot, casi invisible en la penumbra, y juntó las manos pidiendo perdón porque quizá ese cacharro no encajaba con lo que iba a pasar. El ruso andaba a sus preceptivos siete kilómetros por hora. Era un soldado y los demás, civiles quejumbrosos.

—Tranquilo; yo no tengo coche, Dani.

—Entra.

Cuando cerraron las puertas, comenzó a chispear sobre el aparcamiento de grava.

—¿Me vas a sacar de esta mierda? —preguntó Anatoli.

—¿Por qué? Mira lo que mejora tu español.

—Me dan poco dinero.

—Hay poco dinero en este país. Poco y malo.

—Mi vida es echar a tres borrachos por noche e intentar follar a las chicas.

—No suena mal. Yo me acabo de enamorar de una de ellas.

—Tengo que pagar.

—Hijo de perra... —bufó Dani—. Sí, te vengo a sacar de aquí.

—Sabes que mi apellido es Volkov. Significa que soy el hijo de un lobo.

Dani arrugó los labios.

—Te creo... y tanto que te creo.

—¿Has vuelto a la droga?

—Más o menos, lobezno.

Anatoli balanceó un puño en señal de victoria.

—Y vienes para llevarme contigo.

—¿Lo de robar bancos? Eras bueno con aquello, un fino estilista de los delitos contra el patrimonio.

—Mi banda está perdida. Y no quiero más deudas, los rusos las cobramos muy caras. El comunismo nos ha vuelto locos.

—Ah, que ha sido el comunismo... Pues abre la guantera.

—¿Qué?

—Es eso de ahí.

Anatoli obedeció a Dani.

Tras el clic cayó un fajo de billetes envuelto con varias gomas. El ruso lo agitó y dijo:

—Con este dinero cierras el puticlub un mes.

—No me interesa y tú no vas a tener tiempo. Quédatelo como adelanto.

—¿Adelanto por qué?

—Venga, eres muy listo para no saberlo.

—Adelanto por la mujer escondida en el asiento de atrás.

Vanesa sacó la cabeza por la manta negra que le tapaba todo el cuerpo.

—Pensé que hablaría peor el español, bollito.

—A mí también me ha sorprendido, Vane. No es de muchas palabras, pero ¿y lo que se avanza en unas semanas de puticlub?

El Panadero y Jairo entraron por la puerta trasera que había instalado Turuto en su casa de Espiñeiro.

Una puerta trasera lo es todo.

Puede que la policía no tardase muchos días en darse una vuelta por aquel domicilio, uniendo algún cabo suelto con otro para atar absolutamente nada. O puede que no. Que no relacionasen un asesinato mediático con una desaparición que quizá no fuese a denunciar ni la familia. Allí se erguía en la noche la construcción en mampostería sobre conspicuas vistas a la playa. Esa casa iba a tener buenos postores en la futura subasta. No sería extraño que don Abel acabase comprándola a través de terceros. El Maserati 3200 parado en mitad del camino que serpenteaba el jardín no interesaba a nadie.

—A la izquierda, Jairo. —Anduvieron hacia la parte asilvestrada de la finca, que daba a un talud de zarzas—. Ponte las manoplas —siguió ordenando el Panadero.

Y Jairo se las puso.

La linterna marcó los pasos a la derecha desde un banco de madera.

—Veintitrés.

—¿Aquí?

—Mete la mano a ver si la tocas.

La manopla de Jairo atravesó medio metro de zarzas hasta chocar con algo metálico. El colombiano asintió. Con una guadaña trabajó la zona de forma que se pudiese acceder y también volver a cubrir cuando se marchasen. El Panadero abrió el bombillo del zulo con una llave de seguridad y ahí se metieron.

Un zulo lo es todo.

La linterna ahora iluminaba un cubículo impermeable. A la derecha había un compartimento oculto que se localizaba tirando de una bisagra también oculta en la esquina opuesta. Jairo desplazó esa pared móvil y reveló la caja fuerte.

—Sal —dijo el Panadero—. Los números los sabemos yo y el muerto, y así va a seguir siendo.

Tras un rato en el exterior, el caleño oyó un gruñido.

—¿Todo bien?

—¡Ven ahora mismo!

Jairo entró y contempló la caja, apenas con un montoncito de billetes envasado al vacío. El Panadero negaba frenéticamente con la cabeza.

—¡Faltan los ochenta millones de pesetas!, ¡cago en...!

—¡Usted escuchó cómo el hijueputa dijo que estaban aquí cuando le rompí los dedos con los alicates! ¡Y que la llave original la teníamos nosotros!

—Contaba la verdad... contaba la verdad. —Convenciéndose—. No se pueden hacer más copias sin la original y han dejado dos millones para que pensemos que no es un robo, que Turuto los tiene en otro lugar o se los ha fundido.

Jairo abrió la mandíbula prognata y enseñó su diastema.

—¿Qué dirá don Abel?

—¡*Nin fales de él!* —El Panadero pegó un mandoble a la pared—. Lo solucionaremos antes. Y para eso tenemos que encontrar a Vanesa.

—Pero...

—¡Pero nada! Tú y yo estábamos juntos en lo de matar a Dani y en lo de seguir robando algunos millones del viejo. Así que hay que agarrar a esa zorra. A mí me pegarían un tiro en Galicia, pero a ti tus jefes te harían una corbata colombiana en Cali. —Tras examinar al colombiano de arriba abajo—: Solo eres un soldado.

5

Boss miraba hechizado la pelota de tenis.

Dani tiró el brazo atrás y la arrojó al extremo de la granja. El pitbull todavía tenía potencia en los cuartos traseros para arrancar flechado y luego dejarse ir con un trote más calmo. Casi diez años. Los últimos tan malos como los de Isra. Sin duda, él también estaba desintoxicándose.

—¿Dónde está?, ¿eh? ¿Dónde está?

El perro husmeaba entre las hierbas altas del final de la finca. Había perdido de vista la bola en el aire y ahora se desesperaba porque su hocico chocase con el fieltro amarillo. Erguía la cabeza hacia Dani cada pocos segundos, rogando disculpas. No quería fallarle.

—¿Dónde está, Boss?

La cuestión le hundía los belfos en los matojos.

—Parece un jabalí buscando trufas —dijo Luis.

—La encontrará.

El pitbull izó de nuevo los maseteros, a punto de desistir. Dos palmadas lo avisaron de que no regresaría sin la pelota de tenis entre sus fauces. Bajando la grupa y con las patas delanteras trazando un ángulo muy abierto, asfaltaba aquellos metros de hierbajos. Nada importaba que no fuese encontrar la bola.

No había antes, ahora, después. Había la fugaz distinción de atraparla para la mano que la lanzaba de nuevo. Y el perro se encomendaría a la sísifica tarea que solo disfrutaba en el momento que mordía el caucho presurizado. Como en ese instante. Corrió hacia Dani, pero en la segunda zancada sabía que tendría que volver a encontrarla.

—¡Vamos!, ¡a por ella!

—¿No lo vas a echar de menos? —preguntó Luis.

—Sabes lo que quiero a este animal.

—Por eso te lo recuerdo.

—Es que no tiene sitio en el lugar al que voy. Aquí hará un trabajo fenomenal comiendo las sobras del mediodía.

—Hace poco le buscabas el mismo sitio que a ti. Con aquella mujer.

—Ella sí tendría sitio a mi lado, ¿alguna vez te lo he comentado? Un gran tipo me dijo que Cristina era de esas que o te retiran o se ponen en tu lugar. Y creo que es la verdad.

—¿Se la vas a enseñar?

—Por supuesto que no, semejante putada... Está en otro juego. La esencia es la misma, pero le permite gastar su dinero sin que le vuelen la cabeza.

—¿Dónde quedaría aquello de que lo importante en los juegos es participar?

Boss dejó la bola de tenis a los pies de Dani. Resoplaba, aunque daba igual, iría a por la pelota hasta que no hubiese pelota o perro. ¡A por ella!

—¿Por qué te molesta que me marche? —preguntó Dani a Luis—. No puedo ni adivinar el número de internos con los que habrás tenido más relación que conmigo. —Después de girar como una peonza—: No ves a la promesa, ves al que la incumplió.

—Me molesta porque sé dónde te metes y también que sigues siendo un líder nato. Ellos no importan fuera de su mundo, tú sí.

—Los que poseemos el don también queremos la recompensa. Leí sobre eso en prisión. Y ahí me di cuenta de que era un problema.

—¿Tirarás todos tus dones de nuevo?

—Voy a usar el único que tengo. Mi hipertimesia.

—¿Te acuerdas de todo lo que quieres acordarte?

—Y en particular de lo que querría olvidar.

—Qué místico te has vuelto. —Luego, dándolo por perdido—: Supongo que es la razón por la que Fran y Jonatán no paran de traer muebles.

La pelota regresó una última vez. Dani la lanzó con rabia y vio cómo sobrepasaba el muro de la finca. Boss corrió sin poder ubicarla en el aire y husmeó para advertir mucho tiempo después que nunca encontraría esa bola. Y que nunca encontraría al que cuidaba de él, porque prefirió marcharse con esa imagen que con una despedida.

—Luis, sé fuerte.

A Andrés lo ingresaron en el hospital esa misma mañana. Dani se enteró al mediodía a través de Hugo. El cáncer impedía las funciones renales y el tumor del cerebro se había desarrollado presionando el lóbulo temporal. Todos asumían que el enfermo quería morir y que no estiraría un día más aquella vida que juzgaba miserable, y a la que se agarraría de haber tenido fe en que existe otra para responder de los pecados, porque sería peor que agonizar en un sanatorio con orinal de cerámica y comida de plástico.

La habitación del Juan Canalejo estaba escoltada por Ana, que vio el caminar de su hijo por el pasillo con el mismo sutil contoneo de chulo que recordaba.

Su primer hijo.

Su único hijo.

Su extraño.

La mujer se marchó por el lado opuesto. Dani boqueó; sin embargo, no podía permitir que nada le afectase más de unos segundos. Cuando iba a abrir la puerta de la 217, Hugo lo abordó por la espalda.

—Deduje que habías llegado por la cara de mamá —le dijo.

—Pensé que no se alegraría de verme, pero que sí me dejaría un beso en la mejilla. —Pellizcándose la mejilla no besada—. Algo de protocolo.

—Es una mujer dura.

—Creo que al principio no lo era, que luego le tocó serlo. Y hace lo correcto.

—Tenías difícil ayudarla en la cárcel.

Dani cambió el pellizco a su cogote.

—En libertad también me encontraba dentro de una especie de cárcel.

—Imagino que estás al tanto, pero yo ahora sí te puedo dar las gracias.

—El abogado es lo mínimo que debía hacer. No me las des, sigue sus consejos y todo saldrá bien en el juicio. —Y mirando al infinito que se acababa en la pared de gotelé de enfrente—: En una ocasión presentó a Isra como testigo por un navajazo que hubo en Lugo. Le obligó a ponerse gafas y traje. Gafas sin graduar en un tipo que juraría que jamás leyó un párrafo entero... Pues lo tenías que haber visto declarar en plural mayestático.

—¿En qué?

—¿No os enseñó eso Turuto? Hablar en primera persona del plural para dar importancia a unas palabras que en realidad son tu miserable opinión. El juez agradeció a Israel Castro que testificase un día laborable y absolvió a nuestro colega... Qué buena época —dijo Dani, sonando igual que el muerto—. ¿Primera vez que te detienen?

—Primera y última.

—¿Tu colega el gordo está imputado?

—Ni siquiera me coge el teléfono.

—Con estas cosas separas a los amigos de la muchedumbre. Lo has aprendido más joven que yo.

—La chica sigue a mi lado.

—¡Oh! —Dani se alegró—. También acuérdate de eso en el momento que terminéis a gritos por cualquier estupidez. ¿La quieres y todo el rollo?

—Yo diría que todo el rollo

Dani fijó su espalda a la pared del pasillo y extravió el pensamiento.

—¿Ella a ti? ¿No te estará usando por tu famita?

—He parado de vender, de consumir y de saludar a mucha gente. Puede que haya parado de lucir famita, me estaba saliendo cara.

Y Dani enfocó de nuevo.

—¿Te ha hecho una ensalada, Hugo?

—No recuerdo si alguna vez cenando en su piso... Los padres suelen estar en un adosado en Santa Cruz. ¿Por qué a veces preguntas cosas tan raras?

—Nunca es tarde, ahí va una lección de hermano mayor.

—¿Con ensaladas? La de aquella borrachera parecía más fácil.

—Quiero dejarte algún legado, ¿sí o no?

—Claro que sí. —Como si él fuese el que tenía catorce años más.

—Has visto que de noche las chicas se ponen a cortar tomates, lechugas y todo eso, lo juntan en un bol, le echan vinagres de sabores y ya van cenadas. No sé, es un ritual o algo parecido. Así que la próxima vez que estés en su cama después de reventaros, pídele tú también una ensalada.

—¿Le suelto «quiero una ensalada»?

—Con gracia, cabrón. «Qué bien lo he pasado, tengo un poco de hambre, un antojo de ensalada», más o menos es la secuencia que ha de escuchar. Esa niña igual refunfuña, pero si le interesas se levantará de la cama y se pondrá una batita. —A continuación, arqueando las cejas—: No permitas que haga la ensalada desnuda. Entonces nada funciona entre vosotros.

Hugo atendía a Dani. El brazo derecho apoyado en la palma izquierda para masajear con sus dedos el mentón.

—María se vestiría seguro.

—Llega el momento de la verdad. Te sientas a mirarla desde una banqueta de la cocina. Ella necesita que estés ahí. No hables, simplemente déjala proceder. Cuando te ponga el plato delante tampoco hagas comentario alguno. Observa lo que hay. ¿Lechuga, tomate y cebolla con vinagre de vino, incluso atún de lata? Hugo, se limita a pasar el rato. ¿Lechuga, tomate, cebolla, atún, anchoas, salmón ahumado, nueces, daditos de queso, espárragos, pepinillos, remolacha, calabacín, aceitunas negras y vinagre balsámico? ¿Qué?, ¿todavía tengo que explicártelo? Te ama, chaval.

—¿Y... y si no hay nada de eso en la despensa?

—Tranquilo, las ensaladas son infinitas para ellas. ¿Y no comentas que es la casa de sus padres? Patatas, pasta, garbanzos, cuscús, frutas, huevos, conservas, rábanos, coles... Bajará al veinticuatro horas si es necesario. Sacrificio y tiempo. Eso es lo que sabrás si está dispuesta a darte, ¡ja!, casi nada. Y no hay nada tan gráfico como...

—Una ensalada —completó Hugo sin reparar en la inducción—. Me has puesto nervioso de pensar que podría dejarme unas hojas de lechuga.

—Sin aliñar siquiera.

—Sería terrible.

—Quiero que me comentes el resultado. Y no es una patraña machista, pero la prueba de la ensalada únicamente sirve para ella.

—¿A ti qué te hicieron? No te lo calles ahora, ¿eh?

Dani sonrió de inicio.

—Desde que se finjan las dormidas a que llamen a una pizzería. —Apretó el paladar con la lengua—. También recuerdo una ensalada con langostinos y aguacate.

—¿Esa es la de Cristina?

Dani acabó mordiéndose el labio.

—En realidad no me gusta el aguacate.

—Perdona si recordé algo que te ha molestado —dijo Hugo, desconociendo qué había percibido.

—No es por ella, lo de la ensalada lo decía un amigo que ya no está. Tenía arte para las historias que contamos ciertas personas. Y yo soy un mal imitador.

—Lo llamaban Mario —completó el chico, ya sin inducción.

—¿Cómo no ibas a saberlo? Siempre fuimos una aldea de 250.000 habitantes. Bueno, recuerda, cuando nosotros ya no estemos quedarán nuestras historias. Ahora voy a ver al que está ahí dentro, que también conoce alguna.

—¿Andrés?

—Una vez un pulpo le estranguló un brazo.

Hugo evocó al hermano mayor que nunca estuvo.

—«¿Yo contra ellos?» ¿D.P.?

—Vaya... —Luego, aproximando su cara como para contar un secreto—: El «ellos» cambiará de uniforme, pero el «yo» no se puede cambiar. —Dani despeinó el cabello teñido de Hugo—. Déjame un momento con el viejo, por favor.

Y Hugo lo dejó.

Contempló el aspecto inerme de su padre. La cama esbozaba una línea jorobada por la barriga de Andrés, flanqueada con sus brazos macilentos que se estiraban hasta la cintura que cubría una manta. Se le oía respirar con dificultades, apurando el silbido cuando inhalaba el aire mediante los tubos que se introducían en las fosas nasales. No parecía el que fue el mayor contrabandista de tabaco de Galicia, de una tierra donde esa figura tenía tal poder antaño. Dani se puso en su piel ajada. Si estaba intentando reescribir la historia, tenía que hacer un último esfuerzo por justificar a aquel hombre. El haz y el envés.

—*Meu pai, un señor do fume.* ¿Qué probabilidad habría de tener justo un padre que lo fuese? Mucho más pequeña de que a Hugo lo encerrasen en mi celda preferida de los calabozos. —Andrés pudo resoplar, aunque Dani apaciguó sus esfuerzos—: Basta con escucharme. Sé que ahora piensas que lo único importante es el recuerdo que dejas, pero eso es propio de los que llevan muriéndose demasiado tiempo.

—Da...

—O sea que es todo cuestión de perspectiva —empezó Dani, bajando de uno en uno los dedos estirados de su mano derecha con la enumeración—. Antes de salir de prisión pensaba que lo único que importaba era el respeto; antes de entrar en prisión pensaba que lo único importante era manejar una planeadora sin una patrulla detrás; y antes de conducir planeadoras pensaba que lo único importante era salir a emborracharme, pelearme y besar a las chicas. —Después, volviendo a subir los dedos bajados—: El respeto fue a lo que me dejaron aspirar allí dentro; la huida fue lo que aprendí de ti; y ese falso derecho a pasármelo bien fue lo que existió hasta que me llevaste con don Abel. —La mano se convirtió en puño—. Siempre estuve equivocado porque, como te decía, cada etapa era una perspectiva. Si acabo de dar una estúpida lección de hermano mayor a Hugo, sospecho que esta trama de filósofo chino es mi primera y última lección de hijo. No estoy seguro de haberte enseñado nada en aquella ocasión.

Andrés gruñía, haciendo arranques por pronunciar una mísera palabra. La misma que Turuto.

—Da...

—Y mira, al final lo único importante bajo mi perspectiva actual es la venganza. Yo la cobraré ocho años después de tu intento. Es la misma de Ana, de Hugo, de mis tíos, de Isra, de Mario... cuánta gente querida en la lista. Sí... Don Abel sabrá que el diablo volvió cuando el mar se tiñó de rojo. —Finalmente, toqueteando el cable del suero—: Hala, ya puedes correr hacia la luz.

Dani salió de la habitación y avisó a Hugo con un aspaviento taimado.

—Acércate.

—¿Ha ido bien?

—Que venga un médico, hermanito. Papá se encuentra mal. Tú y yo nos reuniremos dentro de unas semanas en el despacho del abogado.

Hugo entró en la 217 y vio a Andrés temblando. Pulsó el botón que colgaba al lado del suero para llamar a las enfermeras y soltó un berrido en el pasillo. No había rastro de Dani, con lo que machacó otra vez el botón.

Surgió Ana con paso apurado.

—¿Qué le pasa, Hugo?

—¡No lo sé! ¡Se ha puesto así de repente!

Ana atrapó el brazo de su marido.

Todo lo que sucedió a partir de ahí lo recordaría como una despersonalización a cámara lenta. Las enfermeras tiraban de la camilla mientras él gritaba. Lo siguió por el pasillo, donde surgió un médico que le presionaba la carótida con dos dedos antes de trastabillarse, cayendo los papeles que portaba por el suelo vinílico. Hizo ademán de recogerlos, pero volvió a situarse al lado del cabezal y descolgó un estetoscopio. Se detuvieron enfrente del ascensor. Él continuaba gritando. Hugo comprimió sus sienes. Las puertas se abrieron y una de las enfermeras sujetó a Ana, impidiéndole entrar. Andrés desapareció, pero no los alaridos, que retumbaron cada vez más lejanos.

Cada vez más de otro mundo.

Había una gran bola de fuego suspendida en el vacío. Como en un eclipse, se cernió una oscuridad que recubrió la esfera y la tierra llameante se apagó. Quedó así un instante, muda donde antes gritaba el crepitar furioso, con una luz blanca que acompañó al nuevo frío. Luego, poco a poco, una segunda sombra fulminó la luminaria.

Y después ya no hubo nada.

—¡Dani pagó por mí!, ¡Dani pagó por mí!

6

1992

—¿Viste cómo corre?

—Parece que lleva a la Guardia Civil detrás.

—Somos lo que corremos, Dani.

Brais agitaba sus bracitos cuando cogía la velocidad punta en su carrera autónoma. Mendo lo seguía encorvado, colocando las palmas a ambos lados del niño, pero sin tocarle. Su hijo ni se trastabillaba. Emitía un rumor de felicidad al pisar con los pies descalzos la hierba de la finca de su padre.

—¡Brais, a por el tío Dani!

Y Brais cambiaba de dirección con una finta que requería de ayuda del progenitor para volver a corretear modulando su soniquete. Embestía a Dani, y este lo mecía en el aire entre risas de los tres.

—Es una máquina, Mendo.

—Se erguía a los siete meses, habló a los diez y juntaba palabras a los trece.

—¿Coherentes como ahora?

—Y tanto. Con dos años trota como Carl Lewis y encadena frases mejores que las del Panadero.

—Pues ya conoces la evolución. Dentro de poco dirigirá el negocio.

—Eh —Mendo varió el rictus—, ni en broma digas eso. Ignorará mis miserias hasta que sea lo suficientemente rico para perdonarme.

—Tienes razón. —A Dani le supo mal su chanza—. Me cortaré a partir de ahora, el churumbel lo capta todo.

—Y te voy a contar un secreto sobre Brais. Mi mujer estaba embarazada de gemelos... Este crío se cargó al otro.

Dani indagó la cara alborozada del niño.

—¿Cómo?, ¿cómo?

—El médico me explicó que muchas personas han tenido hermanos sin saberlo. Les llaman «gemelos fantasma». En una ecografía de los primeros meses vieron gemelos, pero a las pocas semanas solo aparecía él. Se supone que un embrión es absorbido por el otro embrión. Ambos compartían la bolsa esa y de repente la sangre que había entre los dos se la quedó Brais.

—No escuché nada igual. La hostia, Mendo. —Dani visualizó una víscera devorando a otra víscera dentro de la gran víscera que sería la placenta—. La hostia.

—Muchos órganos se desarrollan al principio, corazón y cosas así, y que al estar... bueno, conclusión, que a veces uno de ellos coge la sangre del otro.

—¿Me dices que este niño chupó a su hermano?

—A ver, pongamos las cosas en valor. Es un proceso de esos biológicos, no me hagas meterme en las palabrejas. En realidad Brais no mató a nadie.

—Claro que no. Aquello ni siquiera fue una personita, pero traeré una Estrella Galicia para asimilarlo.

—Traerás dos.

Mendo y Dani se sentaron en las tumbonas de aquella parcela en mitad de un monte de Campo Lameiro, bebiendo lúpulo gaseado igual que si fuese otro día cualquiera. El padre cogió al hijo como un trofeo y lo acercó a la cara de su compañero de planeadora. El niño estiró los dedos hasta los labios de Dani, que le hizo unas monerías. Y Brais devolvió una especie de mirada grave. ¿Chupó a su gemelo?

—Lo capta todo, Mendo.

—Hasta intuye que en unas horas tenemos el trabajo más importante.

—¿De verdad te vas a retirar?

—Por mucho que lo preguntes voy a seguir contestando que sí. Lo dejo, decidido. Ya he comprado un buen futuro para nosotros con estos años en el mar. Buscaré un pasatiempo para huir de su madre unas horas al día y listo.

—¿A quién pondrán cuando nos vayamos los dos?

—Hay cola esperando. El problema es que yo fui el mejor, tú eres el mejor, y ahora meterán a cualquier inútil que se estrellará al segundo encargo. —Mendo inclinó el botellín—. Les va a costar sustituirnos. —Eructó—. Mucho.

—A veces pienso en si podré adaptarme a, no sé... ¿madrugar?, ¿una semana tranquila? Es raro convertirse en una persona normal, de las que piensa que lo importante sucede a miles de kilómetros mientras aquí rodamos la puta película de nuestras vidas. —Trago corto—. Pero juro que tampoco me pasará lo que a Andrés.

—Tras Cabo Verde estás deseando irte. El último trabajo, el último trabajo... al fin tu cantinela se acaba. Aquella noche te sucedió algo mientras te follabas a una negra. Aunque, está bien, no tenemos que contarnos todo.

—Voy a marcharme muy lejos y para siempre con Cristina. Te lo contaré desde allí.

—Para siempre suena a mucho tiempo.

—Yo repito sus palabras como si me las creyese. —Trago largo—. ¿Qué es para siempre? ¿Treinta?, ¿veinte?, ¿ocho años?

—Cristina debe de estar al límite. Lo hemos hablado muchas veces.

—No, el límite es donde ha elegido estar. Presume de que no necesita los millones, pero nunca les hace ascos. E imagínate la de buenas ideas que se le ocurren para usarlos mientras estudia

Derecho y pasea por voluntariados. «Blanquea y ayuda», me dice. Es una idealista, en el sentido más amplio de la palabra... Tantas ideas.

—También lo hemos hablado y sigues haciéndote el tonto: te retira o te sustituye. Porque además está muy buena.

—Pareces un garrulo. Cristina es de belleza elegante, de la que envejece bien.

—Llámalo X.

—X sería Vanesa... Oye, es un fastidio hacerse adulto y tomar decisiones, de eso no me habían avisado. Que se lo digan a mi padre y sus idas y venidas mientras Ana piensa que se va a meter a tendero. Menudo teatro tiene montado por no saber retirarse.

—Tú seguro que haces lo correcto, siempre fuiste más inteligente que Andrés. De hecho, te has convertido en alguien demasiado inteligente. —Luego, atrapando la carrera de Brais—: ¡Igual que este renacuajo!

Mendo elevó una última vez a su crío, que estiraba sus extremidades en el aire. Después Brais se entretuvo manoseando el diamante negro que colgaba del cuello de su padre. Dani sintió que los examinaba con una mirada grave en esa inocencia de dos años. Ojalá la pierda; ojalá no la asesinen.

—Me convenció. Ahora yo también creo que intuye que en unas horas tenemos el trabajo más importante.

Anduvo hasta una de las cabinas telefónicas del pueblo, se metió en ella tras empujar esas puertas abatibles y ojeó a los lados del cubil. No creía que hubiese un teléfono más seguro en la zona. Descolgó el auricular, al que pasó la manga del jersey a modo de bayeta por los agujeritos del micrófono, y marcó el número de siete cifras y un prefijo de dos. Allí le comunicaron que conectase con el asignado como cuatro, y en el cuatro lo remitieron finalmente a otro. Las precauciones habituales.

—Te escucho —dijeron al otro lado de la línea.

—Los tiempos van según lo previsto. Mañana, a primera hora, recibirás la confirmación. ¿Puedo contar con tu rapidez?

—Tardaremos seis horas desde Madrid, tenemos todo preparado.

—¿Por qué no os acercáis un poco más? ¿En cuántas ocasiones lo he rogado ya?

—No voy a mover a nadie hasta que asegures la jugada. Se enterarán muchos y luego tendría que dar explicaciones. —Después, casi solemne—: Odio dar explicaciones a los que me pueden matar.

—En ese caso espero llamarte antes.

—Aquí quedo expectante.

—Bien, voy a trabajar.

—Lo siento, antes de colgar te recordaré lo que también te he advertido tantas veces...

—Entonces no creo que sea necesario.

—Sí lo es, sí. Nada de chapuzas ni más cadáveres de los que se puedan tapar con un poquito de tierra. Me mancho las manos por esa cantidad y solo por esa cantidad. —Y decididamente solemne—: Puede venir una guerra y quiero que merezca la pena librarla.

—¿Estás listo? —preguntó Mendo.

—Me encantan los momentos de calma antes de la tormenta —contestó Dani.

—Después de lo de Cabo Verde no deberías mentar la bicha.

La leva de motores de la *Abelina* despegó la planeadora del agua y enfiló el objetivo que navegaba a unas veinte millas, a menos de media hora. El mar estaba «*al dente*», como le gustaba decir a Mendo. El océano Atlántico picaba olas largas, de las que invitan a peraltarlas en cada maniobra. Y al final aquel buque venezolano enviaba las coordenadas para rematar la que sería la operación más lucrativa de la ruta que la DEA, el SVA y cualquier otro cuerpo policial del planeta seguían ignorando.

El departamento colombiano de Guaviare producía toneladas de cocaína con laboratorios en un ímpetu febril que todavía no conocían los cocaleros de Bolivia y Perú. En aquel mismo minuto de la madrugada, miles de frescas hojas verdes yacían encima de bolsas de lona que se estiraban en mesas de madera. Los machetes las cortaban hasta que esparcían cemento para que dieran la pasta a la que arrojaban amoniaco y gasolina. Cuando no había tanta demanda hacían el proceso con agua, pero las hojas necesitan dos semanas para absorberla. Nadie se quería permitir ni un día. Ácido clorhídrico, bicarbonato de sodio, y comenzaban a formarse piedras que reposaban en papel de plata con bombillas halógenas alumbrándolas en fila cenital. A los productores, que no sabían ni qué químicos manejaban, les quedaba perlar su creación.

Ya se podía meter por una nariz.

Y subir a las avionetas que dejarían el cargamento en alta mar para que los barcos contratados lo recogiesen. Con esta solución ningún funcionario con ganas de llenarse los bolsillos de billetes, o el pecho de medallas, husmeaba en el puerto de salida.

Por última vez, así fue.

Puerto de La Guaira en este caso.

—¡Casi estamos, Mendo!

—¡Baja de nudos!, ¡no lo vayamos a atravesar!

Distinguieron en el inicio de la noche la bombilla de cortesía del pesquero *Virgen del Carmen*. Siempre eran nombres religiosos. Dani se esforzaba por tomarse en serio santos, virgencitas y milagros que alijaban droga en sus bodegas.

—Atento a la señal —ordenó Mendo.

La *Abelina* se situó a la vera del barco. El eterno momento de silente tensión. Pero por la proa enseguida dieron los golpes de linterna. Se amarraron al pesquero con unos cabos y mediante dos escalerillas bajaron una decena de sudamericanos. Dani y Mendo no les dirigían la palabra a esos incompetentes enviados por personas competentes.

El dinero no se hace con tu trabajo.

Se hace con el trabajo de los demás.

Solo en ocasiones corregían la disposición de los bidones de fardos porque guardaban en su cabeza el diagrama del compartimento.

—Hoy nos han traído personal rápido. —Mendo se sentó refregándose las rodillas. Los meniscos le dolían, a punto de romperse en su cara externa por miles de botes sobre el mar—. Y sabemos lo importante que es la rapidez en este negocio.

Dani, a la contra, nunca lograba relajarse. Los dedos escondían contacto con la Beretta. Andrés le avisó: en el tabaco no tenías ni que ir armado, pero a algunos colombianos les gustaba mucho el plomo. Al fin y al cabo, declararon una guerra civil en su propio país.

—¡Así que esta es la pinche lancha sobre la que todos platican! —Un mexicano, que parecía tener ascendencia sobre el resto, habló jovial cuando curioseaba por la *Abelina*—. Cuentan que carga ocho toneladas. ¡De madre!

Dani lo apartó del cuadro de mandos.

—Siempre cuentan cosas.

—Y algunas verdaderas, cuate. Hay personas en México que pagarían mucho por una lancha así.

—No puedo ayudarte. Yo no la construí.

—¿Y él? —Señalando a Mendo.

—Él tampoco, créeme.

—Me avisaron de que los gallegos son personas de lo más extraño. —Después, dejando de ser jovial—: Repito que podría conocer a alguien que daría mucho por lo que maneja. Le estoy ofreciendo un *bisnecito*. Hablan con el que sí la construyó, luego hablan conmigo, yo hablo con mis jefes, y todos ganamos lana. ¿Cuál es el problema?

—Cuate —Dani encaró a aquel mexicano que se dedicaba a hablar en vez de cargar como el resto—, nuestros servicios se reducen a salir de este barco con la lancha llena y meterla en tierra. —Chasquido de dedos—. Dale, ya puedes subir por la escalerilla a tu crucero.

A Mendo no le había gustado el último matiz de Dani. ¿Qué necesidad tiene de hacerse el duro con uno de estos tipejos? El mexicano mesó su bigote, aparentando idéntica conclusión.

—Usted y yo nunca seremos cuates, pero acuérdese de que un día le ofrecí serlo. Confían mucho en los colombianos... Mucho. Cuando al otro lado del teléfono esté un mexicano yo también me acordaré de este día, del joven que pilotaba. —Y pie de página—: Preguntaré por él.

El mexicano subió la escalerilla, diciendo adiós con la mano. O quizá hasta pronto. Todos veían por primera vez a un centroamericano en una descarga. Y en un par de minutos había ofrecido un gran negocio y una gran amenaza.

Mendo advirtió a su aprendiz:

—Chico, vas por tu vida como en tu moto. Acelerando en plena curva.

Una hora más tarde únicamente estaban ellos sobre la *Abelina* y la tonelada para descargar en Ribeira. Las rías se saturaban durante los últimos meses. Capos, jueces y policías jugaban sobre el damero la partida que no acabó con la Operación Nécora. Pero ese cargamento no iba a ir hasta África para introducirlo en algún otro lado de la Península.

El destino final era Galicia.

El destinatario, don Abel.

Por eso era el trabajo más importante. Con permiso de Cali había financiado la operación. Todo comienza cuando patrocinas un kilo y todo vuelve a comenzar cuando patrocinas una tonelada. Se aprovechó de las rencillas con los de Medellín, la historia de los Pepes y el cerco a los narcos por paramilitares para plantear que esta vez los comisionistas serían los productores. La propuesta tuvo el consentimiento desde el otro lado.

Se jugaba mucho y ganaría muchísimo más.

Tampoco quería cambiar el modelo, aunque sí ocasionalmente un 25 por ciento por un 75 por ciento en una ruta segura. Los emisarios del cártel en Madrid comprarían la mercancía bastante cara, pero sin inversión. Tenían tanto dinero como muertos a vengar y que se emprendiese una solitaria acción desde Galicia hasta les parecía justo para aquellos capos con los que se entendían sin asesinatos. Semejaba que iba a ir tan bien que hasta Andrés estaba radiante por sacarse unas pesetas conduciendo el camión que transportaría el producto hasta un silo en Campo Lameiro, el municipio donde también vivía Mendo con sus inquietudes rurales.

Nadie busca donde supuestamente no hay nada.

Dani sabía que su padre quería sentir la adrenalina esquiva cuando faenaba marisco para la pescadería de Ana. Ella, en cambio, no quería ni una moneda del negocio desde que dejaron huérfano a Hugo. Por ese motivo ya casi no hablaba con su hijo, y ni se le ocurría poner un pie en su nueva casa de Perillo o en su nuevo coche, que solía ver apenada a toda velocidad por las calles de A Coruña. El chico se va a estrellar. Lo único que aprobaba de Dani era a Cristina: la esperanza para sacarlo de aquel mundo. Así que tampoco sospechó que Andrés se apuntó a ese desembarco. Pensaba que dormiría en su añorado pueblo, negociando por enésima ocasión el comercio de útiles navales que tanto se le resistía en la firma desde hacía dos veranos. Y negociar allí conlleva acabar de cenar en la madrugada, lo suficiente para quedarse en casa de su anciano tío.

Podía considerar otras hipótesis, pero le hacían daño. ¿Para qué?

Decían que Ana era la muchacha más guapa cuando el contrabandista quince años mayor la conquistó. Ataque y derribo hasta poner una garrocha en otro objeto que debería ser suyo. Los lujos la complacieron hasta que tuvo a Dani, porque después no sentía amor por Andrés, mediaba una hilacha de cariño que no se atrevió a romper con los acontecimientos. Chivatazo, amenaza, destierro al norte. Y cuando ya dormía por las noches, el extraño accidente de su cuñado y su mujer, la única amiga que la escuchaba. Nadie le explicó que fue la última represalia por el cargamento de tabaco perdido. A partir de ahí, Hugo y las almejas eran lo único. Hasta que se hacía ilusiones con Cristina y entonces también le importaba, tanto como le sufría, Dani.

—Maniobras tú —dijo Mendo.

El estruendo a cargo del discípulo.

Dani tenía cada vez más pericia a los mandos. Mendo asumía que ese chico era mejor que él, aunque las órdenes las seguía dando la experiencia. Su aprendiz giraba el volante con una precisión que jamás había contemplado, sincopando la palanca de aceleración como un adivino que percibe dónde va surgir la próxima ola, la próxima roca o la próxima patrulla. Talento natural. El que los conducía a sesenta nudos hasta la playa Penisqueira de Ribeira. Unos metros de arena y roca desiertos en aquel septiembre de 1992. Cuarenta hombres comandados por el Panadero se apostarían en las peñas hasta que la *Abelina* pujase la mitad de su cuerpo en tierra.

Divisaron el contorno lóbrego de la costa pasada la una de la madrugada.

Dani atravesó con la planeadora el espacio entre dos rocas que sobresalían del mar.

—¡No había necesidad! —gritó Mendo—. ¡Y menos esta noche!

—¡Te estás haciendo mayor!

—¡Tira atrás esa palanca o pararemos en la carretera!

Casi al ralentí, la *Abelina* fue arrimándose a la arena hasta que el caucho lijó los cantos rodantes. Se oía la cadencia de las olas y una brisa ululante. ¿Y dónde estaba la gente?

—¡Quiero los treinta acordados haciendo la fila hasta los jeeps! *¡Os outros dez, xa enriba da planeadora!*

El Panadero resolvió las dudas y un ejército de *braceiros* entró en escena. Los más jóvenes subieron al fueraborda y comenzaron a sacar los fardos que caían en la hilera de manos que los pasaban hasta los jeeps, que alcanzaron la zona pedregosa imposible para el camión.

—Voy a ir con mi padre —recordó Dani a Mendo en el rebumbio.

—¿Seguro que lo ha aprobado don Abel?

—Como si él pudiese no aprobar algo.

—No entiendo por qué te expones también en tierra firme, tierra firme es igual a peligro para nosotros dos.

—Con los coches lanzadera será un balneario y no quiero que esté solo. Seguro que se encuentra más nervioso de lo que admite. Es un viejo. Además, no sé si prefiero que me paren en un camión con droga o en este aparato sin ella.

—Pues nos vemos en la cena de mañana, chaval. De postre te pagaré otra negra para que se te quiten las tonterías y lo dejes definitivamente.

—¿No quedaría mal eso en la última cena?

—¡No! —se despidió Mendo riéndose, cuando los motores volvían a bramar.

Dani pegó un salto, y mojó sus botas al alcanzar la arenisca. Caminó en paralelo a la fila de hombres que seguía moviendo fardos bajo los alaridos del Panadero.

—Me dijo don Abel que viajarás con tu padre.

—Sí, ahora mismo voy junto a él.

—Lo prefiero —consideró el Panadero—. Hoy era útil dando consejos sin meterse en la acción.

—La echa de menos. Este no es un curro cualquiera y se ha ganado el derecho transportando mercancías de medio pelo.

—Conoces lo que se juega don Abel en esta descarga.

—¿Y alguien mejor para jugárselo que su compañero del contrabando de los setenta? Su cara ya no la recuerda nadie.

—Déjame darte la pata de conejo.

—No será necesario. ¡Todo va como la seda!

Dani abandonó ahí al Panadero, que se aferraba a su pata de conejo mientras seguía vociferando a los hombres que cobrarían doscientas mil pesetas por una hora de trabajo y su eterno silencio.

Los jeeps trasladaron la carga al camión a medio kilómetro

de la playa. En el segundo iba Dani, trabado al asa superior del copiloto. Varios segundos de traqueteo y en la sombra se divisaba el tráiler con dos ejes y capacidad para dieciséis toneladas que cargaría apenas una. Cajas de tableros de poliuretano se apilaban en la parte trasera del remolque, permitiendo el hueco para acceder al compartimento oculto de la parte delantera.

Y Dani cambió de vehículo.

—Subo ya, papá.

—Ponte cómodo.

Andrés tamborileaba sus dedos encima del cuero del volante. Dani montó en la cabina y cerró la puerta. Se oían los golpes que repartían el producto. Cuánta historia y cuánto mundo tenían ya aquellos fardos.

—¿Preocupado? —preguntó Dani.

—He manejado más barcos, lanchas y camiones de los que podrás manejar tú nunca.

—Vale. No es una competición.

—Ni se te ocurra insinuar que estoy nervioso.

Andrés permutó el tamborileo por toquecitos con los puños. Estaba nervioso.

—¿Tienes la ruta clara?

—¿Quién crees que utilizaba los silos hace años? Yo fui el primero en esos bosques cuando la policía entró en los astilleros de la costa.

—Lo he escuchado mil veces... Está bien, no te digo nada más.

—¡Y llevamos coches lanzadera!

Dani captó que un histérico no era buen interlocutor.

—¡Listo! —avisaron desde el exterior.

—A partir de que sube al camión, la mercancía multiplica su precio por seis —dijo Andrés.

El primer coche lanzadera dio luces y abrió el camino.

Diez minutos después padre e hijo continuaron el mismo trayecto.

Dani sacó el que sonaba de sus tres Motorolas Dyna Tac.

—Bien (...) Sí, tal vez dos horas (...) Vale.

El Panadero recogió a su equipo tras la llamada. Otro día en la oficina. Penisqueira remozó la estampa agreste de uno de los cientos de arenales que guarda la costa gallega. Ya no se oían motores o voces. El cargamento se alejaba por la carretera.

Otro de los teléfonos de Dani volvió a sonar a pocos minutos del destino. Abrió la tapa, se lo llevó a la oreja y asintió acompañando un «vale» casi imperceptible. Cerró la tapa.

—¿Qué sucede? —preguntó Andrés.

—Ya es casualidad, la primera lanzadera se ha quedado tirada. Las órdenes son que no pares y enseguida nos adelantan los demás escoltas.

—Ese coche no tenía muy buen aspecto.

Dani atiesó la nuca y contempló cómo franqueaban al vehículo, parado en el andén con el capó abierto. La persona que trataba de diagnosticar la avería los miró con disimulo.

—Papá, y...

La tercera palabra no salió de su boca. Un golpe con algo tan duro como la culata de una pistola lo dejó inconsciente, rebotando la nariz en el salpicadero para hundirse en el asiento.

—Tendrás que perdonarme, hijo. Tu don de la oportunidad para lo bueno y para lo malo.

Mendo llegaba una hora y media más tarde a su casa. Bajó del todoterreno hasta la cancela que delimitaba la finca, con su familia durmiendo tras los postigos cerrados. Carantoña a Brais, darle la espalda a la madre y a descansar quince horas hasta la cena de mañana. Ese era el plan.

Entonces surgió la figura de Andrés entre unos eucaliptos.

—¿Esto es una broma? —preguntó Mendo, desconcertado.

—Casi no puedo... respirar de lo que... he corrido —jadeó Andrés hecho un ovillo—. El silo... el silo está inservible, lo... lo han reventado. —Parecía que iba a darle un infarto.

—Esto tiene que ser una broma.

—La lanzadera se averió y... y las otras... no aparecieron. —Después de enderezar la columna y la respiración—: Temo que algo vaya mal y escapé hasta el lugar de confianza más cercano que indicó mi hijo. Hay que comunicarse con don Abel.

—¿Y Dani?

—En el tráiler, cuidando de la mercancía con un dedo en el gatillo. También es mejor que yo en eso. Pero no teníamos cobertura de móvil en esta zona.

Mendo sintió que le subía la bilirrubina.

—¡La razón por la que vivo en medio de la nada!

—Déjate de pataletas, ¿o no entiendes la gravedad del asunto? Hemos de mover la carga mientras se aclaran las cosas. Te repito que puede que algo esté yendo mal, muy mal.

—Pues tú lo has dicho, contactad con don Abel. —Como si todo le fuese ajeno—. A mí no me importa.

—Lo llamamos desde tu casa. Espabila de una vez.

—¿Con qué teléfono? ¿Tu hijo tampoco te ha hablado de mis precauciones en todo este tiempo? Soy un ermitaño que recibe órdenes en ese bar del pueblo y que para su desgracia debe de vivir cerca de uno de los almacenes que nunca dieron un problema hasta hoy. —Tras unos pasos vacilantes se rindió, aquello ya le había salpicado—. Mierda... vamos con Dani al remolque. ¿Cojo su moto?

—¿Guarda aquí una moto? —La única información que Andrés desconocía.

—Deja la Kawasaki para hacer rutas por el bosque. ¿La cojo o no?

—No es necesario más ruido, son cinco minutos caminando. —Andrés marcó el sendero de tierra—. Lo he parado en una cuneta

—Vaya chapuza, a la vista de un agente forestal que no hayamos comprado. Sabéis que yo solo me ocupo del mar... solo del mar.

La noche crepitaba. Ramas, animales, pisadas. Todo hacía el

mismo ruido confuso entre aroma a trementina. El tráiler estaba aparcado en un lateral de la pista. Por la zona no transitaba nadie ni durante el día, pero Mendo no lograba comprender cómo se había complicado la operación en su tramo más fácil y para acabar allí sin un modo de comunicarse.

—¿Dónde coño está tu hijo ahora? —preguntó al no verlo en la cabina.

—En el remolque, donde tiene que estar por si quieren robar la mercancía.

Mendo dio una vuelta de 180 grados al tráiler y golpeó la puerta.

—¡Somos nosotros, Dani! ¡Abre!

—He cerrado desde fuera —dijo Andrés mientras abría el portón.

Dani estaba inconsciente y mal atado, como un rehén que vale poco dinero. Cuando Mendo quiso darse la vuelta, sintió el tacto romo de una pistola en su sien.

—No me... hostia...

—Si respiras muy fuerte, te mato —dijo Andrés.

—Te lo tengo que volver a preguntar. ¿Es una broma?

—Nunca he estado más en serio.

—Andrés, este fardo pesa mucho para ti.

—Dicen que para engañar a tus enemigos has de engañar a tus amigos. Incluso hay que engañarse a uno mismo. En todo caso, no has sido muy listo al no desconfiar de mí. Hasta el tonto del pueblo sabe que vives perdido sin un teléfono y que bajas al bar para que te den instrucciones. Confundes ser discreto con estúpido.

—¿Y tú te has enterado de quién pagó la carga? No sé si estás para hablar de estupidez. Don Abel no es un comisionista ahora.

—Prefiero robar a un gallego que a un colombiano.

—No nos robamos entre nosotros. Eso es lo que ha mantenido estos pueblos sin personas colgando de los puentes.

—Se nota que solo te ocupas del mar. Sí nos hemos robado entre nosotros... sí, y de muchas formas.

—¿Papá?, ¿qué...? —Dani despertaba a un sueño mucho peor.

—Únicamente sigue mis instrucciones, hijo. Y la importante es que te quedas ahí tirado de momento.

Dani no sabía si el golpe le hacía sufrir una alucinación. En la sombra, allá donde terminaba el remolque, le parecía ver a su padre apuntando a un calvo.

—¿Y cuáles son las mías? —preguntó Mendo, ya ofendido como si la traición fuese solo a su persona.

—Subes conmigo a la cabina —dijo Andrés, que cerró la puerta del compartimento de carga—. Te toca conducir.

—No tengo carnet de camión.

—Pagaré tu multa si nos paran.

—Salir de esto con una multa de tráfico... demasiado bueno para ser verdad.

Mendo alcanzó el asiento del conductor. Andrés no se separaba más de medio metro. La leyenda de las planeadoras entendió que el viejo no titubearía en apretar el gatillo. Entre sus palabras vocalizaba una determinación que jamás le escuchó, que supuso una impostura en las historias que contaban de su gloriosa época de contrabando de tabaco.

—Tengo un almacén personal. Llévanos.

—Pero ¿por qué te hago falta, Andrés? Seguro que conduzco esto peor que tú.

—Tranquilo, luego te daré varias opciones.

—Dámelas ahora.

—Ahora arrancas o dejo tus sesos por el parabrisas.

Mendo peraltó sus cejas.

—Solo eres una mosca que vuela hacia la luz. —Girando el contacto—. Una mosca carroñera.

El camión cogió varios caminos de tierra, salió en una ocasión al ramal de la carretera general, volvió a meterse por pistas forestales y encaró una subida circular a un monte. Atado y asumiendo que algo marchaba mal, Dani cantaba las maniobras para sí mismo: «Izquierda, otra vez izquierda, recto, izquierda, derecha, traqueteo, todo recto, a la derecha». Sabía de dónde habían salido por el ciprés que silueteó la noche en el encuadre de su padre y Mendo antes de cerrar la puerta del remolque. Controlaba la zona con la moto que derrapaba por allí como un demente.

Y así llegó la mercancía a otro lugar del bosque. El que Dani creía tener grabado con su hipertimesia, la patología que nunca afrontó un reto tan difícil.

—Aquí —dijo Andrés—. Ya verás, es más bonito que la Capilla Sixtina.

Andrés guio a Mendo, encañonándolo a través de una ruta inextricable para topar con un paraje frondoso y protegido por eucaliptos. Desde el aire, un helicóptero por ejemplo, no se distinguiría más que el boscaje abigarrado. Anduvieron quinientos metros entre árboles y tocones.

Su almacén secreto era un sótano estanco al que se accedía después de quitar la hojarasca que camuflaba el portón metálico. Doce años sin uso, pero cuidadosamente acondicionado para la ocasión.

—Sé educado, que estoy mayor —dijo Andrés en el mismo tono avieso.

Mendo se agachó, despejó la zona y abrió el zulo con el llavín que dejaron caer a sus pies.

—¿Qué más cuidados necesitas?

—De momento que bajes y me digas si algo te muerde.

—A sus órdenes...

Mendo bajó por la escalerilla y Andrés se quedó contemplándolo desde la entrada, unos dos metros más arriba.

—¿No te parece un lugar maravilloso, Mendo? —Encendió una linterna—. Construí muchos zulos hasta conseguir este mortero impermeable, una mezcla perfecta. Ahí se conservan mejor las cosas que en un frigorífico y ahí también cabe la tonelada de coca. Demonios, cabrían diez. —Después, iluminando el rostro a su rehén—: No te impacientes que ya viene el momento donde te doy a elegir. ¿Quieres morir o sacar tajada?

—¿Dani estaba de acuerdo en esto?

—Sube otra vez y negociamos cara a cara.

Y Mendo subió la escalerilla.

—Te preguntaba por Daniel.

—Dani no tendría ni que estar en el camión, pero le haré la misma oferta después. La diferencia es que a él no lo mataría.

—No sé si todavía tengo que aclararlo, pero me quedo con lo de no morir.

—Has elegido sabiamente. —Riendo como una hiena—. A cambio cargarás veinte kilos en cada viaje desde el camión, diez viajes a la hora, una tonelada en cinco horas. Lo suficiente para acabar antes de que se haga de día.

—No puedo hacer ese ritmo ni aunque me meta por la nariz un fardo de estos.

—Mi hijo te ayudará para dejar el remolque vacío. El plan original ha sufrido algunas modificaciones de personas y tiempos.

Mendo perdió la paciencia.

—¡No estás escuchándote! ¡Debe de haber cien hombres buscando el alijo! ¡Acabarás atado a ese árbol con tus propios intestinos!

—Algo me ha vuelto loco y cien hombres es lo justo. Pero lo único que tienen es la duda de dónde ha ido la mercancía. Y se les coló por una rendija. Una avería programada, un coche lanzadera comprado, un desvío a la derecha y su vehículo que aparece justo cuando nos hemos ido. ¿Quién habrá sido? ¿Los colombianos que la vendieron?, ¿los policías a nuestro sueldo?, ¿el Panadero en un golpe bajo?

—¿El conductor desquiciado?

—Por supuesto que el conductor está en la actual lista de sospechosos. Me ofendería lo contrario.

—¿Y qué vas a hacer con esto? ¿Te crees que todavía puedes colocarlo?

—Me cansa la insolencia de los que son más jóvenes. En tus rodillas y manos sobre la cabeza. —Andrés le metió el cañón biselado en la boca y Mendo juntó sus manos tras la nuca a medida que bajaba de altura—. ¿Con quién crees que estás hablando? Gateabas por el suelo cuando yo mandaba sobre todo lo que ves... ¿te has meado? Es que así no puedo ni amenazarte en condiciones.

Mendo gimoteó mientras se esparcía el orín en sus pantalones.

—¡Tengo a Brais! Por favor... no me hagas nada y callaré para siempre.

—Aquí todos tenemos una familia y para siempre suena a mucho tiempo. Levanta.

La pistola llevó a rastras a Mendo hasta el tráiler y le hizo cargar los primeros veinte kilos ante la mirada atónita de su compañero de planeadora, que entendió que lo que veía atado desde el remolque no era una alucinación.

Era una obsesión que llevaba incubándose más de una década.

Y nada puede detener a un obseso.

7

Dani tomó aire.

—Vanesa... esta es la última vez que hablamos. Irás con el ruso a Madrid. Saldréis esta misma madrugada y llegaréis al mediodía. Llamarás al número de teléfono que te he dado, que a su vez te hará llamar a dos o tres números que desconozco. Con eso no es muy original, todos hacemos lo mismo. En este otro papel llevas la dirección que usé de aquella, por la zona de casas bajas de Bravo Murillo. Seguramente vive en la esquina opuesta de la ciudad. Luego os mandará seguir una moto a cualquier lugar. Allí te separas de Anatoli, coges tu maleta y te despides de lo que eres. Te estará esperando con tus nuevos documentos y tu nuevo nombre. Te llevará a algún escondite el tiempo necesario para sacarte del país al destino que elijas de los que tendrá disponibles justo mañana. Durante esos días cambiará lo que considere de tu estética. Te vestirá de la forma que menos te guste, te cortará el pelo, te teñirá, simulará que tienes cualquier tara física, no sé en qué pensará, pero déjale hacer. Volará en el mismo avión, iréis separados en la cabina, aunque imagino que saldréis de algún aeropuerto portugués. Te acompañará a tu nuevo hogar, también separados, y te vigilará hasta que tu historia cuadre con cada una de las personas con las que te relaciones. Después él vuelve a Madrid y tú te quedas allí hasta el final. O hasta lo que aguantes. Eso ya no es ni mi responsabilidad ni parte de nuestro trato. Si permites un consejo y está entre sus opciones, no vayas a Cuba. Me salió bien con un testaferro paleto solo porque tuve suerte de que a él lo buscaba la policía. Tampoco te metas en países en los que te puedan cortar el cuello en cada esquina. Y por favor, olvídate de ese rollo *hippie* del Sudeste Asiático, ni te lo ofrecerá, precisamente quiere que pases desapercibida o que te instales en un rincón que no visiten demasiados turistas. Las personas que caen le quitan futuros clientes. En el doble fondo de tu maleta escondes, comprimidos al vacío, los cuarenta millones de pesetas según el pacto. Diez son para él. No te preocupes que no cogerá una peseta que no le corresponda y ha trabajado con gente que guardaba muchos más billetes. Siempre los coloca de alguna forma segura en tu destino, un fideicomiso por ejemplo. Y recuerda, vayas donde vayas, yo tampoco sabré dónde te encuentras. Si algún día lo sé, es que estás dentro de una caja de pino. Caray... que tengas mucha suerte.

Vanesa escrutaba aquella esquina polvorienta de la zona de casas bajas de Bravo Murillo. No era la que le anotó Dani con la explicación. Cinco llamadas bajo indicaciones de una voz de aluminio los condujeron allí. Llevaban esperando más de una hora por esa persona. Anatoli todavía cogía el volante con fuerza, vigilando al frente y a la espalda mediante los retrovisores. No se dirigieron la palabra en todo el trayecto de seiscientos kilómetros. Ella le tenía miedo. Pero hace años en Ibiza, cuando saltaba al mar desde el risco de Cala Salada, era justo cuando más miedo tenía.

—Voy a ir a ese bar —dijo al borde de un ataque de nervios.

—No vas a ir...

Antes de que Anatoli terminase la frase, Vanesa caminaba hacia un local que tenía la misma presencia decrépita de su entorno. El incipiente complejo financiero de Azca y las modestas casas rurales que se asomaban en las aceras de Marqués de Viana eran las dos caras de la misma moneda: Tetuán. Y aquel bar parecía una cruz.

—Una cerveza.

Anatoli se contuvo al entrar tras su protegida. Un grupo de sexagenarios jugaba al dominó en una de las mesas del bar. Matando al tiempo, al asesino implacable.

—Agua —pidió él.

—Pensé que los rusos solo bebíais vodka —reconvino ella.

—No bebo en el trabajo. —Después, al oído—: Acaba la botella y volvemos a nuestro coche alquilado.

Salió un hombre extraño de la cocina, con una calva mal afeitada y el perfil del rostro dislocado. Llevaba un mandil de lamparones y un cigarrillo encendido detrás de la oreja. Cuando metió una bandeja de callos bajo el expositor de cristal, examinó a Vanesa, a Anatoli y a la señora desdentada que hacía de camarera. Todo era ajeno después de treinta años de cocina. Apagó el cigarro con la yema del pulgar. Volvió a ponerlo tras la oreja. Lo encendió de nuevo y le dio una calada para colocarlo en su sitio, a punto de quemarle el cartílago.

—Tapita de callos. Invita la casa.

Plantó en la barra despojos de cerdo como si fueran ambrosía.

—Muy amable —dijo Vanesa sin ánimo de probarlos.

—¿Buscan a alguien?

Anatoli cogió la cerveza, el agua y el brazo de Vanesa mientras dejaba mil pesetas al lado del plato. Salieron del bar. En ese instante un escúter paraba a unos metros de la entrada. Lo observaron de reojo y se metieron en el coche.

—Creo que es él.

No era una manera fastuosa de presentarse. Se apeó del ciclomotor con el casco negro de visera de espejo puesto. Pasó más de un minuto con las luces encendidas y acabó por subir el caballete para sentarse con las piernas cruzadas. E hizo el gesto: estiró el brazo derecho a cuarenta y cinco grados y sacó dos dedos del puño. Arrancó y lo siguieron. Callejeó hasta unas travesías que cambiaron el asfalto por tierra hasta que apagó el escúter y dobló la esquina andando. De inmediato una *chopper* con el mismo piloto dio luces al coche y cruzaron medio Madrid a rebufo de su rueda trasera de 240.

Tomaron la carretera de la circunvalación y, a la altura de Usera, se metieron por el desvío hacia la gasolinera Repsol. Todos frenaron en un descampado; sin embargo, la *chopper* avanzó cuando Anatoli se adosaba. No lo quería cerca.

—Tengo que bajar yo —resolvió Vanesa.

—Adiós —se despidió el ruso con la sobriedad habitual.

—Adiós...

Anatoli captó el tono suplicante del que se despide de todo lo que conoce. Así que indagó la cuestión que le rondaba:

—¿Por qué eres tan importante?

Las pupilas ceniza se incrustaron en ella. «Jamás le digas por qué estás allí y qué llevas encima. Si sabe algo, habrás puesto un precio mayor a tu cabeza que el dinero que le he dado. Lo forzarías a elegir entre matarte, entregarte o comportarse como alguien decente. Y su padre era un lobo.» Dani la avisó.

—Lo importante para ti se ha quedado en Galicia —contestó Vanesa.

—Seguro.

Anatoli volvió a enfocar la moto y su conductor. El sol de Madrid refractó en la visera de espejo del casco negro, que apuntó al ruso. Había otro casco colgado del manillar de intermitentes integrados, tal vez aguardando pasajera o tal vez aparentándolo, porque la maleta no semejaba fácil de amarrar a aquel guardabarros minimalista. Pero la *chopper* iba a estar quieta hasta que el coche desapareciese.

Vanesa abrió el capó y cogió su equipaje, aunque quiso saber algo antes de marcharse al mundo:

—Me han dicho que eres siberiano. ¿Qué hace la gente en Siberia?

Anatoli la tanteó por última vez a través del retrovisor.

—Vive su vida.

Cristina entró en las pompas fúnebres de la plaza de la Palloza. Analizó la numeración del panel por los que corrían los nombres de los muertos y su correspondiente sala. Desistió de seguir con la mirada aquellas palabras que huían hacia el extremo derecho del luminoso y aparecían por el izquierdo. Si se mueven así, están en sentido contrario al de la lectura.

—¿Me puede decir cuál es la sala de Andrés Piñeiro?

El recepcionista, con un traje azulón de orquesta, la repasó con desaire. En una sacudida de pescuezo indicó el panel que tenía Cristina detrás. Ella no se giró. Él bostezó y se puso unas gafas para ver de cerca. Aproximó una hoja garabateada a pocos centímetros de la nariz, donde en su final quedaron clavados los anteojos.

—Sala nueve.

—¿Y cómo la encuentro?

El hombre dejó las gafas en la mesa, exhausto igual que si fuesen unas mancuernas de cuarenta kilos. Se incorporó de la silla.

—Primer pasillo a la izquierda y luego otra vez a la izquierda. —Movimientos taciturnos que ni siquiera apuntaron a la izquierda

La sala nueve era la última del negocio. Cristina anduvo entre personas llorosas por el pasillo, vadeando esa especie de subasta de difuntos. En la sala cuatro parecía haber alguien muy joven, una comitiva de instituto velaba a alguien. Mientras se abría paso con delicadeza, escuchó un par de frases que la llevaron a la conclusión: adolescente y ciclomotor. Otro juicio demasiado rápido.

—Por aquí, sígueme.

Una mano hidratada cogió su mano menos hidratada. María, con un jersey de cuello vuelto en rojo ígneo, la acompañó hasta el número nueve e hizo un gesto de aprobación a su presencia, un guiño contenido que convenía que aquella chica sabía comportarse en un *after* y en un velatorio.

La habitación de Andrés Piñeiro tenía dos sofás encarnados a juego con la moqueta y el forro de la pared.

—Hugo ha ido al bar a coger una botella de agua para su... su madre —dijo María.

Ana tocaba el cristal que la separaba del ataúd abierto de su marido, que yacía en una pose solemne. Vio por el reflejo cómo se acercaba Cristina y cuando ella la agarró por el hombro no sintió necesidad de volverse. Desde esa misma mañana había abandonado su obsesión por mostrarse ingenua ante la secuencia de hechos que padecía en los últimos veinte años. Un tercio de su existencia. Basta.

—Lo lamento.

—Gracias por venir. —A Ana se le deshilachó la voz—. ¿Él está contigo?

—Hace días que no lo veo.

—Apareció en el hospital justo antes de morir su padre. Siempre tuvo el don de la oportunidad para lo bueno y lo malo. —A continuación—: ¿Lo has llamado?

—Tampoco lo he llamado.

—¿Por qué?, me han dicho que os estabais viendo.

Cristina calló, pensó, habló. De manual.

—Es más fácil vivir sin tenerlo delante durante un tiempo.

—¿Ocho años, por ejemplo? —Cristina se quedó sorprendida por aquella pregunta arisca. Calló, pensó, y no habló. Escuchó a Ana—: «Estabais en la cárcel y me visitasteis.» Mateo, 25, 36. —Ana la miró al fin a la cara—. No sé por qué razón el cura ha leído ese pasaje de la Biblia. Casi hora y media de sermón religioso para alguien que solo creía en una botella.

—¿Hora y media?

—Sí, *neniña*, insoportable.

Ana abrió la puerta de la habitación del ataúd e indicó a Cristina que la siguiese. Esta entró, timorata, en el cubil. Algún producto químico dejaba un hedor frutal. Apartó el pensamiento de ponerle nombre a la fruta.

—Preferiría salir...

—Tú eres la que puede salvar a Daniel —la interrumpió Ana.

—¿Le han contado algo que yo desconozca?

—No dio tiempo a que lo contasen.

Cristina frunció el rostro.

—Ana, no la voy a engañar; Dani sigue teniendo ese carácter violento mezclado con su honor, su rencor y otros tantos sentimientos inútiles que no sabría sacárselos. Y tampoco la cárcel parece una solución para nadie. Aunque él piense que sí, yo nunca fui suficiente.

—Me hablas del carácter violento de Daniel... Tienes a mi marido de brazos cruzados en la caja. ¿Lo tomarías por un hombre violento?

—No lo sé. Hace semanas que ya no sé nada.

—No eran hombres violentos, pero estaban rodeados de violencia —empezó Ana—. Me acuerdo del décimo cumpleaños de Daniel en el pueblo. Se contrataron payasos, magos, pasteleros, kilos de confeti, cinco piñatas más grandes que los propios críos... Un millón gastó Andrés en aquello. Obsesionado con su hijo, veía algo que yo no supe ver. Allí había una ristra de globos colgando del salón de celebraciones. Al final del cumpleaños los críos de mi vecina Otilia se subieron a una silla, cogieron los globos y saltaron para explotarlos. Ya ves tú, las madres nos reímos. Pero a mi derecha, la mesa donde se sentaban nuestros maridos estaba en el suelo. La cabeza de Andrés se asomó por encima del mantel, y juro que después ninguna de nosotras se rio en semanas. Sus amigos se sacudieron los trajes y volvieron a levantarse. También guardaron con disimulo las pistolas. El imbécil de mi marido —señalando al cadáver— anduvo hacia mí, dándome un beso con toda su vergüenza. Creía que alguien había entrado disparando en el cumpleaños de su hijo.

—Yo no tenía ni idea... —Cristina en shock—. ¿Ese hombre...?

—No tenías ni idea de que Andrés fue algo más que el modesto contrabandista que te contaría Dani. Te mienten hasta las personas que te quieren, es inevitable. Y sospecho que mi hijo no me ha visto durante este tiempo para no volver a mentir.

—Dudé... dudé tanto sobre ir a visitarlo —de repente Cristina hipaba sin control—, pero... lo que sucedió...

—Ven. —Ana la abrazó como si fuese ella la que tuviese que dar condolencias—. Te enteres de lo que te enteres, no me lo cuentes. No quiero arrepentirme de fingir que no existía.

—¿Y qué... qué hago? —En una llorera—. ¿Qué puedo... puedo hacer yo, Ana?

—Sácalo de dónde se esté metiendo. Y si significa llevártelo muy lejos de Galicia, llévatelo. Fuera de aquí mi hijo haría feliz a cualquiera. Por eso te gustaba, por eso gustaba a todo el mundo... porque era salvable.

—No será fácil contactar con él. —El sabor salino de las lágrimas que ya paraban de brotar—. Habrá cambiado de teléfono y... y cuando quiere es un gran escapista. En el fondo comprendo su rabia, ¿sabe?, tenía una conexión como telepática con Mario.

—¿Ambas creemos que lo de su amigo no lo va a dejar correr?

—No, esto no lo dejará correr. Es la chispa que necesitaba Gasoli...

—¡No volveré a escuchar que se refieran así a Daniel! ¡Esa palabra está maldita!

—Disculpe, tiene razón. —Cristina se avergonzó de lo dicho.

Y un segundo de calma.

—Mi hijo, como tantos otros, siempre cree que está en una guerra. —Dándose la vuelta hacia el difunto—. Mientras él se juega la vida ahí fuera, yo espero cada noche en mi cama para descolgar el teléfono y escuchar que lo han matado. Esa es la guerra de una madre... esperar.

Ana arrullaba la mano inerte de Andrés. Entretanto, volvió el cuello y miró con severidad a Cristina.

—¿Qué sucede?

—Tócalo —ordenó Ana.

—¿Para qué?

—Tócalo.

Cristina estiró sus dedos hacia los del difunto.

Frío.

No frío como el hielo.

Frío como una pared.

—Joder —musitó tras comprobar lo que quedaba de la épica de los narcos.

—Mi marido ya no está —dijo Ana—. ¿Adónde ha escapado?

Después enarcó los hombros.

8

—No me fío de él —dijo el Panadero.

—Estás lleno de prejuicios —dijo Dani—, como todos los de tu quinta.

—Tiene la mirada sucia.

—¿Esperabas ojitos de monaguillo? Tú llevas a Jairo al lado. No sé cómo describir su mirada combinada con la frente hundida, el hueco entre los dientes y la virgencita que asoma por el pecho. Y sin mencionar que el ruso ya habla español mejor que el colombiano.

—A Jairo nos lo ponen desde Cali. En cambio, él te permite muchos caprichos. Acabas de llegar y puedes meter a un cualquiera hasta la cocina. —Después, sujetándole la nuca—: Aunque admito que si alguien lo merece, eres tú. Tanto tiempo en prisión para salir y enterrar a tus amigos y a tu padre... dentro estabas más tranquilo, ¿no?

—A mi padre no lo he enterrado. —Con displicencia—. No tengo ni idea de cómo ha ido. —Apartó la mano callosa del Panadero.

—Espero que no lo quemasen.

—Llevaba unos cuantos días sobrio.

El Panadero sonrió. Eso no se veía todos los años.

—Me gustan las personas que no ponen límites a los chistes.

—¿Acaso alguien se los pone al drama?

—Corta —ondeó bandera blanca—, *non teño a túa labia*.

—Guardas otras cualidades.

—Y ninguna buena, es lo que piensa don Abel. Pero también guardo mis teorías de gañán. No es un secreto que no apreciabas a Andrés desde que te detuvieron y yo nunca te conté mi opinión sobre aquel día.

Todos estaban deseando jugar esa mano.

—Vas a seguir sin hacerlo. En el futuro escucharé la importante, la de don Abel.

—¿Por qué me contestas así? —Entonces, respondiéndose—: Ah... crees que tuve algo que ver con lo de Mario.

—Tu sentido práctico siempre tiene algo que ver, aunque sé que aquel gusano apretó el gatillo por su propia estupidez, ningún otro rompecabezas encaja contigo. Mario no merecía una X en la foto que me diste. Isra ya era una vena atravesada y Turuto apenas un gatillero cobarde, pero Mario... Mario era la hostia. ¿Trataste con él durante mis vacaciones?

—Antes de escapar se pasaba por el casino y ahí lo saludé un par de veces. *Era un bo mozo*.

—Un casino es un buen sitio para prestar dinero. ¿Nada que deba saber?

—Déjame que piense... a ver... a ver... No, de momento no.

—Dices que no tienes mi labia, pero hablamos el mismo idioma.

—Atiende —el Panadero se afiló—, no voy a permitir que salga de prisión un enemigo para mí. Te hundiré en el fondo del mar con los otros.

—Yo no soy un enemigo —contestó Dani, iniciando el camino hasta el porche de don Abel desde la entrada de la finca—. Soy tu mejor amigo y todavía no te has dado cuenta.

—Por eso aún respiras. Para comprobar qué puedo sacar yo de tu vuelta.

—¿Ves?, ese sentido práctico... Voy a saludar al jefe, no aguanta la impuntualidad ajena.

—Mario era la hostia; Isra, un fantasma; Turuto, un malnacido. Te ha faltado Andrés. —Pretendía una pista—. ¿Qué era tu padre?

Dani volvió sobre sus pasos.

—¿Recuerdas que siempre hablaba de esta forma de vida como «el juego»?

—Como recuerdo el color del cielo.

—Era un jugador que llevaba veinte años sin cartas. Desesperante, ¿eh?

El Panadero se rezagó. Daniel Piñeiro no es mi mejor amigo, pero tal vez sí mi mejor oportunidad. Necesita algo de margen. Puede que él también guarde teorías del día en que su padre se quedó sin cartas y de la noche en la que yo me quedé sin ochenta millones.

Un mastín napolitano saltó hacia Dani, que le dio un golpe en el cuello con los dedos recogidos. Esos animales de don Abel no brincan sobre el pecho de alguien que se muestra dominante. Porque si dominan ellos, cualquier mañana le arrancarán la cara. Así, el mastín lo acompañó dócil en el vergel. No iba a ponerle una pata encima nunca más.

—¡Has hecho lo correcto! —gritó don Abel desde su mecedora.

—Son unos perros fantásticos.

—Y necesitan un amo fuerte. Yo me hubiera caído si me salta de esa forma.

Don Abel silbó en dos tiempos desde su asiento. El mastín se acercó con prudencia. Le chasqueó los dedos y se apostó a su vera. Entonces el viejo se quedó mirándolo, y el animal se amodorró dejando caer las patas delanteras y luego las traseras. La cabeza agachada.

El capo exhibió una miniatura de una silla neoclásica con el cojín púrpura.

—¿Qué te parece?

—Es bonita.

—Y pequeña —rio don Abel—. Por eso lo importante es el color de su respaldo. Los griegos crearon toda una mitología sobre cómo surgió el púrpura, aunque la realidad es que ponían caracolas al sol para conseguir el tinte. Fueron los romanos los que se convirtieron en fanáticos. Decían que se parecía al color de la sangre coagulada y así los generales vistieron túnicas de púrpura y oro hasta la Roma imperial, cuando solo al emperador le estuvo permitido.

Dani reparó en que el forro de la mecedora de don Abel era púrpura.

—Acabo de aprender algo nuevo. Pero fíjese que es un tono que ahora gastan los obispos.

—Por tus réplicas siempre fuiste un alumno aplicado. —Don Abel dejó el objeto en la mesa—. Tras muchos años me he convertido en un magnífico tallador de miniaturas. La vida se queda corta para hacer cosas en las que no eres bueno... ¿Cómo estás? Casi no hemos tenido oportunidad de hablar desde que saliste de prisión.

—Los hechos van muy deprisa.

—Los detengo para que entiendas cuánto me ha apenado la muerte de Andrés, mi compañero. No queda casi nadie de los que construimos este negocio. —Salivó la boca—. Es complicado de aceptar.

—Sabemos que le tocaba irse.

—Los finales no suelen ser como los grandes hombres planean.

—Él quería ese final... —Dani calló el resto.

Púrpura, emperador romano, siglo IV.

Púrpura, capo del narcotráfico gallego, siglo XXI.

—¿Por qué no pudimos llegar a ti en la cárcel? —preguntó don Abel ante el mutis.

—Ya no podía trabajar. ¿Para qué llegar a mí?

—Cuidamos de los nuestros.

—Reconozco que también estaba cabreado.

—Y aquí teníamos que estar agradecidos. Lo último que

supe de ti es que no saludabas a nuestros enlaces ahí dentro y que tampoco permitías que ayudásemos a tu familia fuera.

—¿Me perdí algún túnel hasta el alcantarillado?

—Las grandes fugas terminaron en los ochenta. Desde que metieron el tratamiento penitenciario gobiernan la prisión con recompensas. Conoces cómo funciona, haz la cama, guarda cola, trátame de usted y sobre todo no te intentes fugar si quieres que estudiemos un permiso. Es más, delata al que se intente fugar si quieres que lo estudiemos antes del plazo. —Y—: Como odio a los delatores.

—Don Abel, aquel sitio le cambia a uno el chip. El tiempo en la cárcel no tiene propósito, es el verdadero tiempo. Y acojona. Por eso no quise ver a nadie, excepto a Mario y a aquella novia que recordará. Aunque ellos tampoco podían cambiar que estaba encerrado mientras fuera la rueda seguía girando. Todos se adaptan muy rápido a tu desgracia.

—No creo que la familia fuese tan rápida.

—A la familia tampoco la necesitaba.

—Cuando no necesitas a los demás, parece que los estás humillando. ¿Nadie te lo advirtió? Casi logras que me sintiera así. —Don Abel sacó un pequeño fajo de billetes que obligó a Dani a coger, como una abuela dando el aguinaldo de Navidad—. He de cuidar dónde meto el dinero. A los gestores que me ofrecen entrar en el mercado financiero con sus productos siempre les pregunto: «¿Qué puedo tocar de lo que voy a pagar?». El que viene la semana próxima de Barcelona contesta que son «bienes intangibles». Le permito hacer operaciones porque saca beneficios, pero eso nunca fue para mí. Me gusta cuidar de la comunidad y la comunidad se cuida con billetes que se puedan tocar. ¿La droga? Un producto. ¿Las leyes del producto? Cuando llegué las ponían desde el otro lado y conseguí adaptarlas para que nos fuera bien. Soy un filántropo sin placa que tiene que indemnizar a las familias de los que caen y proteger a los que encierran, como tú de aquella. Así que por todo esto no entiendo a los que incumplieron las reglas.

—Le haré una pregunta desde la confianza —cortó Dani la perorata tras arrugar los billetes en el bolsillo. No quería aún el tema que don Abel buscaba—. ¿Ha visto cómo alguien esnifa una raya?

—Por supuesto que no, me ofende la duda. Nunca he visto cocaína fuera de un fardo. Los vicios no son crímenes, aunque también estropean el entorno. La mitad de mis hombres está emputecida y la otra mitad está emputecida, borracha y drogada. Resulta lamentable, y fíjate, me va bien porque genera muchos soldados. Cerca de mí quiero a las personas como tú, que puedan comprenderlos. Y dirigirlos.

—Entonces yo tampoco entiendo a los que incumplieron las reglas —dijo Dani mientras incorporaba al anciano.

Don Abel le cacheteó el moflete.

—¿Está tu hombre en el almacén?

—Ahí lleva toda la mañana.

—Me gusta conocer a los que quieren trabajar para el clan después de que hayan esperado varias horas. Eso les recuerda que están a mi servicio.

Don Abel silbó de nuevo. Aparecieron los otros mastines y lo custodiaron hasta la berlina que había arrancado el Panadero en la entrada de la finca. Dani se colocó las gafas de sol y caminó a varios metros, remolcando su urdidumbre de pensamientos y las reglas incumplidas por los demás. ¿No ha visto nunca una raya? Mi padre al menos bajó a su infierno. Este es un filántropo, sí.

Uno vestía camisa Acapulco y tejanos entallados; otro, camiseta blanca ceñida y chándal de táctel. Uno pisaba con botas de piel de cinco centímetros de tacón; otro, con zapatillas deportivas de gran superficie comercial. Uno colgaba al pecho la Virgen de Chiquinquirá; otro, la cruz ortodoxa de ocho brazos. Uno escondía una Glock de 9 × 19 mm; otro, una Makarov de 9 × 18. Uno nació en 1976 en El Cortijo de Cali, hijo de un padre que no conoció y hermano mayor de tres varones que crio la prostituta con la ingenuidad que quiso sacarlos de la nada sin poder ofrecer nada; otro, en 1973 en el valle del río Ob junto a Novosibirsk, hijo único de un empleado en la procesadora de metales y una maestra que lo criaron con la ingenuidad que creyó que el modelo comunista nunca colapsaría. Uno había comenzado a delinquir a los trece dando la alarma para los narcos de su calle; otro, a los catorce robando en las fábricas para una banda de butroneros. Uno mató a la primera persona con una bala en la nuca; otro, estrangulándolo con sus propias manos. Uno pasó por dos penales colombianos; otro, por un correccional de menores ruso y tres cárceles españolas. Uno quería que sus jefes de Cali lo promocionasen, quedarse a vivir en Galicia en una casa con piscina climatizada como la de sus patrones y al lado de una mamita que le preparase patacones fritos mientras comisionaba cada descarga; otro, escapar a Marsella con maletines rebosantes de dinero, invertir en la discoteca que gestionaban unos compatriotas y beber cada noche hasta reventar el hígado mientras una mujer distinta mordía su *hrem* en el apartamento con vistas al Vieux-Port.

Ambos crecieron en un mundo que no los necesitaba.

Ambos se habían convertido en lo mismo en cada extremo del planeta.

Y se miraban sin reconocerse.

El Panadero entró en el almacén escoltando a Dani. La última vez que estuvieron allí juntos mediaba el cadáver de Turuto, así que los dos tuvieron un fogonazo con aquella imagen.

—¿Lo has cacheado? —preguntó el Panadero a Jairo, aludiendo al ruso.

—No sabía que tenía que hacerlo.

—¿Te da tanta confianza? Míralo bien, ¿te da tanta confianza este matarife?

—Anatoli, por favor —lo interpeló Dani.

Anatoli sacó su pistola y la entregó por el mango a Jairo.

—Nos podía haber matado a los dos —dijo el Panadero—.

Y ahora cachéalo de una vez —ordenó mientras iba al coche a por don Abel.

El ruso estiró los brazos y se dejó manosear piernas y tronco. No llevaba nada más. Ni dinero, ni documentación, ni teléfono.

Don Abel apareció en escena con sus pasos lánguidos y los presentes enderezaron la columna. Anatoli trazó la pose marcial enfrente del capo, que lo hocicaba receloso.

—Así que este fue tu gran amigo en prisión —dijo don Abel a Dani—. No parece muy amigable, la verdad, pero no estaría entre nosotros por esa cualidad. Quiero pensar que tampoco porque te reventaba el culo con cariño. —Anatoli hizo ademán de contestar y don Abel lo mandó callar simulando una cremallera sobre sus labios—. ¿Iba a hablar sin mi permiso, Dani?

—El primer día cualquiera comete alguna novatada.

—No cometerá más. Noto en sus ojos que estoy ante un hombre que ha vivido unas cuantas cosas. Y es consciente de que la novatada que no se permite es mirar dentro del sobre. —Luego, dirigiéndose a Anatoli—: Espero que entiendas lo que voy a decirte ahora: trabajarás con Dani solo porque él lo ha pedido. Si tú y yo nos volvemos a encontrar, es que algo ha ido mal para uno de los dos. Apuesta a que será para ti.

Don Abel regresó por donde había surgido y Jairo salió para abrirle la berlina.

—Ya tenéis un trabajo —dijo el Panadero—. Se nota que la empresa funciona bien.

—Antes me gustaría pegar unos volantazos y ver cómo han cambiado las bateas de la ría —dijo Dani.

—Siento desilusionarte, de momento has vuelto para trabajar en tierra. Ahí le podemos sacar rendimiento al rubio y tu cara todavía es conocida a bordo de una planeadora.

—¿Cobrar?, ¿me vas a meter en mierdas de ese estilo?

—Un personaje en Santiago está reventando todo. Ha dado palos a la mitad de los buenos camellos de la ciudad.

—¿Y ahora nos importan semejantes tonterías?

—A mí no, pero se trata de una cuestión simbólica para don Abel. *A idade ten esas cousas.*

—Ya. —Dani no iba a discutir—. Necesitaré un nombre.

—Toni Dos Bolsas.

—Esto empieza de la mejor manera...

—Es un independiente al que conozco bien.

Toni Dos Bolsas era de Santiago de Compostela, del barrio de Vite. Lo llamaban «el Capitalino» por las parroquias que frecuentaba amenazando a los vecinos. Nació en sus bloques amarillos hacía treinta y cinco años. Un poco mayor que la quinta de Dani. Infancia complicada, adolescencia complicada, y poco después el Panadero conoció lo complicado que se había vuelto él en una verbena en Noia del verano de 1987. Allí estaban Cabezón y Pedrito escoltando a la mano derecha de don Abel. El primero fue un sujeto célebre en las Rías Baixas por su cuerpo de halterófilo. Cabe para los amigos.

Toni Dos Bolsas pasó al lado de Cabe en la clásica noche de estío de la «Galicia tropical», como dicen los norteños. Sacudió su brazo y le derramó vino tinto por la camisa. Cabe nunca dejaba pasar esos incidentes. Era joven de aquella. Hasta el Panadero era casi joven.

—Siento no ser original, pero te voy a matar —dijo Cabe a Toni, perchándolo del cuello.

Toni tenía detrás una banda de chavales competentes. Los que salen de casa para ese mágico momento de camorra.

—¡Quietos! —les gritó Toni. Después, dirigiéndose a Cabezón—: Te pido disculpas. Toma esta pasta y que pongan las botellas que quieras a mi cuenta, no puedo hacer otra cosa... O sí, dime cuánto costó la camisa.

—Con esto es bastante de momento. —Cabe arrambló los billetes que cuadruplicaban el precio de la prenda—. ¡Va a beber toda la verbena a mi salud! —gritó otro filántropo.

Unas cuarenta personas se agolparon en la barra ninguneando la cara de cordero degollado de Toni. Y la mesera repartió vino durante un cuarto de hora hasta que se acabó el dinero.

—¿Más?

—Más.

Cabe volvió a estrujar el gaznate de Toni, que sacó otras treinta mil pesetas.

Al Panadero y a Pedrito se les hizo evidente que el chico podría dedicarse a la compraventa de su mercancía. Un minorista más. Las cuarenta personas regresaron a la barra mientras los amigos de Toni frenaban para no zanjar la situación con una tunda. Entonces Toni se alejó para retornar solitario al poco rato.

—¿Sigue todo bien? —preguntó.

—Todo fantástico, pringado —contestó Cabe.

Cabe sujetaba las nalgas de una aldeana de vestido de lunares que subió al escenario para corear las canciones de la orquesta, mientras el Panadero y Pedrito se movían con otras dos chicas.

Toni aprovechó para separar a Cabe y susurrarle:

—Así de borracho no vas a llevarte al catre a esta, pero tengo un buen tema que te ayudaría.

Cabezón aceptó. Debe de resultar gracioso que te inviten a la droga que seguramente tú has descargado. El Panadero ni se percató de que su escolta se marchaba, intentando arrimarse a una nueva muchacha que palidecía por su boca idéntica a una herida sin curar.

—Date prisa, que no se me despiste la chavala —dijo Cabe a Toni en un descampado umbrío, lejos de la música.

—Hay dos bolsas. ¿Cuál quieres?

—Imagino que hablas de la bolsa de la buena y de la bolsa de la mala.

Toni sonrió y, cuando su invitado bajó la nariz para ver lo que guardaba la bolsita que tenía en la palma izquierda, con el brazo derecho le clavó un estilete en el hombro. El resto de su pandilla lo amordazó por detrás. Si la mole no estuviese ebria, hubiera sido imposible.

—Puedes elegir entre mi bolsa y la tuya.

Cabezón había escuchado esa frase en varias historias del apodo «dos bolsas», las de un barbilampiño que robaba a narcos. La pandilla lo arrastró hasta su Jaguar, le cogieron la llave, lo encajaron en el maletero y cuatro de ellos escaparon con el secuestrado.

Al rato, el Panadero y Pedrito se dieron cuenta de que su amigo se había esfumado y pegaron una vuelta de reconocimiento. El coche tampoco estaba. En ese momento entraba en la casa de Cabezón, a las afueras de Carril. Toni Dos Bolsas sabía quién era aquel individuo, dónde vivía y a qué se dedicaba antes de tirarle el vino. Por eso también sabía que la casa escondería una buena cantidad para vender después.

—¿Dónde está la *fariña*? —le preguntó mientras le tiraba del pelo al sacarlo del vehículo, agitando el estilete.

—Tendrás que matarme. Y mañana te habrán matado a ti. —Conclusión—: No creo que nos compense a ninguno de los dos.

Cabezón añadió un escupitajo. Toni se limpió la baba colgante de la oreja y le cortó dos tajos en las comisuras de los labios, con cuidado, como si fuera un cirujano operando a escalpelo.

—Tienes una oportunidad más —dijo.

Cabezón apretó la boca, sabiendo lo que vendría a continuación. Toni comenzó a darle patadas en los testículos y luego en las costillas. Cuando el cuerpo se retorcía buscaba otro punto descubierto. Hígado, nariz, rótulas. El apaleado gimoteó en el suelo hasta entreabrir los labios. Y el estilete le recorrió el brazo a puñaladas. Al final no pudo reprimir el alarido. Sus comisuras se abrieron dejando un trazo sanguinolento y los amigos de Toni se separaron por el sonido igual al de una tela desgarrándose.

—¡Te lo vas a cargar!

—¡Yo le he dado a elegir!, ¡mi bolsa o la suya! —berreó Toni—. ¡Y no puedo cumplir hasta que no tenga la suya!

El blanco mate de los pómulos se descubrió a través de la carne rojiza y Cabezón capituló agitando una pierna. El producto estaba en el cobertizo, en la cuadra contigua a la de los cerdos. Antes la escondía con ellos hasta que un gorrino se comió cien gramos y explotó. La pandilla calculó que robaban unos cinco kilos. Con el motor arrancado para huir, Toni metió un llavín en su bolsa y esnifó. Luego lo hizo en un fardo de los que acababan de coger.

—Pues la buena es la tuya. —Hizo el gesto de invitar al hombre que se dislocaba de dolor en el césped—. ¿No? Tú te la pierdes. —Esnifó una última vez.

Las pupilas se expandieron y la visión se retrajo; viene el túnel.

La gota cayó por la garganta; ya estás dentro.

—¡Sube al coche!

El Jaguar llegó a Santiago a doscientos kilómetros por hora. Lo despiezaron y lo vendieron a un argelino del barrio de Fontiñas que lo envió a trozos a su país. Buen golpe.

Cabezón estuvo un mes ingresado. Desde aquella ocasión exhibía treinta puntos en cada uno de sus carrillos. Al principio don Abel no podía evitar reírse cuando hablaba sujetándoselos para que no saltase el hilo. El jefe tenía cosas más importantes que atender, aunque apuntó la afrenta en el activo de la empresa. Mientras, no le molestó que Toni siguiera dando golpes en la zona de Boiro. Allí fue perdiendo a los compinches que le seguían de tan loco que estaba. Hasta que un día comprendió que aquella tierra era diminuta para tantos bandidos.

El Panadero cenaba con unos hombres de Medellín en una marisquería de Ponteceso, frecuentada por los insignes del narcotráfico antes de la Operación Nécora. Año 1989. Los paisas terminaban varias botellas de Albariño, contando chistes que apenas entendían ellos mientras su enlace gallego quería irse de allí cuanto antes. Entretanto, Toni Dos Bolsas pidió cambio en la barra del local. El Panadero lo distinguió gastando las monedas en la tragaperras.

«¡Avances! ¡Uno!, ¡dos!, ¡tres!»

Detalló la historia del chico a los colombianos, que se indignaron con la chapuza. ¿Rajar los labios? Pararon de chupar percebes, molestos porque merodeasen copias de sus artimañas en el terruño. Los artesanos de la tortura eran ellos. Moldear un cuerpo como plastilina para la pena retributiva: sello de Medellín.

Un rato más tarde Toni Dos Bolsas terminaba sin una sola pieza dental y tuerto con un mensaje: «Exilio o plomo». La rumorología lo ubicó vendiendo cocos en Brasil, pateando la zona de Salvador de Bahía como tantos de sus paisanos décadas atrás. Otro al que tachar de la lista.

Pero a finales de agosto del 2000 un camello de Santa Comba dio la alarma por un atraco de un tuerto desdentado. A la siguiente semana unos universitarios de Lugo, que regentaban un local llamado Superfresh, son encañonados por un tuerto desdentado que roba tres kilos de cocaína al 85 por ciento. Y en la quincena siguiente todos los camellos de Santiago, pequeños o grandes, hablan del tuerto desdentado. Se olvidan de las transacciones hasta que alguien se ocupe de él, de Toni Dos Bolsas, porque los veteranos lo reconocen.

—Bueno, la historia no está mal y me la perdí por poco tiempo —dijo Dani—. Siempre quise saber por qué Cabezón llevaba esas cicatrices, pero no es una cosa que puedas preguntarle en frío. Insisto, ¿nos importan estas tonterías de repente?

—Don Abel no puede evitar tragarse el rollo de guardián de la comunidad. ¿Te ha comentado que ahora es un fi... filan...?

—Filántropo, algo he oído.

—Lo que queda de Cabezón rogó al jefe que aquel mierda le devuelva sus cinco kilos.

—¿Cuánto queda de Cabezón?

—*Mi madriña...* no sirve ni de espantapájaros.

—¿Y crees que merezco esta basura de trabajo? El primer trabajo de mi ansiada vuelta, ¿eh?

—Cosa del capo. Si te sirve de consuelo, es por él. —El Panadero señaló a Anatoli, que había escuchado la conversación como quien escucha la lluvia caer—. Aquí gustan los hombres que comienzan desde abajo. Le enseñarás. Tú lo querías a tu lado, tú te encargas.

—Tiene talento para mucho más que cobrar una deuda.

—Pero viene de lejos. Que se adapte a cómo funcionan las cosas, así que de momento vas al bar a que te informen de los detalles. ¿Qué más quieres que te diga? Nadie sabe nunca las verdaderas intenciones de don Abel. —El Panadero anduvo hacia la salida del almacén. Gritó antes de irse—: ¡Cuánto cadáver en los últimos días, Dani!, ¡cuánto cadáver! ¡Y yo mientras estoy buscando una chica que conoces muy bien! ¡Piensa si la has visto!

—La he visto —masculló Dani.

Anatoli curvó la boca. Ahora sabía que Vanesa valía mucho más dinero del que le dieron por protegerla. Y ya estaba perdida en el mundo.

Dani y Anatoli buscaban un lugar para comer antes de ir «al bar». El gallego estudiaba cómo había cambiado el paisaje del pueblo. Anatoli también observaba el entorno sin intuir el porqué de esas aceras grisáceas entre callejuelas retorcidas. No había nada de las construcciones en serie de su Unión Soviética. Todo semejaba un puzle de ladrillos al arbitrio de los propietarios, a falta de un comisionado que dijese dónde y con qué fin se debía erigir cada metro cuadrado.

—¡Qué me estás contando! —exclamó Dani al ver que un locutorio ocupaba el espacio de su tasca preferida.

Doblaron dos esquinas más y se metieron en el bar donde aguardaban los detalles. Al menos era otro sitio de los de buen diente. Pulpo salpimentado, tejido muscular de ternero, pimientos de Padrón y una ración de percebes, ya que el Panadero los había mencionado en su historieta. Dani esperó a ver cómo los abordaba Anatoli. Una broma muy gallega. El ruso comenzó mordiendo la uña dura. No le convenció el sistema y desmenuzó con los molares el apéndice rugoso que esconde la carne. Su anfitrión ritmó ambos pulgares y reclamó atención. Circuncidaba el marisco en dos movimientos, primero mano derecha y luego mano izquierda, para llevarse la pieza a la boca. Anatoli lo imitó dejando lamparones en su camiseta al romper la piel de los percebes y dispararse el agua tintada de la cocción.

—En el fondo es comprensible que quieran que te adaptes al ritmo gallego —dijo Dani—. ¿Te regalo un consejo que te ahorrará tiempo?

—*Da* —afirmó Anatoli en ruso.

—No has de entender a Galicia, solo creer en ella.

—Os pasan la cuenta en la cocina, como en los viejos tiempos —dijo el camarero que vadeó las otras mesas para recoger las cáscaras de los percebes.

Cuenta y detalles finiquitados con un licor café, y la extraña pareja salió por las mismas callejuelas. Había que ir a Santiago, torturar a un criminal y regresar junto a cinco kilos de droga.

Unos niños con las mochilas del colegio a las espaldas venían corriendo cuesta abajo sin mirar más allá de sus pies. El último, diez u once años, chocó la cabeza con los abdominales algo tapados de Dani mientras oteaba hacia atrás, pendiente del que escapaba en el rebumbio. El golpe lo tumbó en el suelo. Anatoli lo incorporó, sacando al fin su ocasional sonrisa de la cárcel.

—¿Estás bien, chaval? —preguntó Dani, dándole unos manotazos para limpiarle el pantalón de la caída.

No contestó. Lo miró de forma grave.

—*Priviet!* —saludó Anatoli.

»Que si estás bien.

Mantuvo su mirada grave.

—¿No hablas? —preguntó el ruso al muchacho, que siguió callado.

—Imagino que no. —Dani continuó la marcha—. Vaya críos raros los de hoy en día.

Anatoli ya no hacía esfuerzos por entender a Galicia.

Se limitaba a creer en ella.

9

—¿Ese? —preguntó Anatoli.

—Impresionante —dijo Dani—. ¿Cómo alguien con esta pinta puede atemorizar a una ciudad entera? Sé que te parece hasta de mala educación.

Toni Dos Bolsas no solo era tuerto y sin dientes, sino que ahora además pesaba ciento cincuenta kilos de picaña brasileña. Daba vueltas al llavero que abría el edificio donde se escondía. Todo descaro, el individuo había vuelto a su barrio natal. No miró a los lados ni atrás cuando logró introducir la llave. Y Dani anotó el dato. Está desquiciado. Puede ser más peligroso de lo que creía.

—Una de la madrugada. —Los nudillos tocaron la rodilla del ruso, sentado de copiloto—. Ya hemos esperado bastante.

Anatoli abrió el portal con una ganzúa y entró al descansillo.

Dani empujó el vidrio un rato después, aprovechando el tope que había colocado su compañero. No pasaría un coche de policía por delante de ese bloque de Vite en toda la noche. Tampoco lo llamarían los vecinos de escalera. Un piso *okupado*, otro abandonado y la anciana moribunda del ático. La información del bar era correcta. Casi no tuvieron ni que forzar la puerta de Toni Dos Bolsas, desencajada por el marco superior. Pasamontañas puestos, ambos corrieron hasta la habitación con las pistolas por delante. El tipo todavía intentaba incorporarse en su colchón cuando Anatoli le colocó una rodilla en la cabeza y otra en el plexo solar. Dani puso la mordaza en la boca sin dientes y ató unas esposas de la mano izquierda al cabecero de la cama. Volvió sobre sus pasos para comprobar si alguien se había agitado en el rellano. Desde el piso *okupado* subía una música reggae con ascendencia *two-tone* y el aroma de marihuana índica se diluía por las escaleras.

—Nos tiraríamos aquí el resto del año torturándote y nadie protestaría —dijo Dani al retornar a la habitación—. Si fumasen sativa, todo sería impredecible.

Anatoli saltó encima de las costillas de Toni Dos Bolsas y después pegó otro brinco para situarse al lado de la cama. Probó a quitarle la mordaza.

—*¡Yah podeigh mataghme!*

Dani resopló y Anatoli volvió a colocar el pañuelo.

—Me hago cargo de que hablar sin dientes resulta un fastidio —dijo Dani—. Eh, así vamos mal, gritar no es compatible con que mi amigo te saque el bozal. ¿O sea que tú rajaste los mofletes del Cabezón? Y a cambio te quedaste desdentado, con ese agujero donde debía haber un ojo y tostándote en las playas de Brasil por un montón de años. Todo tiene su lado bueno. —E instrucciones—: Ahora has de prometer que vas a hablar más bajito cuando te quiten eso de la boca. Necesito un sí o un no para nuestro diálogo. —Dani resopló otra vez cuando Toni Dos Bolsas agitó el cuello—. Toni, te quieren cepillar. Es más, por algunos detalles intuyo que tu subconsciente está deseándolo. Entonces nos colocan a este y a mí en esa disyuntiva. ¿Conoces lo que significa? Quiero el primer sí o no. De decir alguna otra palabra volvemos a la casilla de salida y a mi amigo se le habrán hinchado los cojones. Procede, Marcos.

Cuando Anatoli relajó la mordaza, Toni Dos Bolsas tomó aire y musitó:

—No.

—¿No conoces la palabra «disyuntiva»? —preguntó Dani, dudando de si había entendido el procedimiento.

—No.

—Es algo así como tomar una decisión. Una decisión complicada, de las que te ponen entre la espada y la pared. Y nosotros somos la espada. ¿Entendido ahora?

—Sí.

—Así sí funciona, Toni —aprobó Dani—. Bueno, has vuelto a esta ciudad de facultades y andas robando a los traficantes que tienen que surtir a los universitarios que se pasan la carrera en los bares. Ahí fuera debaten sobre quién es el que debe arrancarte las pelotas mientras piden ayuda un poco más al sur. Y en el sur no somos tan tiernos. En consecuencia, estamos en tu escondite para darte un escarmiento por cuestiones que no nos importan absolutamente nada. ¿Sigues mi explicación?

—No.

—Tienes razón, no he sido muy claro. —Después—: Que no nos importa a quién robes, vendas o si respiras mañana o ya estás tieso pasado. No nos importas una puta mierda. Estamos aquí para hacer tiempo, pero podríamos hacer algo más. ¿Ahora?

—Sí, sí.

—Dos veces sí es fantástico. ¿Tienes teléfono fijo?

—No.

—Eso me había parecido. ¿Móvil?

Toni Dos Bolsas miró hacia la mesilla.

—Sí.

Anatoli cogió un Nokia 3310 y un Maxon.

—¿Alguno más? Vamos a registrar tus pocos muebles de todos modos.

—No.

—Pues el trato es el siguiente: tres días atado a la cama sin molestar a nadie. Otro de los nuestros vendrá y abrirá las esposas cuando pase el plazo, entonces te largas muy lejos otra vez o te pegas un tiro. ¿Hay acuerdo? Date cuenta de que es una pregunta de cortesía.

—Sí, sí, sí.

—Un diálogo provechoso. —Y dirigiéndose a Anatoli—: Marcos, yo siempre respeté a los independientes.

Dani comprobó el cabecero de metal mientras Anatoli registraba los cajones de la casa. Ni una propina les iba a dejar Toni Dos Bolsas. A saber dónde guardaba su botín, pero daba igual, en unas horas verían el verdadero tesoro. El ruso hizo el gesto de taparse la nariz sobre el pasamontañas por la roña que revolvía. No podía hablar con su acento del Este. Menos llamándose ahí Marcos, pretendido gallego al que sería imposible localizar.

—Nos vamos, aunque te voy a colocar de nuevo el bozal. —Dani lo amordazó de nuevo, muy fuerte—. Y también esposaré tu manita a la pata de la cama. El cabecero no parece fiable para tu sobrepeso, es un sobrepeso de cien kilos.

Toni Dos Bolsas quedó sobre el colchón en una especie de crucifixión aberrante.

Otro mártir.

Y este no resucitaría al tercer día sin ayuda.

Dani tomó la rotonda varias veces. Salió al ramal, volvió a la carretera general y después al ramal. Recorrió en una última ocasión la rotonda. La contravigilancia evidenciaba que nadie los seguía en la madrugada que regresaban sin droga hacia la base de operaciones.

Aunque decidieron que ya era hora de parar en los montes de Campo Lameiro.

—Señor Volkov, necesito que esté callado a partir de aquí.

Anatoli copió el gesto de don Abel y simuló cerrar una cremallera por sus labios. Dani se concentró en la carretera mientras la hipertimesia delineaba el camino. No era fácil. Se equivocaba, daba a una pista sin salida, retornaba, se equivocaba, cogía la senda correcta, la perdía.

Más de dos horas.

Su acompañante no habló. Al principio intentó aprender las maniobras, pero enseguida se perdió entre los conos de las luces que enfocaban el bosque oscuro y segregado por hilachos de tierra para un tránsito de un vehículo a la semana.

—No lo voy a conseguir. —Dani hizo ademán de rendirse.

El ruso, en cambio, lo miraba con una expresión de confianza.

Izquierda, izquierda, derecha, tuerzo a la derecha, todo recto, a la derecha. Nada.

—Tenía que ser en esta recta... ese puto árbol...

—Fuera del coche —dijo Anatoli, apeándose también él—. Fuma. —Pasándole una de las cajetillas de Ducados que compartían.

A la tercera calada, la que te hunde en una ridícula depresión, Dani asumió que intentaba cuadrar un círculo. Décadas de lealtades y traiciones. Un laberinto, más enmarañado que aquel de tierra, convergía buscando la antigua finca de Mendo. Si fallaba, no habría otra oportunidad. Anatoli se largaría después de romperle las piernas. Dani era consciente de lo que haría el ruso y durante un instante lo deseó, porque su acompañante tendría que ser Mario si él no se hubiese arrastrado por A Coruña hasta que lo mataron.

—Juré que no iba a volver a muchos sitios, pero ni se me ocurrió jurar que no volvería a este bosque —dijo Dani—. Es el peor lugar que he conocido

Anatoli pegó un bostezo carnívoro.

Alguien hablando de sentimientos.

—¿Qué quieres hacer, Dani?

—No lo sé.

—Yo quiero tu promesa.

—Bien... La tendrás. —Pausa, sin contacto visual—. Al llegar al filtro de este cigarro, subo al coche y descubriré el maldito ciprés.

Dani fumó lentamente, percibiendo el hollín que se esparcía por sus pulmones en cada calada. Un cigarro tiene algo útil en su estúpida dinámica de destrucción. Te mata sin ofrecer nada a cambio, y por eso a veces permite entender el entorno velado por el humo. Quizá ahí se puede colar un rayo de luz. No es imposible, solo es un camino estrecho.

—No va a ser ni aquí ni hoy, amigo. —Dani tiró el filtro de nicotina en la fronda—. Me hago una idea de lo que me dolería romper mi promesa.

Derecha, izquierda, curva a ras, una subida circular. Dani dio marcha atrás hasta la curva. Eligió la otra ruta. Concretamente la correcta. Y todo se hizo transparente. En su interior sabía que ahora sí lo iba a encontrar. Soltó un puñetazo en el brazo al copiloto que no alteró su pose marcial cuando preguntó:

—¿Lo ves?

—Un árbol de cien años debería aguantar otros ocho —contestó Dani, viéndolo—, aunque un árbol de cien años puede arder en una hora

Casi chocó contra el ciprés retorcido y sus raíces que abultaban la pista de tierra, buscando todavía más agua. Frenó en seco cuando pudo reponerse de la imagen.

Tenía delante el futuro y contemplaba el pasado.

Los dos peores lugares en los que puede quedarse una persona.

—Aquí comenzó todo.

Aquí vi a mi padre encañonando a Mendo. A medio kilómetro está su finca. Y a media hora el almacén cuya ruta apunté en este papel en los calabozos del juzgado. Hice cinco copias. Todas escondidas.

—Vamos. —Anatoli radiante como un querubín—. Huelo los billetes.

Dani encajó el papel que representaba varias hileras de flechas en el cuentakilómetros. «Izquierda, otra vez izquierda, recto, izquierda, derecha, traqueteo, todo recto, a la derecha...» La hipertimesia jamás hubiera sido suficiente. Casi falló para encontrar el ciprés que vieron los ojos, no podría hacer nada con la ruta a ciegas que apuntaron todos los sentidos menos la vista.

Y en pocos minutos llegó al final del laberinto.

—Ya estamos, señor Volkov.

El camino seguía igual; el paraje había cambiado. Más frondoso, como si quisiese proteger el secreto. Al leer la última flecha del folio gastado, Dani puso el freno de mano, se apeó del vehículo con un portazo y buscó unas espirales pinchadas en dos eucaliptos.

—¿Espirales? —preguntó Anatoli.

—Como un embrollo en círculo. La línea se aleja del eje y gira alrededor más distante.

—¿*Embrolo?*

—Busca algo que haya dibujado una persona y ya.

—No sé si esto es una espiral.

El ruso toqueteaba unos surcos en la corteza de un eucalipto ladinamente separado del resto. Varios árboles a la izquierda aparecía la otra espiral cubierta de musgo.

—Parece cosa de meigas... Sígueme —ordenó Dani.

Caminaron la ruta entre árboles y tocones húmedos hasta la hojarasca encima de las puertas de acceso al sótano. Dani agarró la llave que también guardó desde que alguien la metió entre las ropas de paquetería a la semana de entrar en prisión. Había otra copia a salvo en A Coruña, en un lugar donde nadie buscaría. Abrió el zulo estanco y su linterna alumbró la droga amontonada a la izquierda, las pilas marrones con el logo de un escorpión. Dani bajó y palpó los fardos. Secos. Gran reserva 1992. Pinchó el primero con las llaves y rasgó las capas de plástico hasta que se filtró el polvo blanco que se llevó lengua y nariz. Hizo lo mismo con otros repartidos aleatoriamente.

—Ni pizca de humedad —dijo algo colocado—. El zulo es una obra de arte, reconozco ese mérito a mi padre.

—¿Está buena?

—Buenísima, no sé ni cuánto valdrá hoy. Cojamos los cinco kilos y cambiemos el embalaje. —Sabía de quién era la marca distintiva de aquella cocaína—. No... —Y retocó la idea—: Ya que estamos aquí, sacamos los fardos que podamos cargar en un viaje y haremos cuentas con lo que sobre, ¿mejor?

Sí, a Anatoli le pareció mejor.

Al alcanzar el coche con unos cincuenta kilos cada uno, ambos se sentaron reproduciendo en la retina los lingotes marrones. Lo prohibido siempre es muy caro. Deberían prohibir más cosas.

—¿Cuánto tiempo necesitas para organizar a los tuyos? —preguntó Dani.

—Los dos meses.

—¿No has podido acortar el plazo?

—Los profesionales... dos meses. —Después Anatoli dibujó la señal de la victoria, o de dos meses, con sus dedos.

—La burocracia es lenta —punzó Dani—. Tiene que ser suficiente para que don Abel no te descubra. Nos darán trabajos como el de hoy y han de salir bien.

—Saldrán bien, también soy muy profesional.

—Y yo no.

—Gasolina era un buen nombre para un gánster.

—¿Existen los gánsteres con remordimientos?

Anatoli se encogió de hombros porque no sabía qué significaba la palabra «remordimiento» y ni siquiera disponía del concepto.

—¿Dos meses?

—De acuerdo —validó Dani—. En dos meses liquidamos el asunto. —Luego, clavando su iris negro en el ruso—: Y me quedo más tranquilo sabiendo que hoy no me has traicionado. Primera y última oportunidad.

—Tu plan era mejor que el mío si te mataba.

Anatoli carcajeó, Dani también.

Estaban cuadrando el círculo.

Y la hipertimesia se podía ir a la mierda para siempre.

10

Un poco de polvo convierte lo negro en blanco y luego lo blanco en negro. Funciona con tal embuste cromático. De la verdad a la mentira. A los veinte minutos de que la cánula aspire la cocaína, de la mentira a la verdad. Un enigma. La menos droga de las drogas ilegales, la que iguala a cuatro cafés, la que el quinceañero considera un desfalco, la que cuesta mucho más de lo que vale, la que nunca está sin adulterar. Cafeína, lidocaína, levamisol.

Es la máquina que sienta criminales en el trono legítimo y legal.

¿No la ves?

Siempre hay un movimiento oculto al ciego.

Ese apretón de manos en el bar de tu barrio, ese corrillo en la esquina de tu quiosco habitual, ese grupo ciclotímico en la mesa de tu restaurante favorito, ese jefe desquiciado en la reunión de tu trabajo, ese familiar encerrado en el baño de tu casa. Sudor, temblor, resfriado. Los usuarios de cocaína dividen el mundo en el que consume y en el que no. ¿Toma o no toma? Sus descripciones de las personas terminan en aquella pregunta, son del gremio. Enciende la televisión. Detectan tics inequívocos en la presentadora, son del gremio. Entra en el pub. Contemplan cómo los acodados en la barra se atusan el pelo a la segunda copa, son del gremio.

¿No la ves?

Verás el imperio.

Adictos a la cocaína y adictos al dinero. La cadena de oro que pavonea el adolescente, el cuadro minimalista que adorna el salón, el coche que trona al salir del peaje. Vuelve a mirar. Ahora más arriba. El *lounge-club* que abre de mayo a septiembre, el casino que prepara nuevas salas de juego cada mes, el hotel de treinta plantas que pintan una vez al año.

¿Todavía quieres mirar más arriba?

Queda el cielo.

El imperio sí lo ves, pero ignoras cómo se construye. Apretando manos, comprando votos, sobornando funcionarios, colocando licitaciones, recalificando suelo. Monta una sociedad pantalla y pon el primer ladrillo. Fiscalistas, abogados, guardaespaldas. Hace falta más gente con traje que con pistola. La mitad del dinero negro lavado es un éxito y otra vez del negro al blanco. No existe inversión financiera con mejor rentabilidad. Sin escasez de recursos, sin bajón de la demanda, sin inflación del mercado.

¿No la ves?

Extiende un mapa del planeta.

Todos los rincones tienen cocaína. Viaja allí y pregunta. Tal vez media hora, medio día, media semana. Conseguirás tu gramo aunque no haya ni cable telefónico. Ahora que te hablen de que tu mujer te ha dejado, de que tu madre no te abre la puerta, de que tu hijo no te reconoce. De que has robado, estafado, asesinado. Porque también traficas para consumir. ¿Por qué?, te preguntabas. Tratando de apartar de tu cabeza la idea de que esa pregunta la haces cada día con menos signos de interrogación. ¿Por qué cruz? Si todo está de cara. ¿Por qué vacío? Si todo está lleno. Por qué, porqué, porque. Ya no hay interrogantes. Dispones de veinte minutos donde las desgracias no pueden agarrarte del pescuezo. A la segunda raya te acuerdas de que es un truco, pero días después volverás a creer en la magia de la droga que ni siquiera te gustaba al principio. Que era de pijos, de esnobs, de aburridos. De temerosos de introspecciones con elefantes rosas. Pasas de los cuarenta y no debes trabajar viendo elefantes rosas, es lo que creías antes de que te despidiera aquel jefe desquiciado en las reuniones. Cálmate, pronto disfrutarás de los veinte minutos. Ojalá mañana. Ha de ser mañana. Quizá ahora de ponerla encima del papel albal, aunque eso gasta demasiado. Vendrán otros si te desintoxicas, si te encarcelan, si te mueres. Adictos al producto y adictos al dinero. La máquina no para, porque no ha existido otra máquina igual en toda la historia.

¿Escuchas cómo te va a hacer picadillo?

Sí.

Y ahora también la ves.

11

A primeros de octubre se puede desayunar al aire libre y en manga corta en la costa mediterránea. El sol todavía no es una mortaja, aún irradia calor hasta el mes de noviembre, donde se pasa al frío húmedo del que tanto se quejan los locales bajando de los quince grados. También Marc Gratacós pasaba entonces de su chalet de Castelldefels al ático de Sant Gervasi en la ciudad de Barcelona. Un café americano, dos tostadas de pan de avena con tortilla francesa y un zumo de naranja. Amanecer desabrido con esa bandeja en un balcón de treinta metros cuadrados en primera línea de Playafels no tenía lógica. Salvo en días como aquel. Porque días como aquellos venían precedidos de noches en vela. Detestaba volar a Galicia para informar a los bandidos rurales sobre cuentas bancarias en Panamá, Suiza, Andorra, Isla de Mann, Antillas Holandesas o Bahamas.

Con tanto «paraíso fiscal» habría que inventar otro término.

Un paraíso es algo escaso.

Como sus trescientos metros de finca, piscina y tres plantas a orillas del Mediterráneo. Claro que la zona se estaba gentrificando con jugadores del Barcelona, del Español y algunos otros extranjeros a los que hacían sus papeles de residencia. «Las visas económicas», como decían en el bufete Gratacós, construían muchas casas iguales a la suya.

Tampoco ese paraíso era ya escaso.

Marc abandonó media tostada encima del plato, las esparteñas sobre el suelo cerámico y fue a comprobar lo segundo que más le preocupaba en esos días malditos: las bolsas de los ojos. Se hizo el masaje linfático con las yemas de los dedos recorriendo el contorno amoratado y después extendió la crema correctora que compró en Londres. Dentro de un mes el ritual formaría parte del pasado, el cirujano plástico de Pedralbes iba a practicarle al fin la blefaroplastia. Ya tenía cuarenta y cinco años y merecía la pena cambiar aquellas protuberancias por un tenue hundimiento. Conjuntando la americana de *tweed* con los tejanos italianos entre los espejos del vestidor, Marc se dio cuenta de que su frente también ganaba centímetros. Llevaba razón el mismo cirujano: debería arrancarse una franja de pelo de la nuca para implantársela en su flequillo despoblado. Le había asegurado que la zona donante no perdería densidad. Abrochado el último botón, procedió a las respiraciones que prescribía su *coach* de *mindfulness*.

—Yo soy amor, yo soy luz, yo soy energía —recitó Marc mientras inspiraba hasta el diafragma—. Expulso todo lo negativo. —Al estirar los brazos hacia atrás a medida que se deshinchaba.

Continuaba con una nueva respiración finalizando en «perdono a todo el mundo». Y la tercera habría de terminar en «hoy voy a pasar un buen día», que Marc sustituyó por «nada podrá conmigo». Espoleó la americana y asió su maleta de mano. Estás listo. El apellido Gratacós es el blasón. Y también tu bigote marcando las diez y diez.

Bajó al garaje y contempló su flota. Cada uno de esos siete coches se los había vendido el director del concesionario de la calle Tuset como si fuesen necesidades básicas. Eligió el Porsche Boxter de utilitario hasta la terminal. Al salir del chalet se cruzó con otro prócer, director de recursos humanos de una de las bancas de Cataluña, que había decidido hacer *footing* con una cinta de camuflaje en la cabeza. El hombre quedó dando botes en estático y, ante sus gestos, Marc descendió la ventanilla. Ah, el torneo de pádel del próximo fin de semana. Somos pareja. Y tu saque es malísimo.

—¡Hay que ganar como sea! —Bote, bote—. ¡Me empiezan a cansar esos aires de Vidal y Domènech! —Bote—. ¡Se creen que el torneo de la urbanización es un Grand Slam! —Bote, bote—. *La mare que els va parir!*

—¡No habrá un tercer set, señor Molins! ¡No olerán su revés!

—¡Y tienes que ver lo que ha mejorado mi saque! —Bote, bote, bote—. ¡Como siempre decía tu padre, es cuestión de perseverancia!

—¡Si nadie saca mejor que usted!

Esperando en el control de acceso estaba Joan con su traje marengo de popelina. Después de cinco años de oficina, Marc había decidido enseñarle el mundo con la aspiración de que en otros cinco lo reemplazase en los balances que precisaban de avión. Era un chico fiable, y también carismático siempre que no estuviese él presente. Lo que le hacía más fiable. Ya personificaba el mejor especialista en SICAV, aquellas sociedades de inversión variable que Felipe González permitió para que las fortunas no siguiesen escapando al extranjero.

—¿Nervioso?

—Todo en orden, señor Gratacós.

—No, no, no. Esa cara me confiesa que no has dormido y no hay nada peor que no dormir. ¡Tres veces no! La psicomotricidad fina falla. Te verán alterado y esos paletos no confían en alguien que no aparenta conocer los secretos del universo.

—En realidad he dormido casi diez horas.

—Entonces debes de estar todavía mucho más nervioso. —Ignorando que Joan se encontraba tranquilo—. Tú con temple, que ellos son muy simples, por eso cuando hay uno listo enseguida dirige el ganado que ordeñaremos. ¿Tienes claro el rendimiento de la sociedad que le constituiste?

—Muy claro. Como me pidió, llevo tres copias en papel y el formato excel para ordenador.

—Un excel lleno de números verdes sostiene cualquier conciencia.

—El arco ha pitado —dijo el vigilante a cargo del detector de metales.

—¡Es mi reloj!

Marc guardó el Rolex Submariner, la edición con la esfera verde como el excel, en la bandeja ante los bobalicones que distinguían la hora a dos millones de pesetas. Siempre simulaba olvidar quitárselo en los arcos de seguridad del aeropuerto del Prat. Tras encajarlo en su muñeca, se puso a parlotear durante el trayecto hasta el *finger* mientras Joan asentía las habituales bravuconadas.

—Yo no había visto cosa más rudimentaria que el tema de la lotería, ¡y lo siguen haciendo! Aunque no solo estos, cualquiera lo hace. Los políticos también... Bah, es difícil encontrar al pescado que vendió el boleto premiado al doble de su valor, pero qué mejor indicio quieren los de delitos económicos para dejar patas arriba tus cuentas que seis premios de lotería en un año. Existen mejores probabilidades de que te caiga un meteorito. Pues a ellos les cae seis veces y ni se ponen colorados. Luego alguien les habló de técnicas más sofisticadas como blanquear con obras de arte. Bien, bien, bien... Individuos que no distinguen un Matisse de un Renoir sacan a subasta una pieza millonaria que cogía polvo en el trastero y aparece el amigo que paga cinco veces su valor con el propio dinero del que lo vende. No es tan estúpido como la lotería, aunque el problema lo tiene tu amigo, por eso al final lo puedes tener tú. Y lo que queremos es que nadie tenga problemas. ¡Nadie! ¡N-a-d-i-e! Repite conmigo.

—Na...

—¡Que no te vean nervioso!

—¡Nadie!

—¿Y este adefesio a qué aspira? ¿No pagamos primera clase para tener una rubia maciza en la puerta?

—Tarjetas de embarque, por favor —pidió la azafata de la cola preferente.

—Podemos convenir que el arte no es tan estúpido —siguió Marc en la pasarela—, pero tu nombre sale por todas partes y unas preguntas sobre impresionismo francés que haya preparado la fiscalía... el suflé se desinfla. Lo del bar vacío que tributa por módulos siete mil cafés al día se estila bastante más en Galicia, y eso sí que no tiene inconvenientes. ¿Para quién? Dímelo. ¿Para quién?

—Deduzco que...

—Tal cual, Joan, para los muertos de hambre. ¿Qué cantidad permite lavar un puñetero bar? ¿Un imperio dependiendo de una cafetera a cargo de un camarero con tics? Porque te dan una subvención si empleas a esa clase de gente, igual que con los porteros de los edificios, no hay uno sin tara. Lo de las subvenciones es una rapiña.

—Según los módulos podríamos establecer en...

—Eso es, Joan, poca cantidad. Muy poca. Dichosa socialdemocracia con sus subvenciones para retrasados. Que estos narcos nadan en billetes, qué digo nadan, navegan. Así que lo de invertir en ladrillo ha sido mejor idea, el suelo es una burbuja que nunca se pinchará. Yo en eso estoy con Aznar, España va bien gastando en ladrillo. Recalificamos, construimos, hipotecamos, y tampoco nadie se pone colorado. Un moro que acaba de llegar a Algeciras con un patrimonio de cinco alfombras ya tiene su hipotequita a cuarenta años. —Después, decibelio más bajo—: Acuérdate de mis palabras, dentro de poco verás a los Mohameds comiendo tocino en pleno Ramadán. —Y recuperando el decibelio—: El sistema lo aguanta cobrándole intereses a cualquier otro desgraciado. Porque el sistema lo aguanta todo. Solo hay que inventar más dinero en un ordenador. Pulsar teclitas y darle a enter. Con lo que lo de colocar ahí testaferros funciona cuando puedes confiar en ellos. Pero, pero, pero... Ah, mira, esta ya es otra cosa.

—Buenos días —saludó la azafata que los acomodó en los asientos de primera clase.

—Y, Joan, yo no me fiaría de mucha gente para que guardase mis propiedades a su nombre. ¿Tú? Venga, ya te digo yo de los que me fiaría. ¡Cero! ¡Cero! Ahí tenemos el problema. *No fotem.*

—Yo tampoco, señor Gratacós. Mi abuelo repetía que el dinero envilece al hombre.

—¿Eres nieto del Serrat o qué? ¿Ese payés no está orgulloso de ti ahora?

—Orgullosísimo.

—Entonces no vuelvas a decir una tontería así en lo que quede de tu carrera profesional. Los humildes no suelen alcanzar muchos éxitos. —Y abandonando ahí la digresión—: Pues en el ladrillo y en las empresas de pescado que de vez en cuando transportaban pescado andaban los gallegos hasta que mi padre, el ilustre fundador del bufete Gratacós, que en paz descanse... —Esperó el salmo.

—Que en paz descanse.

—Les habló de sociedades *off shore*, donde nadie preguntaría si sus millones venían del contrabando. ¡Bang! Y tenías que ver sus caras cuando la sociedad emitía un préstamo a la persona física, ¡a ellos! ¡Bang, bang! —Sus dedos índices convertidos en cañones de pistolas—. ¡Era magia! ¡Qué coño, sigue siéndolo! Claro que ahora todo se está complicando, antes de disfrutar de una peseta hay que crear veinte sociedades pantalla y lo del préstamo a la persona física ya es un eufemismo. El viejo que vamos a ver prefirió empezar por la SICAV que le constituiste, no obstante, sabes que en Madrid me informan bien, en esta legislatura el Partido Popular estará obligado a regularlas, aunque solo sea un poco de maquillaje para el BOE. —Finalmente añadió—: Hemos de llevarnos sus millones mucho más lejos.

—La tripulación de este Boeing 747 les da la bienvenida al vuelo Barcelona con destino Vigo...

—Los Concorde tienen una chica solo para anunciar el despegue y el aterrizaje —dijo Marc Gratacós—. Luego no toca ni un cubierto. Eso es clase. Ir de París a Nueva York y de Nueva York a París por unas cincuenta palabras... Mucha clase.

Marc accionó la palanca del respaldo con sus manos trémulas. La psicomotricidad fina le fallaba. Las cerró en un puño y calló para otear las marismas que orlan las pistas del aeropuerto del Prat. Sus briznas se comban por el viento, pero nunca se quiebran. Estiró con las yemas de los dedos los extremos lacados de su bigote, que se habían bajado ordinariamente a las nueve y cuarto. ¿Qué estúpida hora es esa? Cómo detesto viajar a Galicia.

—Quería agradecerle por enésima vez la oportunidad que me brinda de acompañarle —dijo Joan.

—¡Bang, bang! ¡Era magia! ¡Qué coño, sigue siéndolo!

Marc y Joan cogieron un taxi hasta el centro de Vigo y se registraron en el hotel cinco estrellas que tenía vistas a la ría. Apenas aflojado el nudo Van Wijk de la corbata, el recepcionista llamó al teléfono de ambas habitaciones para avisar de que los esperaban en el vestíbulo.

Marc interrumpió su nuevo masaje en las bolsas de los ojos y corrió a sacudir la puerta de Joan.

—¿Tenemos todo el día para hacerlos esperar?

—Lo siento, señor Gratacós, justo acaba de sonar e iba...

—Agarra el maletín con los papeles y las fichas. Y también las muñecas rusas.

En la entrada del hotel andaba Dani de un lado para otro, distraído con los pocos clientes que desplegaban mapas arrugados bajo sus manos. Don Abel le había encargado ir a buscar a los financieros de Barcelona, lo que significaba un paso adelante en la relación de confianza que deberían tener. También Dani era alguien que sabría comportarse con aquellos catalanes que los traficantes gallegos consideraban pusilánimes. Licenciados con agallas solo para ser *consiglieris* ajenos a la acción.

Dani cabeceó cuando vio salir del ascensor a Marc y Joan. Parecían los brókeres más importantes del Estado con su americana de *tweed*, traje de popelina, zapatos de empeine levantado y las caras de pedir permiso para comprar el pan. Y ese bigote aristocrático. A su lado les falta un letrero que diga: «Lavamos el dinero de este narcotraficante».

—Señor Gratacós. —Dani apretó la mano sudorosa de Marc—. Les esperan a media hora de aquí, yo y otro compañero los llevaremos. ¿Desean algo antes? ¿Todo de su gusto?

—Todo está bien. Quiero decir, ¿qué íbamos a desear? —preguntó Marc, nervioso—. Supongo que se refiere a comer algo, beber algo, ¿o una farmacia tal vez? Un segundo, ¿te ha levantado dolor de cabeza el vuelo, Joan?

—No, señor Gratacós.

—¿Ve? Está bien, estamos bien. ¡Así que a trabajar! —Marc dio un aplauso que reclamó la curiosidad del vestíbulo—. Trabajar...

Dani prensó los dientes y los guio doblando un par de esquinas hasta otra berlina en la que aguardaba Jairo de conductor. Don Abel creía que el colombiano era alguien demasiado tosco para mentirle y en esas diligencias le confiaba el papel de ver, oír y callar si no tenía nada que mejorase el silencio. También era el sicario de Cali en la zona desde que el anterior no volvió de un viaje a Colombia, aquel le gustaba más, para qué negarlo, pero Sebastián Hinojosa sabía lo que hacía. Así, la idoneidad de Jairo no se discutía mientras continuase siendo tan solícito tanto a la hora de torturar como de recoger un café.

Marc y Joan subieron al vehículo para buscar la salida hacia Pontevedra.

Cuando cruzaban la puerta del Sol, esa frontera de Vigo entre la zona histórica y el ensanche, Dani les pidió que mirasen a su izquierda.

—¿Ven esa escultura?

—Curiosa, ¿qué es? —preguntó Marc.

—Es algo muy indiscreto, algo en lo que todos se fijan. Da igual si es una estupidez o una genialidad, simplemente llama la atención. —Dani volteó su cabeza desde la posición del copiloto—. Así que yo les recomendaría un toque de discreción cuando anden por estas tierras. Ahora vamos en un coche de diez millones de pesetas conducido por un colombiano y dos hombres en la parte trasera con ropa de... ¿un millón entre ambos? El más importante, que además parece ser que tiene un despacho de economistas en Barcelona que hace operaciones... digamos controvertidas, muestra un bonito Rolex Submariner. La edición con la esfera verde ni más ni menos. Pongamos otros dos millones de pesetas. ¿De verdad les parece que es lo adecuado para reunirse con quien se van a reunir? —Y dirigiéndose a Marc—: Usted ya ha venido más veces por lo que sé. ¿Resulta adecuado?

—Sí, ¡no!, lo que quiero explicar... el Submariner fue un regalo de mi padre. —Intentó subir de nuevo los extremos del bigote ya caído—. Lo... lo puedo dejar en la caja fuerte del primer banco que veamos.

—Es un sireno.

—¿Cómo? —Al borde del síncope.

—La escultura es un sireno —volvió a decir Dani, bajando la ventanilla de espejo al terminar la calle Marqués de Valladares y encarar la autopista.

Don Abel comía con el Panadero en Sanxenxo.

Cinco de sus hombres distribuidos por otras mesas del restaurante, observando cómo sus jefes terminaban un salteado de erizos.

Estaba Lucho, un sesentón de la vieja escuela del tabaco; Carlos Adidas, un veinteañero al que Lucho le había propuesto dedicarse a algo más lucrativo que un viaje mensual a por tripis a Amsterdam; Cristo, el madrileño psicopático con una cara igual a la de un tubérculo; Barallas, otro mostrenco al que ni la Guardia Civil se atrevía a parar cuando llevaba unos brandis encima; y Suso, el gatillero con pistoleras cruzadas bajo las axilas que suponía el asesino más profesional del clan. Ese era el círculo de confianza de don Abel. Personificaban el peldaño inferior al Panadero, que rebañó las huevas de erizo hasta limpiar la cerámica. Don Abel se contuvo, como siempre, para no enseñarle modales a aquel sujeto. Porque ese sujeto no debía aprender muchos modales.

Tus aprendices serán tus maestros.

—Aquí estoy aguardando al Rey Midas de Barcelona —dijo don Abel— para una operación de tantos números y los únicos que me han preocupado al levantarme son los de mi tensión. 18/11, nada mal para un viejecito. —Esperando la reacción de su compañero de mesa que no llegaba—: Ahora me vuelve a preocupar.

Hizo un gesto mohíno al Panadero, que abandonó el pan y sacó el pequeño tensiómetro de costumbre. Apretó la válvula de aire y colocó la cinta alrededor del decrépito brazo que se fue enrojeciendo con la presión. El Panadero soltó la válvula tras el pitido.

—Es un 20/13 —anunció la marca.

—Ha subido por el huevo. Ya no me puedo ni permitir un salteado. —Y alejando la vista—: Al fin aparece Dani con los catalanes.

Dani cruzó las mesas del local, recapitulando quiénes eran el resto de clientes y puso dos sillas cerca de don Abel.

—Estaré fuera por si me necesita.

—No, Dani, coge también otra silla. ¿Qué no podrías escuchar?

Dani dudó un instante y agarró otra silla que situó entre las dos que había colocado. Les dio un toquecito en el respaldo para indicar a Marc y Joan que se sentasen.

—Hola, don Abel —saludó Marc con una reverencia.

—Viene acompañado —Contemplando a Joan—. Y sabe que no me gustan las sorpresas.

—Me hubiera gustado avisarle antes, pero nuestras comunicaciones son complicadas por teléfono y sus hombres...

—¿Estamos tranquilos, Dani?

—Joan Tutusaus, licenciado en Económicas por la Pompeu Fabra, treinta primaveras, de San Cugat del Vallès, cuatro años trabajando para el despacho, casado con una opositora a notaría de Jaén aunque se quite el anillo, estrenaron hipoteca en la zona alta de Barcelona hace semanas. —Añadió—: No, no es policía.

—¿Entiende por qué no me gustan las sorpresas?

Marc y Joan se observaron estupefactos, pero el nuevo enseguida acompasó la investigación:

—Y está embarazada de cinco meses. Una niña.

—¡Enhorabuena!

Dani rio por el buen hacer del chico y don Abel también se unió con temple a la carcajada. Marc fue acompañándoles gradualmente hasta aullar y entonces los gallegos plegaron la presentación.

—Vamos a salir en el yate —dijo don Abel—. Hay que aprovechar estos últimos mediodías antes del frío. Intuyo que ustedes dos pensarán que los dieciséis grados ya son bastante fríos, pero ¿les gusta la sinceridad?, no me importa lo que piensen sobre algo que no sea mi dinero. —Mirando el 20/13 del tensiómetro—. Quiero salir en el yate.

—No hace frío en absoluto —dijo Marc—. Y será una buena experiencia. Los mediterráneos siempre nos quejamos de que nuestro mar no nos da... no nos da... adrenalina. Tendría que ver a esos chavales de la Barceloneta peleándose por ponerse de pie en las... tablas, en las... bueno, y en estas otras cosas de los jóvenes... no hay olas.

—Un mar sin olas es vergonzoso. —Don Abel se levantó ayudado por el Panadero e instruyó mientras se dirigía a la puerta con su segundo—: En quince minutos en el amarre. Tú también vienes, Dani.

—Ahí estaremos —contestó Dani. Después, cuando ya se habían alejado—: Señor Gratacós, o se bebe ahora mismo dos copazos o no le garantizo que no lo tiren por la borda.

—Mierda, sí, me vendrán bien para tranquilizarme. Es que casi no he dormido. ¿Mi bigote está a las diez y diez?

—No sabría adivinar los minutos.

Los cinco hombres de don Abel salieron del restaurante y tomaron diferentes direcciones. Sanedrín criminal disuelto.

—No le importará que hoy no esté presente, ¿verdad? —dijo el Panadero al capo en el exterior—. Tengo al crío con fiebre.

—¿Tú interesándote por ese bebé? Para mentir hay que escoger una excusa creíble. Quiero que vengas porque el dinero que habíamos adelantado a Turuto formará parte de esta inversión. Un muerto ya no necesita ochenta millones de pesetas. Y la memoria todavía no me engaña con los números.

Don Abel captó el fucilazo traspasando el cuerpo del Panadero. No me fío de alguien que no me roba un poco, pero tampoco del que me roba demasiado. Ha tenido que morir un imbécil para que no me salgan las cuentas. Ochenta millones antes de la descarga es demasiado.

El *Zafiro* era un yate de veinte de metros de eslora con una tonalidad azul que inspiraba su bautismo. Hacía un par de años que don Abel lo había encargado a los astilleros Freire Shipyard a través de una de sus sociedades. Si en 1990 el capo desconsideraba los nombres pomposos, en 1998 cambió de opinión. Los que le rodeaban coincidían en que la embarcación fue el desliz de una vida de lujo discreto, pero Dora estimaba que una jubilación debe conllevar alguna recompensa. Sacarlo del muelle, con dos tripulantes por cada una de sus amigas madrileñas que veraneaban en Sanxenxo, le parecía su recompensa después de cuarenta años casada con el hombre que no le pudo dar un hijo. Y don Abel no quería echar sal en la herida. Un yate es un trato justo. Incluso él lo comenzó a usar como sala de reuniones. Tanto tiempo y ningún policía le había molestado. Soportarían aquello.

El capitán empujó la multipalanca del motor y el agua burbujeó bajo la mesa rectangular de la popa, flanqueada por sillones individuales. El de don Abel era el único púrpura entre los negros repartidos a ambos laterales, justo el que se ubicaba sobre la línea de crujía.

Sanxenxo fue perdiéndose en el horizonte como el pujante pueblo turístico en torno a la arena de Silgar. Le llamaban «la Marbella gallega» y seguramente es lo más cerca que se puede estar de Marbella en Galicia. Lo cual sigue siendo bastante lejos según opinaban los castellanos de buena familia que atestaban en verano la discoteca Soleares. En cambio, para los adolescentes de las ciudades cercanas representaba una aventura tomar un tren hasta la vecina Portonovo y acabar la noche en Zoo cantando *My way,* antes de desbarrar en los *afters* de La Molinera o La Manga y divisar el sol alzado sobre la playa de Montalvo. Todavía no contemplaban el sol como una mala noticia.

Marc Gratacós había ordenado sus ideas tras los lingotazos de escocés. Sacó un montón de fichas blancas de backgammon del maletín y comenzó a moverlas de un lado a otro de la mesa, explicando las herramientas que su despacho tenía para «el acelerado tráfico mercantil de las inversiones internacionales».

—Muy acelerado —reiteró—. Y en ese ámbito hay que dejar claro que una sociedad pantalla no es *per se* una figura ilegal.

—¿Se refiere al testaferro, don Abel? —preguntó el Panadero, cansado de esos aspavientos.

—*Testa di ferro* —dijo Marc—, *strohman, figure head* o, mi preferida, *figure de proue.* En francés cualquier cosa suena mejor. Pero no me gusta esa palabra. En el avión le comentaba a Joan que admito su uso en propiedades inmobiliarias de poca monta, sin embargo, esto es una persona jurídica.

—¿Yo soy una persona jurídica? —cuestionó el Panadero, abriendo los brazos.

—Usted es una persona física. ¡Y qué persona! —Marc soltó un manotazo en la espalda del Panadero. Sin nadie delante, aquello hubiera significado tirarlo por la borda—. Las personas jurídicas, y dentro de ellas las sociedades pantalla, están controladas por el *dominus,* que voy a simbolizar con una ficha negra. A ese *dominus* nuestro despacho le coloca un avatar y le da el poder de una sociedad raíz con un objeto social que tenga que ver con esto. —Marc se tocó la frente y prosiguió colocando una ficha blanca a modo de avatar sobre la negra—: ¡El *knowhow*!, ¡el cómo!, ¡que al final es el humo! ¿Han visto alguna vez en las noticias cómo venden un botecito con aire del Sáhara? Esto es lo mismo. Una consultora representa el negocio perfecto para movimientos económicos por bienes intangibles.

—¿Se pueden tocar? —preguntó don Abel, guiñando el ojo a Dani.

—No, son bienes intangibles —contestó según la fórmula Marc. Tomó aire y cogió otra ficha blanca que puso sobre la blanca anterior—: La sociedad raíz adquiere una sociedad interpuesta. Y otra, y otra, y otra, y otra... —Amontonando una pila de blancas sobre la negra—. Sociedades en diferentes paraísos fiscales que imposibilitan el rastreo. Entonces llegamos nosotros, los agentes fiduciarios, y operamos con todo este capital a las órdenes del *dominus*. Lo muevo de aquí a allá según el rendimiento que me requiera. —La montaña de fichas agregaba las desperdigadas por la mesa hasta que el economista tuvo que sujetarla con las dos manos—. ¿Qué ven?

—Muchas fichas —dijo el Panadero.

—¿Y ven al *dominus*?

El Panadero rozó la inferior que hacía de base.

—Aquí abajo, el negro.

—Es la que aguanta al resto —convino Marc—. La que si la quitamos, tirará la torre. Y además tiene otro color. Pero esto solo lo sabemos los aquí presentes. —Marc sacó con destreza la ficha negra y sujetó la pila blanca hasta que la ficha blanca inicial asentó el peso—. Lo que ve cualquiera es un montón de millones blancos con un *dominus* falso: la sociedad raíz. Es la que queda abajo en apariencia y blanquea el dinero del verdadero propietario cada vez que se mueve en vertical o en horizontal. —Luego, quitando varias fichas del montón y desplazándolas hasta cada uno de los asientos—: ¿Y ahora qué hacemos? Contesten ustedes.

Don Abel otorgó permiso a Dani oscilando las cejas. Este fue acumulando una nueva montaña con las fichas que no había cogido Marc. Cuando terminó no tuvo que quitar la de abajo, porque era del mismo color blanco que el resto.

—Saque más fichas blancas y tírelas en la mesa —pidió Dani.

—Por supuesto, ahí van.

Dani las apiló en varios bloques, con la ficha superior del anterior como base del próximo. Ni un elemento negro.

—Mágico

—Yo no lo hubiera definido mejor. ¡Bang, bang! ¡Es magia y seguirá siéndolo!

—Está bien —calmó don Abel—. Queda claro lo que vamos a montar y he de reconocer que me gusta la puesta en escena. En cuanto bajemos del barco le daré los números definitivos de la inversión.

—¿Cuánto será? —preguntó Marc con chiribitas en sus comisiones.

—Al menos finja prudencia con estas personas delante. Esa información solo la sabremos usted y yo.

—Perdone... no pretendía...

—No obstante, sí es público que el hombre de mi derecha —don Abel aludió al Panadero— aportará ochenta millones al depósito.

Dani no sabía a quién habían descubierto, si a él o al Panadero, pero ni se inmutó con aquellas palabras dichas para observar algún gesto extraño.

—Ochenta millones es una aportación que duplicará con creces —aprobó Marc, un tanto decepcionado.

—Explicado el primer punto, ¿me puede contar cómo va nuestra SICAV? —preguntó don Abel.

—¡Cago en Dios! ¿Otra sociedad raíz de esas? ¿Si...? —El Panadero en el personaje baturro al que era más fácil subestimar.

Joan vio su oportunidad y recitó:

—Instrumento mercantil que permite invertir y diferir el pago de impuestos a través de una sociedad anónima, cuyo objeto social es a su vez invertir en activos financieros y así los accionistas de la SICAV tributan por las plusvalías, repartiendo los dividendos o vendiendo las acciones con otras plusvalías al tipo establecido para las rentas de capital, porque tienen las mismas ventajas fiscales que los fondos de inversión con una tributación para los rendimientos y plusvalías de la sociedad del 1 por ciento y entre el 21 por ciento y el 27 para las ganancias patrimoniales de los socios derivadas de la venta de participaciones o el pago de dividendos. En definitiva, don Abel, las acciones de su SICAV valen ahora un 400 por ciento más que cuando la constituí hace un año.

—Es eso... sí... sí —capituló Marc—. No se puede explicar mejor... no... así funciona... ¡Sacaré las matrioskas para ilustrarlo!

Pero, diluido el escocés en la sangre, la psicomotricidad fina le volvió a fallar.

El capitán del *Zafiro* tiró hacia atrás la multipalanca y el yate fue arrimando el costado de estribor al muelle hasta rozar su aleta. El agua cesó de burbujear en cuanto alcanzó la posición de amarre y otro tripulante se apresuró a desplegar la escalerilla a tierra. Don Abel desdeñó el brazo del Panadero y por propia iniciativa rodeó el de Dani para salir. Los financieros lo siguieron y la que había sido su mano derecha se quedó, taciturna, en popa. Entendió que no tenía ni idea de lo que iba a hacer la izquierda sin los ochenta millones. No era tanto el dinero como el símbolo; no era tanto ese patrimonio que le sobraba al anciano como aferrarse al brazo del que ahora creía el hijo que nunca tuvo. El Panadero asumió que si Dani representaba su oportunidad, la necesitaba ya.

Jairo esperaba con el coche que dejaría a Joan de nuevo en el hotel. Su jefe se quedaría para cuadrar los números con los que montaría la sociedad raíz en Panamá.

—Un momento, Jairo —dijo don Abel—. Dani lo llevará. A ti y a tu violencia os quiero cerca estos días. —Relevando su escolta hasta que esclareciese el tema del dinero.

—Como guste, patrón.

Tras un sobrio apretón de manos con la joven promesa del despacho Gratacós, apareció el habitual vehículo de don Abel conducido por Suso. Y allí subieron el capo, el colombiano y el manojo de nervios que era Marc.

Dani pidió a Joan que se pusiese a su lado, cuando este se metía en los asientos posteriores cual taxi, y ambos arrancaron en dirección Vigo. El Panadero seguía apoyado en la baranda del yate, admitiendo el que sería el reparto de roles de no corregir el balance. El plan siempre había funcionado: cuadrar lo robado con la cantidad indecente de millones que venía cíclicamente de Venezuela. ¿Vender ahora alguna de sus propiedades y aportar la cifra? Una posibilidad de quedarme sin dinero y sin vida. Prefiero reclamar el trono que ya me toca. Un hombre con una tensión de 20/13 ha agotado su tiempo en este negocio, y él lo sabe.

Dani solicitó una tarjeta profesional a Joan en cuanto callejearon hacia la autopista.

—Aquí. —Le extendió la tarjeta de su jefe.

Dani aceleró.

—Pone Marc Gratacós, ¿estos teléfonos son suyos?

—Unos de tantos.

—No me has comprendido. —La devolvió—. Quiero la tuya.

—Yo no dispongo de tarjeta propia, trabajo para el despacho. Cualquier operación ha de autorizarla el señor Gratacós como bien se puede imaginar.

—Por lo que he visto el tipo ha sacado un montón de fichas para hacer malabares, pero tú constituiste una sociedad que ha ganado un 400 por ciento en un año. ¿No es así?

—Estará enseñando el balance a don Abel.

—¿Y quién va a hacer las sociedades pantalla esas?

—Creo que me lo encomendará a mí. Soy Máster en Negocios Internacionales por el Instituto Superior de Economía y Derecho de Barcelona.

—¿El instituto no era hasta los dieciocho años?

—Lo llaman ISDE para abreviar.

Dani resopló.

—No quiero tratar con magos. Quiero tratar con financieros sin bigotes ridículos y por eso pido tu contacto personal. A todos nos llega el momento de hacer operaciones sin que lo sepa nuestro jefe. Yo también puedo aportar algo para que me constituyas un complejo societario como *dominus*, y no te estoy dando a elegir una respuesta.

Joan barruntó la proposición de alguien que había tenido la diligencia de informarse tan bien sobre su vida, y que pensaba que tendría la misma diligencia en acabarla. Ahora entendía mejor la investigación.

—Esperaremos a las condiciones óptimas —aceptó.

—Las condiciones óptimas no existen.

—Usted no es el perfil de persona que imaginaba tras escuchar a Marc todos estos años —contestó Joan mientras tachaba los teléfonos de su jefe de la tarjeta y escribía los suyos.

—En cambio, tú sí eres el perfil de persona que imaginaba. Amárrate bien el cinturón, porque vamos a ir rápido ahora que no tenemos a personajes tan comprometidos en el coche.

Al llegar a la zona de Fontoira, Dani subió de revoluciones la segunda marcha hasta cortar la inyección y cambió a tercera. Entonces una curva muy cerrada lo hizo tirar del freno de mano para derrapar el vehículo, a pesar de la tracción a las cuatro ruedas, y enfilar la carretera comarcal a la AP-9.

—¡Ser consciente de tu propia muerte te hace más valiente! —gritó.

—¡Imprimiré mis tarjetas al llegar a Barcelona! —Otro acelerón—. ¡Con letras naranjas en fondo negro!

—¡Parecerán del encargado de los reservados de una discoteca!

—¡Las tenía pensadas desde hace años! —Trompo del coche—. ¡Valentía!

Joan subía a la habitación del hotel con una sensación de infidelidad. Se le pasaría. Era el propio Marc Gratacós quien decía que «un excel lleno de números verdes sostiene cualquier conciencia», así que se apresuró a rodar su traje de popelina por la cama hasta alcanzar el teléfono de recepción.

—Avise al hombre que me ha traído.

Dani notó una carrera detrás de él, se volvió en guardia y se encontró al derrengado chico que atendía el vestíbulo, haciéndole la señal de un teléfono con el meñique extendido en horizontal y el pulgar hacia arriba. Retornó sobre sus pasos y descolgó el auricular en el recibidor.

Joan creía haber agarrado otra oportunidad.

—¡Ahora bajo!, ¡no se mueva!

Tras el pitido del ascensor, apareció el joven economista con paso decidido y otra tarjeta diferente en la mano. Aparentaba saber todos los secretos del universo.

—Mire, es que también le he apuntado el teléfono de mi abogado penalista de confianza, formamos un buen equipo si hay problemas. Todos los procesos por blanqueo que hay en el Mediterráneo, desde Murcia a la Costa Brava, los defiende él.

—Qué osado Joan Tutusaus buscando su comisión —dijo Dani—. Ya trabajo con uno. Y no necesita ni fichas ni muñecas rusas ni lingotazos de whisky para tratar con delincuentes.

—Luego, devolviendo la tarjeta—: Te llamaré antes de que seas padre. Cuida de tu embarazada. —Se fue.

Joan se sentó en el sofá de la entrada, estrujando aquella tarjeta hasta convertirla en una pelotita que dejó junto a un chicle en el cenicero de la mesa.

12

Unas semanas más tarde, ya noviembre del año 2000, la pancarta de la manifestación se sacudía enfrente de los antidisturbios. Una línea pertrechada para impedir que la gente llegase hasta la plaza de Cuatro Caminos y cortase la arteria del tráfico de A Coruña. En letras rojas sobre blanco, A RÍA SOMOS NÓS protestaba por la falta de respuesta de la administración a los casi seis meses de marea tóxica. La crispación subió a medida que transcurrían los días y que a los mariscadores no se les ofrecía alternativa al paro forzoso. Al principio eran una treintena, los políticos locales se escudaban en que no podían cambiar el color del agua; a los dos meses había un centenar muy enfadado, los concejales continuaban ignorándolos; al tercer mes se unió la cofradía de mariscadoras de la Ría de O Burgo, un icono de la ciudad que ya no se acordaba de lo que era rastrillar moluscos; y en esa última ocasión se congregaban más de mil personas dispuestas a que a la mañana siguiente se liberase algún fondo para el gremio.

Unos jóvenes de rostro cubierto habían ofrecido su apoyo a cambio de encabezar la muchedumbre con una bandera negra que exhibía la A de anarquía al lado de otras nacionalistas gallegas. Cualquier excusa es buena para destrozar mobiliario urbano.

Todos uno.

Contra ellos.

La escena era un teatro pactado: los encapuchados pateaban los escudos de los policías hasta que la afrenta se considerase suficiente. Pero los mariscadores contaban con las cámaras para que la violencia tuviese que ser casi rogada. Un palo que sostenía la bandera gallega con la estrella roja impactó en el ojo de un antidisturbio. Fue rápidamente sustituido en la formación, y una lata, también roja, golpeó al nuevo. Las personas que se colocaban detrás de la pancarta se habían pintado las palmas de las manos de rojo, que apuntaban a los uniformes azules, y comenzaban a arremolinarse con empujones.

—¡A ría somos nos!, ¡a ría somos nós! —gritaban.

—No creo que entre las primeras filas junten diez mariscadores —dijo Jorge Maeso, contemplando la secuencia desde el ventanal de su despacho en la avenida Linares Rivas.

—Tal vez veinte.

—¿Sí?

—No más —aseguró Dani la cifra, observando la protesta a su lado.

Varias litronas cayeron en los escudos de los policías y un joven vació un extintor delante de ellos. Después lo hizo rodar hasta sus pies y desde alguna oficina se consideró que eso era suficiente. Petición aceptada.

—Empiezan los fuegos artificiales —dijo Jorge Maeso.

Los policías avanzaron hasta obtener resistencia y sacaron las porras que pudieron usar de cintura para arriba. Petición aceptada, sí. Las líneas intercambiaron golpes hasta que, como casi siempre, la de los encapuchados tuvo que disgregarse. Más atrás, cruzaron los contenedores de la avenida y ahí se parapetaron unos cuantos manifestantes con piedras.

—De esos sí que ni uno es mariscador —dijo Jorge Maeso.

—Ni uno —validó Dani.

Un chico desgarbado, y con una palestina envolviendo su identidad, tiró al suelo un depósito de vidrios que esparció botellas para el pulso con las pelotas de goma. De inmediato una lluvia de cristales hizo retroceder a los policías.

—Este movimiento de artillería no me lo esperaba —masculló el abogado.

—Y mira a ese enano.

Un muchacho cubierto con una careta de un cerdo empujaba una papelera rodante a modo de escudo. Luego arrojó un cóctel molotov a los policías. El artefacto se escoró a la izquierda del objetivo, impactando en la unidad móvil del periódico autonómico. Cundiendo el ejemplo, el chico de la palestina alcanzó la posición de su compañero con una botella de gasolina, pero a mitad de camino se trastabilló y cayó al suelo. Chorreaba líquido inflamable.

—Yo de él no me acercaría a un cigarro —dijo Jorge Maeso.

Mientras corría hacia atrás, empapado en combustible, una pelota de goma lo golpeó en el tobillo y volvió a tropezarse. Se le desató la palestina que lo cubría y su cara pecosa quedó a la vista de las cámaras.

—Yo de él tampoco me quedaría con el abogado de oficio —dijo Dani.

Los policías avanzaron para dispersar la última recua de manifestantes, que contuvo la embestida hasta que, sin querer, una de sus botellas se hizo añicos en la cabeza del que había tirado el cóctel molotov. El joven se desplomó con su careta de cerdo al lado de la papelera. Los agentes arrastraron al detenido sin quitarle el disfraz, como si aceptasen su condición porcina cuando lo subían a la ambulancia.

—¿Estos son nuestros revolucionarios? —preguntó Jorge Maeso.

Las sirenas de los furgones abrían el camino hasta los recreativos Río, donde se compactó la masa con nuevas barricadas de maceteros. Unos encapuchados rodearon a un agente que se aventuró más allá y le dieron una golpiza que provocó la estampida de varios policías, mientras el resto de la formación restaba aguardando órdenes. En la oficina donde las tomaban no sabían qué hacer en ese punto. Y las manos rojas fueron elevándose al cielo en tres hitos por reivindicación. Como una coreografía.

—¡A ría somos nós!, ¡a ría somos nós!

Los manifestantes, encabezados por el ya cojo e identificado de la palestina que ahora solo le tapaba el ombligo, cercaron un coche de la patrulla local. Y fue quemado en cuanto sus funcionarios salieron espantados.

—Ojo —dijo Dani.

—Al final me van a callar la boca. Está claro que cuando te metes en una multitud dejas de ser una persona.

—¡A ría somos nós!, ¡a ría somos nós!

Cada proclama reverberaba en el cristal del despacho del abogado, que observaba cómo unos cuantos señores intercambiaban zurriagazos con los antidisturbios, quienes no tenían línea de tiro de pelotas de goma con los verdaderos mariscadores encima. Ahora algunos civiles portaban los escudos y porras arrebatadas a la policía, que había subestimado a las personas furiosas con las algas microscópicas y con el mismo mundo de mierda compartido con ellos. Otro de los jóvenes tumbó una batería de petardos que salieron disparados a la zona con más uniformes azules. Y, finalmente, la hilera de encapuchados encendió varias bengalas náuticas, concediendo a los disturbios un aspecto casi infernal. En medio de la humareda, las sombras atacaban, corrían, caían.

Y sobre todo chillaban:

—¡A ría somos nós!, ¡a ría somos nós!

Una chica de pelo corto, con dos mechones cayendo por los pómulos, pisó la cara de un policía que se retorcía en el suelo. Después enarboló la bandera gallega con la estrella.

—Solo faltaba la nueva María Pita —dijo Jorge Maeso.

El resultado era un empate que terminó con las sirenas de los refuerzos y las aspas de los helicópteros que perimetraban la zona. Las manos rojas se dispersaron por la ciudad manchando cada esquina con la palma y los cinco dedos que hacían los grafiteros del grupo con plantillas. Pero todo eso ya quedó fuera de la visión de Jorge Maeso y Daniel Piñeiro.

—El espectáculo retrasará nuestra reunión —dijo el abogado, sentándose a la mesa de juntas.

Dani reparó en un grabado que había en el tablero auxiliar sobre una escribanía de ónice. «En una sociedad donde todos son culpables, el único crimen es que te cojan. En un mundo de ladrones, el único pecado final es la estupidez.»

—¿No me digas que grabas tus propias frases, Jorge?

—¿Esa te la había dicho?

—La parte de «el único crimen es que te cojan» sí. La repetí un tiempo en la cárcel, pero no tuvo mucho éxito. Supongo que porque habían cogido a todos los que la escuchaban.

—Lleva escrita desde los setenta y yo me la acabé creyendo poco antes de conocerte.

—Me encantaría saber en qué creías hasta aquel momento.

—En eso —dijo Jorge Maeso, apuntando hacia la ventana.

—¿En qué? ¿En la ría?, *¿somos nós?*

—Formé parte de una célula trotskista en la universidad. ¿Trotski?

Dani miró al abogado con pasmo.

—Sé que era un comunista. No me preguntes más.

—El verdadero comunista nos decíamos a principios de los ochenta. También había carreras para arriba y para abajo con los de Falange. Luego vinieron la Perestroika, Yeltsin, las reformas económicas de Maidar... vino la verdad.

—Tengo un amigo ruso que seguro estará mejor informado que yo de esos años.

—Pues pregúntale, a su gente le sucedería lo que a mí, que es a lo que iba. Un día te levantas y mandas todo a la mierda porque todo es objetivamente una mierda. Coges tu moral de abogado de causas sociales y la metes en esa frase, ahí bien comprimida, y el mundo ya tiene sentido. Las cosas han cambiado mucho desde que mi padre pensaba que pagar impuestos y jurar fidelidad a su mujer eran las únicas posibilidades de ser digno.

Lo que Dios y Franco ordenaban. También le hacían avergonzarse de su hijo melenudo con banderas de la hoz y el martillo, pero hoy estaría orgulloso de verme en traje, arrendando mis servicios como buen profesional liberal.

—¿Y le dirías eso de que el único crimen es que te cojan?

—No lo entendería. Cuarenta años bajo una dictadura y no lo entendió. ¿Qué hora tenemos?

Dani sacó medio móvil de su bolsillo.

—Seis y media.

Jorge Maeso se acercó al ventanal para comprobar que el tráfico de peatones se reanudaba y un retén de policías con los brazos en jarra.

—Esos de ahí tampoco entienden una mierda.

—¿Los de azul? Solo saben lo que ven en el telediario de las tres.

—Fíjate en el caso de tu primo, o tu hermano, vaya. Forman parte del mismo negocio y ninguno de los tipos duros con placa lo intuye. ¿Por qué cuestan mil quinientas pesetas esas pastillas de éxtasis que valen cinco en el laboratorio?

—Ellos encarecen el producto.

—Directamente ponen el precio. ¿Si no hubiese traficantes, habría policías? Quedarían unos pocos para los pocos delitos no relacionados con drogas y dirigir los coches de estropearse un semáforo. ¿Si no hubiese policías, habría traficantes? Ni el primero. Todo lo que cobráis, o cobrabais —se apresuró a corregir el abogado—, es porque existen esos. Cuando incautan un alijo no sé si son conscientes de que están pasando treinta más. Es una pantomima... ya me contarás a qué aspiraban los secretas del caso de Hugo. ¿Nadie les ha enseñado que la principal función de un secreta es no ser un secreta? Que los muchachos sepan que están ahí en la discoteca, vigilando moderadamente como hacían Dios y Franco con mi padre.

Sonó el interfono de la sala de juntas. Y se escuchó la voz de la secretaria de Jorge Maeso cuando este pulsó el botón.

—Señor Maeso, ha llegado su visita.

—Que pasen. Al final no se han retrasado tanto.

—Viene una tercera persona con ellos —continuó la secretaria.

—¿Esperas a alguien, Dani?

—Siempre me ha ido fatal lo de esperar personas.

—Que pasen las tres, Andrea.

Andrea abrió la puerta de la sala de juntas.

—Te juro que ella no viene a verme a mí.

—Eso quiero creer, letrado.

—¿Prefieres que me quede fuera? —preguntó Cristina.

—No, no... es que... no. Es apropiado que escuches el caso de Hugo, eres abogada y si... ya me comprendes y...

—Y luego hablamos los dos —resolvió ella.

—Me parece una idea estupenda —se avino Jorge Maeso—. Sacamos el trabajo, después charláis de vuestras cosas y yo me voy puntual a la ópera del Teatro Colón.

—Trotskista.

—Si me viese aplaudiendo a *Rigoletto*... —Después, pulsando el interfono—: Andrea, son las Diligencias Previas 194/2000, Instrucción 3 de Coruña.

Andrea entró con el expediente. Lo depositó, como un jarrón chino, en la mesa. Mientras todos se iban sentando en las sillas ejecutivas que complementaban la madera wengué.

—Aquí está el monstruo —comenzó el abogado.

—Perdón —interrumpió de inicio María—. Me ha comentado Hugo cómo va a ser mi declaración, lo de que él solo enseñó el cuño a los policías y que las pastillas eran del grupo de testigos que reunimos. Yo estaba menos colocada aquella noche e imagino que antes de nada querrá saber lo que pasó, lo recuerdo mejor que mi novio.

—¿Cómo? —preguntó Jorge Maeso extrañado.

—Lo que realmente pasó —insistió María—. Es que no es exacto todo lo que él le ha explicado en comisaría

—¿Hablas de la verdad?

—Eh... sí.

—Verás, muchacha, en esta vida todo es relativo hasta que dictan una sentencia. Cuando dictan una sentencia cualquier hipótesis se vuelve real como esta silla y nada puede cambiarla. —Sacudió el reposabrazos—. O sea, da igual lo que sí haya sucedido. Aquí somos al menos dos personas las que te podemos garantizar eso.

—Ella se refiere a que tal vez a usted le vendría bien conocer al detalle la verdad para organizar la defensa —medió Cristina.

—Te lo dije hace un rato, Dani. Y veo que seguimos con el mismo problema... ¿Quién cojones aguanta la verdad?

La reunión terminaba dos horas después, en las cuales Jorge Maeso había cincelado la declaración de María para la instructora. Cada duda que surgía, el letrado ya parecía esperarla. La resolvía, ponía cara de póquer por si se precisaban más explicaciones, en tal caso las daba y luego acudía al siguiente punto controvertido. En boca de aquel abogado casi parecía una aberración que Hugo tuviese un proceso penal.

—Y con esto es suficiente —liquidó Jorge Maeso—. Faltan cinco días para tu declaración, María. Cualquier duda, sobra decir que aquí me tienes. De todas formas haremos un repaso en la víspera. ¿Estás nerviosa?

—Un poco.

—Ese es el estado correcto. Con la medida justa de nervios se declara mejor. ¿Hugo?

—Todo claro.

—Si me pones en un pedestal, te hablaré desde un pedestal. —Luego, virando el cuello al límite—: ¿Dani?

—Me has vuelto a convencer.

—Me alegro de que sea antes de las diez de la noche. —Y canturreando mientras recogía el expediente—: *La donna è mobile qual piuma al vento, muta d'accento e di pensiero...*

—¿Qué clase de abogado es usted? —preguntó Cristina ya de pie, que había entendido la estrofa de *Rigoletto* como un ataque a su persona.

—¿A qué viene esto, Cris?

—Tranquilo, Dani. Cuanto más le pagan a uno, menos susceptible se vuelve. —Para ella—: Soy justo la clase de abogado en la que estás pensando.

Hugo y María querían tomar la primera caña con Dani y Cristina en la gran cervecería de Estrella Galicia que había junto a la plaza de Cuatro Caminos, a poca distancia del despacho. Allí enseguida pidieron la especialidad de la casa: el barril de cinco litros. Más que la primera caña. El camarero comentó que los iban a dejar de servir porque terminaban demasiadas peleas con ellos por el aire. Los vasos se podían asumir en las riñas, no así un pequeño tonel de metal.

Dani no pronunciaba palabra y a la segunda cerveza, Hugo avisó a su compañera de que era hora de marcharse. Pensó que sobraban en aquel instante.

—¿Seguro que os vais ya, hermanito? —preguntó Dani cuando los chicos se ponían de pie.

—Es que hemos dado unas cervezas de margen y no arrancas. Ahora te dejamos caliente para la charla que os debéis. Espero que me perdones por haberla traído a la cita con Jorge, pero insistió mucho... como si también quisiese algo mucho.

Cristina se alborozó. Genes, sí.

—Mira cómo se mueve el renacuajo. Estás perdonado. —Con una caída de ojos—. Te veo pronto, Hugo.

—Nunca sé cuándo te voy a volver a ver, hermano —cambió al fin de «primo» a «hermano»—. O sea que dame un abrazo.

Dani sintió aquel espíritu joven a través de los brazos de Hugo, que le comprimían el pecho centelleando la palabra «hermano». Y fue dicha sin tan siquiera prestar atención al matiz. Lo intuye. Este sí llegará lejos, ha reaccionado antes de pudrirse. Sin Andrés, sin Turuto, sin Pipas. Sin Gasolina.

Se lo dijo:

—No te fijes en nadie, porque ya lo haces mejor que la mayoría.

—Soy otra persona desde que me di cuenta de que tu «yo contra ellos» es fantástico en libertad. Solo hicieron falta dos días en el calabozo.

—Yo me di cuenta de que encerrado ocho años es agotador. Menudo estúpido.

Hugo se despidió con un sentimiento impreciso. De estúpido parece no tener nada. Sin embargo, hay algo mal en Gasolina. Porque sigue siendo Gasolina. Nunca dejará de serlo.

Dani contempló como una epifanía la manera en que aquel chico pasaba el brazo por encima del cuello de su chica. Ella metió la mano en el bolsillo trasero del pantalón de él, para sentir la erógena flexión del glúteo. Y desaparecieron en el gentío, dejando atrás algo que ambos no podían definir.

—¿Se ha puesto tremendista o ha acertado? —preguntó Cristina, que sí definía.

Dani salió de la abstracción y abrió el grifo del barril para su quinta caña. La vació de un trago.

—Ha acertado.

—¿Y ese es tu adiós?

—No tengo por costumbre despedirme. —Llenó el vaso y bebió de nuevo. Después—: Solo desaparezco.

—E imagino que eso me incluía a mí.

—Imaginas muy bien.

—¿Y qué ha pasado para que cambies de opinión? No has bebido tanto como para no comprender que así te despides de mí, aunque no estés muy locuaz.

Dani enfrentó aquellos ojos. ¿De quién eran?, ¿dónde habían estado?, ¿y qué se atrevían a reclamar ahora? Pero perdió. Le parecían los más bonitos que vería nunca.

—No es la fealdad la que te hace sufrir, es la belleza —murmuró.

—¿Y si la importancia de nuestra despedida es solo que estés hablando de ella? Tal vez quiera irme contigo.

—Tras la reunión con mi abogado, resulta difícil creer en las palabras.

—Dani, no seas la segunda víctima.

—Segunda es una cuenta muy optimista.

—Mario no va a regresar hagas lo que hagas. Debería ser suficiente para convencerte.

—Avisé a alguien de que esa era precisamente la razón. —Volvió a beber como si no hubiese mañana—. Pero hay más personas que tampoco van a regresar, es justo que haga algo por ellas. O qué cojones, igual es que ya no puedo pararlo. Un hámster en la rueda.

—¿Tanto te gustan unos sesos desparramados?

—Esto no tiene nada que ver con lo que a mí me guste.

—¿Irte tampoco? Siempre nos rondaba esa idea. Abandonar tu personaje y llegar a algún lado donde descansar sin que nadie espere nada de él.

—Un sitio con el mar a veintiún grados. —Idealización fugaz de una playa desierta—. Puede que al final sea allí donde se tire el personaje, hasta entonces lo necesito. Y los lugares cambian más lentamente que las personas. Me seguirá esperando.

—¿Ahora va a ser solo tuyo? Aquellos años escuchando lo del agua templada y no me voy ni a mojar los pies. —Sintiendo que él intuía la trampa de aquel tonito, y en general de toda la conversación.

Dani agotó otra cerveza. Se servía la séptima, ya ligeramente ebrio, cuando Cristina coló su vaso. La espuma rayó el extremo superior.

—Me quedan tres semanas aquí, Cris. Después me largo para siempre.

—Para siempre suena a mucho...

—No seas tan grosera como para terminar esa frase. Justo esa no.

—Terminar las frases de los demás era uno de mis juegos favoritos. —Y casi suplicante—: ¿No hay otras opciones?

—Reconoce que las otras opciones se terminaron hace unos quince años. O igual aquel día en tu apartamento, pero lo importante es que se terminaron. Cuanto antes lo aceptemos, mejor.

—Dani, previamente a aceptarlo, te voy a confesar algo...

—Sorpréndame con el giro final del juicio, letrada.

—Ana y yo sabemos que tú no lo hiciste. —Como si lo supiesen.

Dani pasó la yema de su pulgar por el borde del vaso. Sorprendido.

—Entonces ¿por qué esa afirmación suena a interrogante?

—Porque necesitas decirlo y yo escucharlo. —Para finalizar—: Si vas a irte, hazlo en paz conmigo.

Dani cogió aire. Luego tomó la séptima cerveza como un dipsómano bailando la última canción de la fiesta. Todos los focos se giran hacia mí y después se apagan para siempre. Carraspeó, sintió que dos grandes rocas le limaban la garganta.

Y pudo al menos susurrar:

—Me voy a ir, la decisión está tomada.

—Pero tú no lo hiciste.

Y alto y claro:

—No.

13

1992

La claridad destelló en las pupilas. No adivinaba más que formas espectrales, no oía más que murmullos inconexos. Las escleras de los ojos latían y la cabeza silbaba un dolor de la frente al occipital. Por no referir las manos entumecidas que Dani trataba de sentir apretando los dedos. El golpe de la puerta del camión lo ubicó y repitió en bajo la secuencia de direcciones que había percibido durante el camino. En su mente estaría fresca al menos un par de días. Entonces el portón volvió a abrirse, las figuras distorsionadas se delinearon y adquirieron las tres dimensiones que precisaba para comprender. Mendo se sentaba a su lado. No le miró. Miraba a Andrés que seguía apuntándolo con la pistola. Dani salivó la boca y sacó un sonido del diafragma para calibrar si sería capaz de hacer una simple pregunta. Lo era.

—¿Qué cojones está pasando?

—Hijo, son las dos de la madrugada del 24 de septiembre de 1992, estamos junto a mil kilos de coca que guardaremos en otro sitio ilocalizable hasta que vengan a por ella desde Madrid. Ahora la droga tiene nuestro nombre y no hemos pagado una peseta... Creo que es un buen resumen.

—Pero qué mier... ¿Fuiste tú el que me ató?

—Te até por nuestra propia seguridad, conozco tu temperamento. Ya estaba el plan en marcha cuando apareces con la sorpresita de acompañarme gracias a tu buen corazón de narco. Al final improvisé, pero el dolor de cabeza baja en dos horas y el chichón en dos días; el resto va a durar mucho más.

—¿Qué resto? —preguntó Dani, resignado ante la situación que comenzaba a entender. Andrés se quedó con lo de conducir los camiones para robar esta mercancía.

—Volver a ser lo que éramos.

—¿Éramos cuándo? Yo no he sido otra cosa que un chavalito buscando bronca hasta que este de aquí a mi lado, ¡mi amigo!, me enseñó todo lo que sé encima de una planeadora.

—Tenías talento antes.

—¿Talento para qué? De ti solo aprendí unos nudos marineros.

—Porque quizá piensas que tu padre siempre fue un pescador.

—También sé que hace mucho eras un *señor do fume*, es tu matraca preferida. ¿Y? Eso se acabó, te pillaron, y aquí estamos sobre un montón de droga que siempre nos ha dado dinero a todos. —Dani concluyó—: Desátame, pensamos una patraña y descargamos según lo planeado. Todavía no es tarde.

—¿Sabes quién es realmente don Abel? Serías el primero en organizar algo así de saberlo.

—Incluso si fuerzo un poco la cuerda, me desataré solo. ¿Qué clase de nudo de mierda has inventado hoy? Debías de estar muy nervioso para no hacer *el redondo*.

—No tienes ni idea de quién es —insistió Andrés.

—Es el mayor narco de Galicia, y además el más discreto. Ahí tienes la buena razón para recular: nos matará discretamente.

—Abel Soutiño es el mayor confidente de la policía.

Dani y Mendo cruzaron miradas. Mendo también resopló subiendo el labio inferior para despeinarse los cuatro pelos terrosos de su calva.

—¿Qué basura tienes en la cabeza? —preguntó Dani.

—¿No has visto la reacción de Mendo? ¿Crees que él no lo sabe?

— Mendo... —lo interpeló Dani.

—Yo solo me dedico al mar. ¿Os lo había explicado, familia? Solo al mar.

—Lo que quiere decir que no te lo ha contado. Lo haré yo, en realidad no se me ocurre mejor momento que este. —Andrés se dobló enfrente igual que un muelle oxidado—. Abel Soutiño era un paleto que recluté para descargar tabaco, uno de tantos, la ventaja que tuvo sobre los demás fue que nos conocíamos desde críos. Mismo colegio, mismo equipo de fútbol, mismas verbenas... él siempre a mi sombra. Y no negaré que mostraba aptitudes. Se hizo muy amigo de Lucho, sacó a un muchacho de hornear bollos que se acabó por llamar el Panadero y continuó ese don de gentes con la policía. Él les llevaba su parte, él les daba las instrucciones, él me devolvía los nuevos precios. Él, él, él... él, las minucias. Porque yo negociaba con personas mucho más importantes, diseñando las rutas, pagando astilleros o contactando con los compradores. Y el error fue descuidar mi propia casa.

—¿Cuántas veces has leído que el asesino es el mayordomo? —preguntó Mendo a Dani, tratando aquello como libelo.

Dani pensó un instante la réplica a lo que también consideraba un cuento. Optó por anteponer la situación actual: Mendo y él atados junto al cargamento secuestrado.

—Sigue de la forma que te apetezca, ¡que no cambia el problema en el que acabas de meter a Mendo, a su familia y a la tuya!

—¿Nuestra familia? ¿Yo he metido en un problema a nuestra familia? —Andrés se arrimó furioso, soltando espumarajos—. ¿Por qué crees que interceptaron la carga?

—¿La que te arruinó? Me la suda, es tu excusa de siempre para volver a aquellos años que no existen.

—A ese malnacido no le valía la casa que tenía gracias a mí, no le valía su vulgar Dora, que además no se quedaba preñada ni a tiros. No le valía nada de lo que le di mirando mi casa más grande, mi mujer y mi crío al que trataban igual que a un príncipe. —Y dirigiéndose a Mendo—: ¿O le valía?

—Yo era un niñato, Andrés, no sé nada que no sean rumores. Y hubo muchos sobre lo del *Guadalupe*.

—Si alguien te paga, ¿qué más da el rumor? Aquella noche, cuando interceptaron el *Guadalupe* a cuarenta millas de Cangas, Abel Soutiño les había dicho cómo, cuándo y por qué a los patrulleros que estaban nerviosos con tanto contrabando y cuchicheos de un golpe de Estado, de que la democracia no duraría, de que habría una purga en el cuerpo si duraba. Abel sabía qué clase de intermediario fui esa vez y qué clase de destinatarios querían ese tabaco: las dos razones por las que no dijo mi nombre a los agentes. Comprendió que me saldría más barato lo que me pudiesen hacer ellos que el resto de personas que tenía que servir. —Y rotando la cabeza hacia Dani—: ¿Crees que antes no había violencia cuando alguien la jodía? ¡Vinieron a mi almacén una decena de veces! ¡Si no pagaba, violarían a tu madre y te matarían! —Sesenta decibelios—. ¡Y a mí me dejarían verlo amarrado desde una silla con los intestinos colgando! —Setenta—. ¡Ese era el precio por los titulares de prensa del mayor alijo de tabaco de contrabando incautado! —Ochenta. Finalmente, a cincuenta decibelios de nuevo—: Algo que, además, a los gallegos les daba absolutamente igual.

La apostura de Dani se había picado.

—¿Y los tíos?

—¿Lo dudas? ¿Qué clase de accidente sufrirían mi hermano y su mujer entrando con su coche en Coruña embestido por un jovenzuelo del Barbanza? El desgraciado los intentó sacar de la carretera varias veces. Cuando tuve que irme sin nada, cuando me llevé también a mi hermano y a mi cuñada junto a su bebé del pueblo que antes nos adoraba, a esa escoria no le pareció bastante. Quería dar su estocada por si se me ocurría comenzar desde cero cuando él me sustituyó al día siguiente... matar a dos personas que quería y que no estaban en el juego.

—Mendo, dime que mi padre sufre un brote psicótico.

—Fueron rumores, sé una decena más sobre aquello, y repito que yo me ocupo del mar. Antes de pilotar para don Abel, pilotaba para el clan de los Pumairiño. Vino Garzón con esa gente y conoces el resto porque tú ya estabas en las rías. Don Abel salió sin un rasguño. No pregunté por qué mientras me diese de comer. Solo llevaba una lancha y que me follen si ahora mismo no me arrepiento.

—La policía —continuó Andrés— acepta que algo tiene que entrar y prefiere que se encargue uno que delate al resto. Lo que no se imaginan es el poder que le han dado, no se lo imaginan haciendo tratos con los colombianos ni patrocinando la primera gran mercancía en la que un gallego no es un comisionista. Yo tenía dos opciones... ¿les ponía su cabeza en bandeja o me llevaba lo que me quitó? He elegido lo mismo que elegirías tú, hijo.

—¿Cómo sabes que es cierto lo que solo son rumores para Mendo?

—Esa pregunta la haces porque ya me crees. —Andrés se sintió con el poder del relato—. Lo sé gracias al antiguo secretario de la Cámara de Comercio de Villagarcía. Alguien muy falso para sumar voluntades a la suya de unir los clanes, pero que me encajó el rompecabezas cuando lo visité a su llamada. —E irguiéndose al fin—: Me ha dado una razón para levantarme cada día.

—Una razón para volverte loco —reconvino Mendo.

Don Abel abatía los dedos sobre la mesa bajo el porche de su finca, cubierto de enredadera de uva más negra, a punto de caer madura. Ya había treinta hombres buscando la droga que no llegó al destino. Unos cuantos aguardaban en el silo, pero era una utopía que allí apareciese lo que nadie sabía cómo había desaparecido. Dora intentaba tranquilizarle, prendiéndole con mimo la cintura, pero él ordenó que se metiese en la cama y no en sus asuntos.

Don Abel soltó a los cazadores para que trajesen la pieza.

Su tesis: Sebastián Hinojosa, el hombre fuerte de Cali, me la ha jugado.

El Panadero conducía como un demente entre Carril y Villagarcía, deteniéndose en cada nave que no tuviese controlada. Si había dudas de que ahí pudiese entrar un camión por la puerta, la radial rompía el cerrojo. Desenroscaría esos cinco kilómetros de distancia hasta dar con la mercancía..

Su tesis: los capos de la zona venidos a menos se la han jugado a don Abel.

Lucho se encargó de retorcer el gaznate a los chivatos de la ría. En sus bares, en sus botes amarrados, en sus cuchitriles. Esta vez aquellos desgraciados con un pie en la tumba y otro en una monda de plátano, cobrando confidencias a la policía o a los narcos rivales, se habían confundido de persona.

Su tesis: los rateros se la han jugado a don Abel.

Barallas se personó en los domicilios de los agentes comprados. Uno ha de perder los estribos cuando toque perder los estribos. Los sacaba de sus casas hasta un lugar en el que pudiesen intercambiar unas frases lejos de curiosos tras cortinas. Sin uniforme no eran más que unos petimetres cobrando su incompetencia y, de salir a la luz el asunto, ellos perderían tanto como los narcos con los que colaboraban.

Su tesis: los policías a sueldo se la han jugado a don Abel.

Suso enganchó al conductor del coche lanzadera averiado, que se mostraba incrédulo con lo que le estaban contando. Enseñó el regulador roto, tras sujetarse su nariz rota, y detalló que el camión pasó a una velocidad normal con Dani de copiloto y que enseguida el nuevo vehículo lanzadera le superó flechado.

Suso también alcanzó su tesis: Dani y Andrés se la han jugado a don Abel.

Sonó el teléfono ligado al cinto, un tópico de la moda gallega de la época.

—Os he dado a cada uno tres horas —dijo don Abel al otro lado del Dyna Tac—. Demasiado, todos de vuelta a mi finca.

Cazadores reunidos bajo el porche con la congoja de no cobrar la pieza.

—Nos hemos confiado —comenzó el Panadero—, la competencia sabía el lugar y el momento y ha robado el camión. Que lo haya hecho justo cuando no había lanzadera solo ahorró unos balazos. Tenemos a mucha gente arrastrándose desde hace años... incluso ha podido ser un palo conjunto.

—¿Qué probabilidades tenían de éxito? —preguntó Lucho.

—¿Quizá no han tenido éxito y estamos aquí brindando a la luz de la luna? ¡Cago en Dios!

—Vale, el camión ahora ha desaparecido, pero lo que quiero decir es que Dani iba al lado de Andrés. Ese muchacho maneja bien su Beretta y el viejo tampoco es manco. Si reventasen el primer coche, si incluso se cargasen a Andrés y a su hijo, no tendrían ni tiempo a respirar porque ya habría llegado el segundo. Y luego el tercero. Quien lo haya hecho estaba desesperado y tuvo suerte. Por eso ha debido de ser cualquier camarilla de soplones con deudas, con mono, con nada que perder. Un narco lo perderá todo en cuanto nos enteremos de su nombre, recuperemos o no la carga.

—¿Y los agentes en nómina? —refutó Barallas—. Nos podemos matar entre nosotros cuando queramos, pero es más difícil matar a un policía. Alguno que conociese los detalles, y quisiese más que su sobresueldo... Sacan esta *fariña*, la venden a cualquiera de los que también les pagan y échales un galgo detrás.

—Cuánto ruido —dijo don Abel—. ¿Has encontrado algo en las naves o en los astilleros? —preguntó al Panadero—. No —se contestó a sí mismo—. ¿Algún chivato cantó cuando se dedican precisamente a eso, Lucho? Tampoco, y no dudo de que hayas sido expeditivo. Como jamás lo dudaría de ti, Barallas, y ninguno de esos agentes que parece saber nada. Reconozco que las tres teorías podían darse; sin embargo, para cada una de esas opciones primero hay que suponer que lo sabían... Es suponer mucho. No... no buscamos traidores fáciles de amarrar. ¿Quiénes dieron el visto bueno a lo de cambiar nuestro papel de simples transportistas? Los de Cali. ¿Quiénes no han arriesgado su dinero en esta operación? Los de Cali. ¿Quiénes son intocables para nosotros? Los de Cali. —Cuatro sílabas lo explicaban todo—. Sebastián ordenó regresar a Colombia a su sicario de confianza y ahora esperábamos a un tal Jairo que llegaría la semana que viene a sustituirlo. Yo os aseguro que ese Jairo, o como sea su verdadero nombre, y otra decena de colombianos han aterrizado en Madrid hace días y acaban de reventar la descarga. Disponían de la información, de los cojones y de la inmunidad. ¿Cuento algo nuevo si digo que tratamos con monos con pistola? —La mirada perdida en una lagartija amarilla que corría a los pies de la mesa—. Su país en guerra con esas historias de «plata o plomo»... monos con pistola... Los de Cali.

—¿Y rompen las relaciones con los que metemos el producto en Europa? —preguntó Suso.

—Pueden volver a pegar el juguete cuando quieran. Y tragaremos con que aparezcan los huesos de Dani y Andrés.

—Es que yo sospecho de ellos dos —dijo Suso.

—¿El hombre de la primera lanzadera no había sido convincente?

Don Abel prestó toda su atención a la respuesta.

—Lo fue. Pero también es alguien que lleva mucho en esto. Que sabría ser convincente si le va la vida de sus dos generaciones siguientes.

—Es de confianza, comenzó con el tabaco conmigo y con An... Andrés.

—Estamos imaginando todo, menos lo obvio —continuó Suso, decidido—. Que los que conducían han ido con el camión a otro lugar porque les dio la gana.

—Ni sabrían qué hacer con tanto material —dijo el Panadero—. Y Andrés estuvo en situaciones más fáciles para largarse con un cargamento.

—Fáciles sí, pero ¿sin dinero en juego de sicarios sudacas? —insistió Suso.

—La droga solo es dinero si hay un comprador —dijo Lucho—. Nosotros los conocemos a todos y él ya no conoce a nadie. Que pensemos aquí que dos de los nuestros han liado un pitote cuando todo apunta a... —De repente, todas las dudas sobre a qué apuntaba.

—¡Basta! —exclamó don Abel—. ¡Necesito un descanso para coger perspectiva! ¡Todos fuera!

A la orden. Lucho, Barallas y Suso enfilaron el sendero de salida. Pero el Panadero sintió una mano en el codo cuando también se disponía a marcharse.

—¿Sí?

—Tú te quedas.

—Como desee, si todavía...

—Cállate hasta que se hayan ido.

El Panadero contempló cómo las sombras se habían desvanecido. Después oyó a lo lejos el ruido sostenido de la verja activada mediante control domótico.

—Se han ido, don Abel.

—¿Crees que Andrés lo sabe?

—¿Andrés? Si sabe...

—¡Si sabe lo que tú sabes!

—Imposible, aquello se hizo muy bien. Hubo otros rumores mucho más creíbles sobre quién le vendió. ¿E iba a estar estos años comportándose como si nada hubiese sucedido?, ¿ofreciendo a su hijo para trabajar?, ¿también lo ha engañado a él? Suso es bueno sacando las pistolas de los sobacos, *ainda non é un fodido detective*.

—Dani y Mendo querían retirarse después de esta descarga.

—Es una cantinela que han repetido muchas veces. Los pilotos son así. Usted los conoce mejor que nadie, unos yonquis de eso. —Luego, con voz gemebunda—: El último trabajo, el último trabajo... siempre igual.

—¿Mendo ya dejó la *Abelina*?

—Hace horas, en el lugar indicado por usted.

—¿Nunca te ha parecido raro ese hombre?

—Es muy raro, pero también un cobarde.

—Nadie es un cobarde si tiene un plan que cree que no va a fallar. Y esas condiciones suyas de no usar teléfonos... no sé ni cómo las acepté. Vamos a ponernos en contacto con él inmediatamente.

—Vive perdido en el medio del monte.

Don Abel trincó de la pechera al Panadero.

Sin fuerza física.

Solo poder.

—¿Cuántos millones se han evaporado, gañán? No sé el tiempo que voy a tener que descargar gratis para pagarlos sin que me metan una bala en el estómago. Como si vive en otro planeta. Quiero que cuente todo desde que salieron los dos de tierra, cargaron en el buque nodriza y volvieron a la playa.

—Perdone... así se hará.

—Ojalá sea cualquiera de los tres. O los tres juntos. Entonces sí podría recuperar la mercancía. Que nuestros policías busquen una excusa en jefatura y peinen la zona cercana a los silos. Andrés siempre alardeó de que fue el primero en usar los montes cuando los astilleros dejaron de ser seguros. —Después, chirriando los molares—: Si tiene algo que ver, también tiene mi admiración. Es increíble mover toda la tierra que eché encima de su tumba.

—Los muertos no caminan —dijo el Panadero.

—Esto es Galicia. Él y yo crecimos con la Santa Compaña... Aquí sí caminan.

Dani, Andrés y Mendo cargaban los fardos con el logo del escorpión hasta el zulo en el bosque. Caminatas bajo la noche salpicada de estrellas titilantes. Su ritmo era bueno, cada quince minutos había unos sesenta kilos más apilados en la parte izquierda del cubículo. A esa progresión el camión estaría vacío casi en cuatro horas.

Una eternidad tal vez.

Dani creyó la versión de su padre sobre don Abel, no creyó tanto que pudiese colocar la droga con ese ejército pendiente de venir de Madrid, pagar el producto y descerrajar un tiro al capo y al Panadero antes de irse. Andrés pensaba que podría comprar al resto del equipo. Lucho ya había trabajado con él en el contrabando, Barallas no parecía un tipo con ánimo de jurar lealtad a un cadáver y Suso sería feliz mientras pudiese esconder sus armas en las axilas. También prometió a Mendo un pedazo del pastel, y este aceptó a regañadientes cuando presentaron de nuevo la oferta con un cañón rugoso. El veterano piloto maldijo no tener un arma, ni tan siquiera saber manejarla, porque no veía claro su papel. No desconfiaba de Dani, pero tampoco puedes fiarte del criterio de alguien que acaba de recibir un golpazo en la nuca y la noticia de que ha trabajado para el que hundió a su padre y mató a sus tíos. Por eso el chico no se detuvo a considerar qué utilidad sacaba Andrés de meter a un tercero, a alguien que carecía de conciencia de ser un criminal y que además no podía andar con los fardos igual de rápido.

Mendo se fue poniendo más nervioso a medida que transportaba paquetes con aquel dibujo. Le recordaba mucho a la muerte.

—¿Estás seguro de lo que hacemos, Dani? —preguntó en un instante que Andrés se alejó para aliviar la próstata.

—Mi padre ha reventado el juego y no podemos volver atrás. Es como si no lo conociese de nada, pero tengo una madre, un hermano... a Cristina y a Mario también los controlan... y si mataron a mis tíos así... Supongo que queda intentar ganar la partida.

—¿Y yo qué *carallo* pinto en ella?

—Descargas. ¿Faltan seiscientos kilos en el camión?

Mendo *rosmó* y luego dijo:

—Creo que menos. Andrés, ¿nos damos un descanso de cinco minutos? —le preguntó cuando ya se encontraba cerca para escuchar la conversación.

Andrés se subió la cremallera.

—Si lo necesitas... —contestó—. Dani seguirá. Tiene más brío que tú y yo juntos.

Su hijo juntó otros cuarenta kilos en los brazos que bailaban estremecidos con el peso. También le abrasaban las lumbares para compensar el desplazamiento del cuerpo hacia delante. Y se disipó entre los eucaliptos. Momento en el que Mendo aprovechó la guardia baja de Andrés y se tiró a por su pistola. El viejo cayó al suelo y recibió un bofetón mientras perdía contacto con el arma y le sacaban las llaves del camión del bolsillo.

—¡Dani! —gritó Andrés.

Mendo lo apuntaba sin tan siquiera saber si a aquello había que quitarle el seguro. Porque tampoco sabía dónde estaba el seguro.

Dani regresó a comprobar el enésimo vuelco de roles.

—¡Ahora no, Mendo! ¡Después de que aparezca esa gente de Madrid arreglaremos cuentas con él!

—¿Te ha dejado subnormal el culatazo? A mí no me necesita para nada, salvo para tener un culpable si esta grandísima idea sale mal. Yo soy el pringado que va a utilizar para defender el apellido Piñeiro.

—Te he traído porque eres importante para mi hijo.

—Cuando no estaba él delante, solo escuchaba que era un estúpido. No creo que haya cambiado tu opinión de mí. —Y con determinación impostada—: Me marcho. No se os ocurra seguirme u os juro por Brais que os mato.

—¿Qué le vas a explicar a don Abel?

—La verdad, Dani. Escapad mientras podáis. Yo no os he puesto en esta situación.

Yo. No. Os. He. Puesto. En. Esta. Situación.

A Dani no le gustó la respuesta, desenfundó la Beretta y apuntó a la frente de su compañero.

—Tírala —dijo—. No tienes ni idea de cómo se usa.

Mendo no la tiró y Dani tampoco disparó. Ambos sintieron que no lo haría en ningún caso. Por eso tampoco apretó el gatillo cuando su amigo retrocedió hasta el depósito de gasolina del camión. Entretanto, Andrés se intentaba incorporar.

—¡Tú quédate en el suelo! —contestó Mendo con un aspaviento.

—Hazle caso —dijo Dani tras ver el baile del arma.

Mendo arrancó un trozo de su camiseta. Con esa misma mano, que sostenía la tela de algodón amarillento, metió la llave en el tapón de la gasolina, lo abrió e introdujo el jirón en el depósito. Con la otra mano aguantaba la pistola ya errática.

—¡Dispara, Dani! ¡Este paleto va a quemar la mercancía!

—¡Solo lo haré si no me permitís irme con el camión!

—¿Y si te vas andando? —preguntó Andrés.

—¿Ves? No has cambiado de opinión sobre que soy un estúpido.

—¡De acuerdo! —Dani guardó la Beretta en la pistolera que le caía cruzada—. Eres mi amigo y estás amenazando a mi padre. Hay que parar esto... Aléjate del depósito, baja la pipa y tendrás la salida que quieras. Nadie sabrá que has estado aquí.

—¿Sí?, ¿me das tu palabra?

—La tienes.

—¿No lo sabrá nadie?, ¿cómo... cómo puedo estar seguro? Mendo hacía esfuerzos por creerle.

—Estarás seguro porque me conoces. En un rato te acostarás en tu cama sin que nunca te relacionen con esto.

—¿Y puedes responder por él? —Apuntando a Andrés, que continuaba con el coxis fijado al camino de tierra.

—Ya te lo dije, los trapos sucios los vamos a arreglar en familia. Y mañana serás la última de nuestras preocupaciones.

—Vale... eh... la bajo, ¿eh? —Mendo se escuchaba con argumentos para bajar el arma—. Me has dado tu palabra, Dani... tu palabra. —Casi convencido, sabiendo que no tendría una oportunidad mejor.

—Y equivale a un contrato.

Mendo oteó en derredor para asegurarse de que su presencia no tenía más testigos que unos árboles. Bajó la pistola, se apartó del depósito y caminó hacia Dani con las manos en alto. Este le sonrió por la puesta en escena, pero entonces Andrés se irguió con una destreza impropia en un viejo, lo sujetó por la espalda y le puso un cuchillo en la yugular. Dani volvió a sacar la Beretta y encañonó a su padre, cerrando el ojo derecho para cuadrar la guía con sus sesos.

—¿Me vas a disparar, hijo?

—¡Me estáis volviendo loco! ¡Le he dado mi palabra y él ni siquiera debía estar aquí!

—Sobrevaloras tu palabra. Y he de reconocer que Mendo no es tan estúpido como creía. Solo era un mulo que se iba a ir al hoyo por si necesitábamos un culpable o por si necesitábamos no repartir las ganancias con un socio tan poco fiable.

—Tengo a Brais a mi cargo. —De nuevo la letanía del hijo.

—Prometo que te atravesaré la cabeza, papá.

—Mira cómo te tiembla la mano. No dispararías mejor que este hace un momento.

—No voy a continuar temblando. ¡Tres segundos!

—¿Sigues tan ciego que no ves que esto es por nosotros? ¡Mendo estaba en el juego! ¡Sabía a lo que se exponía!

—¡Uno!

—¡No es inocente! ¡Ha cambiado de clan más que de pantalones! ¡Ha transportado toneladas que mataron a muchas personas, allí y aquí!

—¡Dos!

—¡Y hoy solo era nuestra garantía! —Después, con un susurro—: Así que ahórrate el número tres.

El cuchillo de Andrés rebanó el cuello con un corte limpio, incidiendo en el lado izquierdo. Mendo se desmoronó intentando detener la hemorragia con las manos, entre ruidos ahogados de su garganta que escupía chorros de sangre por ambos laterales. Dani se quedó petrificado, viendo cómo su amigo se agitaba en el suelo, cada vez más blanco, con el burdo arrojo de intentar sobrevivir a lo que ya le había matado. Los dedos aflojaron la carótida que al fin expelió un gran charco rojo y las botas campestres temblaron por última vez a los pies de aquel camión. Al último estertor lo acompañó un halo de tres segundos que se incrustó en la frente de su alumno.

—Solucionado —dijo Andrés.

Dani apartó la mirada del cadáver y anunció con voz queda:

—Te mataré.

—Para de hacer el gilipollas. En Madrid esperan mi llamada.

Dani rozó el gatillo y en el último momento desvió el arma a la izquierda, ululando la munición a través del follaje.

—En la siguiente no fallaré.

—Soy tu padre —dijo Andrés, incrédulo porque su propio hijo hubiese estado a punto de asesinarlo—. Me debes todo lo que eres.

—Por eso mismo.

Entonces se oyeron los motores de varios coches rondando aquella zona ignota.

Dani gritó de rabia, perchó el cuerpo de Mendo y lo arrastró hacia la cabina.

—¡Ayúdame! —gritó Dani a su padre—. ¡Y procura no mancharte de sangre!

—¡Mierda!

—¡Estamos jodidos!

Andrés lo ayudó a colocar el cadáver en la posición del conductor, con los brazos de trapo encima del volante. Los coches se oían cada vez más cerca.

—¡Todavía nos queda media tonelada!

—¡Todavía estás hablando, cabrón!

Dani corrió al lateral del depósito.

—¡Media tonelada! —insistió Andrés—. ¡Si no, no aprobarán el trato!

Dani boqueó. Viejo loco. Solo hoy he sabido quién eras.

—¿Es que no asimilas que llegará antes la policía de don Abel o la policía que no es de don Abel? Si te quedas cerca, arderás con él. Y parecería lo justo.

—¡Escúchame un momento!

—¿Te darás cuenta algún día de que esto nunca fue por nosotros? Fue por ti.

—¡Un hombre ha de proveer a su familia!

Andrés agitó el cliché expiatorio, sabiendo que se permite cualquier cosa si se debe a la familia. Un aforismo magnificado en la mafia y la mafia magnificada en la cultura popular. Aquella que tiende a olvidarse de la familia de los demás.

Dani sabía ver esa trampa en la absolución que ruega el hombre que ha de proveer.

—Mañana te arrepentirás de no haber muerto —lo condenó.

Con un mechero negro de arabescos amarillos, su mechero de la suerte desde que calentó el pomo de la puerta de su clase de BUP, Dani prendió el jirón que Mendo metió en el depósito y el camión deflagró dos veces cuando padre e hijo se alejaron lo suficiente. La primera hizo arder la carga y la segunda, una explosión más potente, alcanzó la cabina, el motor y el cuerpo.

Los coches encendieron las sirenas.

—¡¿Y qué versión le daremos al clan?! —preguntó Andrés con los oídos zumbones, comenzando a intuir el desastre.

—¡Marca unas espirales en los árboles más viejos! —gritó Dani—. ¡Quiero una garantía para mamá y para Hugo si tú no estás!

—¡Yo no permitiría que...! —No pudo terminar la frase.

—¡Al fin te has dado cuenta de que lo acabas de permitir todo!

Andrés aparentó reflexionar unos segundos, después se alejó y rajó en círculos la corteza de dos eucaliptos ubicados en un plano secundario. Regresó hacia Dani, que difería su decisión con los brazos cruzados.

El chico miró al cielo y palpó el nocturlabio en el bolsillo. Me he perdido.

—Estamos de acuerdo en que lo que aquí ha pasado es la verdad y que ahora necesitamos una mentira... Mi padre nunca llegó a este monte. De esa forma salvaremos a mamá y a Hugo.

—Espera, espera... ¿Y tú?

—Supongo que me acabarán deteniendo. Entonces tendré que matar por segunda vez a mi amigo. —A continuación—: Andrés, te voy a pedir un favor.

—¿Qué... qué puedo hacer? —Suplicante.

—Desaparece en ese bosque que tan bien conoces. Y no importa si no sales nunca de él.

Andrés renunció a disentir cuando Dani echó a correr en sentido contrario. Con un poco de suerte él llegaría hasta la casa de Mendo, donde guardaba la moto, antes que los policías. Siguió el arcén del camino que lo había llevado allí desde el ciprés. Las sirenas persiguieron un fantasma durante la media hora que avanzó al trote entre breña hasta divisar la alberca de cemento. El corazón ya se le había subido a la boca. Saltó la valla, corrió hacia el cobertizo y recogió la llave debajo de la segunda azada que se apoyaba en la madera. Donde estaba siempre que la necesitaba.

Ese también había sido su hogar.

Entró en el garaje con el mayor tiento y tiró de la lona que cubría su Kawasaki LX 650. Empujó la motocicleta hasta la puerta, subió a su grupa de piel y pegó una patada liviana al pedal de arranque. Así no se encendía una enduro. Lo intentó tres veces más hasta que asumió que debía sacudir el apéndice de metal con todo el ruido que fuera necesario. Antes de su coz le tocaron frugalmente la pernera del pantalón, como haría un niño que quiere llamar la atención del mundo adulto.

Era Brais.

El crío lo observaba, legañoso, enfundado en un pijama azul cielo de una pieza y con un peluche trillado que remedaba a un hipopótamo. Botones casi descosidos figuraban ojos engarzados en el poliéster. Dani cruzó la mirada con el niño que, como venía siendo habitual, se la devolvió de forma grave.

—¿Dónde está papá?

Dani puso la pata de cabra a la moto y se colocó de cuclillas frente a él.

—Te va a tocar ser fuerte a partir de hoy —le dijo con una carantoña en su pelo de querubín—. Ojalá puedas con ello.

—¿Dónde está, tío Dani?

Dani brincó a la Kawasaki cuando oyó otra vez las sirenas. Pateó el pedal de arranque y salió a una rueda del garaje. Abrió la cancela con el guardabarros delantero y comenzó su huida hacia la costa, ya marcado por los conos de luz de los vehículos policiales.

Brais contempló aquella polvareda aventada desde la entrada de la casa. Luego se metió en ella. La boca le sabía a ceniza y alrededor todo era oscuro.

No había perdido su inocencia.

La habían asesinado.

—No sé ni por qué cojo el teléfono.

—No es toda la cantidad, pero aun así hay mucho dinero escondido.

—Mentiras y más mentiras. Lo has hecho tan bien que has logrado quemar una tonelada sin que puedan distinguirla del polvo de aluminio del camión. Y con un muerto al volante. Ya está identificado por un diamante negro que llevaba al cuello. Debería darles tu nombre y ganarme el favor de don Abel.

—Podemos esperar una semana, un mes, un año, lo que haga falta, pero juro que he guardado unos quinientos kilos en un lugar que nunca descubrirán.

—Andrés, por muy segura que sea esta línea ya me he cansado de escuchar tus desvaríos. Agradece estar respirando y en libertad. Para tu hijo hay otros planes.

Crujió la conversación al otro lado del auricular y después los tonos cortos se distanciaron a medida que Andrés se derrumbó en la cabina telefónica. Fuera, la lluvia caía oblicua con las primeras luces del día, que tiraban líneas encarnadas entre nubarrones. Andrés Piñeiro maltrató la boina contra el pantalón de franela y empujó la puerta abatible de vidrio. El agua rebotaba en su frente y las gotas se deslizaban por el mentón embrollándose con lágrimas. Se fue caminando con las dos manos a la espalda, como si llevara esposas. Tenía razón Dani, dejaste escapar la oportunidad de morir con dignidad. Tal vez tu momento fue hace dos años, cuando estrellaste el antiguo Citroën Tiburón contra la fuente de Cuatro Caminos. Tal vez.

Él sí llevaba, literalmente, esposas.

A Dani lo habían enmanillado por la espalda, como aquel hombre que se encontró en su primera detención, a la primera persona que supo que era peligrosa. Dolorido en la silla, los grilletes retorcían el plexo solar que intentaba arrimarse a la mesa donde un policía lo amenazaba desde hacía una hora. Por la rendija del calabozo observaba la tormenta que caía sobre las calles. Y en ese recuadro se concentró para no atender a las coacciones hasta que el policía se puso los guantes.

Con el quinto puñetazo Dani veía todo borroso, salvo el primer plano de la cara angulosa de aquel funcionario.

—¿Estabas de acuerdo con Mendo?

—Abogado.

Croché a la mandíbula.

—Si no es así, ¿qué sucedió para que él acabase en una barbacoa en el monte y tú estrellado en una playa?

—Abogado.

Directo a la boca del estómago.

—Ahí solo quedan cenizas, pero tal vez pudisteis salvar algún fardo. Eso es de especial interés para don Abel.

—A... bo... ga... do —entre intentos por recuperar la respiración—, es... es la tercera vez que lo solicito, cerdo.

Gancho al hígado.

—¿Y lo que cuentan de que tu padre se había ido? ¿Lo obligasteis a bajar del camión?

—Abogado...

Cabezazo al pómulo derecho.

—Nos interesan las terceras personas. Un muerto, un detenido y otros muchos que desconocemos. ¿Quién la compraba?

Dani, a punto de perder la consciencia:

—¿Abogado?

A cambio recibió un bendito escupitajo en el ojo.

—¿Lo decidisteis mientras descargabais en alta mar? ¿Una oferta que no se pudo rechazar? Colombianos, imagino.

—A-bo-ga-do.

El policía suspiró, decepcionado con el resultado del interrogatorio.

—Llevo demasiado tiempo ofreciéndote un trato.

Se quitó los guantes con la dignidad de un cirujano, abandonó la estancia y cerró violentamente la puerta. Era de suponer que fuera contaba la falta de avances a alguien más importante. Al poco rato apareció el letrado de confianza de don Abel.

—Por fin me han dejado pasar. Te ha puesto fino ese animal. No te preocupes, si tiene que comerse una querella por torturas, se la comerá.

—¿En serio ahora sales tú? Abogado, por favor.

—Daniel Piñeiro, yo seré tu asesor jurídico. Me ofende si piensas que perjudicaría a uno de mis representados según la persona que me pague. Además, don Abel va a estar a tu lado. Solo... Solo pónselo más fácil para compaginar la defensa con sus intereses. Estamos todos comprometidos con resolver la situación.

—Abogado.

El hombre pequeño y entrado en carnes, que transpiraba en un traje de lana, salió de la habitación. La puerta quedó entornada y pareció haber otra charla con alguien mucho más importante.

—Daniel —dijo el policía anterior, retornando a escena—, es tu última oportunidad porque se nos agota el tiempo. Como haga pasar a ese picapleitos de Coruña, nadie salvo él va cuidar de ti frente a los policías que sí desean verte en prisión. ¿Es lo que quieres?

—Quiero a mi abogado. ¿Te lo había pedido?

Y Jorge Maeso entró un par de minutos después.

—Pensé que tendrías la cara peor. Lo cual tampoco significa que esté bien, no me malinterpretes.

—Consigue que nos cambien de sala —dijo Dani.

Su abogado palpó la parte inferior de la mesa y las sillas.

—¿Dónde ponen los micrófonos estos cabrones? Caramba... ¡agente! —gritó Jorge Maeso.

Surgió un policía distinto. Se había cambiado el protocolo.

—¿Algún problema, letrado?

—Está el aire cargado. —Husmeando como un perro—. La sala huele a vulneración de derechos del detenido, ¿no lo nota? Llévenos a la de al lado y cuidado no se les vuelva a caer el sospechoso por las escaleras.

El agente evaluó el descaro del abogado, refunfuñó y avisó a un compañero junto al que movió a Dani con delicadeza. Lo acomodaron en la silla de la siguiente sala y Jorge Maeso les indicó que los dejasen solos.

—Este no es el típico lío al que te tenemos acostumbrados Mario y yo —dijo Dani.

—Me recuerda más al caso que me cayó en el turno de oficio cuando llevaba cuatro meses ejerciendo. Pero temo que aquí sí va a haber juicio.

—Ahora sé por qué mi padre quedó contento con tu insistencia en que investigasen las muertes de mis tíos.

—Para. No me cuentes nada novedoso de aquello. Cuando el juez cierra un caso, mi cabeza ha de hacer lo mismo.

—Entiendo.

—¿Y hay algo que podamos entender juntos de este?

—¿Tirarán del hilo de la droga?

—Tendrán la decencia de simularlo. No deja de ser paradójico que ningún perito químico vaya a poder dictaminar... a nivel empírico me refiero, la existencia de coca en el camión que se ha fundido con ella. No me preocupa el delito contra la salud pública si todo lo que pasó antes no se puede rastrear.

—Creo que tampoco quieren. Detrás hay alguien importante para un sector de la policía local. —Saboreando su sangre—. El que me ha desfigurado la cara, concretamente.

—Es una buena noticia.

—Adelántame la mala.

—Que el tribunal no apreciará legítima defensa por un cargamento de droga que no existe. Y el requisito de la proporcionalidad... bueno, quemar a alguien vivo no parece proporcional.

—¿Y si no estaba vivo?

—Demuéstralo —dijo Jorge Maeso y Dani imitó el gesto de rebanarse el cuello. El abogado añadió—: No puedes demostrarlo. «Polvo serás, mas polvo enamorado.» Es lo que queda de Mendo.

—¿Cómo lo han identificado?

—Puede que le cortaran el cuello, pero no el colgante.

—Su diamante negro... Al menos se lo podía haber puesto más difícil a la policía. ¿Homicidio?

—Hablamos de asesinato. Prender fuego a otra persona también lo considerarán ensañamiento.

—Me pedirán un mínimo de veinticinco años.

—Es un buen pronóstico si no buscamos a un tercero.

—No hay tercero. Me importa más la opinión de una persona que la de todos los tribunales de Galicia.

—Deja de ofenderme, no he venido hasta aquí para que me redactes la sentencia. Habrá que usar esa bola de fuego para que la Audiencia de Pontevedra considere otra versión.

—Pero esa otra versión tiene que ser considerada igual por el clan.

—¿Vas a matar a tu amigo una segunda vez?

Dani ladeó el cuello.

—¿Por qué lees tan bien a las personas?

—Es mi trabajo, en algo tenía que ser bueno.

—¿Y has venido de Coruña para trabajar... solo? —Fue la pregunta que más le costó hacer.

—Mario me ha acompañado, ¿qué quieres que le cuente? Está ahí fuera muy preocupado, no sabe si coger una metralleta o una Biblia.

—De momento cuéntale lo que le vayamos a contar al tribunal. ¿No vino Cristina?

—Lo siento, únicamente me ha acompañado Mario.

—¿Tampoco recibiste ninguna llamada de ella?

—No recibí llamadas de nadie, salvo la de tu amigo cuando lo anotaste como persona a la que comunicar la detención. —Tras dudar un momento—: Y también me contactó tu padre.

—Me ahorraré preguntarte por mi madre. —Dani apartó como pudo a aquellas personas de su cabeza—. Cuando me pasen al juzgado mañana, préstame un papel y un bolígrafo antes de declarar.

—Te lo prestaré aquí mismo si hablo con los policías correctos.

—Los jueces son más caros de comprar. Estaré cómodo escribiendo en el calabozo de los juzgados.

—¿No redactarás una confesión?

—Una hilera de flechitas. A la izquierda, derecha, izquierda, izquierda, otra que haga una curva de ciento ochenta grados... garabatos.

—Un lienzo abstracto.

—Sin significado alguno.

Jorge Maeso asintió y se incorporó de la silla. Puso su mano en el hombro de Dani para despedirse hasta el día siguiente. Sin embargo, titubeó y al final dijo:

—Que le den al código deontológico. Nunca transmito mensajitos, pero tu padre comenta que algo te espera cuando salgas. Él ya no va a tocarlo. Y no quiero tener ni idea de qué es, aunque la tenga, ¿me entiendes?

Dani subió el mentón.

—¿Cuando salga? Si todavía no me ha dado tiempo a entrar.

14

Nadie quiere al mes de octubre porque no se define. El verano, aunque sea un verano gallego, no se disipa hasta el final de septiembre. Entonces no quedan personas con fechas alternativas de vacaciones, inesperados fines de semana de playa o remotas posibilidades de salir al atardecer solo con el abrigo de una camiseta. Y es que el primero de octubre parece que prohíbe que suceda nada interesante. Después, en noviembre, la cercanía de las Navidades abre otras expectativas, pero tampoco se es consciente de ello en el desasosiego de octubre.

Dani esquivaba los charcos de las calles de A Coruña. En la plaza de Pontevedra se encontraría a Anatoli, que durante aquellos dos meses se comportó a la altura del mejor profesional. Sin dar un paso en falso con ninguno de los trabajos, todos se felicitaban por su contundencia. Y el fichaje otorgó galones a Dani frente al Panadero. El clan se acostumbró a la ausencia del histórico narco mientras aguardaba la inminente salida del barco de Venezuela. Don Abel ahora volvía a dar las órdenes directas que luego desarrollaba Dani.

El primero, la ley.

El segundo, el reglamento.

Entretanto, concedieron a su antigua mano derecha algo de

margen para aportar los ochenta millones a las sociedades constituidas por el despacho Gratacós en Barcelona. Porque el Panadero estaba sentenciado. Sin embargo, el capo prefería ejecutar tras cobrar. Para eso podía elegir entre sus asesinos en nómina, incluido a Jairo, que se posicionó de forma astuta.

Anatoli se sentaba en un banco que describía un círculo en torno a la escultura minimalista de una paloma de la paz. El ave había sido pintarrajeada de grafitis, entre los que destacaban manos rojas desde aquella manifestación, y ahora quedaba extrañamente protegida por una malla metálica. Incluso así conservaba su porte orgulloso con las alas desplegadas en medio del viento que se cuela desde la playa de Riazor, a metros de donde Anatoli veía hacer virguerías a los chavales con sus patinetes.

Nosegrinds.

Kickflips.

Boardslides.

Patinetes.

Dani cuadró aquella imagen y pasó frente al ruso, que lo siguió hasta un tugurio de la calle Cordelería. Dentro vociferaban unas prostitutas, de las últimas que se resistían a abandonar la zona, y una tragaperras con letras en su abdomen multicolor que decían GNOMOS.

—¿Hay algo parecido a Chivas? —preguntó Dani.

El dueño del bar chasqueó la lengua.

—Paladar muy fino para entrar aquí.

—Me apetecía un buen lingotazo... no era nada personal. Dyc entonces.

—No hay algo parecido a Chivas, pero hay Chivas.

Apareció la botella de doce años en sus morros.

Dani carcajeó. Al instante mojó los labios en un vaso sin hielos y comenzó a meter monedas de veinticinco pesetas en la máquina como si no conociese de nada a Anatoli, que pidió un agua y se colocó detrás. En pocas jugadas había conseguido acceder al panel superior donde se entrecruzaban sietes, saquitos de monedas de oro y setas. El aparato ya hacía un ruido esquizofrénico que acabó por saturar a las mujeres. Salieron en busca de algún cliente a las cinco de la tarde.

—Han pasado dos meses —recordó Dani.

—Ellos ya están aquí —dijo Anatoli a sus espaldas.

—Te avisaré con antelación. Si no puedo hacerlo yo, lo hará él; pero es muy importante que lleguéis con tiempo.

—Confía en mí.

—Lo he hecho hasta ahora.

Dani agotó el cambio de quinientas pesetas que había ido devolviendo con avaricia la tragaperras. Finalmente el panel superior encajó de forma mágica, en todas las líneas horizontales, verticales y diagonales, sietes verdes seguidos de saquitos de monedas de oro y setas azules. No era un premio.

—¿Quiere más cambio? —preguntó el dueño del bar.

—Por favor.

Tras apilar veinte monedas plateadas con la cara de un príncipe, Dani estiró la mano hacia el periódico doblado junto al surtidor de cerveza. Suspiró satisfecho al ver la noticia que ya conocía. «La marea roja desaparece después de cinco meses.»

Eso merecía un buen trago al Chivas.

Leyó la primera página que daba los detalles: «Hoy se deroga el decreto que prohibía el marisqueo en la Ría de A Coruña tras los análisis definitivos del agua». El artículo proseguía con una cronología de los hechos en un diagrama y entrevistas a los afectados por la plaga. Políticos, mariscadores y científicos ofrecían su punto de vista sobre un fenómeno biológico que, como bien recordaba el periódico, había trascendido al ámbito social de la ciudad.

—Qué puntual —dijo Dani.

—¿Quién? —preguntó Anatoli, esforzándose por asimilar las letras no cirílicas.

—El diablo.

El ruso sacó su sonrisa ocasional de la cárcel, aplaudió el cuello de su compañero y se iba a marchar con el agua intacta hasta que Dani le recordó aquella referencia de Jorge Maeso sobre la Unión Soviética, la Perestroika, Gorbachov, otros tantos comunistas y, especialmente, que nadie aguanta la verdad. A medida que se había acercado el día, le preocupaba no poder aguantar su actual verdad en el futuro.

Anatoli buscó una frase, vació la botella de agua y dijo que los héroes de una época rara vez lo son en la siguiente.

Algo así.

Después se fue.

—¿Va a jugar? —El dueño del bar constató el ensimismamiento de Dani y que una de las prostitutas se acercaba a la máquina. Luego añadió—: Mire que eso aquí lo hago respetar.

—Déjela.

—Igual es tu día de suerte, Maradona —dijo aquel señor desde la barra.

La mujer, unos cincuenta años, se rascaba la dermis naranja en el rostro de cráteres bajo la melena quemada que agitó en cuanto echó sus pesetas por la ranura. Solo tuvo que pulsar una vez el botón y tres sietes rojos se alinearon en el panel inferior.

—¡Puri, hemos hecho la tarde! —gritó a la otra prostituta, que entraba por la puerta oyendo el tintineo de la bandeja.

—Un criajo me acaba de preguntar dónde está la calle de mi coño. Ya no hay educación.

La Maradona, tras la minuciosa labor de meter cinco mil pesetas en monedas en su bolso, se arrimó a Dani y le hincó un morreo en los labios.

—¡Gracias, guapo!

Ambas mujeres se marcharon en dirección al casco viejo.

—No la llaman así porque le pegue bien a la pelota —dijo Dani al dueño, pasándose la mano por la boca.

—No.

Dani rompió un trocito de la portada del periódico y solicitó permiso para el resto:

—¿Puedo?

—Nadie lo lee.

Arrancó la hoja entera, la dobló en pliegues y la guardó en el bolsillo. El diablo y yo nos largamos hoy de A Coruña.

Dani colocó su cara delante de la cámara injertada en una de las columnas dóricas de la entrada de la finca. Se subió de nuevo a la berlina y entró en la propiedad de don Abel. Los mastines napolitanos acudieron con los recurrentes ladridos y sacó la mano por la ventanilla para que lo olfateasen. Los perros dieron el aprobado. En el porche se encontraban el capo y Dora, terminando de cenar al calor de las estufas exteriores mientras la asistenta con cofia recogía los segundos platos. Don Abel frotó la servilleta de tela por los labios con sobriedad y mediante un gesto envió a su mujer a la cama tras ver a Dani. Le había dicho que quería contarle algo importante sobre lo que sucedió en septiembre de 1992, sobre el día en que se perdió la tonelada que obligó al clan a descargar gratis durante mucho tiempo.

Don Abel siempre esperó aquel momento.

Su intuición le decía que la historia oficial no fue la real, que aquella surgiría cuando Andrés estuviese muerto y su hijo libre. Ambas circunstancias se cumplían desde hacía dos meses. En ese tiempo también acabó por evocar en Dani la descendencia que nunca tuvo, el hombre duro pero sofisticado que debía tomar el relevo. Para ello bastaría mostrarle el mapa del tesoro. Porque la intuición de don Abel apostó por un tesoro al que él no tenía forma de llegar.

Dani se acomodó frente a la mecedora de respaldo púrpura.

—¿Cuántas confidencias habrán escuchado estas enredaderas?

—No me ha sorprendido que hoy llegue la tuya —contestó don Abel—. A ellas tampoco.

—Nunca recuerdo verle sorprendido. Y sospecho que lo que le voy a contar hoy tampoco lo conseguirá.

—No quiero más introducciones para esto: ¿queda algo de la tonelada?

El planteamiento fue brusco en opinión de Dani.

—¿Siempre lo ha sabido?

—Únicamente lo sabéis tú y dos muertos. Pero sí sabía que, cuando tu padre no estuviese, vendrías a corregir las declaraciones judiciales donde el traidor era un piloto de planeadoras del que aprendiste todo. La parte que expuso tu abogado sobre el incendio fue brillante, pero una Audiencia Provincial no lee entre líneas como yo. Juzgan lo que les queda muy lejos. Y Andrés nunca se movió de la versión en la que bajó, obligado, de la cabina horas antes del fuego.

—Es algo sobre lo que he pensado bastante, ¿no lo apretó?

—En confianza, presioné a tu padre lo suficiente para que contase algo distinto, pero solo atendía a las botellas. Desollaríamos a Ana y a Hugo y de aquella él no pestañearía. —Quiso corregir—: Y tampoco hubiese sido leal contigo.

—Lealtad...

—Palabra ambivalente, lo sé. Y prefiero sacar un beneficio a dos cabezas clavadas en picas. Descarté a Andrés porque no tenía manera de arrancarle la verdad, incluso podía estar contándome su verdad. Peinamos aquellos bosques tan frondosos y únicamente encontramos árboles, tocones y hierbajos. Todos se convencieron de que la mercancía se quemó, pero yo no tanto. ¿Esperar por ti fue lo correcto?

—Eso lo tendrá que decidir usted... A veces creo que yo debería haber hecho aquello de otra forma.

—Aquello no eras tú, aquello solo fue algo que te pasó a ti.

Por un segundo pensó que don Abel tenía razón.

Por un segundo.

—Cuatrocientos kilos intactos en un zulo del monte. Y sí, mi padre estaba de acuerdo con Mendo.

Las pupilas del capo relumbraron como las estufas de butano que lo enmarcaban.

—El pasado es incierto.

—Y rencoroso.

—¿Por qué hizo aquello Andrés? —inquirió don Abel, calibrando por último si tenía delante una amenaza o un pacto.

—Lo hizo su envidia, no soportó verse fuera del juego al que tanto le gustaba jugar. Así que le ruego que no afecte al resto de la familia, ninguno conocía qué rumiaba.

Don Abel prensó sus labios y alejó la mirada de Dani, midiendo las palabras y el tono sin evocar la descendencia que nunca tuvo. Ese chico había manejado los tiempos de la culpabilidad de su padre desde 1992 hasta lograr una posición que protegiese a su madre y a su primo. Confirmarle que Andrés no tenía nada que ver sería ridículo, una engañifa para un legado pendiente de heredero. Por ello el capo se encomendó al sentido práctico. Lo llevaría hasta la droga. Si se la entregaba a cambio de que no hubiese represalias, Daniel Piñeiro sería el próximo gran jefe de la cocaína. Si pergeñaba otra idea, lo mataría.

—Yo no soy Andrés —resolvió—. Jamás haría pagar los pecados de un hombre a su familia.

Don Abel se levantó de la mecedora y dio un beso bíblico a Dani en la mejilla, que aguantó el símbolo de Judas con temple.

—Veo que no quiere perder ni un minuto.

—Gracias al miserable de tu padre conoces qué es desperdiciar minutos. Haré la llamada para que nos vengan a recoger. Jairo, Lucho y Suso estarán con nosotros.

Dani asumió que sería la otra persona la que avisaría a Anatoli y a la recua de rusos. En esa reflexión sintió un culebreo por la mano y observó que una lagartija amarilla saltaba de sus dedos a la mesa. La atrapó con un movimiento rápido, cerró los dos puños y los estiró.

El clásico juego de infancia al que cambió un tanto las reglas.

—¿La ha visto?

—También he visto cómo la has agarrado con la izquierda. Buenos reflejos.

Dani abrió la mano derecha llena de aire, pero esa no era la solución.

—Dígame, ¿la lagartija está viva o está muerta?

Dani balanceó el puño izquierdo. Venga, equivócate por una puta vez en tu puta vida de filántropo.

Éramos cinco. Cinco delincuentes. El número de personas y que habíamos cometido muchos delitos constituían los únicos datos objetivos. Ocupé el asiento central de la parte trasera de la berlina. El adecuado para hablar con los que van delante. Me franqueaban Lucho y Suso, acuciados de madrugada mediante la orden de escoltar a don Abel. Presumí que había una segunda orden para matarme si no les satisfacía lo que iban a ver. Jairo manejaba el volante entre caminos de tierra y yo tenía que repetirle una y otra vez las indicaciones. Un loco al que pagar por su locura, no un chófer. Don Abel besaba su Cohiba Behike 54 en el sillón del copiloto. El lugar de los galones si hay más de dos personas en un coche. Recuerdo que, cuando conducía Mario, yo siempre abatía el asiento para que se arremolinase el resto detrás. Y viceversa. Todos respetaban aquel vínculo.

Don Abel no habló durante el trayecto. Lo creí haciendo números con la droga que guardaba un atributo inédito: no había que darle un porcentaje a nadie. Ni productores, ni transportistas, ni cualquier otro gremio. Se había pagado en 1992. De muchas formas, pero pagado. Ahora de cada kilo se sacarían entre tres y cinco millones de pesetas.

Y por eso se mataron tantas personas.

Una cantidad inconcebible de dinero.

—Tuerce a la derecha —dije a Jairo tras ver el ciprés.

Continuamos las señas que anoté ocho años antes en un calabozo. Dentro seguía la expectación por mis avisos a Jairo, que apretaba el volante con una fuerza superior a la habitual.

El gesto denotaba que sabía algo que don Abel ignoraba: la disociación que llamamos intriga.

Casi en nuestro destino, la senda de tierra se convirtió en un barrizal que el colombiano no pudo cruzar. Dio marcha atrás.

Lucho y Suso salieron del coche para empujarlo. El derrape de las ruedas los manchó de fango cuando reanudamos el camino. Pero a don Abel no le importó que volviesen a restregarlo por la tapicería.

—Disculpe, patrón, el coche es muy bajo para estos lugares.

—Ahórrate más disculpas, hemos llegado —dije a Jairo—. A pesar de ti.

Contacto girado hacia la izquierda, primera marcha puesta y freno de mano a cuarenta y cinco grados. Acudí a la puerta del copiloto para que don Abel se asiese a mi brazo. El viejo era lento. Tan lento como mi padre en los últimos días. Sus zapatos Oxford dos tonos se ensuciaron de légamo y cabeceó admitiendo que tampoco le importaba. Lo llevé hasta las espirales marcadas en los eucaliptos.

—¿Es tu letra?

—Es la letra de Andrés. Desde este punto hay que andar un trecho por el bosque.

—Hoy sería capaz hasta de correr.

Suso y yo íbamos delante, apartando la maleza que pudiese estorbar al capo. Jairo y Lucho le guardaban las espaldas. A los pocos minutos contemplé la hojarasca encima del zulo en el mismo boscaje abigarrado. Una alfombra verde y marrón. Imposible intuir que abajo había algo más que tierra. Descubrí el metal con unos manotazos y surgió la entrada del cubículo.

—¿Procedo? —pregunté, servil, a don Abel.

—Libera a Pandora, por favor.

La llave giró en el bombín y un tañido oxidado abrió la mitad de la puerta. Suso se apresuró a imitarme con la otra mitad. Ya tenía su Pandora.

—Bajaré por la escalerita —dije—. Así le mostraré los fardos.

—Acompáñale, Suso —ordenó don Abel—. Puede que algo le muerda. —Ese comentario también lo hubiera firmado mi padre.

Las linternas volvieron a iluminar la estancia. Revelaron

como un milagro los cuatrocientos kilos que quedaban tras lo que arramblé con Anatoli. Me pregunté si el ruso habría intentado volver por allí sin éxito.

Suso cogió un fardo y lo agitó para que don Abel divisase desde arriba el logo.

—¡Es el escorpión! —Luego, entre dientes—: Cuántos años sin verlo.

»¡Qué dibujo más bonito, Suso! —exclamó don Abel—. ¡Comprueba que el material no se haya estropeado!

—Jamás he estado en un zulo así de seco. Va a salir bien. —Y para don Abel—: ¡Va a salir bien!

Y Suso sacó un puñal. Porque todos teníamos un puñal escondido en Galicia, en 1992 y en el 2000. E hizo una filigrana antes de clavarlo en el paquete que vomitó unas roquitas blancas. Tenían ese mágico brillo mate.

Escama.

Alita de mosca.

Original.

Ya escuchaba a los camellos llamarle como les diese la gana a lo que era cocaína a un 90 por ciento de pureza. Después vendrían los cortes de cafeína, lidocaína o levamisol. Y el que se metiese una raya diría que el producto es bueno porque no le deja dormir. O que es bueno porque le anestesia la boca. O que es bueno porque le manda al retrete. El brillo mate es tan mágico que, en cuanto resplandece en las calles, lo apagan.

El filo del metal de Suso limó el polvo y se lo aproximó a la nariz. Aspiró fuerte. Sin cánula has de tener experiencia para que la droga alcance el final del tabique. Donde fríe el cerebro.

—¡Este sí está bueno! —Abrió mucho los ojos—. Desde luego.

—¡No seas tímido, prueba alguno más! —pidió don Abel, de repente viendo sin reparos cómo alguien esnifaba en su presencia.

Suso lo repitió con otros fardos. También era un buen profesional. En la última cata me percaté de que un grumo se le incrustó en la nariz. Sangraba por la aleta izquierda. Me cuestioné si había estado toda su vida metiéndose coca solo por ese agujero. Como había hecho yo. Los que alternan orificio izquierdo y derecho son gente rara.

—¡Perfecta! —dictaminó.

—¡Subo! —dije tras el veredicto.

Don Abel tiró el puro al suelo y los zapatos lo apretaron contra el follaje. Pero entendió que la colilla guardaba mucho ADN enfrente de un almacén para droga. Y lo recogió. Después me abrazó como abrazaría al hijo que nunca tuvo. Yo permanecí inmóvil.

—Lucho, avisa a los otros coches —ordenó don Abel—. En un cuarto de hora esto queda vacío.

—Cuatrocientos kilos, se lo advertí.

—¿Cómo voy a pagarte, Gasolina? —calculó para sí—. Sé que el sobrenombre no te gusta, pero has demostrado ser muy grande para el apellido Piñeiro. No olvidaré esta noche.

Era un agradecimiento sincero, aunque ya daba igual.

—¡Ninguno va a olvidar esta noche! —gritó el Panadero a nuestras espaldas.

Lucho hizo ademán de llevarse la mano a su arma. Pero desistió en cuanto advirtió que había quince tipos apuntándole. Quince rusos con cuernos de chivo. AK-47. Jairo se apartó de don Abel y yo miré al viejo, sonriendo.

Touché.

—¡¿Qué está pasando ahí arriba?! —preguntó Suso, seguramente con las pistolas desenfundadas.

El Panadero explicó la jugada a medida que se aproximaba:

—¡Susiño, o escondes eso bajo los sobacos o quince Dimitris te dejarán como un colador! ¡Me daría pena! ¡Cuento contigo para lo que viene!

Suso no se convenció hasta que asomó la cabeza con mi beneplácito. Pedí calma a Anatoli y a los demás. Estaba seguro de que allí nadie iba a replicarlo con meras palabras.

—La puta.

Suso tiró las armas.

Hay que saber elegir las batallas.

Y ganarlas.

—Don Abel, ¿quiere que le mire la tensión? —El Panadero sacó el pequeño tensiómetro—. Debe de andar por los 25/17.

El capo lo examinó como si fuese una culebra, pero eso no iba a cambiar nada.

—Dani, sé que esta gente responde por ti —me dijo—. Así que reflexiona: tú serás el próximo don. Les daremos una parte, yo me retiro y que hagan un tercer ojo en la frente a este canalla y al colombiano. —Don Abel identificó la complicidad de Jairo—. Cuando alguien sube con una traición, lo acaban traicionando.

El capo quería moverse una vez más sobre el tablero.

—Qué frase final más apropiada —dije—. ¿Entiende ahora por qué he hecho esto?

Don Abel volvió a examinar al Panadero como si fuese una culebra. Tuvo claro que me habían contado que vendió a mi padre y mató a mis tíos.

—¿Te piensas que él no estuvo de acuerdo? —me preguntó.

—De aquella no hubiera movido un dedo si no se lo pidiese, todavía no era el hombre que es hoy. Mi padre por lo menos tuvo clara una norma: no se toca a las personas que no están en el juego. Usted se va a ir con la vergüenza de haberme dado un beso mientras presumía de lo mismo.

Y don Abel interiorizó la derrota. Sin ambages. Irse con dignidad era algo que debía de haberse prometido tras ver a tantos irse indignamente. Echó una ojeada a su último escenario. El final sin gloria del filántropo sin placa. Y respiró muy hondo. Hasta el diafragma.

—Me enorgullece que hayas sido tú —dijo con voz queda—. Pero déjame avisarte de que la droga es una institución.

—Te va a contar el rollo de que ningún hombre gana a una institución —dijo el Panadero, que lo encañonó para llevarlo al almacén.

—Le voy a contar la segunda parte que nunca te conté a ti por estúpido. Que en esto solo hay personas que se ahogan más tarde que otras. Y a mí la marea me va a llevar con setenta años... Setenta. —Don Abel se cruzó conmigo y me susurró—: Vendrá mucho antes a por ti.

Los rusos ya tenían la mitad del alijo fuera del zulo.

Anatoli sacudió mi hombro para arrancarme del embotamiento que supuso pensar en esa marea bulímica.

—¡Un buen negocio! —se felicitó—. *Spasiba!*

—El Panadero cumplirá y en la próxima descarga os llevaréis la tercera parte. Luego me olvidaría de robarle en un tiempo. Los colombianos no mandarán nada si saben que estáis rondando por aquí. Y llamáis bastante la atención.

—Yo no entiendo a Galicia, me limito a creer en ella. —Su sonrisa ocasional de la cárcel—. Pero estos me llevan a Marsella. Búscame en una discoteca que se llama Polikarpov si cambias de opinión. Vamos a comprar varias, aunque esa es mi preferida... bueno, su reservado. La discoteca es *plokhaya.*

—¿Te convertirás en alguien importante de la *mafiya*?

Anatoli dibujó una sonrisa nueva. No la había visto antes. Era de esperanza. De esperanza en poder asesinar a suficientes personas para tatuarse estrellas en las rodillas. Insigne de la *mafiya.*

—Dani, no me quería despedir sin decirte que tengo una sensación.

—¿Sensación?

—Esa palabra que dijiste alguna vez... ¿Culpa?

—No...

—Es por el hombre de Santiago.

—¿Toni?, ¿Toni Dos Bolsas?

—No cumplí tus órdenes.

Y aliviado:

—Juraste que lo fuiste a desatar tres días después.

—Era un error. Y necesitabas al hijo de un lobo. *Do svidaniya, moi drug.* —Después de despedirse, gritó a su gente—: *Poydyom!*

Cosas muy del Este. Fue el plan quien lo tuvo bajo control. Con esa certeza me acerqué al Panadero, que obligaba a don Abel a entrar en el zulo ya vacío.

—¿Quieres empujarlo tú?

Negué con la cabeza. Entonces el Panadero le propinó un puntapié y se precipitó con un ruido hosco al rebotar contra el suelo. Cerró la mitad de la puerta, mediando un bostezo, pateó la otra mitad que cayó como una lápida. Jairo, Suso y Lucho observaron la escena encañonados por los AK-47. Los tres estaban más pendientes de que una ráfaga no les atravesase la columna. Pero eso era porque desconocían el acuerdo entre el Panadero y los rusos.

—Tampoco quiero cerrarlo.

Ofrecí la llave al Panadero, que la introdujo en la cerradura. Echaba el pestillo a tantos años de historia. Negra. Roja. Blanca. No sabía bien con qué color estaba escrita.

—Si te entran remordimientos —dijo—, piensa que no durará ni tres días vivo ahí encerrado. Tú duraste más, *meu rei.*

—Algo más.

—Pues, Dani, un placer tratar contigo.

—He tratado contigo porque eras el único que haría daño a mi familia. Para mí no ha sido exactamente un placer.

—¿Piensas que Jairo no les arrancaría la cabeza?

—Jairo se debió de caer de un columpio de pequeño. Solo lo haría si tú se lo ordenases.

—Hoy hasta me sientan bien tus puyas. —Guiñó un ojo—. Lo importante es que entendiste que esto funciona si hay alguien que pueda manejar a los que tengo a mis espaldas y a otros cuantos más. —Sondeando a Jairo, Suso y Lucho, que seguían encañonados—. De los rusos... espero que no intenten robarnos tras la siguiente descarga y su tercio acordado. Intenté caerle bien a tu amigo cuando lo avisé por teléfono y subimos aquí. Me parece que no funcionó.

—Aun así te he dado un trato magnífico para tu situación.

—No tengo queja. Me quedarían un par de semanas y quería

reventar un tiempo más al culo panameño que guardo en casa. De ti sí puedo esperar que cumplas tu parte, ¿verdad?

—Las pocas personas a las que quiero son la garantía.

—Es curioso, podrías haber hecho todo esto de forma mucho más sencilla para ti y los tuyos. Quedarte al mando, en cambio, elegiste dárselo a un hijo de puta.

—Solo un hijo de puta aguantaría al mando.

—¿Te crees mejor que nosotros?

—A partir de mañana sí.

El Panadero arqueó las cejas, cansado de la cháchara.

—Como soy el mayor de los dos debería rematar nuestra charla con la lección, con la... ¿moraleja?, *xa sabes*... estilo don Abel. Pero prometo que si la hay, se me ha olvidado.

También examiné al Panadero como si fuese una culebra.

—Al final estábamos del mismo lado, del lado de los vivos. Usa esa mientras no recuerdes la tuya.

Pegué mi oreja a la puerta del zulo. Apenas oía la respiración agitada de don Abel por la caída. Y apreté mi paladar con un regusto acre.

No parecía que la venganza fuera lo que mejor sabe en la vida.

15

Sebastián sorbía su zumo de borojó en la piscina con forma de riñón. Aquellas siluetas recortadas de los picos del valle del Cauca le parecían hoy más próximas a su finca, como si las montañas se adosasen en un muro imposible de escalar. Sumergió la otra mitad de su cuerpo en el agua templada y abrió los ojos desde el fondo. Vio el perfil borroso de alguien. Se impulsó con los pies y la visión se tornó nítida.

Era Romualdo estrujando su sombrero Panamá como si no supiese dar una noticia.

—El contacto en Galicia dice que pasó algo importante.

Sebastián subió por la escalerilla. Colocó una toalla rodeando la cintura, por debajo de su prominente barriga, y levantó las palmas demandando explicaciones. Romualdo no terminaba de arrancar.

—¡Contame pues!

—Jairo avisó de que quebraron a don Abel.

Sebastián pegó un respingo. Luego ordenó más borojó con un gesto espitoso a la asistenta que lo contemplaba siempre alerta como los guardaespaldas.

—¿Cuándo sale el barco de Venezuela? —preguntó Sebastián para asegurar su memoria.

—En cinco días.

—Cinco días... solo cinco días... ¿Quién fue?

—Parece una venganza de alguien que estuvo en la cárcel muchos años, aparecieron unos rusos y...

—¿Rusos? Ahora sí se putió Galicia.

—Dicen que ya está todo arreglado y que queda a cargo su mano derecha, un hombre que se hace llamar el Panadero.

—Por ahí escuché de él. —Resopló—. ¿Qué clase de patrón se haría llamar el Panadero? Eso me indigna. —Dejaron el zumo de borojó delante de su cara—. Gracias, Claudia, nadie prepara este jugo como tú.

Claudia flexionó servil sus rodillas.

—¿Y cuáles son las instrucciones que tiene?

—¿A cinco días de que salga el barco, Romualdo? Mandar una corona de flores al entierro de don Abel. —Y precisó—: Anónima.

—¿Nada más?

Sebastián suspiró.

—Mande también a tres de los nuestros a Galicia pa´ controlar los primeros pasos de ese Panadero.

—Sé que la noticia de la muerte de don Abel debe de ser dura pa´ usted.

—Lo único que importa es que no hay noticias sueltas. Si ahora hemos de llamar «Panadero» al que responde al otro lado del celular, lo llamaremos. Aunque yo iría pensando en otro nombre... Suena ridículo.

—¿Y el tratamiento a aplicar a Jairo? Lo teníamos pa´ vigilar y no ha vigilado nada.

—Jairo será un retrasado, pero es mi retrasado. Mi hermano se estuvo culeando a la puta de su mamá hasta el día de su funeral. A un sobrino así lo prefiero en Europa. Allí aprecian más la vida ajena... y la propia.

Romualdo se encontraba un tanto desconcertado por el pragmatismo de su patrón. Todavía le costaba comprender ciertas lecciones.

—¿Qué haremos después de esta entrega?

—¿Qué haremos? —Sebastián se puso en pie—. Perdete de mi vista ahora mismo. Eso lo primero.

Romualdo se despidió con la cabeza gacha, apurando el paso para abandonar la hacienda entre las uzis de los esbirros.

Sebastián tiró el vaso vacío de zumo al suelo, esparciéndose los diminutos cristales por las losetas contiguas a la zona de la piscina. Colocó un pie sobre los añicos de vidrio. Le dolió y colocó el otro. Su peso se apoyaba en las piedrecitas cristalinas que clavaban refractores de la realidad. Las montañas del Cauca eran un muro que él solo podía arañar. Plantamos la coca aquí, pero los mexicanos comienzan a explotarnos como una de esas empresas de ropa que confecciona sus prendas en la India. ¿Qué beneficio saca la India y qué beneficio saca la empresa? Colombia derramó mucha sangre para que ahora la aprovechen otros.

—¿Qué haremos? —Se contestó en voz mucho más alta—: ¡Seguiremos haciendo lo mismo hasta que también me maten! ¡No sabemos hacer otra cosa!

Una bandada de cucaracheros tomó el vuelo y difuminó el cielo cárdeno, moteando el último sol que bajaba sobre Sebastián.

16

A Coruña, 24 de diciembre del año 2000.

Ana metió la bandeja de cordero con patatas panaderas en el horno. Giró la rueda a 220 grados y puso el reloj al máximo del tiempo. Ella llevaba su propia cuenta del plato principal de la Nochebuena que entraría con salmón ahumado y huevo hilado. También compró un postre de buñuelos que tenía forma de pozo caramelizado con crema en su interior. Eran las ocho de la tarde y se sentía en paz. Hugo llegaría sobre las diez para cenar. Había más familia en el pueblo, pero no volvería a pisarlo. Cuando les iba bien, sus parientes acudían a verlos al piso de Monte Alto. No sería en las Navidades repletas de compromisos en torno a una mesa que se rige por una única ley en Galicia: tiene que sobrar comida.

—En una hora lo saco del horno.

Ana se acostumbró a pensar en voz alta. La edad tenía esas cosas. Con la mesa dispuesta, descansó sus piernas y brazos en el sofá de escay. Desde allí observó una foto atrapada en un chabacano marco de plata. Andrés posaba encima de un Dani de apenas diez años, con su sonrisa ingenua respecto al mundo que lo iba a reclamar.

—La guerra de una madre es esperar y al fin ya no espero nada.

Hugo, María y otros cuantos de la pandilla charlaban en los bancos de la plaza de Vigo, centro de A Coruña. Sus perros correteaban por el hormigón y los setos descuidados. La Navidad era una época feliz para algunos dieciocho años.

—Aquel campamento en Mallorca fue una especie de cárcel —dijo un chico de rastas adornadas con tuercas de ferretería—, no podíamos salir a la calle sin los tutores, no podíamos cambiarnos de habitación... no podíamos hacer nada. Pero el último día otro colega y yo conseguimos unos botellines de absenta en un supermercado del Arenal. Metimos a una tipa de Betanzos en nuestro armario y, pin pan, lingotazo va, lingotazo viene. De puta madre hasta que ella suelta que quiere una raya.

—La gente de Betanzos está chiflada —dijo otro—. Debe de ser el aire que respiran allí.

—La chica iba en Tercero de BUP, nosotros estábamos todavía en Segundo, o sea de rayas no sabíamos mucho y menos en un campamento de verano. Pues va la elementa y, totalmente borracha, coge una pinza antipolillas del armario, la pica y la esnifa. Se desmayó y la tuvieron que llevar al hospital...

Hugo se alejó de la conversación cuando vio a Pipas meterse con su escúter en medio de la plaza. Casi atropella al cocker de María. Visera plastificada por casco y la cazadora Slam azul bien abrochada hasta el cuello, el otro localizó a su antiguo amigo. Giró dos veces el mango del gas para zumbar el tubo de escape y se aproximó a él. En un primer plano era evidente que temblaba. Comentaban que le había dado un ataque de pánico en un *mañaneo* y desde entonces la cabeza no le andaba fina, cobrando dos años de éxtasis, ketamina y LSD.

—Cuánto tiempo, Hugo. ¿Cómo va lo tuyo?

—¿Qué es lo mío exactamente?

—El juicio, no vamos a disimular ahora. ¿Sigue en marcha?

—No ha salido tu nombre. Ya puedes volver por donde viniste.

María fue junto a ellos. Odiaba a ese gordinflón.

—Hola, Meri.

—¿Qué hay, Pipas? Hacía mucho que no pasabas por esta plaza.

—He estado ocupado. Negocios.

—Negocios, negocios —imitó ella en tono burlón.

—Hoy tenemos fiesta en la Joy. —Pipas ignoró la chirigota—. ¿Por qué no venís? Ni una redada policial desde aquella y además el cartel anuncia un DJ sorpresa.

Los tres no pudieron evitar la risa.

—¿Todavía sigue con eso?

—Creo que ya es su nombre artístico. DJ Sorpresa, tampoco suena tan mal.

—¿No hay uno que es DJ Muerto? —preguntó María.

—Y otro DJ Amable —mejoró Pipas.

—Pero Amable es su nombre —dijo Hugo con medida prepotencia—. Mucha gente en Orense se llama así.

—Bueno, ¿qué decís? Me acaba de llegar una partida de rulas muy buenas, Stardust las llaman. Un tipo me soltó el otro día que se traduce como «polvo de estrellas». Imaginaos si son buenas.

—No nos interesa —contestó Hugo.

—También tengo otras más suavecitas: Estatuas de la Libertad. El monumento ese de Nueva York, ¿sí?

—Te ha dicho que no nos interesa. —María metió la mano en el bolsillo trasero de Hugo y este pasó el brazo por su cuello—. ¿Quién sale a colocarse en Nochebuena hasta la Navidad?

Y se dieron la vuelta.

—¡Ahora la parejita es muy guay para ir a la Joy! —gritó Pipas cuando nadie distinguía sus palabras—. ¡Si él hasta estudia Derecho como un pijo! ¡Que siga sin salir mi nombre en el juzgado o te arranco la piel a tiras!

La Gilera Runner salió disparada hacia ninguna parte.

—¿Qué le pasa a ese? —preguntó el rastas.

—Su vida.

Apenas Hugo respondió, María lo besó en los labios. Sin lengua, como todo beso importante. Ellos habían dejado de ser unos pastilleros. De momento. Eso sí, la factura que pagaba Pipas podía aparecer cualquier noche en su cama. Y ya nunca dormirían sin pesadillas.

—Me voy a tener que ir —dijo María, desenroscando sus *piercings*—. Mi madre necesitará ayuda con la cena. Somos quince en casa. —Logró desenganchar la última bolita—. Y a los abuelos les da algo cada vez que me encuentran con estos hierros.

—La del campamento de Mallorca llevaba más pendientes que tú —dijo el rastas.

—¿Y al final qué sucedió con ella?

—Estuvo una semana ingresada. Luego fue mi rollo del verano, pero nunca supe si le gustaba de verdad o no.

—¿Te hizo una ensalada? —preguntó Hugo.

María rio mientras subía al regazo su cocker pardo.

—¿Una ensalada? —se extrañó el muchacho.

—Te voy a dar una lección de hermano mayor.

—Un segundo... ya que me lo mencionas, ¿dónde anda el mítico Dani Gasolina?

—Nadie lo sabe, aunque cuando las personas como él no están, quedan sus historias. —Hugo frotó las manos—. Atiende, las chicas hacen cosas que ni a ti ni a mí se nos pasan por la cabeza. De noche se ponen media hora a cortar tomates, lechugas y todo eso, lo juntan en un bol...

MAREAS MUERTAS

1

2016

—*Eles estão esperando por você!*

Siguió un cubo de agua que lo despertó del sueño de un to-
rrente de licor entre piedras de venlafaxina, alprazolam y zolpidem. ¿Para qué despertar?

—*Que... que horas sâo?*

—*As do trabalho, Mario. Não que você vai comer se não tra-
zem peixe... ou beber. E minha ajuda termina aqui.*

Los que esperaban eran los peces.

Y la que marchaba con el cubo vacío era su vecina.

Aquella sexagenaria de pelo crespo encarnaba la paciencia
caboverdiana con Mario, y por eso se fue con la apostura de
quien ha hecho lo mismo demasiados años. Él se incorporó de la
hamaca que tenía atada enfrente de su choza en el norte de la isla
de San Vicente. Los cien kilos se revolvieron hasta que un pie
rozó la arenisca. Antes de apoyar el otro sintió el gruñido febril
del estómago, convertido en una pústula. Siguió el habitual temblor de dedos, después manos, y se tambaleó hasta el interior de
la casucha para buscar el antídoto.

Encontró la botella vacía. Fue al aparador que guardaba piezas de cubertería rayada. La otra botella también vacía. Quedaba la última oportunidad, la buena, cuando la tierra ya se resquebrajaba bajo sus pies. Solía esconder un poco de *grogue* en el lugar más extraño que se le ocurría a su borrachera. Pensaba que a la mañana siguiente no lo recordaría y que por fin esa masa fofa colapsaría. Aunque siempre lo recordaba. Entró en el diminuto lavabo y removió el barreño con la ropa a remojo. No es posible, la escondí aquí.

—¡Joana!

Su compañera de catre cuando tenía unos escudos tampoco estaba. Los manotazos tiraban el anaquel con libros de una esquina, los aparejos de pescar de otra, y la sima en la tierra se abría a punto de engullirlo. Se sentó apostando la espalda en el pie del camastro y recostó su cabeza mientras enfocaba, desvaído, el techo que también se doblaba.

Entonces carcajeó.

El ventilador de tres aspas de madera se vencía a la izquierda. Ayer su paranoia se había superado. Subió al colchón, agarró la botella que asomaba en lo alto y cayó de bruces contra el tablón que hacía de escritorio. La nariz paró el golpe porque los brazos protegieron el alcohol. Ahí tirado le pareció que un mosquito se escapaba con su sangre, intentaba volar y no podía.

—¡Joana!

El licor se derramó por la garganta purulenta y todo adquirió un breve sentido. Mario nunca se compadecía de sí mismo, ni antes ni después del gran trago.

Los que se compadecen de sí mismos todavía no han tocado fondo.

—¡Joana!

Efectivamente, no durmió en su cama. Un mejor postor. Se incorporó y tomó una hogaza de pan con sal, que a saber por qué reposaba en el alféizar, y se embutió en unos pantalones de chándal cortados por la mitad de la pernera. Salió al exterior. Hizo visera con la mano y divisó el sol en la altura de la una de la tarde. Volvió a por una camiseta sin mangas y un sombrero de paja. Echó un último sorbo a la botella y se la llevó casi vacía a la barca junto con otra casi llena de agua. Si regresaban los temblores, vertería el agua en la ampolla de *grogue* para rebañar el gusto y engañar a sus receptores neuronales un rato más.

Una persona normal deja la sustancia que lo va a matar.

Un adicto prueba cualquier estrategia para seguir con ella.

Empujó hasta el mar la chalana que descansaba sobre los raíles enfrente de su hamaca. Solo disfrutaba la primera caricia del líquido templado en sus piernas mientras el bote perdía contacto con la arena.

Pescar en la zona de Salamansa resultaba fácil. Ir al punto, soltar la red en el punto y aguardar a que se cargue en el punto. Si traía pocas piezas, era porque él nunca cambiaba de punto. Para un par de lampugas era suficiente estarse quieto y un par de lampugas eran suficientes para el alcohol del día. Así, saltó a la aleta de babor, empuñó remos y los batió con una fuerza que nadie comprendía. Navegaba igual de rápido que con el pequeño motor que no podía permitirse.

Diez minutos más tarde llegó a su punto. Desde allí oteaba el contorno de la costa que quebraba hacia Baia das Gatas y devolvía el saludo a los otros esquifes, desplazados con el ímpetu de querer llevar comida a la boca. Mario tiró la red con las plomadas, giró el timón mientras paleaba con un único remo y se colocó en perpendicular a la corriente para que respetase su posición. Su punto.

Una hora.

Dos horas.

No vivía; solo esperaba.

Subió la malla, sorprendido de que no hubiese enganchado ni un cangrejo. Se sentó, rellenó la botella de *grogue* con el agua y dejó el poso transparente tras comprimir el paladar, queriéndose convencer de que aquello guardaba más caña de azúcar de la que aparentaba. Antes no encontraba el alcohol y ahora no encuentro la pesca. Va a ser un día emocionante.

Tres horas.

Cuatro horas.

Cinco.

Mario se había quedado dormido bajo el sombrero. La boca seca se empapó de un reflujo que escupió al mar tras despertarlo. Se han exterminado los peces del Atlántico: fue su conclusión cuando subió una última vez la red. Hasta cinco horas son muchas para alguien que solo espera. Remó hacia la tierra carbonizada con la puesta de sol, ligando los garfios a la malla para hacer arrastre y esquilmar los moluscos del fondo. A mitad de trayecto paró y elevó la red. Ni una caracola.

Entonces apretó los párpados.

Y lo vio.

A ambos lados del bote se extendía una mancha roja que devoraba el color azul. Alzó la vista y observó que el agua tenía el mismo pigmento rojizo hasta el horizonte.

—¿Ha vuelto el diablo? —se preguntó en voz alta.

Cerca de la medianoche, Mario anduvo el kilómetro que separaba su casucha de la aldea de Salamansa. Había mendigado unas cervezas a su vecina que, mezcladas con los barbitúricos que acopiaba cada trimestre en Mindelo, la capital, lograrían que durmiese al menos seis horas. Aunque por primera vez en mucho tiempo tenía una incertidumbre que resolver. Ninguno de los lugareños vio una mancha roja en el mar. Sin embargo, él sabía que se puede engañar al oído, pero nunca al ojo. El agua sangrando. Ya sucedió antes, en otro tiempo y en otro lugar.

—*Você quer uma boa noite?* —le preguntó una muchacha a la entrada del pueblo.

Otra chica algo mayor cogió a su amiga del brazo y la alejó del paso de Mario.

—*E você não sabe quem é?*

Aquella al menos conocía que ese hombre no tenía dinero para pagar ni un arrumaco en sus trenzas.

—Tú tampoco sabes quién soy —masculló él cuando enfiló el bar de pescadores.

A Vista Amarela era el antro que no acostumbraban a pisar los pocos turistas que se dejaban caer por la aldea, a medio camino entre Mindelo y la zona más vendible al extranjero en Baia das Gatas. Lo único productivo que podía ocurrir allí era que algún viajero perdido contratase a un pescador que le prometía peces voladores. Incluso, si pagaba bien, le conseguiría un asiento en uno de los barcos del gerifalte de la capital para cazar al gran marlín. «Como Hemingway», remataban la venta. Porque en una de aquellas noches Mario contó la lucha del viejo contra el pez. Aunque no entendían el final. ¿Cuál es la razón de empeñarse en remolcar un esqueleto?

Mario esquivó a un chico blanco para entrar al bar, que parloteaba con un grupo de caboverdianas interesadas en su cartera. Tal vez luego en su cuerpo, primero sobrevivir. La puerta gimoteó y el tradicional croché de humo golpeó el mentón. De un vistazo situó algunas caras habituales. La gente del pueblo lo quería, a su manera, pero lo quería. El Vasco, tal y como lo llamaban, había arribado hacía mucho. Y todos recordaban al hombre altivo, rapado al cero y de iris azul, que se instaló en los escombros de la casa que construyó durante los seis meses siguientes y que aún hoy habitaba tras descuidarla catorce años. El *grogue* fue deformando su figura: los ojos hundidos bajo enormes bolsas moradas, los hombros caídos arqueando envergadura, el cinturón de grasa rodeando úlceras del intestino, las rodillas sin meniscos apoyadas en piernas escuálidas, el pelo ralo que se retorcía en su calva, y hasta años atrás aquel iris pasó a ser negro. Sin embargo, nadie lo importunaba. Tenía un derechazo contundente. Solo uno. Ese golpe es lo último que se pierde. Así que saludó a los rostros familiares hasta acodarse en la barra.

—*Vitor!* —gritó al camarero, haciéndole una seña para que se acercase.

El veinteañero suspiró antes de decirle que sabía que no podía fiarle, pero él lo mandó callar con otra seña.

—Qué entón?

—Alguen falou hoje da cor do mar?

*—Da cor do mar? —Vitor sonrió—. Se unha cousa podemos
ter segura é a cor do mar, hoje e sempre.*

—Barbosa?

—Nâo é.

—Paulo?

—Nem é.

Los mejores pescadores no estaban en el bar.

—Alguem?

Vitor señaló a otro de los veteranos, que ahora hablaba con
el chico blanco de la entrada.

—É Fernando.

—Obrigado...

El aire casi no salió de la boca rasposa de Mario.

—Vasco!

Cortesía de la casa, al final Vitor plantó un *grogue* en la barra. Mario agarró el vaso con fuerza, lo subió a la boca y lo
terminó con meandros de alcohol cayéndole a través de los carrillos. Antes de pedírselo, el camarero le dejaba el vaso de agua
habitual.

—Obrigado, obrigado.

—Sem vergonha, Vasco.

Y el Vasco vertió sin vergüenza el agua en la copa de *grogue*
con la misma lógica del adicto. La osciló entre sus dedos y se
acercó a Fernando, que intentaba vender un paseo en barca al
turista de pose engreída. Esa pose que Mario creía haber inventado él hacía mucho tiempo.

—Saliste hoje o mar?

Fernando no se volvió a pesar de escuchar la pregunta, y Mario le tocó la espalda, demandando solo una respuesta asertiva.

*—Sim —*contestó Fernando.

—Viu algo estranho?

El chico blanco se quedó mirando al lugareño y con un de-
rrumbe de cejas indicó que lo continuaban interpelando. Fer-

nando prefirió ignorar la cuestión y, a cambio, Mario lo cogió de su camiseta de lino para empotrarlo contra la pared.

—*Tinha marés mortas!* —respondió al fin—. *Nada mais!*

—*De qué cor eran?*

—*O Vasco ja é delirante!* —Después, al resto—: *Alguem sabe de qué cor é o mar?*

El bar, que se amodorró contemplando la escena, no se pronunció a pesar de tener la solución.

—Azul, supongo —dijo el veinteañero.

—*Estou no meio de um negócio e venhes asim...* —protestó Fernando—. *Eh, certo... o meninho é español. Explica melhor os meus serviços.*

—¿De dónde? —preguntó Mario. Se encontraba a un español cada tres o cuatro meses en los últimos tiempos, no era tan novedoso como cuando llegó.

—De lejos. El amigo me convencía para pasar la mañana viendo peces voladores.

—A un módico precio, espero.

—Creo que era el justo. Por pescar un marlín en una barca deportiva pide mucho más.

—Es que por eso debe comisionar a bastante gente. Y ningún turista pesca marlines en estas costas, has de ser muy bueno y tener mucha suerte.

—Yo soy muy bueno. —Inclinando una Coca-Cola.

—Aún te falta el otro requisito.

—¿No hay suerte en San Vicente?

—Depende de lo que lleve en el bolsillo quien la busque. —Punteando el suyo—. ¿Vas cargado ahí?

—*Ajuda-me* —intervino Fernando—. *Diz isso de que pode ser como Hemingway. O grande escritor que voltou com um esqueleto de peixe. Meu deus, quase morreu para um saco de ossos. E nunca nos conta porque fez isso.*

—Un esqueleto da veracidad a una historia.

Fernando recogió la sonrisa. Tantos años sin escuchar de Mario esa frase que los pescadores le inquirían. Y al final la razón era obvia. Ninguno de aquella aldea hubiera creído que un viejo luchase durante días contra un marlín hasta vencerlo si no volviese con él, con lo que hubiese de él.

—¿Dónde te quedas, chico?

—En Mindelo. Acabo de llegar a la isla y aprovecho mi día libre para conocer esta zona.

—¿Trabajo?

—Siempre es trabajo.

—Pues disfruta del par de calles de Salamansa —se despidió Mario, dándole la mano—. Y si pescas un marlín, hazle una foto. Sirve para lo mismo que el esqueleto.

—Esas letras casi borradas del antebrazo seguro que también dan veracidad a otra historia.

El chico sujetó por el hombro a Fernando para seguir con el trato.

Mario caminó, dubitativo, a la barra, frotando los restos de tinta que el láser había dejado en algunas partes de su cuerpo. Vitor lo esperaba al lado de su hermano, que hacía el turno de tardes.

—*Meu irmão diz que Barbosa veio aqui com a mesma loucura que você no período da tarde. Que o mar ficou vermelho, como sangue!*

Rojo como sangre. Un español cada tres o cuatro meses. ¿Hace cuánto que no veías a un gallego?

Mario regresó a su choza unas horas después. Se acostó en la cama y sintió las piernas enfebrecidas. Allí apuntó la linterna que descansaba en la mesita de conglomerado. Las pantorrillas arañadas. No se acordaba, pero lo dedujo: debí de caerme veinte veces por el sendero de vuelta. Apretó las manos y percibió el mismo escozor. Más de veinte. Tragó los comprimidos de venlafaxina, alprazolam y zolpidem. La Santísima Trinidad todavía era capaz de hacer milagros. Sus ojos se entornaron anunciando el vahído del que su organismo se empeñaba en recuperarse cada mañana sin consultarle. Espera, tengo que dejar un trabajo hecho. Rodó hasta la cómoda donde guardaba una cajita con algunos objetos personales. Metió la mano, palpó diversas cosas y al fin las yemas de los dedos tocaron un papel fotográfico.

Lo sacó de su escondite.

Lo alumbró.

Cuánto tiempo sin observar aquella imagen.

En ella veía a cuatro jóvenes que creían tener el mundo cogido por los huevos. Tres con rayazos en forma de X encima. Parecía imposible que el que estaba indemne fuese la misma persona que ahora sujetaba la foto.

Dani rascó su imagen con la uña hasta borronearla igual que la de los demás.

Ahora todos enseñaban la marca cruzada de su muerte.

2

A la mañana siguiente.

Dani hacía autostop subido a una piedra que amparaba la senda trasegada por bicis, ciclomotores y algún coche desportillado.

No tardó en surgir el samaritano.

—*Mindelo?*

Los caboverdianos de la camioneta le indicaron que se acomodase en la parte trasera, sin magullar ni uno de los cientos de plátanos que llevaban a la capital. Una buena réplica de la fruta canaria.

Dani se sentó en el borde de la zona de carga, con los pies colgando encima del camino para ver qué iba dejando atrás.

Y era mucho lo que había devorado el horizonte.

Cuando enseñó sus cartas y pactó la caída de don Abel, se fue a Madrid con los bolsillos llenos. Varias llamadas e infinidad de calles detrás del casco negro del piloto para acabar en un escondite durante una semana. Identidad nueva. Eligió Mario en homenaje. Al nuevo Mario, con su cabeza afeitada y lentillas azules, le quemaron la piel mediante láser para borrar la tinta del cuerpo. El destino fue Cabo Verde, capricho del cliente entre las decenas de destinos que tenía disponible el hombre de la moto.

Los gallegos ya no utilizaban la ruta africana y a la minúscula isla de Brava viajaban los europeos justos para no llamar la atención; o sea, casi ninguno. Además, era un símbolo para Dani, que creía que se puede volver a donde fuiste feliz.

A sus treinta y dos años todavía no había aprendido que el pasado y el futuro no son los mejores lugares para la felicidad.

Allí lo esperaba un hotelito que había comprado con una sociedad radicada en las Antillas Holandesas constituida por Joan, aquel economista joven del despacho Gratacós. La empresa *off shore* guardaba casi todo el patrimonio que le correspondió por el cargamento de droga.

Era un negocio ilusionante, y atendió con esmero a los pocos turistas que pasaron los primeros seis meses en sus habitaciones. En la zona lo conocían como el hotel del vasco, el hombre de Bilbao que había permutado el estrés y la lluvia por la calma y el sol a esa edad tan supuestamente crítica de los cuarenta. Aunque parecía más joven de lo que decían sus documentos.

Pero en otros seis meses tenía la cabeza muy lejos.

Y no lo vio venir, alguien que estuvo tanto tiempo en prisión no lo vio venir. Porque entonces sabía que de la celda saldría algún día. Huir para siempre es diferente. No significa hacer una simple mudanza. Tampoco una inocente aventura de años sabáticos. Huir para siempre es matar a traición lo que has sido y aspirabas a ser, de idéntica forma que asesinas a toda tu gente. Él conocía la primera cláusula del contrato antes de la firma: no se puede volver. Pero pronto quiso intuir que ni siquiera lo estaban buscando, que Cristina, Ana y Hugo vivían tranquilos en A Coruña según el acuerdo, y que el Panadero, Jairo y Anatoli continuarían traicionándose en el juego sin pretender reventar a los que habían salido de la partida.

Incluso sus roles mejoraron gracias al jaque al rey del peón.

Dani Gasolina recordaba el valor del pacto que protegía a su familia.

Daniel Piñeiro no veía tanto drama en buscar una solución alternativa.

Ante la duda, el camino del medio.

Tramitó la venta del negocio de Brava a una familia francesa que se prendó de aquel rincón. Después se iría a la isla de San Vicente. Más grande sin ser la indiscreta isla de Santiago. Los franceses ingresaron desde un banco parisino los mismos millones que la sociedad pagó por el pequeño hotel. Pero la segunda fase, la del préstamo de la persona jurídica a la persona física de Mario Echevarría, iba a complicarse cuando el hombre de paja en el otro paraíso, el fiscal, no remitió los papeles. Dani se atrevió a contactar bajo un tercer nombre con el despacho de Gratacós. Lo único que recibió fue la noticia de que Marc y Joan cumplían prisión preventiva por blanqueo. Acababa de llamar como un principiante a una línea seguramente intervenida y el dinero de la venta estaba en una cuenta que podría ser bloqueada en cualquier momento, a nombre de un desconocido que también podría ser eliminado en cualquier momento.

Respiró hondo y se llevó el poco efectivo disponible a San Vicente para hacerse con algo provisional en el entorno de Mindelo mientras aguardaba noticias certeras del patrimonio. Y además, porque Brava quizá ya no fuese tan anónima para la policía española desde la llamada. ¿O la policía española ni siquiera tenía apuntado su nombre? Dani apareció en la aldea de Salamansa y compró una casita derruida, un bote y aparejos de pesca. A veinte minutos de carretera había una ciudad de setenta mil habitantes. Tenía hasta un cine. Se motivó de nuevo. En unas semanas conseguiría un ciclomotor y seguro que en pocos meses recuperaría el dinero de la sociedad. A partir de ahí tenía todo por delante en la isla de 227 kilómetros cuadrados. Y ya que incumplía las normas básicas, en unos años podría hacer negocios moviéndose por el país y, quién sabe, acabar comprobando cómo de real era la sensación de que todo seguía en calma en Galicia. Cuando sus delitos hubieran prescrito y Hugo fuese un hombre mejor que él. O no. ¿Escuchaba lo que decía su cabeza en aquel momento? Llevaba un año en Cabo Verde y ya lo había estropeado todo. Rotuló «estoy aquí» encima de cualquier mapa.

Dani Gasolina jamás cometería esos errores.

Daniel Piñeiro sí.

Otra vez.

—*Segure-se, começa a estrada!* —chilló el conductor cuando tomaron la carretera hacia la capital.

Dani se sujetó a las maderas laterales, notando cómo un plátano se desmenuzaba bajo sus muslos. La camioneta ganó velocidad, pero al distinguir un boquete en el asfalto se detuvo en seco.

Como él cuando admitió que no podría recuperar el dinero de la sociedad.

De inicio dedicó sus horas semanales al objetivo, pero las abandonó cuando consiguió un papel de la Audiencia Provincial de Barcelona que trababa embargo sobre esa y otras sociedades constituidas por los financieros. El embargo en las Antillas Holandesas era una utopía, no obstante, determinaba que el testaferro habría vaciado la cuenta.

Quedaba asumir la derrota e intentar salir del barro.

Igual que después de su condena.

Y fue lo que Dani no logró hacer.

Se hundió a *grogues* tras la jornada en el mar, recordando lo poco que aprendió de su padre sobre la pesca y lo mucho sobre acabar sus días repudiado. Luego, en la última oportunidad se pasó todo el 2004, todo un año, a punto de contactar con Cristina. Luchando contra su cabeza, porque era la tercera persona a la que cubría el pacto. Nunca más sabréis de mí, nunca más haréis por saber de Ana, Hugo y Cristina. Cada día fantaseaba con que ella respondía a esa llamada como si solo tuviese aquel número operativo para esperarla, él explicaba la situación a la que suponía una brillante abogada que se había establecido por su cuenta, y a la semana aparecía allí sin gánsteres acosándola, caminando por la orilla con un vestido recogido hasta el final de los muslos. Y sonriendo, siempre, con los ojos.

No es la fealdad lo que te hace sufrir, es la belleza.

Lo que nunca supo Dani es que eso estuvo muy cerca de ocurrir.

A cuatro tonos de teléfono.

Tan cerca.

En 2008 ingresó hepático en el hospital Baptista de Sousa, donde ni siquiera le dieron un diagnóstico. Únicamente una dosis de somníferos que no encontraría en ninguna farmacia de Cabo Verde ni en un ningún sanatorio más allá de remesas excepcionales. Dani juró no volver a un hospital con la honestidad con la que juró no volver a la cárcel. Desde entonces alguien le conseguía pastillas parecidas y aquella era la única razón por la que viajaba a Mindelo en una camioneta rodeado de plátanos.

Ocho años después.

Otra condena de ocho años.

La capital bullía a media mañana. El intercambio de escudos por comida justificaba casi todos los tenderetes, salvo los que se aprovechaban del turismo para endilgar piezas de madera talladas en China. Dani se apartó del casco histórico donde frenó la camioneta y se dirigió hacia el arrabal de Alto Solarine, que trazaba su vista panorámica de Mindelo y del Monte Verde.

El monte era bastante marrón según la fecha. Tanto como en aquella.

Se cruzó a dos tipos que se retorcían con pupilas incandescentes. El consumo de crack oscilaba cada lustro de marginal a epidemia. Dani saltó un apestoso charco proveniente de una cañería y aporreó la puerta de metal de una casucha. Por la mirilla surgían ojos aviesos. Escuchó cómo el portero se refería al Vasco y le devolvían un aullido.

Podía pasar.

Lo esperaban los niños que controlaban el tráfico de drogas en la isla, incluido el escaso de barbitúricos.

—*Quero o de sempre* —dijo Dani al portero.

Varias generaciones habían mantenido su adicción y allí rondando los cincuenta podía ser el abuelo de la que le suministraba ahora.

Cambiando la costumbre, el portero lo guio hasta el líder. De nombre Roco. Estaba recostado en un sillón de piel, fumando una hierba aromática que le hizo toser antes de tirarla al suelo. No permitió que Dani repitiese el ruego.

—*Já sei. Você quer o business de sempre, mas você tem dívidas. Três meses que não vemos.* —Anudándose una bandana en la frente—. *Muito tempo, Vasco.*

Dani recordaba deber un par de encargos en marzo y ahora estaban en junio. Cinco mil escudos. Ni cincuenta euros. Ni ocho mil pesetas. Cómo hemos cambiado.

—*Roco...*

—*Não fale, escuta. Se os meus clientes vem que alguém pode fazer o que quiser de graça, os meus clientes não vão me respeitar.*

—*É verdade* —contestó Dani como si aquel chico acabase de descubrir la pólvora.

—*Você é o único que tem a coragem de vir aqui para pedir mais caixas quando ainda não pagou o anterior. E também você é o único branco. Coincidência? Creo que sím, porque só importa o dinheiro que não tem.*

Dani no pudo disimular el espanto del alcohólico que lleva unas horas sin beber y se sentó sobre un palé, apuntando al enésimo gánster de petulante discurso flotando en herrumbre. Roco sabía que aquel hombre no palpitaba porque le pudiese clavar un cuchillo. Es más, él no se atrevería a mostrar un puñal si el Vasco no estuviese atado de pies y manos. Veía algo enigmático donde sus compañeros veían un despojo a desollar.

—*Qué queres que faga, Vasco?* —Ya le daba él otra vez la respuesta—: *Você sempre paga, com atraso, mas paga, embora a dívida já é muito grande.*

Dani comprendió al chico de pelo rapado por los laterales

con unos zigzags tirados a cuchilla y tupé afro. Pero no aceptaría chanchullos a cambio de los escudos que no tenía. Y no fue por desconocer el método. Allí, los robos, secuestros y asesinatos se vinculaban a la droga que hacía escala desde Sudamérica, y cuyo peaje guardaban esos niños con bolitas plastificadas en la garganta, atadas a sus molares con el hilo que rompían en cuanto un policía sin comprar los abordaba. No había rayos X en Cabo Verde que iluminasen diez gramos en un estómago. Un laxante, unos guantes de film si era un buen día, y preparados para el *rock and roll*.

Dani pujó el mentón y dijo:

—*Eu nunca prometo nada que eu não posso alcançar. E não vou pagar porque hoje vou morrer.* —Clavó una amenaza con la mirada en Roco—. *Você é o único que pode me ajudar a fazê-lo com dignidade.* —Y Dani sacó su mano estremecida—. *Sem tremer.*

Dani enfiló la cuesta bacheada hasta el puerto de Mindelo. Sus piernas parecían de agua después de cinco cápsulas de flunitrazepam y dos pastillas de clozapina. Era el cóctel de ansiolíticos y neurolépticos del día. Tras regalárselo, Roco se quedó jugando con su puñal, sobre el brazo del sofá cada vez más rajado, rumiando cuánto se alegraba de no volver a encontrarse a la única persona que temía sin haberle dado un solo motivo.

Luego rumió algo más:

—*Martinho, segue ó Vasco! Quero saber quem vai ser digno de mata-lo!*

El aire relinchaba en la boca sedada de Dani mientras advertía un paso ligero a su espalda. Al divisar el agua, el tacto cayó al suelo, aunque el resto de sus sentidos continuaban flotando. Otra camioneta lo había atropellado cuando cruzaba el tráfico sin mirar a los lados. Se levantó con naturalidad, llegó a pocos metros del mar y torció a la derecha en dirección al Fortin do Rei. Se sentó en el suelo del paseo, enfrente del Atlántico que relucía a escamas mientras los pocos turistas tiraban fotos enmarcando los barquitos de colores pastel. No había un lugar más concurrido en la isla.

Ahí lo tenía.

Debería aparecer antes de caer el sol, antes de que volviese a temblar.

Una pelea justa.

3

—¿Estás bien?

Dani boqueó y entornó los ojos hacia la pregunta.

—Qué sorpresa —murmuró.

—Corro por aquí cuando todavía hay luz —dijo el chico del día anterior en el bar, dando saltos con sus zapatillas deportivas de muelles—. Me han comentado que la ciudad es algo peligrosa al anochecer para... iba a decir para los extranjeros. Tú no la verás peligrosa. —E insistió—: ¿estás bien?

Dani puso su palma en ángulo recto.

—¿Tiemblo?

—No lo parece.

—Hace tiempo, si temblaban, las colocaba debajo de las axilas. Parecía un subnormal.

—Yo no noto ningún temblor.

—Pues estoy listo. Es diferente a estar bien. —Estirando sus extremidades bajo aquel pantalón de chándal rajado y la camiseta de tirantes—. ¿Al final has encontrado los peces voladores?

—Hoy no disponía de tanto tiempo como creía. Me acercaré la semana que viene a Salamansa con el jeep que tengo alquilado, seguro que la oferta sigue en el bar donde la dejé. —También seguían los saltos.

—Te recomiendo que intentes lo del marlín. Un muchacho

musculoso como tú y con esa energía... coño, vas a ver cómo el bicho retoza en el aire a unos tres metros de altura.

—¿Tres metros? Exageras.

—Tres metros es lo justo al atravesar su garganta. Puedes estar seguro de que las cinchas de la silla de pesca deportiva te van a asfixiar. Entonces lo soltarás, si no te partirá un brazo. Y también es lo justo. Tú quieres una foto y él continuar viviendo.

—Se puede comer.

—Oh, por poder... supongo que esa era la idea que quería vender Hemingway. ¿Lo has leído? —El interlocutor negó con tibieza y saltos bajos—. ¿No?, ¿nadie te ha obligado a leer *El viejo y el mar*? —La respuesta no había cambiado—. El escritor hace una novelita maravillosa, pero la trama gira alrededor de que ese pez va a permitir vivir de rentas al pescador todo el mes. Algo del estilo, no recuerdo los detalles, y eso que antes tenía una memoria magnífica. Lo que sí recuerdo es que cuando probé la carne correosa de un marlín azul me sentí estafado. Tal vez Hemingway lo adobaba, lo freía unas cinco veces y lo aliñaba con aceite, vinagre, pimentón y claro, se podría comer.

—¿Dónde lo pescó él?

—En Cuba.

—Tal vez sea otro tipo de marlín.

—No fastidies las manías a un señor mayor —dijo Dani, considerando cuánto mejor le hubiera ido de pedir Cuba al hombre de la moto—. Le he dado el beneficio de la duda con lo de que aquí lo cocinaron mal.

El chico abandonó los saltos, se sentó a su lado y secó el sudor con la muñequera que complementaba el atuendo de corredor occidental.

—Pensé que vivías en Salamansa.

—Pensabas bien.

—Seguro que si estás en ese pueblo, has de venir a Mindelo a por las cosas más básicas.

—Hacía tres meses que no necesitaba venir. —Luego, sin exagerar—: Mi vida cabe en un bolsillo.

—¿De dónde eres? No puedo adivinar tu acento, suena muy portugués.

—De lejos.

—Vale, amigo. —Gesto sombrío—. Igual te estoy molestando, solo te vi ahí tirado y pensé que quizá necesitabas algo. ¿Prefieres que me marche?

—No importa lo que yo prefiera. ¿Has ido al Monte Verde?

—¿Al Monte Verde?

—Cuando alguien contesta con la misma pregunta es que todavía está buscando una respuesta falsa. No puedes ignorar eso ni aquello. —Señalando la pared de setecientos metros que se elevaba a unos cuantos kilómetros.

—Pensaba en...

—No me cuentes más, ibas a ir después de los peces voladores. Piensas demasiado, has conjugado el verbo cinco veces. Y esta es la mejor hora para bordearlo hasta donde aguante el jeep que dices tener.

—Ya va a oscurecer.

—No es el monte. —Dani apuntó al cielo cobre—. Es lo que se ve desde el monte.

Su interlocutor asintió; lo había convencido fácilmente.

—Me ducho en el hotel y en media hora te recojo aquí. —El joven se levantó, cansado de adoptar un papel—. Intuyo que no puedes ir muy lejos.

—¿Quieres saber cómo me llamo?

—El Vasco, ¿no?

—Al fin nos entendemos.

—Pero el pescador luego se refirió a ti como Mario.

—Por supuesto.

Martinho había visto la cara del hombre que inquietaba a Roco. Otro blanco. Cosas de blancos. Los negros no se preocupaban por cosas de blancos desde hacía unos cuantos años. Corrió cuesta arriba para llevar la noticia.

El jeep traqueteaba por una senda en la que refulgían los haces de luz del atardecer de Mindelo, a unos diez kilómetros. El conductor apoyaba el codo en la ventanilla, oteando el candil agonizante de la ciudad. Quedaba la mitad del sol por encima de la línea del horizonte. Náuticos de una sola pieza, pantalones caqui doblados sobre las rodillas y una camisa rosa abotonada hasta aquel robusto cuello: el chico trincó otra vez el papel. Todo un empresario que se hacía llamar Esteban en busca de las vetas de las antiguas colonias portuguesas. Acababa de llegar de Angola para cerrar un pasmoso trato que...

Dani percibía la bajada de los barbitúricos y un ligero cosquilleo tras el discurso prefabricado. Han enviado a un cualquiera. Y no queda mucho tiempo.

—Frena un poco. Una curva más y aparecemos en el mirador.

El volante giró a la derecha y después a la izquierda para detenerse en un risco extático. El conductor perfiló un sincero asombro mientras controlaba al copiloto por el perímetro de su visión.

—Increíble. Lo admito.

—Si ahora te gusta, espera cuando sientas el viento templado en la cara.

Dani se apeó del coche, clavado por el mismo gruñido febril del estómago al apoyar el pie.

—¡Es la hostia! —gritó el chico a través de la corriente de aire, rezagándose unos pasos.

—¡Brotó de una explosión en el mar, como todas estas islas, y desde entonces ese mismo mar las reclama! —Dani cogió un guijarro y se acercó al joven—. Las desmenuza. Contornea las piedras, las rocas... Quiere tragarse lo que escupió. Esa es la lucha.

La noche se derrumbó sobre el monte, que en aquel punto oteaba el agua también oscura. Cuando el planeta muera, ese será su paisaje.

—Me has convencido, Daniel Piñeiro.

Dani contempló con quietud el objeto que ahora portaba el

chico en su mano. Un casco negro de visera de espejo tras el que había recorrido medio Madrid hace dieciséis años.

—Yo nunca pude verle la cara, ¿cómo era?

—Rubio, aunque recuerdo que cuando terminé su pelo se había vuelto naranja. Por lo demás otra cara cualquiera, amoratada y fría. Eso sí, de un tipo duro. Hasta que le raspé las tibias con el picahielos creí que no iba a encontrarte.

—Se marchó como siempre temió.

—Y su última palabra fue «espera». Un clásico.

—¿También te has fijado en mi cara? —Dani soltó el guijarro—. La tengo picada por el salitre del Atlántico.

—¿Eso es que también te reclama?

—¿Lo dudas? Te contaré de qué va esto antes de que sea tarde. —Tambor en el pecho—. Aquí estamos tú y yo decidiendo quién va a palmarla primero mientras su marea va y viene sin que nadie le importe. A tu edad yo suponía que lo que dejaba en la orilla era para mí. Lo cogía, lo usaba y regresaba a por más. Pero un día vas a la misma orilla y la marea se marcha con el que tienes al lado. Lo reflexionas y te parece un trato razonable. Entonces arrastra a la persona con la que vuelves la próxima vez. Y ya nunca pararás de oír la espuma que sigue llevándose a cualquiera de los que nos acercamos a los fardos. Puedes subir muy lejos que la marea subirá contigo. —Y cuenta final—: Hasta a un monte como este... aquí también. ¿O te creías a salvo de ella al lado de un gordo cirrótico?

El chico arrojó el casco negro a Dani, que lo esquivó con una finta a la derecha, observando cómo aquel empuñaba la pistola. Le dio tiempo a desviarla de un manotazo. Tres disparos silbaron en la nada y, cuando el arma tocó el suelo, un cuarto agujereó la chapa lateral del jeep. Dani sacó los dos cuchillos ocultos amarrados a la cinta del pantalón y los blandió en un movimiento circular que rajó el pómulo de su oponente, mientras este rodaba ágil a por la pistola. Lanzó uno de los puñales y se clavó en el hombro izquierdo del joven. Este lo arrancó y del mismo zarpazo lo devolvió. El esternón paró la cuchillada tras varios centímetros de grasa. La imagen se congeló: Dani, con un puñal ensartado en el pecho y otro en la mano, estaba a unos tres metros de su adversario y a otros tres de la pistola.

Viento bramando en espirales. Casi logrando moverlos del sitio.

—¡¿Ellos están bien?! —preguntó Dani.

—¡¿Quiénes son ellos?!

—¡Los míos!

—¡¿Tus antiguos socios?!

—¡Solo tengo familia! ¡Venga, afloja un poco! ¡Alguien que está tantos años sin saber de ella merece una respuesta honrada antes de que intentes coger esa pistola! ¡Cumplí mi parte del trato desapareciendo!

—¡No me he interesado por tu familia ni por aquella mujer cuando comprendí que no sabían nada! ¿¡O me tomas por un asesino!?, ¡por alguien como tú!

Dani agradeció la respuesta, aunque fuese mentira. Por eso, asumiendo una situación donde alguien iba a morir, prefirió no saber más.

—¡Tendríamos que preguntar al hombre que se ponía ese casco!

—¡Él no era inocente! —El chico miró a Dani de forma grave y acarició una piedra negra que asomaba en su pecho—. ¡Él estaba en el juego!

—No... si es...

El muchacho aprovechó la duda para rodar hacia la pistola, agarrarla y apuntar al entrecejo de Dani, que rehusó el duelo sin ser capaz de creer a quién tenía enfrente.

—¡Tira el cuchillo, Gasolina!

Que cayó en la arena.

—¡Déjame tirar también este!

Sacó la hoja clavada en el pecho y la lanzó a varios metros. Su camiseta blanca goteó de rojo. Y sintió la sangre caliente resbalando hasta el ombligo.

—¡El puto Dani Gasolina! ¡¿Sabes que eres un mito?! ¡La

decepción que me llevé cuando te vi en el bar tras diez años intentando dar contigo! ¡Hasta tuve que comprobar de nuevo que los datos coincidían! ¡No sé!, ¡yo de ti me hubiera colgado de un árbol!

—¡He pensado bastante en suicidarme!

—¡No creo que hayas encontrado una razón para seguir viviendo así!

—¡La encontré! ¡¿Quién me asegura que el suicidio no es el inicio de algo mucho peor y además para siempre?! ¡No algo un poco peor!, ¡eso no tendría sentido! ¡Algo mil veces más jodido que mi más jodida mañana sin alcohol! ¡Chico, no hay soga que lo aguante!

—¡Pues lo siento! ¡Has perdido tu ocasión y yo voy a volver con la verdad!, ¡la de un hombre que se sacude por un licor de caña!

—¡Necesitarías una prueba de esa historia!

—¡Sí!, ¡será tu cabeza! ¡Gracias por el consejo del otro día!

—¡Solo hablé de una foto!

Dani deseaba que lo obligasen a su final, a su condena definitiva. Total, cuando la Parca llegue, yo ya no estaré allí. Pero no quería que eso pudiese significar también el final para aquel chico. Sin saberlo entonces, él había estado muerto desde que el Panadero cerró el zulo con don Abel dentro.

Dieciséis años muerto.

Hoy solo sería el momento donde dejase de respirar.

El chico continuó apuntándolo mientras caminaba hasta la parte trasera del jeep. Abrió el maletero, evitando que la otra mano se despistase del objetivo, y enseñó un hacha más grande que la rueda de repuesto exterior.

—¡¿Qué te parece, Daniel?!

—¡Enorme! ¡Y que no tiene que ser así!

—¡Claro que tiene! ¡¿Cómo era...?! ¡Dará veracidad a la historia!

—¡Brais! ¡Nada de lo que va a suceder aquí cambiará el pasado!

La pistola y el hacha temblaron igual que ya lo hacía Dani por la abstinencia. Brais se aproximó, furioso, intentando pulsar el gatillo y dejando ver el diamante negro que siempre colgó del cuello de Mendo. Lo único que pudo recuperar del cadáver.

—Llevas su símbolo. —Dani se refirió a la piedra—. Y también la mirada que me persigue desde que me viste escapar.

—Juro que esa nos ha perseguido a los dos.

—Mendo fue un padre que sí merece una venganza, pero ignoras lo que viene después.

—¡Fue tu maestro! ¡Y lo quemaste a él y a toda la familia!, ¡dejándonos de herencia una traición ante don Abel, el Panadero y esa calaña!, ¡ante el pueblo que nos humilló durante una década! ¡Yo... yo mismo me lo creí hasta que mi madre me hizo comprender que jamás hubiera hecho algo así!

—Has tomado el mando, y la de tipos duros que tendrías que saltar allí... No me equivoqué contigo.

—Yo sí. Suponía que serías un gigante que echaría fuego por la boca, y mírate. ¿Qué sentido tenía escapar si eras el que iba a sustituir a don Abel?

—Quería convertirme en otra persona... otra vez. Menudo iluso.

—¿Esta es mejor que aquella?

—Seamos honestos, esta no es mejor que una rata.

—¿Y entonces asesinaste a mi padre para...?

Brais subía la pistola y el hacha. No conseguía la respuesta que buscó desde que, siendo un crío, se metió en la polvareda aventada por aquella moto. En el final de su laberinto encontró un ser decrépito, ajeno al triunfo esperado.

—No puedo decir nada que quite el sentido a los diez años que has pasado, Brais.

—Quiero saber por qué lo hiciste.

—Solo puedo avisarte de los que van a venir si me cortas la cabeza, porque quizá se parezcan a los míos.

—La pasearé por el pueblo. —Luego, con voz más ida—: Lo prometo.

—Pero no la arranques tú. Escucharás cosas que te harán dudar y mi asquerosa cara te visitará todas las noches. Y tal como está, es una putada.

—Lo dices porque te quedan ¿días?, ¿meses tal vez? ¿Sería mejor dejarte agonizar en esta isla, tan lejos de donde fuiste alguien?

—No se trata de mí.

—Desde que tengo uso de razón se trata de ti.

—Por eso el único que puede perder eres tú.

—Ah... palabrería. El mejor piloto de planeadoras con la mejor labia. También contaban aquello, fuiste bibliotecario en una prisión. Si es que lo tenías todo para acabar en mito. ¿Y cómo es esto?, ¿primero te rindes y ahora no quieres perder?

—Conocí a un joven valiente como tú ante un viejo sabio como yo...

—No te atrevas a comportarte como tu leyenda. —El metal refulgió—. No eres digno de tal cosa.

—El joven tenía un puño estirado frente al viejo y le dijo que ahí ocultaba una lagartija. Y que ya que era tan sabio, adivinase si el animal estaba vivo o muerto. Solo quería ver cómo por fin se equivocaba. —Esperó un momento y siguió—: El viejo comprendió que si elegía que estaba viva, la mataría; y si elegía que estaba muerta, la liberaría. Complicado, ¿no?

—No puede ganar el viejo.

—En realidad yo ni era tan joven de aquella ni soy tan viejo de esta... y ese bicho amarillo tenía un tacto repugnante... El viejo ganó. Contestó que la lagartija solo estaba en mi mano.

Y Dani apuntó sus ojos planos a la gran cabeza de metal.

—¿Quieres decir que está en mi hacha? —preguntó Brais, extrañado por el gesto.

El viento ascendía por las cavidades del monte como si ahora fuese la tierra, y no el mar, la que reclamase un sacrificio.

—Yo no supe ver entonces que un hacha siempre sobrevive a su dueño. Entiérrala, todavía estás a tiempo de que no te mate.

Brais levantó el hacha cuando Dani se movió con una finta, pero falló el golpe y solo logró enterrar el filo en el suelo arcilloso. Más de cuarenta años después.

Daniel Piñeiro corrió hacia el precipicio y saltó.

Abajo, la marea roja subía entre las rocas tiznadas.